AF618380

Die Amerikanische Originalausgabe erschien 2016 unter dem Titel *Master Unchained.*

Cover design: Damonza

Autorenfoto: ©Marti Corn Photography

BÜCHER VON TINA FOLSOM

Samsons Sterbliche Geliebte (Scanguards Vampire – Buch 1)

Amaurys Hitzköpfige Rebellin (Scanguards Vampire – Buch 2)

Gabriels Gefährtin (Scanguards Vampire – Buch 3)

Yvettes Verzauberung (Scanguards Vampire – Buch 4)

Zanes Erlösung (Scanguards Vampire – Buch 5)

Quinns Unendliche Liebe (Scanguards Vampire – Buch 6)

Olivers Versuchung (Scanguards Vampire – Buch 7)

Thomas' Entscheidung (Scanguards Vampire – Buch 8)

Ewiger Biss (Scanguards Vampire – Buch 8 1/2)

Cains Geheimnis (Scanguards Vampire – Buch 9)

Luthers Rückkehr (Scanguards Vampire – Buch 10)

Brennender Wunsch (Eine Scanguards Hochzeit)

Blakes Versprechen (Scanguards Vampire – Buch 11)

Schicksalhafter Bund (Scanguards Vampire – Buch 11 1/2)

Johns Sehnsucht (Scanguards Vampire – Buch 12)

Ryders Rhapsodie (Scanguards Vampire – Buch 13)

Damians Eroberung (Scanguards Vampire – Buch 14)

Graysons Herausforderung (Scanguards Vampire – Buch 15)

Geliebter Unsichtbarer (Hüter der Nacht – Buch 1)

Entfesselter Bodyguard (Hüter der Nacht – Buch 2)

Vertrauter Hexer (Hüter der Nacht – Buch 3)

Verbotener Beschützer (Hüter der Nacht – Buch 4)

Verlockender Unsterblicher (Hüter der Nacht – Buch 5)

Übersinnlicher Retter (Hüter der Nacht – Buch 6)

Unwiderstehlicher Dämon (Hüter der Nacht – Buch 7)

Ace – Auf der Flucht (Codename Stargate – Band 1)

Fox – Unter Feinden (Codename Stargate – Band 2)

Yankee – Untergetaucht (Codename Stargate – Band 3)

Tiger – Auf der Lauer (Codename Stargate – Band 4)

Ein Grieche für alle Fälle (Jenseits des Olymps – Buch 1)

Ein Grieche zum Heiraten (Jenseits des Olymps – Buch 2)

Ein Grieche im 7. Himmel (Jenseits des Olymps – Buch 3

Ein Grieche für immer (Jenseits des Olymps - Buch 4)

Der Clan der Vampire (Venedig 1 – 5)

Begleiterin für eine Nacht (Der Club der Ewigen Junggesellen – Buch 1)

Begleiterin für tausend Nächte (Der Club der Ewigen Junggesellen – Buch 2)

Begleiterin für alle Zeit (Der Club der Ewigen Junggesellen – Buch 3)

Eine unvergessliche Nacht (Der Club der Ewigen Junggesellen – Buch 4)

Eine langsame Verführung (Der Club der Ewigen Junggesellen – Buch 5)

Eine hemmungslose Berührung (Der Club der Ewigen Junggesellen – Buch 6)

ENTFESSELTER BODYGUARD

HÜTER DER NACHT – BAND 2

TINA FOLSOM

1

Stadträtin *Tessa Wallace* stand auf dem weißen Umschlag. Keine Adresse. Keine Briefmarke. Doch als sie ihn aufriss und die Nachricht darin las, fing Tessa an zu zittern. Ihr Atem stockte und ihr Herzschlag beschleunigte sich. Kalter Schweiß begann sich in ihrem Nacken zu sammeln.

Verlassen Sie das Rennen, solange Sie noch können. Oder wollen Sie enden wie der letzte Bürgermeister?

Die Nachricht war nicht unterzeichnet. Doch die Drohung war eindeutig. Jemandem gefiel die Tatsache nicht, dass sie für das höchste Amt der Stadt Baltimore kandidierte – ein Amt, das seit Bürgermeister John Yardleys Tod vor zwei Monaten unbesetzt war.

Einen Augenblick lang schloss sie die Augen und ließ ein zitterndes Seufzen über ihre Lippen entkommen. Sie hatte schon immer gewusst, dass Politik ein dreckiges und gefährliches Geschäft war. Der einzige Grund, warum sie nach dem verfrühten Tod des Bürgermeisters kandidierte, war, weil sie glaubte, dass der stellvertretende Bürgermeister Robert Gunn nicht der richtige Mann für den Job war. Seine aufhetzende Redensart verschlimmerte die Unruhen, die gegenwärtig in der Stadt tobten, nur noch mehr. Was diese Stadt brauchte, war ein Friedensstifter, kein ambitionierter Politiker, der keine Skrupel hatte, Verfügungen zu erlassen, die die Rechte von Minderheiten einschränkten. Er ging sogar so weit, Polizeigewalt gegen Schwarze und Latinos zu unterstützen, während weiße Kriminelle einen Freischein bekamen. Berichte über rassistisch motivierte Falschfestnahmen und illegale Eigentumsaneignungen häuften sich und Gunn sah nichts Falsches daran.

Doch trotz der Tatsache, dass Gunn eine schreckliche Wahl als Bürgermeister war, dachte sie nicht, dass er etwas so Gewagtes tun würde, wie Tessa zu bedrohen. Andererseits würde sie es jedoch seinen vielen Anhängern zutrauen, dass sie versuchten, sie einzuschüchtern, damit er ohne Gegenkandidat zur Wahl stand.

Ein kurzes Klopfen an der Tür erschreckte sie mehr, als es sollte. Bevor sie antworten konnte, wurde die Tür auch schon aufgerissen und Poppy Connor, ihre Wahlkampfmanagerin, stürmte herein. Die füllige Frau, die mehr Energie hatte als das Duracell-Häschen, hielt ein Blatt Papier hoch und grinste triumphierend.

„Frisch aus der Druckpresse! Die letzten Umfrageergebnisse."

Poppy stolperte fast über ihre eigenen Füße, als sie zum Schreibtisch eilte und das Blatt vor Tessa platzierte.

Automatisch schaute Tessa darauf, doch sie bekam keine Gelegenheit, die Zahlen zu lesen, da Poppy bereits ankündigte: „Du liegst fünf Prozentpunkte vorne. Das verdient einen Toast." Aufregung sprühte aus ihrer Stimme und färbte ihr Gesicht. Als bräuchte Poppy einen Grund zum Trinken. Sie war schon immer ein Party-Girl gewesen.

Tessa zwang sich zu lächeln. „Das liegt immer noch innerhalb der Fehlertoleranz."

Poppy schnalzte mit der Zunge. „Das hast du aber nicht gesagt, als Gunn vor zwei Wochen noch fünf Prozentpunkte vor *dir* lag." Sie deutete erneut auf das Blatt Papier. „Komm, sieh es dir doch an! Das ist ein gewaltiger Umschwung in nur zwei Wochen. Ich glaube, unsere Herangehensweise funktioniert. Du sprichst die Leute an. Sie sehen etwas in dir."

Tessa zuckte mit den Schultern. Sie konnte sich nicht über die guten Neuigkeiten freuen, da sie immer noch an die Drohung denken musste. „Ja, vermutlich."

Ihre Wahlkampfmanagerin warf ihr einen fragenden Blick zu. „Vermutlich? Was ist los? Ich dachte, dass du vor Freude über die Nachricht auf dem

Tisch herumspringen würdest. Ist das nicht, was du wolltest. Willst du überhaupt gewinnen?“

Tessa hob die Augen. „Das tue ich. Die Einwohner von Baltimore verdienen etwas Besseres als Gunn. Aber ...“

„Aber was? Sag mir nicht, dass du nicht den Mumm dazu hast. Ich weiß, dass Leute dich wegen deiner Jugend und Unerfahrenheit angegriffen haben, aber davon darfst du dich nicht unterkriegen lassen.“

„Das tue ich auch nicht.“ Sie zögerte und überlegte, ob sie Poppy von der Drohung erzählen sollte. Dann atmete sie ein paar Mal durch. Vielleicht war es das Beste, die Sache einfach zu ignorieren. Jemand wollte also nicht, dass sie Bürgermeisterin wurde. Nicht wirklich überraschend.

Tessa setzte ein Lächeln auf. „Ich bin nur etwas erschöpft.“ Sie nahm das Blatt Papier in die Hand und studierte die Umfragewerte genauer. „Diese Zahlen sehen wirklich gut aus.“

Poppy beugte sich näher zu ihr und blickte über ihre Schulter. „Und sieh dir die Werte der Latinos und der schwarzen Wähler an.“

„Bei denen liege ich weit vorne.“

„In dieser demografischen Gruppe machst du ihn fertig!“, bestätigte Poppy.

„Aber wir müssen die Gewerkschaften auf unsere Seite bringen. Hast du die Rede –“

„Was ist das?“ Poppys Hand schoss an Tessas Schulter vorbei und zeigte auf den Zettel, der offen auf dem Schreibtisch lag, jetzt wo Tessa das Blatt mit den Umfragewerten in die Hand genommen hatte.

„Das ist nichts.“ Tessa versuchte, sich den Brief zu schnappen, bevor Poppy ihn nehmen konnte. Zu spät.

Poppy trat zurück und studierte die Nachricht, dann hielt sie sie hoch. „Nichts? Das ist eine Todesdrohung! Gott, Tessa, wann hast du die bekommen?“

„Sie lag auf meinem Tisch, als ich aus der Stadtratsversammlung zurückkam. Wahrscheinlich war es nur irgendein Verrückter.“ Sie nahm Poppy die Nachricht aus der Hand. „Ich nehme sie nicht ernst.“ Obwohl die drohenden Worte sie anfänglich in Angst versetzt hatten, würde sie das Poppy gegenüber nicht zugeben. Je weniger sie daraus machte, umso besser. „Wenn ich jede dumme Drohung ernst nehmen würde, würde ich nie meine Arbeit erledigen können."

Poppy erstarrte. „Was sagst du da?"

„Ich sagte, dass ich das nicht ernst nehme."

Poppy schüttelte den Kopf und packte Tessas Schultern, wobei sie sie fast aus dem Stuhl zog. „Sieh mich an." Poppy brachte ihr Gesicht näher. „Willst du damit sagen, dass das nicht die erste Drohung ist, die du bekommen hast?"

Tessas Atem stockte. Sie war noch nie sehr gut darin gewesen, etwas zu verheimlichen – oder zu lügen. Vielleicht hätte sie keine Politikerin werden sollen. Ihr Vater hatte ihr schon immer gesagt, dass sie zu ehrlich für diesen Beruf wäre. Zu gut, was auch immer das bedeutete.

Poppys Augen weiteten sich. „Oh mein Gott! Du hast bereits andere solcher Drohungen bekommen, oder?"

„Ich würde sie nicht Drohungen nennen", sagte Tessa in dem Versuch, Poppys Besorgnis zu dämpfen.

„Wie würdest du sie dann nennen?"

Tessa zuckte mit den Schultern. Darauf hatte sie keine Antwort. Stattdessen zog sie die oberste Schublade ihres Schreibtisches auf. Darin lagen noch mehr Briefe, alle möglicherweise vom selben Absender, obwohl die vorherigen Nachrichten eher Vorschläge als Drohungen waren.

Poppy nahm einige der Briefe aus der Schublade. „Oh Scheiße, Tessa!"

Tessa beobachtete Poppy schweigend, während diese die Nachrichten überflog.

„Wann hast du die erste bekommen?"

„Vor ein paar Wochen, nachdem ich angekündigt hatte, dass ich für das Bürgermeisteramt kandidiere."

Poppy zeigte auf die Briefe. „Die nehme ich mit."

„Was willst du mit ihnen machen?"

„Sie jemandem zeigen, der dir helfen kann."

Tessa sprang auf. „Ich kann mir selbst helfen!"

Poppy stemmte ihre Hände in die Hüften. „Nein, kannst du nicht. Nicht, wenn es um so etwas Ernstes wie das hier geht. Du brauchst einen Profi."

„Einen Profi?"

„Ja, jemanden, der dich beschützen kann, denn als deine Wahlkampfmanagerin bin ich nicht nur dafür zuständig, dass du Stimmen bekommst, ich bin auch für deine Sicherheit verantwortlich." Sie zeigte auf die neueste Nachricht. „Ich werde nicht untätig herumstehen, während dich jemand offensichtlich lieber tot sehen will. Was wäre ich für eine Freundin, wenn ich das täte?"

„Du kannst mich dabei nicht einfach übergehen!", protestierte Tessa. „Ich bin nicht in Gefahr. Das ist nur ein verärgerter Wähler, der lieber Gunn als Bürgermeister sehen würde."

„Wie viele verärgerte Wähler kennst du, die Todesdrohungen schicken?" Poppy blickte sie ernst an. „Du bekommst Schutz und damit basta!"

Jetzt schäumte Tessa. „Wenn du das tust, feuere ich dich!"

„Tu, was du nicht lassen kannst, aber wenn du keinen Schutz annimmst, werde ich diese Briefe deinem Vater zeigen. Wollen wir doch mal sehen, was er dazu zu sagen hat."

Tessa fiel die Kinnlade herunter. Wenn ihr Vater Grund hatte anzunehmen, dass sie in Gefahr schwebte, würde er höchstpersönlich ins Rathaus marschieren und sie in Sicherheitsverwahrung stecken lassen. Er hatte schon immer sehr auf sie aufgepasst, auch wenn er nicht immer in der Lage gewesen war, sie zu beschützen. Ein einziges Mal nur hatte er versagt und das hatte ihn noch überfürsorglicher gemacht. Doch Tessa hatte nicht die Absicht, ihm wegen dieser Sache Sorgen zu bereiten. Er hatte genug am Hals.

„Das würdest du nicht wagen!"

„Oh, das würde ich, im Nu!" Poppy verschränkte die Arme vor ihrer Brust. „Du hast die Wahl."

Tessa presste die Lippen zusammen, denn sie wusste, dass sie diese Runde verloren hatte. „Ich hätte dich nie einstellen sollen. Freundschaft und Geschäft passen definitiv nicht zusammen."

Poppy lächelte süß. „Schatz, mich einzustellen, war das Beste, was du je getan hast."

2

Hamish trat aus dem Portal, das ihn von seinem eigenen Komplex in einen brachte, der Tausende von Meilen entfernt war. Die Reise hatte nur Sekunden gedauert. Das Portalsystem war das Haupttransportmittel der Hüter der Nacht und befähigte sie, in Krisenzeiten schnell handeln zu können. Doch es war gleichzeitig ihre Achillesferse: Sollte ein Dämon je eines ihrer Portale betreten, hätte er zu jeder ihrer Festungen Zutritt und könnte sie von innen heraus vernichten.

Cinead, ein Mitglied des Rats der Neun, ihrer Regierung, wartete bereits auf ihn.

„Du bist schnell gekommen", sagte der ältere Politiker mit dem ausgeprägten schottischen Akzent.

„Du hast es wichtig klingen lassen."

„Das ist es auch." Er zeigte zum Gang. „Komm mit."

Als sie durch das Labyrinth aus Korridoren wanderten, warf Hamish seinem Mentor einen Seitenblick zu. In dunkler Hose und einem hellen Polohemd machte er eine beeindruckende Figur. Als er noch jünger war, war Cinead ein furchtloser Krieger gewesen, doch dann hatte er sich entschieden, sein Leben der Führung seiner Rasse als Mitglied des Rats der Neun zu widmen. Heute sah er müde und ernst aus.

„Was beunruhigt dich?", fühlte sich Hamish verpflichtet zu fragen.

Cinead lächelte, doch es wirkte gezwungen. „Vieles." Er zeigte auf eine Tür, ging hindurch und verschwand direkt vor Hamishs Augen.

Hamish folgte ihm und erlaubte seinem Körper zu desintegrieren, damit er das massive Holz durchdringen und sich dahinter wieder materialisieren konnte, eine Fähigkeit, über die nur seine Rasse verfügte.

Auf diese Weise betrat er eine große Bibliothek mit einem bequemen Sitzbereich und Bücherregalen, so hoch das Auge sehen konnte. Cinead trat zum Kamin und berührte den Rahmen eines kleinen Bildes. Hamish hatte das Gemälde schon oft gesehen: ein Säugling auf einem Bärenfell. Der dunkelhaarige Junge lag splitterfasernackt auf dem Bauch. Ein Muttermal in Form einer Axt zierte eine Pobacke.

„Er wäre jetzt in deinem Alter, wenn er noch leben würde", sagte Cinead in die Stille hinein. Ein unheimliches Echo begleitete seine Worte, als antworteten die Geister der Toten.

Hamish schluckte schwer und ihm wurde plötzlich die Bedeutung des heutigen Datums bewusst. „Wie lange ist es her?"

„Es sind auf den Tag genau zweihundert Jahre", sagte Cinead und drehte sich zu ihm, „seit die Dämonen ihn getötet haben. Er war nur ein winziges Kind, hatte noch Windeln getragen." Er ging zur Couch, setzte sich und gab Hamish ein Zeichen, es ihm gleichzutun.

Hamish kam der Bitte nach.

„Ich glaube, ich werde auf meine alten Tage noch sentimental."

Nicht, dass Cinead alt aussah; ihre Rasse alterte nicht schnell. Selbst im Alter von fast fünfhundert Jahren wirkte Cinead nicht älter als ein Mann Ende Vierzig. Seine Augen spiegelten jedoch die Weisheit und Erfahrung seines langen Lebens und den Schmerz und das Elend wider, das er durchlebt hatte.

„Ist das der Grund, warum du mich sehen wolltest? Um in Erinnerungen zu schwelgen?" Wenn dem so wäre, hätte Hamish es ihm nicht verübelt. Cinead war wie ein zweiter Vater für ihn gewesen, nachdem Angus, Cineads einziges Kind, von ihren Erzfeinden, den Dämonen der Angst, getötet worden war.

Der ältere Hüter der Nacht schüttelte den Kopf. „Obwohl du mich an ihn erinnerst, oder eher daran, wie ich ihn mir in deinem Alter vorgestellt hätte, wenn sie ihn mir nicht genommen hätten. Trotzdem habe ich dich nicht gerufen, um mit dir über alte Zeiten zu sprechen." Er lächelte. „Ich bin auf alles, was du als Hüter erreicht hast, stolz, Hamish."

Etwas beschämt von dem offenen und unerwarteten Lob, sagte Hamish: „Nur dank deiner Führung."

„Du bist zu bescheiden. Noch eine deiner vielen positiven Eigenschaften, genau wie deine Einschätzungsgabe. Du hättest ein hervorragendes Mitglied des Rats der Neun abgegeben und –"

„Ich habe dir meine Gründe genannt, warum ich den Sitz im Rat abgelehnt habe, und ich dachte, dass du es verstan–"

„Ich habe es verstanden." Cinead hob seine Hand in einer beruhigenden Geste. „Keine Sorge. Du bist nicht hier, damit ich dich zu etwas überreden kann, was du offensichtlich nicht willst. Die beiden freien Positionen im Rat werden ohnehin gerade besetzt. Ich bin sogar froh, dass du ein Krieger geblieben bist. Draußen im Feld bist du für uns sowieso wertvoller. Besonders jetzt."

Sofort in Alarmbereitschaft spürte Hamish, wie sich seine Wirbelsäule versteifte. „Was brauchst du?"

Cinead lächelte sanft. „Stets der eifrige Soldat. Das ist gut. Dies ist eine delikate Angelegenheit, eine, die einen Mann deines Urteilsvermögens und deiner Erfahrung bedarf. Einen Mann, der nicht zulässt, dass Gefühle seiner Pflicht im Wege stehen."

Hamish zog eine Augenbraue hoch, unterbrach ihn jedoch nicht. Gefühle? Er hatte schon lange keine Gefühle mehr. Gefühle hatten ihn einst fast getötet; damals hatte er eine dicke Kette um sein Herz gelegt, eine, die er nie wieder entfernen wollte. Er war den anderen Hütern der Nacht gegenüber so loyal wie immer, besonders den Männern und Frauen seines Komplexes, und behandelte jeden Außenstehenden – besonders jene, die er zu beschützen beauftragt wurde – mit kühler Distanz und angemessenem Misstrauen. Vertrauen war etwas, das er dieser Tage nicht leicht vergab, denn der falschen Person zu vertrauen, könnte sein Ende bedeuten, oder das seiner Brüder und Schwestern.

„... Unruhen und Aufstände. Wir dürfen nicht zulassen, dass das so weitergeht. Verstehst du?"

Plötzlich wurde Hamish klar, dass Cinead angefangen hatte zu reden und er den halben Vortrag verpasst hatte.

„Ja, Sir." Er nickte schnell und blickte Cinead erwartungsvoll an, damit dieser weitersprach.

„Das passiert alles direkt vor deiner Haustür. Wir wussten, dass es nach dem unerwarteten Tod von Bürgermeister Yardley Probleme geben würde, jedoch konnten wir nicht vorhersehen, wie schlimm es werden würde."

Hamish fing an zu verstehen, wovon Cinead sprach: von Baltimore, der Stadt, die er sein Zuhause nannte. Er rutschte in seinem Sessel nach vorne, während echtes Interesse in ihm aufkeimte. Obwohl er überall hingehen würde, wohin der Rat ihn schickte, zog er doch Missionen in der Nähe seiner Heimat vor, denn er war der Meinung – so wie jedes Football-Team – dass ihm das einen Heimvorteil gab. Und während der letzten zwei Monate war hier alles aus dem Ruder gelaufen: Die Verbrechensrate war in die Höhe geschossen, Demonstrationen waren brutaler geworden und Aufstände waren ausgebrochen.

„Vermutest du, dass Dämonen hinter den gegenwärtigen Unruhen stecken?"

Schließlich machte es Sinn. Die Dämonen der Angst nährten sich an Unruhen, Hass und Furcht. Das machte sie stärker. Sie nutzten jede Gelegenheit, Gewalt anzuzetteln, damit sie sich an der daraus resultierenden Angst laben konnten. Damit sie stärker würden und eines Tages hervortreten und über die Menschheit herrschen konnten. Und das Einzige, was zwischen den Menschen und ihrem Schicksal stand, waren die Hüter der Nacht, die es sich zu ihrer Mission gemacht hatten, die Pläne der Dämonen zu vereiteln.

Cinead tippte mit den Fingern gegen seine Lippen. „Ich bin mir nicht sicher. Aber was ich weiß ist, dass es eine Person gibt, die dem Ganzen ein Ende setzen und wieder Frieden in die Stadt bringen kann. Wir setzen große Hoffnung auf sie."

„Sie?"

Cinead nickte. „Stadträtin Tessa Wallace. Sie versteht, in welcher Misere sich die Minderbemittelten der Stadt befinden. Die Menschen vertrauen ihr. Sie kandidiert für das Amt des Bürgermeisters."

Hamish nickte. „Ich habe ein paar Nachrichtensendungen gesehen. Sie ist auf jeden Fall eine bessere Wahl als Gunn." Dann zuckte er mit den Schultern. „Und ich glaube, die Wähler wissen das auch. Da gibt es nichts für uns zu tun."

„Im Gegenteil."

Hamish zog eine Augenbraue hoch.

„Einer unserer *Emissarii* hat uns mitgeteilt, dass die Stadträtin Morddrohungen erhalten hat."

„Von den Dämonen?"

„Wir sind uns nicht sicher. Auf jeden Fall wird es den Dämonen in die Hände spielen, wenn sie aus dem Rennen ausscheidet. Das dürfen wir nicht zulassen. In den zwei Monaten, seit Gunn nun als agierender Bürgermeister fungiert, hat er bereits zu viel Ärger verursacht und er scheint nicht die Absicht zu haben, seine Wähler zu beschwichtigen. Im Gegenteil: Seine Reden und seine Taten schüren nur weitere Gewalttaten und Proteste. Er entzweit die Stadt. Die Rassenbeziehungen sitzen auf einem Pulverfass, das jeden Moment explodieren könnte. Wir fürchten das Schlimmste, sollte er die Wahl gewinnen. Sollte jedoch ..."

„Sollte jedoch die Stadträtin gewinnen, glaubst du, dass sie die Lage in der Stadt wenden kann?"

„Mit deiner Hilfe, ja." Er beugte sich nach vorne. „Deshalb habe ich dich hergebeten."

„Du willst, dass ich sie beschütze und sicherstelle, dass wer auch immer die Morddrohungen geschickt hat, sie nicht ausführen kann", vermutete Hamish. „Nichts einfacher als das." Es wäre genau wie jeder andere Auftrag, den er in der Vergangenheit bekommen hatte. Was allerdings die Frage aufwarf, warum Cinead sich die Mühe gemacht hatte, ihn um ein persönliches Treffen zu bitten, wo er ihm doch den Auftrag auch auf üblichem Wege hätte zukommen lassen können.

„Ja, doch das ist nicht alles. Ich will auch, dass du sicherstellst, dass sie auf dem richtigen Pfad bleibt. Ich will, dass du ihr im Angesicht der Opposition, gegen die sie ankämpfen muss, Stärke verleihst."

Hamishs Augenbrauen zogen sich zusammen. „Und wie soll ich das tun, wenn sie nicht einmal weiß, dass ich sie beschütze?"

Cinead lächelte und einen Augenblick lang glaubte Hamish einen winzigen Funken Verschmitztheit in den Augen des anderen Mannes zu sehen. „Das ist der Punkt, in dem sich dieser Auftrag von all deinen früheren Missionen unterscheidet. Sie wird wissen, dass du ihr Beschützer bist."

Hamish sprang auf. „Willst du sagen, dass sie wissen wird, dass ich ein Hüter der Nacht bin?“

Cinead lachte. „Natürlich nicht. Soweit gehen wir nicht. Sie wird glauben, dass du ein menschlicher Bodyguard bist, der von einem wohlhabenden Anhänger engagiert wurde, um sicherzustellen, dass ihr nichts passiert. Aber das ist nicht alles. Die Leute um sie herum dürfen nicht wissen, wer du bist. Ihnen wirst du als ihr Freund vorgestellt. Dadurch hast du überall uneingeschränkt Zugang –“

„Moment mal!“ Hamish fuhr sich mit der Hand durch sein dunkles Haar. „Bei allem Respekt, das kommt nicht in Frage. Ich bin nicht der Richtige für so einen Auftrag.“

„Im Gegenteil, du bist genau der Richtige für diesen Auftrag.“

„Hast du vergessen, was mir widerfuhr?“ Denn *er* hatte das nicht. Wie könnte er den Betrug einer Frau, die er geliebt hatte, je vergessen? Einen Betrug, der ihn fast das Leben gekostet hätte. Und jetzt erwartete sein Vorgesetzter, dass er vorgab, eine menschliche Frau zu lieben?

Cineads Stimme war ruhig und väterlich, als er fortfuhr. „Nein, ich habe nicht vergessen, was du durchgemacht hast. Und das ist genau der Grund, warum du der perfekte Kandidat bist. Du hast den Betrug gekostet. Und du hast seine Anzeichen gesehen. Du bist besser vorbereitet als jeder andere. Wäre es dir wirklich lieber, wenn ich die Mission an Manus vergebe? Oder Logan? Sie sind gute Hüter, versteh mich nicht falsch. Aber sie könnten der Verlockung einer Frau wie Tessa Wallace nicht widerstehen. Nicht, wenn sie vorgeben müssten, mit ihr zusammen zu sein.“

„Verlockung?“ Wovon zum Teufel sprach Cinead? Er hatte Fotos von der Stadträtin gesehen und obwohl sie sehr attraktiv, sogar schön war, verstand er nicht, worin die Gefahr lag. Sicher, Manus hatte den Ruf eines Frauenhelden, doch Hamish bezweifelte, dass Cinead das wusste. Ihr Komplex war eine verschworene Gruppe. Sie plauderten keine Geheimnisse aus.

„Es ist nicht ihre Schönheit, die Männer einfängt, obwohl sie durch diese angezogen werden. Es ist ihre Seele.“

Hamish zog eine Augenbraue hoch. „Ihre Seele?“

„Sie ist durch und durch gut. Alles, was sie tut, ist für das Wohl anderer. Sie hat keine einzige böse Faser in ihrem Körper und hegt nicht den geringsten bösen Gedanken.“

„Woher willst du das wissen?“

„Unser *Emissarius* beobachtet sie schon seit vielen Jahren. Ich vertraue ihm und seinem Urteilsvermögen. Genauso wie ich deinem vertraue.“ Cinead erhob sich langsam und trat auf Hamish zu. „Ich weiß, dass dein Herz brach, als du die Frau verloren hast, die du liebtest, und ich wünschte, ich könnte es ungeschehen machen, mein Sohn, aber das kann ich nicht. Doch vielleicht wird dir dieses gebrochene Herz helfen, diese Mission ohne emotionale Beteiligung auszuführen. Das kann ich bei Logan und Manus nicht sagen. Beide würden Emotionen in diese Mission miteinbringen und unser Ziel aufs Spiel setzen. Sie muss Bürgermeisterin werden. Baltimore braucht sie. Nichts und niemand darf sie vom rechten Weg abbringen.“

Hamish senkte seine Augenlider und seufzte. Er hatte nicht die Absicht, sich je wieder zu verlieben. Das war mit zu viel Gefahr verbunden. Aber das bedeutete nicht, dass ihm dieser Auftrag gefiel. Die ganzen Umstände waren unorthodox. Zu viele Dinge konnten schiefgehen. Die Hüter der Nacht agierten im Hintergrund. Ihnen waren Fähigkeiten gegeben worden, die sicherstellten, dass sie nie gesehen werden würden: die Fähigkeit, sich unsichtbar zu machen – etwas, das sie auf ihre Schützlinge ausweiten konnten, entweder durch Geisteskraft oder durch Berührung, wobei das letztere weniger Energie kostete. Sie hatten auch die Fähigkeit, durch Wände zu gehen, damit für sie kein Ort je unerreichbar war. Diese Fähigkeit konnten sie jedoch nicht auf ihre Schützlinge ausweiten.

Und jetzt wollte Cinead, dass er in der Öffentlichkeit agierte? Sichtbar für jeden?

„Und die Dämonen?“

„Was ist mit ihnen?“

„Sie werden erkennen, was ich bin, sobald sie mich mit ihr sehen.“ Sie würden seine Aura als die eines Hüters der Nacht erkennen, etwas, das nur andere paranormale Geschöpfe konnten. Menschen hatten diese Fähigkeit nicht.

„Ich weiß. Doch wir haben keine Wahl. Außerdem müssen wir aufgrund der Gerüchte über den neuen Dämonenherrscher annehmen, dass sie nun andere Taktiken anwenden. Zoltan ist innovativer als sein Vorgänger. Er wird so oder so herausfinden, dass wir sie beschützen. Er ist zu clever, um zu glauben, dass wir jemanden, der so wertvoll wie Tessa Wallace ist, ungeschützt lassen.“

Resigniert blickte Hamish Cinead direkt an. „Wen soll ich als Sekundant wählen?“

„Enya. Aber ich will, dass sie im Verborgenen bleibt. Miss Wallace soll nichts von ihr wissen. Nur für den Fall, dass wir ein Ass im Ärmel brauchen.“

Zumindest konnte Hamish diesem Befehl zustimmen. „Nun gut.“

Enya, die einzige Frau in seinem Komplex, würde als Backup fungieren, wenn Hamish nicht bei seinem Schützling sein konnte. Eine weise Wahl, denn trotz ihres kratzbürstigen Wesens war Enya eine gute Kriegerin und würde als Frau gegenüber dem Charme von Miss Wallace immun sein.

Genauso wie er dagegen immun sein würde.

3

„Anton Faldo?“ Tessa starrte Poppy mit offenem Mund an und blickte den Korridor im zweiten Obergeschoss des Rathauses, wo sich die Büros der Stadträte befanden, hinunter. Da sie wusste, dass dies nicht der richtige Ort war, um so ein heikles Thema zu besprechen, zeigte sie in Richtung ihres Büros, wobei sie zähneknirschend murmelte: „Bist du verrückt?“

„Er hat die richtigen Verbindungen“, sagte Poppy und folgte ihr ins Vorzimmer, wo mehrere Assistenten der Stadträte damit beschäftigt waren, sich um die Besucher und die Telefone zu kümmern.

Tessa eilte an Collette, ihrer Sekretärin, vorbei, drückte die Tür zu ihrem Büro auf und stürmte hinein. „Und was für Verbindungen!“, zischte sie, als Poppy das Büro betrat. „Faldo ist ein Gauner. Gegen ihn wurde schon mehrere Male ermittelt.“

„Er ist noch nie verurteilt worden“, warf Poppy ein.

Tessa schnaubte. „Nur weil er sich die besten Anwälte leisten kann, die für Geld zu haben sind. Und er schmiert wahrscheinlich jeden, der ihm im Weg steht. Der Mann bedeutet nichts als Ärger.“

„Er unterstützt deine Kampagne und –“

„Was?“

Poppy zog eine Grimasse. „Siehst du dir denn die Spendenberichte nicht an, die ich dir jeden Tag vorlege? Er ist einer deiner größten Spender."

Tessa warf ihre Hände in die Luft. „Das darf doch wohl nicht wahr sein!" Wenn das bekannt wurde, würde es ihre Karriere ruinieren.

„Ich dachte, du wüsstest das."

Tessa ließ sich in ihren Stuhl fallen und stützte den Kopf auf ihre Hände. „Ich kann sein Geld nicht annehmen."

„Du musst viel mehr als nur sein Geld nehmen. Du brauchst seine Hilfe."

Tessa hob die Augen, um ihre Wahlkampfmanagerin anzusehen. Sie waren zusammen aufs College gegangen und sie hatte gedacht, dass sie Poppy in- und auswendig kannte. Hatten sie nicht immer dieselben Wertvorstellungen und dieselben hohen moralischen Standards geteilt? Was war mit ihrer Freundin geschehen? Hatte sie sich verkauft?

„Wie kannst du nur erwarten, dass ich von so einem Kriminellen Hilfe annehme? Er wird im Gegenzug dafür etwas wollen. Falls ich Bürgermeisterin werde, wird er Gefälligkeiten einfordern. Ich werde meine Integrität nicht an irgendeinen Gauner verkaufen!"

Poppy beugte sich über den Tisch. „Du musst pragmatisch sein. Faldos Spenden gehen über eine seiner Firmen. Niemand wird eins und eins zusammenzählen. Und bezüglich irgendwelcher Gefälligkeiten: Faldo versicherte mir, dass seine Hilfe an keinerlei Bedingungen geknüpft ist."

„Und das glaubst du ihm?" Denn Tessa tat das nicht. Schließlich war nichts umsonst. Besonders nicht in der Politik, wo alles seinen Preis hatte und jeder käuflich war.

Aber Poppy fuhr fort: „Außerdem, glaubst du wirklich, dass Gunn noch nie Spenden von pikanten Quellen angenommen hat?"

„Mir ist egal, was Gunn tut. Ich bin nicht wie er."

Poppy seufzte. „Das weiß ich doch. Aber ich glaube nicht, dass du den Ernst deiner Situation erkennst. Jemand will dich umbringen und ich werde verdammt nochmal Faldos Angebot, dir einen Bodyguard zu stellen, nicht ausschlagen."

„Einen Bodyguard? Du meinst einen seiner Gorillas?"

„Ich bin noch nie zuvor Gorilla genannt worden", erklang eine tiefe Stimme von der Tür.

Erschrocken sprang Tessa auf und blickte an Poppy vorbei. Ein großer Mann lehnte lässig am Türrahmen. Er war etwa Mitte dreißig, hatte dichtes, dunkelbraunes Haar und einen Dreitagebart an seinem kantigen Kinn. Seine Augen waren dunkel – schokobraun, wenn sie sie beschreiben müsste. Seine Cargohose und sein sportliches Shirt umrissen seine muskulöse Figur und ließen ihn aussehen, als wäre er bereit für einen Kampf. Sie ließ ihre Augen über ihn schweifen und war nicht in der Lage wegzusehen. Noch nie hatte sie einen Mann mit so einer *Präsenz* gesehen. Er strotzte vor Selbstvertrauen. Es bestand kein Zweifel, dass seine bloße physische Nähe jeden einschüchtern konnte. Sein Foto könnte allerdings genauso gut im Lexikon neben dem Begriff *Mädchenschwarm* auftauchen.

Poppy wirbelte herum. „Sie müssen Mr. MacGregor sein. Mr. Faldo hat uns schon mitgeteilt, dass wir mit Ihnen rechnen können."

„Ich hatte geklopft, aber niemand hat mich gehört." Der Mann schloss vorsichtig die Tür, ging Poppy entgegen und schüttelte ihr die Hand, wobei sein Blick an ihr vorbei zu Tessa wanderte. „Hamish MacGregor, zu Ihren Diensten. Aber niemand nennt mich Mr. MacGregor. Sagen Sie einfach Hamish."

Erst jetzt konnte Tessa den leichten schottischen Akzent hören. Er verursachte ihr ein angenehmes Kribbeln und ließ ihren Puls schneller schlagen.

Poppy gab ein leises Lachen von sich, eines, das Tessa nur zu gut kannte: Es zeigte sich immer, wenn Poppy jemanden attraktiv fand. Und wer würde Hamish MacGregor nicht attraktiv finden? Doch Tessa würde sich von einem hübschen Gesicht und einem durchtrainierten Körper nicht von ihrer Überzeugung abbringen lassen, keine Hilfe von einem Kriminellen anzunehmen.

„Mr. Mac–"

„Und Sie müssen Miss Wallace sein", unterbrach Hamish und trat um den Tisch herum, um ihr die Hand entgegenzustrecken.

Da sie nicht unhöflich sein wollte, fühlte sie sich verpflichtet, diese zu schütteln. „Ja. Aber wie ich bereits meiner Wahlkampfmanagerin gesagt habe, brauche ich keinen Bodyguard."

Hamish zog einen seiner Mundwinkel nach oben. „Nach allem, was ich mitgehört habe, klang es eher so, als würden Sie nicht von einem von Mr. Faldos Gorillas beschützt werden wollen."

Sie versteifte sich. Wie viel von ihrer Unterhaltung mit Poppy hatte er mitbekommen? „Nun, da wir so offen reden: Ich kann nicht mit Mr. Faldos ... ähm ... Geschäften in Verbindung gebracht werden."

Er blickte sie jetzt musternd von oben bis unten an. „Ich bin kein Angestellter von Mr. Faldo, wenn Sie das beunruhigt."

„Vielleicht nicht auf regelmäßiger Basis, aber er bezahlt Sie", protestierte sie. Und das bedeutete, dass sie Faldo immer noch auf die eine oder andere Weise verpflichtet sein würde.

Hamish zog eine Augenbraue hoch. „Ich glaube, hier herrscht ein kleines Missverständnis. Mr. Faldo hat meine Dienste nur vermittelt. Er bezahlt mich nicht."

Ihr Blick schwenkte zu Poppy, die sofort nickte. „Ich dachte, ich habe dir gesagt, dass ich die Gewerkschaft der Lebensmittelbranche angesprochen und dazu gebracht habe, die Ausgaben zu tragen."

Beschämt stammelte Tessa: „Oh. Warum hast du das nicht ... ich ... ähm ..."

„Vermutlich habe ich's vergessen. Ich habe zu viele Sachen am Hals", antwortete Poppy und schaute auf die Uhr. „Apropos Sachen, ich habe ein Meeting mit einem Reporter. Muss los." Sie marschierte zur Tür. „War schön, Sie kennenzulernen, Hamish."

„Poppy ... Das bedeutet nicht, dass ich das annehmen ..." Aber Poppy war bereits verschwunden und hatte sie mit dem gut aussehenden Fremden alleine gelassen.

Die Sache würde nie funktionieren. Sie konnte diesen Mann nicht als ihren Bodyguard annehmen. Wie sollte sie mit ihm in ihrer Nähe ihre Arbeit erledigen? Außerdem, sollten Bodyguards nicht mit dem Hintergrund verschmelzen? Nie im Leben würde Hamish MacGregor einen Raum betreten können, ohne bemerkt zu werden. Im Gegenteil, alle Augen würden auf ihn gerichtet sein.

Sie räusperte sich. „Es tut mir leid, Mr. MacGregor –"

„Hamish", korrigierte er sie sofort mit einem leise polternden Geräusch in seiner Stimme, das sie aus dem Konzept warf.

„Hamish, ich glaube nicht, dass das funktionieren wird."

WAS HATTE CINEAD GESAGT? *Durch und durch gut?* Unwahrscheinlich! Tessa Wallace war streitsüchtig, stur und geradezu für die Sünde geschaffen. Die

Art von Sünde, die einen zum Schwitzen und Keuchen brachte. Die Art von Sünde, der er abgeschworen hatte. Was hatte sich Cinead gedacht, als er ihm diese kampfbereite, kribbelige Schönheit mit dem langen dunkelbraunen Haar und diesen wunderschönen lavendelfarbigen Augen zugeteilt hatte?

„Sie werden sich nicht an mein Umfeld anpassen können“, sagte sie jetzt.

Hamish runzelte die Stirn. „Anpassen?“

„Alle werden sich fragen, wer Sie sind und ich will nicht, dass jemand weiß, dass ich einen Bodyguard habe. Es ist schon schlimm genug, dass ich einen brauche.“

Er zuckte mit den Schultern. „Deshalb werden Sie allen erzählen, dass ich Ihr Freund bin.“

Panik blitzte in ihren Augen auf. „Wie bitte?“

„Wir haben besprochen, dass es das Beste wäre, wenn ich mich als Ihr Freund ausgebe, um Fragen zu vermeiden. Das wird weniger Verdacht erwecken.“

Sie schluckte sichtlich. „Wir?“

„Mein Vorgesetzter und ich. Wir wissen, was wir tun.“ Obwohl Hamish Cineads Befehl nicht zustimmte. Aber die Tatsache, dass sein Schützling sich gegen diese Vorstellung wehrte, ließ ihn unfreiwillig die Vorteile solch eines Arrangements erkennen.

Tessa schüttelte den Kopf. „Das wird uns niemand abkaufen.“

„Dann müssen wir es eben glaubhaft aussehen lassen.“ Bei dem Gedanken daran, was das beinhalten könnte, spürte er, wie Adrenalin durch seine Adern schoss. Sofort schob er die Bilder aus seinen Gedanken. Er würde nicht den gleichen Fehler machen wie sein bester Freund Aiden, der sich in seinen Schützling Leila verliebt hatte. Obwohl sich in Aidens Fall alles zum Besten gewendet hatte, wusste Hamish aus eigener Erfahrung, dass nicht jeder so viel Glück hatte.

Hamish räusperte sich. „Gehen wir die Details durch.“

„Details?“, krächzte Tessa und starrte ihn an wie ein Reh im Scheinwerferlicht.

Offensichtlich gefiel ihr die Idee eines Pseudo-Freundes ebenso wenig wie ihm. Nicht dass sie beide in dieser Angelegenheit eine Wahl hatten. Sie würde sich ebenso wie er damit abfinden müssen.

„Ja, je eher wir die Einzelheiten besprechen, umso glatter wird alles laufen."

„Mr. MacGregor –"

„Hamish! Tessa, wir werden uns duzen müssen, sonst kauft uns niemand ab, dass ich dein Freund bin."

Er bemerkte, wie sie nervös ihre Hand an ihrem engen Rock rieb, der ihre schlanke Taille und ihre langen Beine akzentuierte. „Hamish, ich bin wirklich nicht sicher, wie das funktionieren soll. Ich kenne Sie nicht und Sie kennen mich nicht. Es gibt Hunderte von Gelegenheiten, bei denen wir ins Stolpern geraten können."

„Das haben wir natürlich bedacht." Oder eher hatte das Cinead. „Deshalb wird es das Beste sein, wenn alle denken, dass wir erst seit Kurzem zusammen sind. Wie wäre es mit ein paar Wochen? So müssen wir nicht viel übereinander wissen."

„Das stimmt schon", räumte sie ein, „aber sollen Sie mich nicht die ganze Zeit beschützen?"

„Ja. Und?"

Sie seufzte, als wäre sie verärgert darüber, dass er nicht sofort wusste, worauf sie sich bezog. „Ich würde einen Mann nicht so häufig sehen, wenn ich ihn gerade erst kennengelernt habe. Das ist nicht realistisch."

„Ist es schon, wenn es dich wirklich erwischt hat."

„Aber –"

Er trat näher, sodass sie nur noch ein halber Meter trennte. „Warst du noch nie völlig in einen Mann verliebt, obwohl du ihn gerade erst kennengelernt hast?" Ein Flackern in ihren Augen bedeutete ihm, dass sie diese Erfahrung schon einmal gemacht hatte. „Gut, dann musst du dich nur daran erinnern, wie es sich angefühlt hat, und dich dementsprechend verhalten. Und ich mache es genauso und tue so, als würde ich es nicht aushalten, von dir getrennt zu sein. Solange die Leute sehen, dass wir uns wie ein Pärchen verhalten, das die Finger nicht voneinander lassen kann, werden sie nicht hinterfragen, warum ich dir nicht von der Seite weiche."

Das war zumindest der Plan. Ein Plan, bei dem so viele Dinge schiefgehen konnten. Eine harmlose Berührung konnte zu mehr führen. Ein gespielter Kuss könnte ein Feuer entfachen, das nur schwer wieder zu löschen wäre. Es war besser, diesen Weg nicht einzuschlagen.

„Sobald die Bedrohung vorbei ist, werden wir ganz öffentlich Schluss machen und alles wird wieder so sein wie zuvor.“ Es würde keine emotionale Beteiligung geben und die körperliche Intimität, die sie in der Gegenwart anderer zeigen müssten, wäre nur Schauspielerei.

„Und wie wollen wir wissen, wann die Bedrohung vorüber ist?“

Er hatte nicht erwartet, dass sie diese Frage stellte, und er hatte keine vorgefertigte Antwort darauf. Zumindest keine Antwort, die er ihr geben konnte. Er und die anderen Hüter der Nacht würden beurteilen, ob die Bedrohung, die über ihr schwebte, verschwunden war, sobald ihrem unbekannten Feind klar wurde, dass sie kein leichtes Ziel war.

„Lass das mein Problem sein. Du konzentrierst dich einfach auf die Wahl. Ich brauche noch eine Kopie deines Terminplans für die kommende Woche, inklusive aller geschäftlichen und privaten Treffen. Ich muss sicherstellen, dass an den Veranstaltungsorten keine Gefahr besteht, und Nachforschungen über alle Anwesenden anstellen, bevor ich deine Teilnahme an den Veranstaltungen zulassen kann.“

„Zulassen?“ Sie sah ihn finster an. „Das kann nicht Ihr Ernst sein.“

Er neigte den Kopf zur Seite. „Sehe ich aus, als würde ich scherzen?“

„Nein, Sie sehen aus, als würden Sie gleich gefeuert werden“, knurrte Tessa mit den Händen an den Hüften und den Augen voller Gift. „Ich entscheide, an welchen Veranstaltungen ich teilnehme, nicht Sie!“

„Falsch.“

„Sie sind Ihrer Pflichten entbunden, Mr. MacGregor!“

„Das kannst du nicht machen.“

„Kann ich und werde ich. Ich werde mich nicht mit einem chauvinistischen Arsch abgeben, der denkt, er kann mich herumkommandieren.“

Er verschränkte die Arme vor der Brust. „Wäre es dir lieber, dass dein Vater herausfindet, in welcher Gefahr du steckst? Soll *er* deine Freiheit beschneiden?“

Ihr Mund öffnete sich. „Woher zum Teu–“

„Whoa, so ein schöner Mund soll nicht fluchen.“ Und sie hatte einen schönen Mund, auch wenn Hamish gegenwärtig nicht schätzte, welch trotzige Worte dieser versprühte. „Ich habe mich informiert. Und etwas, das du noch weniger magst, als einen Bodyguard zu haben, ist, dass dein Vater herausfindet, dass du in Gefahr bist.“

Tessa atmete genervt aus. „Sie haben unrecht. Ich würde mich lieber mit meinem Vater anlegen, als vorzugeben, dass Sie mein Freund sind."

Er lächelte sie verkrampft an. „Und ich dachte, dass du eine brave Tochter wärst, die das Herzleiden ihres Vaters nicht verschlimmern möchte."

Bei ihrem Bluff ertappt, blickte sie ihn finster an. Mehrere Sekunden lang schien ein innerer Kampf in ihr zu wüten. Ihre Brust hob sich, ihre Hände ballten sich zu Fäusten und ihre Schultern versteiften sich. Stille breitete sich zwischen ihnen aus.

Dann gab sie ihm schließlich ihre Antwort. „Ich kann den Tag kaum erwarten, an dem wir uns trennen."

„Das beruht auf Gegenseitigkeit." Hamish machte kehrt und ging zur Tür. „Ich finde selbst hinaus. Ich lasse mir deinen Terminplan von deiner Wahlkampfmanagerin geben."

Denn bestimmt gab es Veranstaltungen, zu denen Tessa ihn nicht mitnehmen wollte und Poppy würde ihm zumindest diese nicht verheimlichen.

„Ich komme wieder, wenn du bereit bist, das Rathaus zu verlassen." Dann fügte er hinzu: „Und gewöhne dich daran, mich zu duzen."

4

Hamish stürmte in die Herrentoilette – die glücklicherweise leer war –, rannte in eine der drei Kabinen und schlug die Tür so fest hinter sich zu, dass das ganze Bauwerk wackelte.

„Was war das denn?"

Er wirbelte herum und stand plötzlich Enya gegenüber, die sich direkt vor ihm materialisierte.

„Was war was?", knurrte er. Einen Augenblick lang hatte er vergessen, dass Enya ihn zu dem ersten Treffen mit seinem Schützling begleitet hatte – auch wenn sie die ganze Zeit unsichtbar geblieben war, so wie Cinead es gewünscht hatte.

Bei ihrem Anblick – schwarze Shorts, ein ziemlich enges rotes Top sowie lange blonde Haare, die zu einem um ihren Kopf gelegten Zopf geflochten waren – hätte ein flüchtiger Beobachter nie erraten, was für eine ausgezeichnete Kämpferin sie war – furchtlos und tödlich. Sowohl mit ihren Händen als auch mit ihrer scharfen Zunge.

Enya verschränkte die Arme vor der Brust und warf ihm einen *Verarsch-mich-nicht*-Blick zu. „Interessante Herangehensweise, die du bei unserem neuen Schützling zeigst, Kumpel. Ich hoffe, das funktioniert."

„Du bist mir unterstellt, also hinterfrage meine Autorität nicht." Als

Sentinel, der leitende Hüter bei einem Auftrag, gab er die Befehle. Enya war nur sein Backup.

„Das würde mir nicht im Traum einfallen", antwortete sie. Aber ihre Tonlage schimpfte ihre Worte Lügen und er hatte nicht die Absicht, sein Handeln zu rechtfertigen.

Wie hatte sich Cinead bei der Zuweisung des Auftrags mit Tessa Wallace nur so irren können? Der Emissarius, der behauptet hatte, sie wäre *durch und durch gut*, sollte sich den Kopf untersuchen lassen. Tessa war alles andere als das. Sie war streitlustig und stur. „Die Frau bedeutet nur Ärger."

„Weil sie dir nicht zu Füßen gefallen ist und zu allem *Ja, Sir!* gesagt hat?" Enya legte ihren Finger in einer spöttischen Denkerpose an ihre Lippen. „Hm. Macht Sinn."

„Was ist dein verdammtes Problem?"

Enya zuckte mit den Schultern. „Ich habe kein Problem. Denn ich lasse mich nicht von meinen Emotionen übermannen."

„Ich ebenso wenig!" Doch Tessas Trotzhaltung seinem Vorschlag gegenüber hatte ihn verärgert. Nur auf rein professionelle Weise natürlich.

„Mein Fehler."

Und jetzt ging ihm Enya richtig auf die Nerven, weil sie die Situation übertrieb und aus einer Mücke einen Elefanten machte. „Entschuldige dich nicht, wenn du es nicht ernst meinst."

„Du verstehst es wirklich nicht, oder?", fragte sie kopfschüttelnd und mit etwas sanfterem Blick.

„Was soll ich nicht verstehen?"

Sie deutete mit dem Daumen über ihre Schulter. „Eine Frau, die für das Amt des Bürgermeisters kandidiert, lässt sich nicht einfach so überrumpeln. Sie dazu zu bringen, gewissen Regeln zu folgen, damit du sie beschützen kannst, bedarf Fingerspitzengefühl. Und ich dachte, dass gerade du jede Menge davon hättest."

„Es ist mir wohl gerade eben ausgegangen."

Bei diesen Worten kicherte sie, ein liebliches Geräusch, das ihn daran erinnerte, warum er sie immer als jüngere Schwester gesehen und auch so behandelt hatte, obwohl sie gleichaltrig waren.

„Dann solltest du deinen Vorrat besser wieder auffüllen, denn du brauchst ihre Kooperation, wenn dieses ganze Falscher-Freund-Szenario funktionieren soll. Ich kann nur gewisse Sachen aus dem Schatten heraus machen.“

Er hob die Hand und stoppte sie. Er kannte seine Pflichten. „Ich brauche niemanden, der mir sagt, was ich tun muss. Womit wir nun bei *deinen* Pflichten wären.“ Es war das Beste, wenn er jetzt von sich ablenkte. Enya hatte für heute Morgen schon genug Staub aufgewirbelt.

„Keine Sorge, ich weiß, was ich zu tun habe“, sagte sie fast gelangweilt. „Ich bleibe im Büro und beobachte die Besucher und Mitarbeiter, die ein- und ausgehen. Und ich werde ihr nicht von der Seite weichen, bis du kommst und übernimmst.“

„Wenn sie irgendwelche Termine vereinbart oder Veranstaltungen zustimmt, die sie nicht in ihren Kalender schreibt oder ihrer Wahlkampfmanagerin mitteilt, muss ich davon erfahren.“

„Verstanden. Aber glaubst du wirklich, sie würde versuchen, sich an dir vorbeizuschleichen?“

„Ihr gefiel die Idee, dass ich sie zu jeder Veranstaltung begleite, nicht besonders.“

Enya verdrehte die Augen. „Sie ist nicht dumm. Sie weiß, dass sie in deiner Nähe bleiben muss, wenn sie sicher sein will. Sie muss sich nur an den Gedanken gewöhnen. Sie scheint mir eine unabhängige Frau zu sein, die es nicht gewohnt ist, um Erlaubnis zu bitten. Versetz dich nur einen Augenblick in ihre Lage. Würde es dir gefallen, wenn irgendein Fremder plötzlich auftaucht und dir sagt, dass du dies oder das nicht tun darfst, und er dir all deine Entscheidungen abnimmt? Antwort: Nein, das würde dir ganz und gar nicht gefallen.“

Er knurrte, wusste jedoch, dass Enya recht hatte.

„Warum machst du es ihr dann nicht etwas einfacher?“

„Wie denn?“

„Provoziere sie nicht. Sonst sträubt sie sich nur wie eine eingesperrte Löwin.“

Enyas letzte Worte weckten in ihm die Vorstellung, wie Tessa in einem verführerischen Outfit auf ihn zustürmte, ihn aufs Bett warf und bestieg ...

Verdammt!

Er fuhr sich mit zitternder Hand durchs Haar. Solche Fantasien hatte er schon lange Zeit nicht mehr gehabt. Nicht seit seiner unglückseligen Fast-

Vereinigung mit Olivia – einer Frau, die von den Dämonen manipuliert worden war, um an ihn heranzukommen. Und er war darauf hereingefallen; er war ihr verfallen. Sehr sogar. Doch es war alles eine Lüge gewesen. Eine Lüge, die ihn fast getötet hätte. War es da überraschend, dass er eine Frau, die in ihm diese Gefühle weckte, anmotzte, um zu versuchen, sie davonzujagen, bevor er den gleichen Fehler nochmals beging? Bevor seine Emotionen wieder im Spiel waren und diese seinen Verstand vernebelten?

„... und vielleicht eine Schachtel Pralinen. Das wirkt immer Wunder. Jede Frau mag das", sagte Enya.

„Was?" Wie lange hatte er sich ausgeblendet?

„Warum zum Teufel mache ich mir überhaupt die Mühe, dir Ratschläge zu geben, wenn du gar nicht zuhörst?"

„Ich *habe* zugehört", log er.

Sie sah ihm direkt in die Augen. „Was habe ich gesagt?"

„Dass ich ihr Pralinen schenken soll."

„Und?" Sie presste ihre Lippen fest zusammen.

Er suchte nach einer Antwort. „Was Nettes zu ihr sagen."

Sichtlich überrascht zog Enya eine Augenbraue hoch. „Du hörst also doch gelegentlich zu."

Glückstreffer. Schließlich war er nicht von gestern. Er war mit genügend Frauen zusammen gewesen, um zu wissen, wie man eine Frau beruhigte: ihr Komplimente machen, sie mit Geschenken überhäufen. Wie kompliziert konnte das schon sein?

„Trag nur nicht zu dick auf. Frauen können riechen, wenn ein Mann es nicht ehrlich meint."

„Enya?"

„Ja?"

„Verschwinde! Meine Aufnahmefähigkeit für blöde Ratschläge hat für heute sein Limit erreicht."

Kichernd entfernte sich Enya langsam und durchdrang die Metalltür, ohne sie zu öffnen, während ihr Körper gleichzeitig unsichtbar wurde. „Sie hat Mumm. Vielleicht kann ich etwas von ihr lernen."

Er konnte ihr nicht das letzte Wort lassen, also schwang er die Tür der Kabine auf. „Du sollst einfach meine verdammten Befehle befolgen. Wenn du nicht gehorchen kannst –"

Doch Enya war bereits verschwunden. Stattdessen betrat ein Mann im Anzug die Herrentoilette und starrte ihn kopfschüttelnd an.

„Mann, erledigen Sie Ihr Geschäft im Privaten. Und um Gottes willen, reden Sie nicht damit.“

Fluchend eilte Hamish an ihm vorbei, wobei er in gleichem Maße von Scham wie von Wut überschwemmt wurde. Doch das war nicht einmal das Schlimmste. Für diese herrische Frau, die nicht wusste, was echte Gefahr war, den Freund zu mimen, war das größere Problem. Cinead hatte sich geirrt: Der Betrug, den Hamish erlitten hatte, hatte ihn nicht gegen die Anziehungskraft einer Frau immunisiert, die zu begehren er kein Recht hatte.

Aber er würde dafür nicht die Schuld auf sich nehmen. Nein, er hatte einen viel geeigneteren Sündenbock im Ärmel: *Rasen*. Jeder Hüter der Nacht erlebte den Paarungsruf, je näher er seinem zweihundertsten Geburtstag kam. *Rasen*, das Verlangen, eine Gefährtin zu finden und sich fortzupflanzen, beeinflusste einen Hüter der Nacht beinahe auf dieselbe Weise, wie eine läufige Hündin einen Hund verrückt machte. Aber Hamish war entschlossen, die Sache zu ignorieren – selbst wenn dieser Paarungsruf in der Form der begehrenswertesten Frau kam, der er je begegnet war.

Rasen konnte ihm den Buckel runterrutschen!

5

Als ihre Assistentin Collette, eine langbeinige schwarze Frau Mitte Vierzig, ihren Kopf in Tessas Büro steckte, blickte Tessa von ihren Akten hoch.

„Tessa, ich gehe jetzt“, sagte Collette. „Und das solltest du auch, wenn du es rechtzeitig zur Party schaffen willst. Der Verkehr ist höllisch. Hast du gehört, dass sie die Park Avenue wegen einer Demonstration gesperrt haben?“

„Oh Scheiße!“ Tessa schloss ihre Akte und sprang aus ihrem Stuhl auf, wobei sie gleichzeitig auf ihre Armbanduhr blickte. „Ich habe nicht mitbekommen, dass es schon so spät ist. Danke, Collette. Ist Poppy noch im Haus?“ Vielleicht könnte Poppy mit ihr fahren, damit sie nicht alleine mit ihrem Bodyguard sein müsste, der ihr am Nachmittag eine SMS geschickt hatte, dass er sie am Rathaus abholen würde, um sie zu der Veranstaltung zu begleiten.

„Nein, sie ist schon lange weg. Sie sagte, sie habe Meetings außer Haus. Ich glaube, sie wird dich auf der Party treffen.“

Tessa setzte ein gespieltes Lächeln auf, um ihre Enttäuschung zu verbergen. „Das ist perfekt, danke. Schönen Abend noch, Collette.“

„Dir auch, Tessa“, antwortete ihre Assistentin und schloss sanft die Tür hinter sich.

„Verdammt“, fluchte Tessa, als sie ihre Handtasche nahm.

Sie musste sich fertigmachen. Sie überprüfte schnell ihre Kleidung, stellte sicher, dass sie keine Flecken auf der Bluse hatte und zog dann ihr graues Jackett über. Sie hatte dieses Outfit heute Morgen bewusst gewählt, da sie es sowohl im Büro als auch auf der Veranstaltung tragen konnte und so keine Zeit vergeuden musste, um nach Hause zu fahren und sich umzuziehen.

Tessa zog einen Handspiegel aus der Tasche und begutachtete ihr Spiegelbild. Sahen ihre Wangen leicht gerötet aus? Sie zuckte mit den Schultern. Na und. Sie ging schließlich nicht auf die Veranstaltung, um einen Schönheitswettbewerb zu gewinnen.

Ihr Magen knurrte. Kein Wunder. Sie hatte das Mittagessen ausgelassen, um einige besorgte Wähler zu empfangen, deren Familienmitglieder in die neuesten Ausschreitungen verwickelt waren. Sie waren außer sich gewesen und hatten um Hilfe gefleht und ihr beteuert, dass ihre Söhne nichts mit den Schlägereien zu tun hatten, die während einer Demonstration stattgefunden hatten. Nach zwei Stunden, in denen sie immer wieder dieselbe Geschichte gehört hatte, war sie erschöpft und den Tränen nahe gewesen. Etwas musste sich in dieser Stadt ändern.

Auf dem Weg hinaus schaltete sie das Licht aus, schloss die Tür und sperrte sie ab. Das Vorzimmer, das sich vier Assistenten teilten, die für verschiedene Stadträte arbeiteten, war leer. Sie durchschritt den Raum, als sie hinter sich ein Geräusch hörte. Sie wirbelte herum und klammerte sich instinktiv an ihre Handtasche, in der Hoffnung, dass diese ihr als Schutzschild gegen einen Angreifer diente. Sie erstarrte. Hinter ihr war niemand, nur die verschlossene Tür ihres Büros und Collettes sauberer Schreibtisch zu ihrer Linken.

Ihr Herz schlug ihr bis zum Hals. Sie blickte sich hektisch in alle Richtungen um, doch sie war alleine.

„Scheiße!“, fluchte sie leise.

Sie verlor definitiv den Verstand. Bis jetzt hatte sie es nicht zugeben wollen, aber die Morddrohung vor zwei Tagen hatte sie erschüttert, und die Ankunft des Bodyguards hatte ihr den Ernst ihrer Situation vor Augen geführt. Sie war in Gefahr, denn jemandem gefiel ihre politische Agenda nicht, wo sie doch nur

Frieden und Wohlstand zurück in die Stadt bringen wollte. Die Einwohner von Baltimore brauchten sie und deshalb musste *sie* diese Wahl gewinnen. Und deshalb – auch wenn sie Hamishs Macho-Haltung nicht mochte – würde sie einfach mit ihrem überheblichen Bodyguard mitspielen müssen.

Und ihr Bodyguard wartete bereits auf sie, als sie die Lobby erreichte. Er hatte sich umgezogen und trug nun einen dunkelblauen Anzug mit einer lavendelfarbigen Krawatte. Aber selbst die elegante Kleidung konnte weder seine muskulöse Statur noch die Tatsache verbergen, dass er aussah, als könnte er mit bloßen Händen einen Panzer umwerfen. Zu ihrer Überraschung lächelte er sie an, als sie sich ihm näherte. Als sie ihn erreichte, beugte er sich vor und küsste sie auf die Wange.

„Du siehst toll aus, Tessa."

Schockiert über die körperliche Intimität und das Kompliment erstarrte sie und war nicht in der Lage, einen zusammenhängenden Satz zu formen. Sie spürte, wie er noch näher kam und seine Hand auf ihr Kreuz legte, während er seinen Mund zu ihrem Ohr brachte.

„Jetzt sagst du, *danke, dass du mich abholst, Hamish*", flüsterte er.

Er trug keinerlei Aftershave, das sie wahrnehmen konnte, und roch männlicher als jeder Mann, dem sie je nahe gewesen war. Sie versuchte, ihr schnell schlagendes Herz unter Kontrolle zu bekommen, wich ein paar Zentimeter zurück und trat aus seiner Fast-Umarmung heraus.

„Hi, Hamish, ich hoffe, du musstest nicht lange warten."

Er bot ihr seinen Arm an und sie hatte keine andere Wahl, als ihn zu akzeptieren und ihm zu erlauben, sie an dem Sicherheitspersonal vorbei zur Doppeltür zu geleiten, die aus dem Gebäude führte.

„Du bist das Warten wert", meinte er.

Sie warf ihm einen Seitenblick zu und senkte ihre Stimme zu einem Flüstern. „Du musst nicht so dick auftragen. Niemand beobachtet uns."

Er schenkte ihr ein überaus bezauberndes Lächeln. „Das kann man nie wissen." Dann zwinkerte er ihr zu. „Außerdem brauche ich Übung. Das brauchen wir beide."

Darauf hatte sie keine Retourkutsche parat.

Am Fuß der Treppe ließ er ihren Arm los, öffnete ihr die Beifahrertür eines schwarzen Mercedes und half ihr hinein. Sie schlüpfte in das elegante

Innere. Augenblicke später stieg Hamish auf der Fahrerseite ein und startete den Motor.

Er zeigte auf das Armaturenbrett. „Wenn du die Klimaanlage einschalten willst, nur zu. Oder wenn es dir zu kalt ist, schalte die Sitzheizung ein."

Sie zog eine Augenbraue hoch. „Warum plötzlich so freundlich?"

Er fuhr vom Bordstein weg und fädelte sich in den Verkehr ein. „Ich glaube, du hast heute Morgen den falschen Eindruck von mir bekommen."

„Habe ich das?"

„Offensichtlich. Und mir ist bewusst, dass das zum Teil meine Schuld ist. Ich bin es nicht gewohnt, dass meine Klienten Schutz ablehnen."

„Und ich bin es nicht gewohnt, dass mir jemand sagt, wo ich hingehen darf und wo nicht."

„Das verstehe ich. Deshalb schlage ich einen Waffenstillstand vor."

„Welche Art Waffenstillstand?"

Er sah sie kurz an. „Die einzige Art Waffenstillstand, die es gibt: Beide Parteien legen ihre Waffen ab und stimmen zu, keinen Streit anzuzetteln."

Sie zuckte mit den Schultern. „Ich habe den Streit mit dir nicht angefangen."

Er öffnete seinen Mund, schloss ihn jedoch sofort wieder. Einen Augenblick lang sagte er nichts, dann meinte er: „Nun, dann bedeutet das wohl, dass ich mich für den Streit in deinem Büro entschuldigen muss."

„Das denke ich auch." Sie würde es ihm nicht leicht machen, denn sie musste eine Sache klarstellen: Sie war die Klientin.

„Es tut mir leid, wenn ich heute Morgen etwas forsch erschien", fing er mit leicht schroffer Stimme an, als würde es ihn verärgern, sich entschuldigen zu müssen – oder als hätte er das noch nie gemacht und als wäre ihm das ganze Konzept fremd. „Aber mir geht es nur um deine Sicherheit und dabei werde ich keine Kompromisse eingehen. Wie du vielleicht vermutet hast, bin ich nicht zu scharf darauf, deinen Freund spielen zu müssen, aber von jetzt an werden weder du noch irgendjemand anderes das bemerken. Das garantiere ich."

Obwohl sie seine Entschuldigung schätzte, hatte er sie mit seinen letzten Worten praktisch wieder negiert. Er war nicht scharf darauf, ihren Freund zu spielen? „Und du glaubst, *ich* bin scharf darauf?" Sie stieß einen wütenden

Atemzug aus und blickte aus dem Seitenfenster. „Wenn ich Zeit für Dates hätte, wärst du auch nicht meine erste Wahl."

„Autsch", sagte er begleitet von einem kaum unterdrückten Lachen.

Sie drehte den Kopf zu ihm und sah, dass er grinste. Verdammt, warum verärgerte sie das so sehr? Als wäre sie nicht gut genug für ihn. Oder hübsch genug. Oder – ach verdammt! Warum machte sie sich darüber überhaupt Gedanken? Nein, das tat sie nicht!

„Hm, jetzt, da wir das geklärt haben, werden wir uns bestimmt prächtig verstehen", prophezeite er. „Nichts hilft einer Beziehung mehr dabei zu gedeihen als niedrige Erwartungen."

„Bin ich nicht ein Glückspilz?"

6

Hamish atmete tief durch, um sich zu beruhigen und sich davon abzuhalten, auf Tessas Kommentar zu antworten.

Reiß dich zusammen, Mann!

Verdammt, diese Sache lag ihm nicht. Es war schon schwierig genug gewesen, sich zu entschuldigen, und er würde verdammt nochmal nicht noch mehr Zugeständnisse machen. Einen echten Freund konnte sie so behandeln, aber nicht ihn. Dabei hatte alles so gut angefangen. Er hatte ihr ein Kompliment gemacht, sie auf die Wange geküsst und sie wie ein Gentleman zum Auto geführt. Er hatte ihr sogar die Tür geöffnet. Was wollte sie denn noch von ihm?

Wenn ich Zeit für Dates hätte, wärst du auch nicht meine erste Wahl.

Ihre kalten Worte hallten in seinem Kopf wider. Sie hatte es ziemlich klar gemacht, dass sie ihn nicht mochte. Er sollte froh darüber sein. Schließlich würde das alles leichter machen, oder nicht? Zumindest würde er nicht in Versuchung geraten, der unerklärlichen Anziehung zu ihr nachzugeben, wenn er wusste, dass sie ihn sowieso zurückweisen würde. Doch statt sich über ihre Gleichgültigkeit ihm gegenüber zu freuen, machte sie ihn sauer.

„Wir sind bald da", sagte er in die Stille.

„Es ist viel Verkehr", sagte Tessa, wobei ihre Stimme zweifelnd klang, als sie auf die Kreuzung vor ihnen deutete.

Als sie sie erreichten, war es offensichtlich, warum es kein Durchkommen gab. Auf der Straße zu ihrer Linken hatte sich eine wütende Menschenmenge gebildet. Auf wen oder was die Demonstranten wütend waren, war nicht sofort erkennbar. Schließlich schienen willkürliche Aufstände in letzter Zeit fast alle paar Tage auszubrechen. Und diese Menschenmenge war mit Baseballschlägern und Steinen bewaffnet.

„Scheiße", fluchte Hamish und suchte nach einer Ausweichroute. Doch durch den Verkehr hinter ihnen war der Rückweg bereits versperrt und der entgegenkommende Verkehr verhinderte, dass er umdrehen und auf die andere Fahrbahn wechseln konnte.

Über die Kreuzung zu fahren, war auch keine Option. Die Polizei hatte die Straße bereits verbarrikadiert. Die einzige sich bietende Möglichkeit war, nach rechts abzubiegen. Bei einem Seitenblick auf Tessa bemerkte er ihren besorgten Gesichtsausdruck.

„Es wird jeden Tag schlimmer", murmelte sie.

„Ich bringe uns hier raus."

Er drehte das Steuer scharf nach rechts, scherte aus dem Verkehr aus und fuhr auf den Bordstein. Mit zwei Reifen auf dem breiten Gehsteig und zwei auf der Straße fuhr er weiter. Gut, dass alle Fußgänger bereits geflohen waren, da sie nicht von den wütenden Demonstranten erwischt werden wollten, die jetzt Fenster einschlugen und Steine auf Autos warfen, wobei sie schrien und unverständliche Parolen brüllten.

Als er eine Seitengasse zu seiner Rechten bemerkte, nahm er sie und raste schneller hindurch, als er sollte. Doch er hatte es geschafft, seine wertvolle Passagierin aus der Gefahrenzone zu bringen. Das war alles, was zählte.

Jetzt hatte er den Kopf wieder frei, um an andere Dinge zu denken. Wie zum Beispiel, wie entzückend Tessa ausgesehen hatte, als sie in der Lobby auf ihn zugekommen war. Sie hatte ein Leuchten an sich gehabt und ihre lavendelfarbigen Augen hatten noch funkelnder ausgesehen als bei ihrem ersten Treffen. Und je näher sie ihm gekommen war, umso strahlender waren sie ihm erschienen. Bei diesem Gedanken erblickte er sein eigenes Spiegelbild in der Windschutzscheibe und bemerkte das Reflektieren genau dieser Farbe. Doch sie kam nicht von Tessas Augen, sondern von seiner Krawatte.

Er musste zweimal hinsehen. Hatte er wirklich zufällig eine Krawatte gewählt, die zu Tessas Augen passte? Was zum Teufel war nur los mit ihm?

Verärgert darüber, dass er sich nicht genug Mühe machte, die Wirkung, die *Rasen* offensichtlich auf ihn hatte, zu unterdrücken, versuchte er, sich aufs Fahren zu konzentrieren, bis sie am Veranstaltungsort eintrafen.

Gerade noch pünktlich fuhr er an den Bordstein, wo ein Mann vom Parkservice bereits wartete, um die Wagenschlüssel entgegenzunehmen. Hamish sprang aus dem Auto, schnappte sich mit einem schnell geknurrten *Danke* das Parkticket und ging um den Wagen herum. Doch er war nicht schnell genug. Tessa war bereits ausgestiegen. Er schloss die Tür hinter ihr und ergriff ihren Ellbogen.

Sie drehte ihren Kopf zu ihm. „Was?"

„Vorsichtig, die Treppe ist uneben und es ist nicht besonders hell." Er zeigte auf die Treppe, die zum Eingang des industriell aussehenden Gebäudes führte. Dies war definitiv keine der Benefizveranstaltungen in einem noblen Hotel, an denen Politiker so gerne teilnahmen. Dies sah viel weniger elegant aus. „Nimm meinen Arm, bitte", sagte er mit sanfterer Stimme, wieder ganz in seiner Schein-Freund-Rolle.

Als sie schließlich ihren Arm unter seinen hakte, legte er seine Hand auf ihre und drückte sie sanft. Er spürte, wie ein Kribbeln seinen Arm und seine Wirbelsäule entlangraste und ihn daran erinnerte, wie lange es schon her war, seit er eine Frau berührt hatte.

„Wenn wir drinnen sind, werde ich mich unter die Leute mischen müssen", sagte sie.

„Keine Sorge, ich werde dir nicht im Weg stehen." Er konnte genauso gut aus der Ferne auf sie aufpassen. Vielleicht wäre das sowieso besser.

„Gut."

Sie kamen am Eingang an, wo eine junge Asiatin etwa Anfang zwanzig mit einem Klemmbrett in der Hand stand. „Name, bitte."

„Tessa Wallace", antwortete Tessa.

„Oh, Miss Wallace, es tut mir leid, dass ich Sie nicht sofort erkannt habe. Es ist hier einfach so dunkel. Wissen Sie, irgendetwas stimmt mit der Beleuchtung nicht und die Elektriker konnten es noch nicht reparieren", plapperte sie aufgeregt.

„Das ist schon in Ordnung", sagte Tessa mit freundlicher Stimme.

Die Frau beugte sich etwas nach vorne und Hamish war sofort in Alarmbereitschaft. „Und nur, damit Sie es wissen, meine Stimme haben Sie. Wir brauchen jemanden wie Sie."

Tessa strahlte sie an und streckte ihr die Hand entgegen. „Das ist so lieb von Ihnen. Danke für Ihre Unterstützung."

Sie schüttelten sich die Hände und die Frau blickte wieder auf ihr Klemmbrett. „Seltsam, Ihr Antwortschreiben auf die Einladung beinhaltete nur eine Person. Hm."

„Das tut mir leid", unterbrach Hamish und lächelte die junge Asiatin an. „Das ist ganz meine Schuld. Ich dachte nicht, dass ich es heute Abend schaffen würde, aber dann wurde etwas anderes abgesagt und ich konnte Tessa jetzt doch begleiten. Ich hoffe, das ist kein Problem."

Sie blickte ihn verstohlen an und ihre Wangen nahmen einen dunkleren Rotton an, bevor sie zurücklächelte. „Nein, natürlich nicht, alle Gäste von Miss Wallace sind uns willkommen." Sie starrte auf die Stelle, an der Tessas Arm immer noch mit seinem verbunden war. „Ich muss nur eine Notiz machen, wer Sie sind und in welcher Funktion Sie heute Abend hier sind."

„Hamish MacGregor. Schreiben Sie einfach, dass ich der glückliche Kerl bin, der mit Miss Wallace zusammen ist." Er zwinkerte ihr zu.

„Oh, ja, natürlich, Mr. MacGregor. Ich wünsche Ihnen einen schönen Abend." Sie blickte zu Tessa. „Ihnen beiden, meine ich."

Als Hamish Tessa hineinführte, warf er einen Blick zurück über seine Schulter. Hinter ihnen warteten noch mehr Leute darauf, eingelassen zu werden. Hamish ließ seine Augen durch den Raum schweifen, um sich mit seiner Umgebung vertraut zu machen. An einem Ende gab es eine Bühne, entlang der Wände waren hohe Tische mit Getränken und Kanapees aufgestellt und am anderen Ende war eine Tanzfläche. Eine große 80er-Jahre-Discokugel hing über der Mitte der Tanzfläche. Sie drehte sich und reflektierte das Licht mehrerer farbiger Scheinwerfer auf die Wände und die Decke, ebenso wie auf die Gäste. Von irgendwoher wurde Musik in die Lautsprecher eingespeist. Eine Fülle funkelnder Lichter bescherte der großen Industriehalle mit ihren freiliegenden Rohren und Stahlträgern an der hohen Decke eine noble Partyatmosphäre.

Hamish sah Tessa an, deren Blick bereits umherwanderte, um auszukundschaften, wer anwesend war.

„Was für eine Art Event ist das überhaupt?“, fragte er.

„Ich dachte, du hättest meinen Terminplan eingesehen.“

„Anscheinend hat deine Wahlkampfmanagerin mir nur eine Kurzversion geschickt.“ Etwas, das er später noch beheben musste. „Ich hatte nur die Zeit und den Ort.“

„Muss ein Versehen gewesen sein.“

Hamish zog eine Augenbraue hoch. Versehen, natürlich! „Ja, sicher.“ Dann deutete er auf die Menschenmenge in der großen Halle. „Also, was ist hier los?“

„Das ist die Eröffnungsparty der neuen Drogenentzugsanstalt.“

„Die, gegen die sich der Stadtrat so entschieden ausgesprochen hatte?“

Sie nickte. „Du kennst dich in der Stadtpolitik aus. Ich war in der Lage, es durchzubringen, aber eines der Zugeständnisse war, dass sie hier draußen errichtet wurde.“

Er sah sie an und verstand, was sie meinte. „Nicht gerade die beste Gegend. Kein idealer Ort, um Süchtige von schlechten Einflüssen fernzuhalten.“

Ihr Gesicht erhellte sich. „Das ist genau, was ich den Stadtratsmitgliedern gesagt habe. Aber sie weigerten sich, meinen Standpunkt zu verstehen.“

„Lass mich raten: Sie wollten die Anstalt nicht in ihrem eigenen Vorgarten oder den Vorgärten ihrer Wähler.“

Sie seufzte. „Aber das Zentrum wurde so dringend gebraucht, dass ich Kompromisse eingehen musste. Ich hoffe nur, dass wir später nicht dafür büßen müssen.“

„Es ist ein Anfang. Du solltest stolz darauf sein.“

„Das bin ich auch.“ Sie schaute weg und zeigte auf die Menge. „Ich wünschte nur, dass ich mehr hätte tun können. Aber Gunn stellte sich mir in den Weg.“

„Der amtierende Bürgermeister?“

„Damals war er noch nicht amtierender Bürgermeister. Er war einfach nur ein Stadtrat wie ich. Und sein Distrikt war der Ort, an dem das Zentrum eigentlich errichtet werden sollte. Sie hatten sogar schon ein Gebäude gefunden. Aber er mobilisierte den Stadtrat, damit alle gegen den Antrag stimmten.“ Etwas hinter Hamish fesselte plötzlich ihre Aufmerksamkeit. Ihre

Augen weiteten sich und ihr Mund klaffte auf. „Oh, dieser Scheißkerl! Was macht der hier?“

Hamish drehte den Kopf und folgte Tessas Blick. Dort, nur ein paar Meter entfernt, schüttelte der amtierende Bürgermeister, Robert Gunn, einem anderen Mann die Hand.

„Mit wem spricht Gunn?“, fragte Hamish und zeigte auf den gut gekleideten älteren Mann mit den dunklen Haaren, die seinen grauen Augenbrauen nach zu schätzen vermutlich gefärbt waren.

Tessa warf Hamish einen Blick zu. Wut quoll aus ihren Augen. „Bill Mantle, der Leiter des Zentrums.“

Plötzlich wurde die Musik leiser und man konnte hören, wie Mantle zu Gunn sagte: „Ohne Ihre Unterstützung hätten wir das nie erreichen können. Wie kann ich Ihnen nur danken?“

Gunn lachte. „Nun, nicht, dass ich etwas als Gegenleistung gewollt hätte, aber wo Sie schon fragen ...“

Gerade jetzt wurde die Musik wieder lauter und übertönte den Rest von Gunns Antwort. Hamish blickte Tessa wieder an. Ihr Kiefer verkrampfte sich.

„Er heimst den Ruhm ein, obwohl er die ganze Zeit gegen das Zentrum gestimmt hat. Dieser Mistkerl“, murmelte sie mit wütender Stimme. Dann drückte sie sich an ihm vorbei.

Doch Hamish packte sie kurzerhand am Arm und hielt sie zurück.

„Lass mich los!“

Er zog sie näher an sich und legte einen Arm um ihre Taille. „Tue es nicht! Ihn jetzt zur Rede zu stellen, dass er deinen Ruhm stiehlt, hilft dir nichts.“

„Aber –“

„Glaub mir, Tessa, du willst nicht, dass die Leute sich an dich als hysterische Zicke erinnern, die sich auf einen Ego-Streit mit dem amtierenden Bürgermeister eingelassen hat. Das würde ihm nur in die Hände spielen.“

„Ich bin nicht hysterisch! Er hat gegen das Zentrum gestimmt und jetzt tut er so, als hätte er sich dafür eingesetzt.“

Hamish steuerte sie in die entgegengesetzte Richtung und führte sie zur Tanzfläche, während sie weiterhin protestierte. Schließlich war Cineads Auftrag gewesen, sie auf dem rechten Pfad zu halten. Ihr erlauben, einen

Streit anzuzetteln, war definitiv der falsche Weg, so sehr er ihre Wut auch verstand.

Auf der Tanzfläche zog er sie in seine Arme und fing an zu tanzen.

„Was machst du?“, protestierte sie.

„Dich von etwas Dummem abhalten.“

„Wie kannst du es wagen?“, zischte sie und versuchte, sich aus seinen Armen zu befreien. Ohne Erfolg.

Er zog sie näher an sich, sodass ihr Körper flach an seinen gedrückt war und sich ihre Oberkörper, Hüften und Schenkel berührten. Sie atmete scharf ein, als bemerkte sie erst jetzt die Intimität ihrer Lage.

Hamish beugte seinen Kopf zu ihrem Ohr. „Jetzt tu so, als würde es dir wirklich gefallen, mit deinem Freund zu tanzen, und schau nicht so, als wärst du lieber irgendwo anders. Die Leute beobachten uns schon.“

Sie knurrte undeutlich, doch fiel mit ihm in Takt. Nach einigen Augenblicken lockerte er seinen festen Griff, doch Tessa folgte weiterhin seiner Führung mit solcher Anmut, dass es sich anfühlte, als hätten sie vorher stundenlang geübt.

„Du tanzt sehr gut“, murmelte er und genoss den Moment. Wie lange genau war es schon her, seit er mit einer Frau getanzt hatte?

„Du auch.“ Sie hob ihre Augen, um ihn anzusehen. „Aber du musst das nicht tun. Ich habe mich wieder beruhigt. Ich verspreche es. Ich werde keinen Streit mit Gunn anfangen.“

Er schmunzelte. „Natürlich nicht.“

Sie versteifte sich, weshalb er mit seiner Hand sanft über ihren Rücken streichelte.

„Hamish“, knurrte sie leise, während ihre Augen zur Seite schnellten, als würde sie nachsehen, ob irgendjemand nahe genug war, um zuzuhören. „Ich sagte, dass du mich jetzt loslassen kannst.“

„Nein, du sagtest, dass ich das nicht tun muss.“

„Das ist dasselbe. Wir müssen nicht tanzen.“

„Warum?“, fragte er und fixierte sie mit seinen Augen. „Wovor hast du Angst? Dass du tatsächlich Spaß haben könntest?“

Verdammt! Bevor er sie abgeholt hatte, hatte er sich entschlossen, seinen Charme zu benutzen, damit sie seinen Befehlen Folge leistete – wie Enya es vorgeschlagen hatte (auch wenn er das der Hüterin gegenüber nie zugeben würde). Und bis jetzt war alles gut verlaufen. Also warum kam jetzt wieder Ärger in ihm auf? War es, weil sie sich so eisern dagegen wehrte, von ihm berührt zu werden? Fand sie ihn denn so abstoßend? Und was, wenn dem so war? Warum sollte ihm das etwas ausmachen? Dies war ein Auftrag wie jeder andere auch. Sie war eine menschliche Frau und er hatte menschlichen Frauen abgeschworen, weil er nicht ein zweites Mal in die gleiche Falle tappen wollte.

„Ich habe keine ... ich will ...", stotterte sie scheinbar beschämt.

Trotz ihrer Worte und wider seines besseren Urteilsvermögens führte er sie zu einer weiteren Drehung, wirbelte sie weg und zog sie wieder an sich. Sie rang nach Luft und ihre Brust hob sich. Ihre Wangen schienen sich plötzlich zu röten und ein zaghaftes Lächeln formte sich auf ihren Lippen. Einen Augenblick lang vergaß er, warum er hier war. Er sah nur ihre roten Wangen, ihre funkelnden lavendelfarbigen Augen und ihre vollen Lippen – Lippen, von denen er sich jetzt vorstellte, dass sie sich einladend öffneten. Wie lange war es schon her, seit er solch eine Einladung angenommen hatte? Wie lange war es her, seit er eine Frau geküsst hatte? Erinnerte er sich überhaupt noch daran, wie die Lippen einer Frau schmeckten?

Alles, was er tun müsste, wäre sich etwas näher zu ihr zu beugen ...

„Tessa, da bist du ja!"

7

Tessa schaute in Richtung der Stimme und hörte instinktiv mit dem Tanzen auf, während sie sich langsam aus Hamishs Armen wand – Arme, die sich viel zu verführerisch angefühlt hatten. Sie hatte fast vergessen, warum sie auf dieser Veranstaltung war. Die Person, die jetzt nur ein paar Meter von ihr entfernt stand, erinnerte sie nun an den Zweck des Abends.

„Gabriella, es ist so schön, dich zu sehen!“, sagte Tessa schnell zur stellvertretenden Leiterin des Zentrums und streckte ihr die Hand entgegen.

Gabriella schüttelte diese und spähte an ihr vorbei zu Hamish und dann wieder zurück zu ihr. „Ich wollte nicht stören, aber wir wollten die Ansprachen hinter uns bringen, damit wir alle Spaß haben können, nicht wahr?“ Sie kicherte wie ein Schulmädchen und ihre Augen schossen erneut an Tessa vorbei. „Obwohl es so aussieht, als hättest du schon begonnen.“

Bei Gabriellas offensichtlichem Hinweis drehte sich Tessa um und stellte Hamish vor. „Gabriella, das ist Hamish MacGregor, mein, ähm, Freund.“ Oh Gott, das klang seltsam, und sie wusste nicht, ob der Grund dafür war, dass sie es hasste zu lügen oder weil einen Freund zu haben, sich wie eine ferne Erinnerung anfühlte. „Hamish, das ist Gabriella VanSant, die stellvertretende Leiterin des neuen Zentrums.“

Hamish schüttelte Gabriellas Hand und schenkte ihr ein überaus charmantes Lächeln. „Es ist mir ein Vergnügen, Sie endlich kennenzulernen. Tessa spricht in höchsten Tönen von Ihnen.

Tessa erstickte fast bei der Leichtigkeit, mit der die Lüge über Hamishs Lippen rollte. Was, wenn Gabriella anfing, Fragen darüber zu stellen, was Tessa angeblich über sie gesagt hatte?

„Das Vergnügen ist ganz meinerseits." Gabriella kicherte wieder, was sie mindestens zehn Jahre jünger aussehen ließ. Offensichtlich konnte auch eine Frau Anfang Sechzig immer noch von einem gut aussehenden Mann verzaubert werden, selbst wenn dieser Mann gute fünfundzwanzig Jahre jünger als sie war. Wie nannte man Frauen wie sie nochmal? Oh, ja, *Cougars.*

Und jetzt warf ihr Gabriella auch noch einen strafenden Blick zu. „Wo hast du diesen Mann all die Monate versteckt?"

„Ähm, oh, habe ich nicht. Es ist nur, ich –"

Hamish nahm Tessas Hand. „Tessa und ich sind noch nicht sehr lange zusammen." Er lächelte sie an und blickte dann zurück zu ihrer Gastgeberin. „Aber wir sind ziemlich unzertrennlich. Ich bin sicher, dass eine Frau wie Sie, Ms. VanSant, alles über die Aufregung junger Liebe weiß."

Gabriella errötete tief. Hamish hatte es geschafft, ihr ein Kompliment zu machen, indem er darauf anspielte, dass auch sie begehrenswert war und einen Mann anziehen könnte, der verrückt nach ihr war. Sie war trotz ihres Alters und ihrer Falten immer noch schön. Selbst die extra Pfunde, die sie an ihren Hüften und am Bauch trug, lenkten davon nicht ab.

Lachend schlug Gabriella spielerisch mit der Hand gegen seinen Bizeps, bevor sie sich wieder an Tessa wandte. „Tessa, pass lieber auf diesen Kerl auf oder alle Frauen hier werden versuchen, ihn dir auszuspannen."

Hamish lachte. „Keine Chance."

Ja, wollte Tessa sagen, *weil ich ihn bezahle, an meiner Seite zu sein.*

Stattdessen lächelte sie einfach und spielte die verliebte Freundin.

„Also, Mr. MacGregor, sind Sie auch in der Politik?"

„Nein, weit entfernt. Ich bin Schriftsteller."

Interesse breitete sich auf Gabriellas Gesicht aus. „Oh, wie aufregend! Was schreiben Sie?"

„Gebrauchsanleitungen für schwere industrielle Maschinen. Es ist sehr faszinierend. Ich arbeite gerade an einer wirklich aufregenden neuen Anlage."

„Oh!" Die Enttäuschung in Gabriellas Gesicht war offensichtlich. Sie versuchte sie mit einem Lächeln zu verbergen. „Nun, das ist ausgezeichnet." Dann blickte sie auf ihre Uhr. „Tessa, sollen wir uns in fünf Minuten auf der Bühne treffen? Ich trommle bis dahin die anderen Redner zusammen."

„Klingt großartig, ich bin gleich da", antwortete Tessa. „Oh, und Gabriella, hast du meine Wahlkampfmanagerin gesehen? Sie sollte mich hier treffen."

„Poppy ist schon bei der Bühne", sagte Gabriella, bevor sie sich an Hamish wandte. „Es war schön, Sie kennenzulernen, Mr. MacGregor."

Sobald sie außer Hörreichweite war, drehte sich Tessa zu Hamish. „Gebrauchsanleitungen für schwere industrielle Maschinen? Warum um Himmels willen?"

„In meinem Job bin ich es gewohnt, mich anzupassen. Glaub mir, niemand will sich mit mir unterhalten, wenn ich erzähle, dass ich Gebrauchsanleitungen schreibe. Es gibt nichts Langweiligeres und niemand will mit jemandem reden, der über langweiliges Technikzeugs labert. Oder hast du nicht mitbekommen, wie schnell Ms. VanSant das Interesse verloren hat?"

Tessa musste zugeben, dass er nicht ganz unrecht hatte. „Sieht so aus."

Er beugte sich näher. „Oder wäre es dir lieber, wenn dein Freund Arzt oder Anwalt wäre?"

„Ich glaube, ich komme mit einem Kerl, der Anleitungen schreibt, schon zurecht." Sie würde Hamish vielleicht sogar weniger einschüchternd finden, wenn das sein echter Beruf wäre. Aber im Moment musste sie sich noch daran gewöhnen, in der Gegenwart eines Bodyguards zu sein, selbst wenn er *ihr* Bodyguard war.

Tessa zeigte zum Ende des Saals. „Ich sollte mich zur Bühne begeben und mich bereit machen, ein paar Worte zu sagen."

Hamish nahm ihren Arm. „Ich begleite dich." Sie setzten sich in Bewegung und er führte sie durch die Menge. „Was war dieses Gebäude eigentlich vorher? Sieht ziemlich industriell aus."

„Es war einst eine Werkzeugfabrik. Aber die Arbeit wurde in ein Land ausgelagert, wo Arbeitskräfte billiger sind und seitdem stand es leer. Es ist zu einem Schandfleck geworden. Gangs lungerten hier herum und gingen ihren schmutzigen Geschäften nach. Der Besitzer hat sich nicht darum gekümmert."

„Also hat er es an das Zentrum verkauft?", vermutete Hamish.

„Nicht direkt. Er hat es gespendet. Offensichtlich eine gewaltige Steuerabschreibung."

„Ende gut, alles gut."

Sie zuckte mit den Schultern. „Wir werden sehen."

Als sie die Bühne erreichten – eine einfache hölzerne, etwa einen Meter hohe Konstruktion – ließ Hamish ihren Arm los.

„Ich werde von hier aus zusehen."

Sie nickte und nahm die drei Treppenstufen, die zu der Plattform hinaufführten, wo bereits mehrere Leute versammelt waren. Sie war nicht überrascht, dass Gunn auch dort stand. Er schleimte sich bei dem Leiter, Bill Mantle, ein, während Gabriella und eine Volontärin das Mikrofon und ein paar Kabel am Podium zurechtrückten. Poppy winkte Tessa nun zu. Sie sah chic aus in ihrer schwarzen Hose, die an den Beinen weiter wurde, und einer gleichfarbigen Bluse mit silbernen Pailletten, die das Licht des Raums in allen Regenbogenfarben reflektierten. Sie wirkte, als wäre sie direkt aus einem 80er-Jahre-Film gestiegen und würde gleich zu singen und zu tanzen beginnen. Doch bevor Tessa sich zu Poppy gesellen konnte, nahm Gunn sie wahr und sie hatte keine andere Wahl, als ihn zu begrüßen.

Sie nickte zuerst Mantle zu. „Schön, Sie wiederzusehen, Mr. Mantle." Dann wandte sie sich an Gunn. „Robert. Ich wusste nicht, dass du an dieser Veranstaltung teilnimmst."

Er lächelte breit. „Als Bürgermeister –"

„Amtierender Bürgermeister", korrigierte sie ihn.

„... amtierender Bürgermeister muss ich an Veranstaltungen wie dieser teilnehmen." Sein Lächeln verblasste nicht. „Außerdem unterstütze ich Drogenrehabilitation mit all meiner Macht."

Dieser letzte Satz war offensichtlich nur dazu da, dem Leiter Honig um den Bart zu schmieren. Aber Tessa kannte Gunn. Er scherte sich nicht um Drogenentzugsprogramme, solange sie nicht in seinem Vorgarten stattfanden. Er repräsentierte die Unterprivilegierten dieser Stadt nicht. Er stand auf der Seite der Reichen.

„Und Ihre Unterstützung wissen wir sehr zu schätzen", sagte Mantle, bevor Tessa die richtigen Worte finden konnte, um Gunns Behauptung zu widerlegen.

In genau diesem Augenblick gesellte sich Gabriella zu ihnen. „Wir sind bereit anzufangen. Ich werde alle vorstellen. Zuerst spricht Bürgermeister Gunn, dann Miss Wallace. Danach kannst du die Abschlussansprache halten, Bill."

„Ich bestehe darauf, dass Miss Wallace anfängt", unterbrach Gunn. „Ich will ihr nicht die Schau stehlen. Schließlich hat sie im Stadtrat hart dafür gearbeitet, das Zentrum genehmigt zu bekommen. Ich muss im Grunde gar nichts sagen. Ich bin zufrieden damit, hier zu sein und zuzusehen."

Überrascht über seine Worte zog Tessa eine Augenbraue hoch.

„Sind Sie sicher, Mr. Gunn?", fragte Gabriella. „Wir haben genügend Zeit, um alle Reden unterzubringen."

Gunn winkte ab. „Nein, nein. Bitte lassen Sie Miss Wallace den Ruhm genießen. Es ist alles ihr Verdienst."

„Das ist sehr großzügig von Ihnen, Mr. Gunn", sagte Mantle und gab Gabriella ein Zeichen. „Dann fangen wir an."

Tessa blickte wieder zu Gunn. „Danke, Robert."

Doch in ihrem Hinterkopf tauchten sofort Fragen auf. Seit wann überließ Robert Gunn einem politischen Gegner die Bühne?

8

Die Unterhaltungen der Gäste verstummten in Erwartung. Hamish hörte nur halbherzig zu, während Gabriella die Leute auf der kleinen Bühne vorstellte. Stattdessen ließ er seine Augen schweifen und studierte die Anwesenden.

Er stand in der Nähe der Stufen, die zur Bühne führten, wo er dank seiner Größe einen guten Überblick über die Menge hatte. Er konzentrierte sich auf die Personen im Publikum, die Kameras in den Händen hielten. Ein paar Blitze erhellten den Raum. Einige Gäste machten Videos mit ihren Smartphones. Seine Augen suchten nach Pistolen und anderen Waffen, doch er sah nichts Verdächtiges.

Trotzdem blieb er wachsam, obwohl er bezweifelte, dass die Dämonen dumm genug waren, bei einer so öffentlichen Veranstaltung etwas zu versuchen, wo die Gefahr bestand, dass Zuschauer alles mit ihren Kameras filmten. Schließlich mussten sich auch die Dämonen über eine etwaige Enthüllung Sorgen machen – und im Gegensatz zu den Hütern der Nacht konnten die Dämonen sich nicht unsichtbar machen. Wenn sich also wirklich einer unter den Zuschauern versteckte, würde Hamish ihn letztendlich entdecken.

Leute, die Ärger verursachen wollten, verrieten sich immer – entweder, indem sie sich verdächtig benahmen oder indem sie zu sehr versuchten, dazuzugehören. So oder so stachen sie hervor. Also suchte er nach jenen, die nicht klatschten, wenn alle anderen es taten, oder die nicht lachten, wenn ein Sprecher einen Witz machte. Aber besonders beobachtete er jene, die ihre Augen verdeckt hielten, entweder indem sie auf den Boden blickten, oder indem sie Sonnenbrillen trugen, denn es gab eine körperliche Charakteristik, die alle Dämonen besaßen: grüne Augen.

Ihre Augen und ihr grünes Blut waren die einzigen äußerlichen Beweise ihrer dämonischen Natur. Die Aura, die andere übernatürliche Kreaturen umgab – Vampire und Hexen zum Beispiel – und es so den Hütern der Nacht ermöglichte, diese zu identifizieren, fehlte den Dämonen. Die Hüter der Nacht vermuteten, dass der Grund dafür war, dass die meisten, wenn nicht alle Dämonen, einst Menschen gewesen waren – bevor sie so grauenhafte Taten begangen hatten, dass die Unterwelt ihre Seelen eingefordert hatte. Er hatte noch nie von jemandem gehört, der erlöst worden war, nachdem er sich den Dämonen ergeben und sich ihren Reihen angeschlossen hatte – Reihen, die exponentiell zu wachsen schienen, je mehr Gewalt und Angst die Welt beherrschte.

„... ohne deren Hilfe wir nie so weit gekommen wären." Tessas Stimme drang zu ihm und er blickte zu ihr hinauf auf die Bühne, wo sie ohne Notizen ihre Rede hielt. „Und Ihnen allen, die so großzügige Spenden für diesen guten Zweck getätigt haben: Danke für Ihre Unterstützung."

Applaus folgte Tessas aufrichtigen Worten und wurde von Sekunde zu Sekunde lauter. Der Lärm schien kratzender in seinen Ohren zu werden, fast metallisch. Etwas fühlte sich nicht richtig an.

Ein prickelndes Gefühl fuhr seine Wirbelsäule entlang und er suchte die Menge ab. Dann starrte er zurück auf Tessa, die immer noch am Rednerpult stand und die Bewunderung der Menge aufsaugte. Tränen schienen in ihren Augen zu glitzern und sie wischte sie mit ihrer Hand weg. Lichter tanzten auf ihrem Gesicht, Reflektionen der Discokugel, die sich immer noch am anderen Ende des Raums drehte. Das silberne Armband an ihrem Handgelenk spiegelte ebenfalls etwas davon wider.

Unwillkürlich blickte Hamish zur Decke.

„Scheiße!", fluchte er und raste auch schon die Stufen zum Podium hinauf.

Er hörte, wie es anfing – ein reißendes Geräusch und brechendes Metall – und zögerte keine Sekunde. Mit ausgestreckten Armen sprang er auf Tessa zu und griff nach ihr. Er stieß sie vom Rednerpult weg und warf sich auf sie, als sie gemeinsam zu Boden stürzten. Hinter Hamish krachte Metall auf das hölzerne Podium, doch er schützte Tessa mit seinem Körper und sie war somit von den herabfallenden Teilen abgeschirmt.

Schockierte und erschrockene Aufschreie hallten im Raum wider, als der Applaus sofort verstummte.

„Tessa, bist du in Ordnung?“, schaffte er zu fragen.

Unter ihm zitterte Tessa. Er konnte spüren, wie ihr Herz donnerte, oder war es seines?

„Ja.“

„Ich habe dich, *Lass*, ich hab dich“, murmelte er erleichtert. Unbewusst verwendete er dabei das alte schottische Kosewort.

Langsam hob er seinen Körper von ihr und blickte über seine Schulter auf die Stelle, wo Tessa nur Sekunden zuvor gestanden hatte. Das Rednerpult war von einem schweren Metallschacht – wahrscheinlich Teil der Klimaanlage – zerstört worden. Wäre Tessa getroffen worden, wäre sie schwer verletzt, wenn nicht sogar getötet worden.

Scheiße, Scheiße, Scheiße!

Sein Herz raste unkontrolliert.

Er hatte die Leute beobachtet, doch versäumt, die Bühne oder deren Umgebung nach Anzeichen zu untersuchen, dass etwas manipuliert worden war, um einen Unfall zu verursachen.

„Oh Tessa, nein!“, schrie Poppy.

„Oh mein Gott, wie schrecklich!“, rief Gabriella mit panischer, schriller Stimme.

„Tessa, ist alles okay?“ Es war Gunn, der jetzt, gefolgt von Mantle, angerannt kam. Auch andere kletterten auf die Bühne.

„Bleiben Sie zurück!“, befahl Hamish und hob seine Hand, um seinen Befehl zu unterstreichen. „Ich habe sie. Sie ist in Ordnung.“

„Sie sind ein Held!“, rief Gabriella aus, und andere wiederholten ihre Worte.

Doch all das war ihm egal. Er machte sich nur um Tessas Sicherheit Sorgen. Sie lag immer noch am Boden und versuchte nun sich aufzusetzen, während er weiterhin neben ihr kniete. Er griff nach ihr und zog sie in seine Arme. Als sie ihn endlich ansah, spiegelte sich pure Angst in ihren schönen lavendelfarbigen Augen wider.

„Hamish ..."

„Was für ein schrecklicher Unfall!", sagte Gunn hinter ihnen. „Mr. Mantle, so können Sie das Zentrum nicht eröffnen. Sie müssen das Gebäude noch einmal inspizieren lassen. Ich bestehe darauf. Es ist nicht sicher."

Hamish konnte die Antwort nicht hören, da Mantle Gunn beiseitezog und sich leise mit ihm unterhielt.

„Ich bringe dich heim."

Tessa protestierte nicht, als er ihr aufhalf, doch sie zuckte zusammen, als er sie wieder auf die Beine stellte.

„Bist du verletzt?"

„Brauchst du etwas, Tessa?", unterbrach Poppy. „Ich kann dich nach Hause fahren."

Tessa schüttelte den Kopf. „Nur ein paar blaue Flecken."

Hamish sah sie von oben bis unten an und bemerkte eine Schürfwunde an ihrem Knie. „Du blutest."

„Es tut nicht weh."

„Ich werde die Wunde säubern, wenn wir dich nach Hause gebracht haben." Dann wandte er sich an Poppy. „Ich werde mich um sie kümmern. Danke, Poppy."

Er legte seinen Arm um Tessa und führte sie zu den Stufen. Gabriella ging neben ihnen und sah überaus besorgt drein.

„Wir sollten einen Krankenwagen rufen", schlug sie vor.

„Danke Ms. VanSant, aber ich werde mich um Tessa kümmern."

Gabriella blickte Tessa an, um eine Bestätigung zu bekommen, und erhielt diese in Form eines Nickens.

„Ich werde dich morgen anrufen, um zu sehen, wie es dir geht", rief Gabriella ihr nach, „und wir werden nachforschen, wie dieser Unfall passieren konnte."

Inmitten einiger Kamerablitze führte Hamish Tessa so schnell wie möglich von der Bühne zum nächsten Ausgang. Zeit war jetzt von äußerster Dringlichkeit. Er musste seine Kollegen kontaktieren, damit sie in diesem

Anschlag auf Tessas Leben ermittelten, bevor jemand die Gelegenheit hatte, Beweise zu zerstören.

Denn dies war kein Unfall gewesen.

9

Benommen ließ sich Tessa von Hamish zum Auto führen und auf den Beifahrersitz helfen, während Schaulustige Bilder mit ihren Handys machten und sich aufgeregt unterhielten. So viele Stimmen überschnitten sich, dass sie kein einziges Wort von dem verstehen konnte, was sie sagten. Der resultierende Lärm fühlte sich ohrenbetäubend an und erst als Hamish endlich auf den Fahrersitz rutschte und die Tür zuschlug, überkam sie ein Anflug von Ruhe. Erst jetzt konnte sie hören, wie wild ihr Herz schlug, und spüren, dass Schweiß ihren Nacken und ihre Wirbelsäule hinabperlte.

Sie sah auf ihre Hände; sie zitterten. Sie faltete sie in ihrem Schoss, um das Zittern zu stoppen, doch es half nichts.

„Wir werden bald zuhause sein. Du bist jetzt in Sicherheit." Hamishs Stimme war beruhigend, doch nicht einmal seine wohlgemeinten Worte konnten die Erinnerung an das, was geschehen war, im Zaum halten.

Die Geschehnisse fingen an, sich erneut vor ihren Augen abzuspielen. Die applaudierende Menge. Dann Hamish, der wie ein Güterzug in sie krachte und sie von den Füßen riss, sodass sie hart auf dem rauen Holzboden aufschlug. Der Lärm von Metall, das auf das Rednerpult stürzte. Und dann, als Hamish sie losließ und den Blick freigab, sah sie es zum ersten Mal: die riesige Metallröhre der Lüftungsanlage, die sie unter ihrem Gewicht erschlagen hätte, genauso wie sie das hölzerne Rednerpult zersplittert hatte. Die Erinnerung daran ließ sie erschaudern.

„Ich muss einen Anruf tätigen", sagte Hamish mit entschuldigender Stimme.

Sie nickte automatisch, konnte jedoch kein Wort aus ihrer ausgedörrten Kehle bekommen, weil sie fürchtete, dass es nur ein Schluchzen werden würde. Stattdessen blickte sie aus dem Seitenfenster, entschlossen, die beunruhigenden Bilder aus ihrem Kopf zu verdrängen. Sie glaubte nicht an Zufälle, zumindest nicht an Zufälle, die ihr das Leben hätten kosten können. Nicht nach all den Drohungen, die sie erhalten hatte. Bis jetzt hatte sie nicht wirklich geglaubt, dass ihr jemand Schaden zufügen wollte, doch nun musste sie sich den Fakten stellen.

„Ja, Enya, es gab einen Vorfall", sagte Hamish ins Telefon und fuhr nach ein paar Sekunden Pause fort. „Ein Teil der Lüftungsanlage ist auf die Bühne gestürzt, auf der Tessa heute Abend eine Rede gehalten hat. Fast hätte es sie erwischt ... ja, genau, das denke ich auch. Du und das Team müsst in das Drogenrehabilitationszentrum und die Sache überprüfen ... Hast du meine GPS-Position von vor zehn Minuten? Gut, fahrt so schnell ihr könnt dorthin. Ich muss wissen, wie das geschehen ist. Seht euch die Klimaanlage, die Elektrik und die Beleuchtung an. Und überprüft das Rohr. Es sah neu aus, aber ich könnte mich irren ... Ja, danke. Oh, und noch etwas: Viele der Anwesenden hatten Kameras und haben die Veranstaltung gefilmt."

Tessa hob überrascht den Kopf und sah ihn an, verwundert von seinem Gedankengang. Kein Wunder, dass er ein Bodyguard war. Er behielt auch unter Druck die Ruhe. Ganz anders als sie.

„Ich muss die Aufnahmen sehen. Ich bin sicher, dass die Gäste bereits ihre Videos und Fotos auf Social-Media-Seiten hochladen. Sucht alle Plattformen ab und kopiert alles auf unsere Server. Setz Pearce darauf an. Ich will mir jedes Stück Beweismaterial ansehen. Jemand muss etwas erwischt haben. Das Ding ist nicht von alleine heruntergefallen." Er machte eine kurze Pause und warf Tessa einen Blick zu, dann sagte er ins Telefon: „Ja, ruf mich an, sobald du etwas hast. Ich werde bei Tessa zuhause sein."

Er legte auf und steckte das Handy in den Becherhalter zwischen den Sitzen.

„Wer war das?", hörte sie sich selbst fragen.

„Enya, eine Kollegin. Sie und das Team werden herausfinden, wie das passieren konnte."

„Ich bezweifle, dass die Angestellten des Zentrums deine Kollegen herumschnüffeln lassen werden. Ich bin sicher, dass sie bereits die Polizei angerufen haben."

„Keine Sorge, unsere Firma arbeitet ständig mit der Polizei zusammen." Er warf ihr einen beruhigenden Blick zu.

„Besteht die Chance, dass das ein Unfall war?" Vielleicht überreagierte sie nur. Vielleicht war etwas bei den Renovierungsarbeiten schiefgegangen. Möglicherweise war es nur schlechte Arbeit und kein Komplott, sie aus dem Rennen um das Bürgermeisteramt zu werfen.

„Diese Chance besteht immer", antwortete Hamish schließlich, auch wenn ein Zögern in seiner Stimme lag.

„Aber du glaubst das nicht."

Er seufzte. „Hör zu, Tessa, was auch immer das war, Unfall oder nicht, jetzt bist du in Sicherheit. Und ich werde dafür sorgen, dass das so bleibt. Von jetzt an werde ich jede Veranstaltung, bei der du erscheinen sollst, vorher gründlich untersuchen. Niemand wird eine Chance bekommen, so etwas je wieder zu tun."

Sie nickte und ihr wurde plötzlich klar, wie dumm sie gewesen war, sich gegen seine Hilfe zu sträuben. Es gab nichts Besseres als eine Nahtoderfahrung, um ihren Beschützer in einem neuen Licht erscheinen zu lassen. Er wollte sie nicht herumkommandieren oder ihre Freiheiten einschränken, er versuchte nur, den Job zu erledigen, für den er engagiert worden war: sie zu beschützen. Es war an der Zeit, dass sie etwas Dankbarkeit zeigte.

„Hamish, es tut mir leid, wie ich mich die ganze Zeit benommen habe", fing sie an.

Er drehte seinen Kopf in ihre Richtung und warf ihr einen überraschten Blick zu. „Du musst dich für nichts entschuldigen. Es ist nicht einfach, sich plötzlich in einer Situation wiederzufinden, in der man sich auf jemand anderen verlassen muss – besonders wenn man es gewohnt ist, auf sich selbst gestellt zu sein."

Erstaunt darüber, dass er sie verstand, nickte sie und senkte ihren Blick zu ihren verkrampften Händen. „Ich mag es nicht, wenn ich hilflos bin." Sie war schon einmal hilflos gewesen und sie hatte es auch damals nicht gemocht. Doch sie war ein Kind gewesen und ihr Peiniger viel stärker als sie. Damals war ihr lange Zeit niemand zu Hilfe gekommen.

„Du bist nicht hilflos."

„Ich wünschte, das wäre wahr. Aber ich kenne meine Grenzen."

„So solltest du nicht denken. Konzentrier dich auf das, was du tun *kannst*. Worin du gut bist."

„Es sieht so aus, als gefiele das, worin ich gut bin, jemandem nicht."

Als Hamish plötzlich eine Hand auf ihre legte, schrie sie auf. Sofort zog er seine Hand weg. „Es tut mir leid."

Ihr Herz schlug ihr bis zum Hals. „Nein, mir tut es leid. Ich bin nur so schreckhaft. Ich wollte nicht –"

„Es ist meine Schuld", sagte er und unterbrach ihre ungeschickte Entschuldigung. „Ich sollte es besser wissen. Du hast heute Abend viel durchgemacht. Du musst dich ausruhen."

Sie wusste, dass er recht hatte.

Hamish verfiel für den Rest der Fahrt in Schweigen und sie hatte auch keine Worte mehr übrig. Doch die Stille führte nur dazu, dass ihr Kopf Überstunden schob. Wer hatte den Unfall verursacht? Und wie hatte er es gemacht? Hatte er einen Timer benutzt? Aber wenn das der Fall gewesen wäre, wie hätte derjenige wissen sollen, wann sie mit ihrer Rede an der Reihe war? Schließlich sollte Gunn vor ihr sprechen und alle, die Gunn kannten, wussten, dass er gerne den Klang seiner eigenen Stimme hörte. Er hätte leicht lange genug reden können, dass der Luftschacht auf *ihn* gefallen wäre. War sie vielleicht doch nicht das Ziel gewesen? Stand Gunn auch auf der Abschussliste? Oder hatte jemand gewartet und den Luftschacht manuell gezündet? Das wäre die einzige Möglichkeit gewesen, sicherzugehen, dass er die richtige Person traf, wenn es wirklich Absicht und kein Unfall war.

Und Gunn: Warum hatte er darauf bestanden, dass sie zuerst ihre Rede hielt? Hatte er gewusst, dass etwas passieren würde? Steckte er hinter allem? Würde sie das je herausfinden?

Als das Auto plötzlich stoppte, starrte Tessa durch die Windschutzscheibe und orientierte sich. Sie hatten hinter ihrem Wohngebäude angehalten, und dabei wurde ihr plötzlich eine Sache klar.

„Ich habe dir nie meine Adresse gegeben."

Hamish schaute ihr in die Augen. „Was wäre ich für ein Bodyguard, wenn ich mir im Vorfeld nicht alle Informationen über meine Klientin besorgen würde? Ich war heute schon einmal hier und habe mir die Nachbarschaft angesehen und auf mögliche Bedrohungen untersucht."

Langsam nickte sie. „Und?"

„Es ist ein gutes Gebäude, obwohl ich wünschte, dass es einen Portier geben würde."

„Wohnungen in Gebäuden mit Portiers sind teuer."

„Ich weiß. Wir werden mit dem zurechtkommen müssen, was wir haben. So oder so müssen sie erst an mir vorbei, wenn sie dich wollen. Du wirst heute Nacht sicher schlafen können."

Sagte er, was sie glaubte, dass er sagte?

„Du bleibst die ganze Nacht hier?"

„Dafür hast du mich engagiert."

Und obwohl sie das eigentlich gewusst hatte, drang es erst jetzt in ihr Bewusstsein. Ihr Bodyguard würde die Nacht in ihrer Wohnung verbringen. In nächster Nähe.

„Ich habe kein Gästezimmer."

„Ich habe nicht vor zu schlafen."

„Du wirst die ganze Nacht über mich wachen?" Der Gedanke war beruhigend und erschreckend zugleich. Ein Fremder in ihrem Zuhause. Ein Fremder, der ihr bereits einmal das Leben gerettet hatte. Würde er es wieder retten müssen?

10

Hamish sperrte die Tür für Tessa auf, da er bemerkt hatte, dass ihre Hände immer noch zitterten. Er ließ sie vor ihm hineingehen, folgte ihr dann und verriegelte die Tür hinter ihnen.

Er war schon früher am Tag hier gewesen, doch nicht nur außerhalb des Gebäudes, um die Umgebung zu überprüfen, wie er Tessa erzählt hatte. Er hatte auch jeden Eingangspunkt überprüft und ihre Wohnung nach möglichen Gefahren abgesucht. Ihre Wohnung ungesehen zu betreten war ein Kinderspiel gewesen – er hatte sich einfach unsichtbar gemacht und war durch die verschlossenen Türen gegangen. Glücklicherweise hatten Dämonen diese speziellen Fähigkeiten nicht. Sie mussten einbrechen und riskieren, von einem Nachbarn ertappt zu werden. Bis jetzt hatte er keine Beweise gefunden, dass ein Dämon in Tessas Wohnung gewesen war.

„Wir sollten uns um die Schürfwunde an deinem Knie kümmern, bevor sie sich entzündet", sagte er zu Tessa, als sie ihre Handtasche auf den Couchtisch im Wohnzimmer legte, welches mit der offenen Küche verbunden war.

Als er ihr Knie musterte, spürte er, wie sie sich verkrampfte, als würde sie jede Erwähnung der Geschehnisse des heutigen Abends wieder in eine Grube aus Verzweiflung katapultieren. Tessa drehte sich abrupt um und mied seinen Blick.

„Ich muss mich duschen."

„Lass mich zuerst das Badezimmer überprüfen." Er ging an ihr vorbei, öffnete die Badezimmertür und sah sich drinnen um. Das Fenster war geschlossen und verriegelt und es gab kein Schlupfloch, in dem sich jemand verstecken konnte. Die Wohnung lag im zweiten Stock und an dieser Seite des Gebäudes befand sich keine Feuertreppe. Niemand würde von außen ins Badezimmer gelangen können. Er drehte sich um. „Alles in Ordnung. Nimm dir Zeit."

Tessa zwang sich zu lächeln und verschwand im Badezimmer. Hamish hörte einen Augenblick später, wie sie das Türschloss umlegte. Er konnte ihr nicht verübeln, dass sie das Gefühl verspürte, sich im Badezimmer einsperren zu müssen. Sie war im Moment verwundbar und er war ein Fremder. Wenn eine abgesperrte Tür ihr ein sichereres Gefühl gab, dann nahm er ihr das nicht übel.

Da er wusste, dass er nichts Produktives unternehmen konnte, bis er Neuigkeiten von den anderen Hütern bekam, marschierte er in die Küche, zog sein Jackett aus und öffnete den Kühlschrank. Darin gab es genügend Sachen, um ein einfaches Essen zuzubereiten. Da Tessa auf der Veranstaltung keine Chance gehabt hatte, etwas zu essen, würde sie sicher hungrig sein. Und der verzweifelte Blick, den sie ihm zugeworfen hatte, machte ihm klar, dass sie etwas zur Beruhigung benötigte. Zumindest könnte er ihr das in Form von Essen geben, da seine Berührung von vorhin sie offensichtlich aufgerüttelt hatte – obwohl er es nur getan hatte, um für sie da zu sein.

Hamish fand Weißwein, Sahne, Tomaten und Zwiebeln im Kühlschrank sowie Nudeln und Olivenöl in einem der Hängeschränke und machte sich an die Arbeit. Kochen war ihm nicht fremd. Schließlich schlug sich in dem Komplex, in dem er mit den anderen Hütern der Nacht, die für Baltimore zuständig waren, lebte, wenn es um Essen ging, jeder alleine durch. Obwohl er zugeben musste, dass die Qualität des Essens sich sehr gebessert hatte, seit sich Aiden die reizende Dr. Leila Cruickshank, eine menschliche Frau, zur Gefährtin genommen hatte.

Hamish verbrachte viele Abende mit den anderen Hütern am Esstisch und verschlang Leilas köstliche Mahlzeiten. Er hatte ein paar Dinge von ihr gelernt und hoffte, dass er etwas Essbares für Tessa zaubern konnte. Etwas, das hoffentlich ihre Nerven ein wenig beruhigen würde.

Während die Nudeln und die Soße kochten, ging er zur Badezimmertür und lauschte. Das Wasser lief immer noch. Er hielt den Atem an und hörte noch genauer hin. Es gab noch ein weiteres Geräusch. Er konnte sich nicht zu hundert Prozent sicher sein, aber sein empfindliches Gehör nahm ein Schluchzen wahr. Er fluchte leise und wünschte sich, dass er hineingehen und Tessa trösten könnte, aber das zu tun würde sie nur noch mehr verängstigen. Offensichtlich hatte sie sich in seiner Gegenwart zusammengerissen, weil sie nicht schwach wirken wollte, doch in dem Augenblick, als sie alleine war, brach sie wie ein Zweig im Wind.

Frustriert darüber, dass er für seinen Schützling nichts tun konnte, ging er zurück in die Küche und deckte die Kücheninsel für zwei Personen ein. Dann schaute er auf sein Handy und schrieb Enya eine Nachricht.

Schon etwas Neues?

Ein paar Sekunden später schrieb sie zurück. *Manus und ich sind gerade angekommen. Ich halte dich auf dem Laufenden.*

Er steckte das Handy wieder in seine Tasche und kostete die Nudeln, dann ließ er sie abtropfen und kippte sie in den Topf mit der Soße. Er bedeckte das Essen mit einem Deckel, lehnte sich gegen die Kücheninsel und wartete.

Die Minuten vergingen, doch schließlich öffnete sich die Badezimmertür. Langsam drehte er sich um und sah zu, wie Tessa ins Wohnzimmer kam. Sie trug einen langen, flauschigen weißen Bademantel. Am Kragen sah er etwas Lavendelfarbiges hervorblitzen – ein Negligé. Sie war barfuß. Sie hatte sich das Haar gekämmt, aber es war immer noch feucht. Ihr Gesicht sah von der heißen Dusche gerötet aus und falls sie wirklich geweint hatte, hatte sie die Tatsache gut verborgen, vielleicht indem sie sich kaltes Wasser auf die Augen gespritzt hatte.

„Ich habe uns Abendessen gemacht. Du musst hungrig sein“, sagte er und zeigte auf die Gedecke, bevor er sich wieder zum Herd wandte, den Topf und einen Schöpflöffel nahm und das Gericht auf einen Untersetzer auf die Kücheninsel stellte.

„Das hättest du nicht tun müssen.“

„Ich habe es nicht nur für dich gemacht. Ich habe auch Hunger“, lenkte er ab, obwohl er auch leicht ohne Abendessen hätte auskommen können.

„Danke.“ Sie näherte sich und kletterte auf einen der Barhocker.

„Ich hoffe, du magst Nudeln mit Tomatensoße. Im Kühlschrank war nicht viel anderes."

Sie setzte ein Lächeln auf und hob die Augen, um ihn anzusehen. „Nudeln klingen toll."

Er servierte ihnen beiden eine Portion und setzte sich dann neben sie. Tessa begann zu essen und er tat es ihr gleich.

„Machst du das oft?", fragte sie plötzlich.

„Was?"

„Abendessen für deine Klienten kochen."

„Nicht wirklich." Normalerweise wussten seine Klienten, oder eher Schützlinge, nicht, dass er überhaupt da war.

„Hm." Sie verstummte wieder.

Er wollte das Schweigen irgendwie brechen, doch hatte er Angst, dass die Erwähnung des Unfalls im Zentrum sie nur wieder aufregen würde. Auf der Suche nach einem sicheren Konversationsthema ging er im Kopf alle offensichtlichen Themen durch. Das Wetter – nichts, worüber es was zu sagen gab. Es war weder warm noch kalt. Aktuelle Ereignisse – kein sicheres Thema, wenn man bedachte, dass Tessa für das Bürgermeisteramt kandidierte und die aktuellen Ereignisse Aufstände und Demonstrationen, alles Geschehnisse voller Gefahr, einschlossen. Ihr Aussehen – Frauen liebten Komplimente, doch er würde sich von diesem Minenfeld weit fernhalten, besonders da es Nacht war, sie alleine waren und Tessa eher verführerisch gekleidet war. Sie könnte seine Worte als Anmache interpretieren, was nicht seine Absicht war.

Das ließ kein Gesprächsthema übrig. Keines, bis auf das Essen.

„Ich hoffe, die Nudeln sind nicht zu hart. Ich mag sie *al dente*."

„Ich auch." Ihre Stimme war kaum hörbar. Sie aß weiter, bis ihr Teller leer war. Als sie ihn beiseite schob und sich umdrehte, um vom Barhocker zu hopsen, blickte Hamish sie an. Seine Augen erfassten einen roten Fleck auf dem weißen Bademantel.

„Oh, du hast etwas Soße auf den Bademantel gekleckert." Er nahm eine Serviette und stand auf. „Lass mich etwas Wasser holen." Er war schon an der Spüle und tränkte die Serviette, als er ein Schluchzen hinter sich hörte.

Er wirbelte herum und sah, wie Tränen Tessas Wangen hinabströmten. „Tessa, was stimmt nicht?"

Sie zeigte auf den roten Fleck auf ihrem Bademantel und heulte. „Alles. Alles stimmt nicht. Ich wäre heute Abend fast gestorben."

Er ließ die Serviette in die Spüle fallen und eilte zu ihr. Ohne nachzudenken hob er sie vom Barhocker und nahm sie in die Arme. Sie klammerte sich zitternd an ihn, also hob er sie hoch und trug sie zur Couch, wo er sich mit ihr auf seinem Schoß hinsetzte.

„Es tut mir leid, *Lass*", beruhigte er sie und streichelte ihr mit der Hand übers Haar. „Es tut mir leid, dass du das erleben musstest."

„Wenn du nicht dagewesen wärst –"

„Aber ich war da", unterbrach er sie und weigerte sich, sie diesen Gedanken beenden zu lassen. „Und ich bin jetzt hier. Nichts wird dir passieren. Ich verspreche es."

„Wie kannst du dir da sicher sein?", fragte sie durch ihre Tränen.

„Weil ich es nicht zulassen werde." Er zog sie näher an sich, um sein Versprechen zu unterstreichen.

Vielleicht hätte er das nicht tun sollen, denn jetzt spürte er ihren Körper noch intensiver. Er inhalierte den süßen Duft ihrer frisch gewaschenen Haut, spürte die Wärme ihres Atems an seinem Hals und das Klammern ihrer Hände an seinem Hemd, als würde ihr Leben davon abhängen.

„*Lass*", murmelte er und konnte sich nicht davon abhalten, ihr einen Kuss ins Haar zu drücken.

Er hätte sie lieber von seinem Schoß heben und seinen Kopf in den Gefrierschrank stecken sollen, um sich davon abzuhalten, etwas Dummes zu tun. Er hätte irgendetwas tun sollen, was ihn von der verführerischen Frau in seinen Armen ablenkte. Aber keine Ablenkung tat sich auf. Und mit jeder Sekunde wurde sein Wille, diese Verrücktheit zu stoppen, schwächer. Als sie ihren Kopf hob und ihn mit verweinten Augen ansah, konnte er nicht widerstehen, die Feuchtigkeit mit seinem Daumen wegzuwischen. Aber was als sanfte und beruhigende Geste gemeint war, eine, die er oft bei den Kindern seiner Freunde benutzt hatte, wenn sie sich verletzt hatten, war jetzt alles andere als unschuldig.

„Hamish?"

Hatte sie gerade seinen Namen geflüstert oder halluzinierte er?

Er gab seiner langen Abstinenz von Frauen die Schuld für das, was er im Begriff war zu tun. Gab *Rasen* und allem, was damit zu tun hatte, die Schuld.

Er gab sogar Cinead die Schuld, weil dieser ihn gewählt hatte, Tessa zu beschützen. Nur Tessa konnte er keine Schuld geben, denn sie suchte lediglich nach einem Ort, an dem sie sich sicher fühlen konnte. Und in seinen Armen würde sie sicher sein. Doch würde er auch in den ihren sicher sein?

Trotz der Tatsache, dass ihm die Antwort auf diese Frage versagt blieb, tauchte er seinen Kopf zu ihrem hinab und strich mit seinen Lippen gegen ihre. Anfänglich nur sanft und weich. Doch als sie scharf einatmete, übernahmen seine Instinkte und er fing ihre Lippen ein, so wie ein Wolf das hilflose Reh riss, das in der Falle saß. Er wusste, dass das, was er tat, falsch war. Doch das hielt ihn nicht davon ab, seinen Mund auf ihren zu pressen und mit seiner Zunge zwischen ihre geöffneten Lippen zu tauchen und sie zu erforschen. Und Gott, sie schmeckte gut. Süß, unschuldig, doch nicht unerfahren. Sie erwiderte seinen Kuss, nicht nur indem sie mit ihrer Zunge über seine leckte und ihren Kopf in den Nacken legte, um ihn einzuladen, sondern auch indem sie ihre Arme um seinen Hals schlang und ihn fest an sich zog.

Er spürte ihr Verlangen – das Bedürfnis zu vergessen. Und er konnte ihr dieses kleine Vergnügen nicht verwehren. Und genau wie Tessa wollte auch er vergessen und ein paar Momente der Unbeschwertheit erleben. Ein paar Momente voller Verlangen. Denn das war alles, was dies sein konnte: Verlangen zwischen zwei Erwachsenen, die *fühlen* anstatt denken wollten.

Die Art, wie sie seinen Kuss erwiderte, die Art, wie sie ihn hielt, drängte ihn zu mehr. Hunger wuchs in ihm und obwohl seine Hände bis jetzt untätig gewesen waren, konnten sie es nicht bleiben. Ohne nachzudenken, wohin das führen könnte, tastete er nach dem Gürtel ihres Bademantels und riss ihn auf. Er glitt mit seiner Hand hinein und spürte den seidenen Stoff ihres Negligés. Ihr Körper strahlte durch das dünne Material so viel Hitze aus, dass es sich anfühlte, als hätte er seine Hand in einen Behälter voller kochender Flüssigkeit getaucht. Er wusste, dass er sich verbrennen würde, doch es war ihm egal, denn die Belohnung war es wert.

Je länger er sie küsste und je intensiver der Kuss wurde, umso größer wurde das Verlangen, ihre nackte Haut unter seiner Handfläche zu spüren. Er schob seine Hand weiter nach oben bis unter ihre Brust und spürte, wie sie an seinem Mund nach Luft rang. Doch sie drückte ihn nicht weg, wich nicht zurück, um den Kuss zu stoppen. Also wanderte er weiter hinauf, bis er ihre Brust in seiner Hand hielt. Er liebte das Gewicht, die Rundung und die Festigkeit. Er drückte sie und spürte, wie sie sich auf seinem Schoß bewegte, wodurch er sich eines Teils seiner Anatomie bewusst wurde, den er so lange ignoriert hatte, doch jetzt nicht länger ignorieren konnte – denn das verdammte Ding wuchs mit alarmierender Geschwindigkeit.

Hamish riss seinen Mund von ihr los. Er sollte aufhören, solange er noch konnte, doch genau in diesem Moment bewegte sich Tessa wieder und dabei verrutschte ein Träger ihres Negligés. Als er seine Hand von ihrer Brust nahm, rutschte der Stoff weg und enthüllte einen harten Nippel, der von cremefarbener Haut umgeben war. Zu verlockend, um ihn zu ignorieren. Er streichelte über die harte Knospe und spürte, wie Tessa in seinen Armen erbebte. Sie stöhnte, schloss die Augen und ließ ihren Kopf nach hinten fallen.

Verdammt! Zum Teufel mit der Zurückhaltung!

Er tauchte seinen Kopf hinab und legte seine Lippen auf ihren Nippel. Dann saugte er daran und liebkoste ihn mit seiner Zunge, während sich seine Hand weiter nach Süden bewegte. Über ihren Bauch, hinab zu ihrem wohlgeformten Schenkel und noch weiter bis zum Saum ihres Negligés. Er zog daran, doch es war mit ihrem Bademantel verworren, also zog er fester.

„Autsch!“, schrie sie auf.

Sofort hielt er inne. Er wich zurück und seine Augen suchten nach dem Grund für ihren Schmerz. Er fand ihn sofort. Blut tropfte von ihrem Knie – dem Knie, das während des Sturzes verletzt worden war.

„Scheiße“, fluchte er und starrte sie an.

Tessa mied seinen Blick und zog sich nervös den Bademantel über den Oberkörper.

„Es tut mir leid“, murmelte er und hob sie so schnell und so sanft wie er konnte, ohne sie weiter zu verletzen, von seinem Schoß. „Ich wollte nicht ...“ Tja, er hatte vieles nicht tun wollen. Vor allem hatte er nicht vorgehabt, sie wie ein hungriges Biest anzufallen.

Er sprang auf. „Ich hätte das nicht tun sollen. Das ist alleine meine Schuld. Es wird nicht noch einmal passieren.“ Er ging Richtung Küche. „Wenn du mir sagst, wo dein Verbandskasten ist, bandagiere ich die Wunde.“

Aber Tessa hatte sich bereits von der Couch erhoben. „Das kann ich selbst machen.“

Natürlich. Warum sollte sie riskieren, dass er sie noch einmal berührte? Sie war klug.

„Ich bin müde. Ich sollte ins Bett gehen. Ich habe morgen einen langen Tag“, sagte sie.

Er drehte sich nicht um, als Tessa Richtung Schlafzimmer ging. „Ich werde leise sein, wenn ich hier aufräume, damit du schlafen kannst.“ Nicht, dass es schien, als würde sie ihm zuhören.

Scheiße! Gleich am ersten Tag eines Auftrags hatte er Mist gebaut!

11

Wut und Frustration waberten in dunklen Wellen um ihn herum, als Zoltan einen der langen Korridore seines Unterweltreichs, einem Labyrinth aus unterirdischen Höhlen, entlangmarschierte. Die miteinander verbundenen Kammern erstreckten sich über mehrere Quadratkilometer. Der einzige Weg, diese Festung zu betreten oder sie zu verlassen, war mittels der Vortexen – der wirbelnden Portale, die nur mit der Macht eines Dämons geöffnet werden konnten. Während in der menschlichen Welt Portale auf praktisch jede Oberfläche auf Bodenhöhe projiziert werden konnten, hatte das Reich der Dämonen spezielle Zugangspunkte, die Vortexen erlaubten. Alle wurden von loyalen Dämonen bewacht.

Als Zoltan den großen Saal betrat, flackerten rote Flammen durch die Risse in den ungleichmäßigen Steinwänden und unterstrichen die Tatsache, dass dieses Reich im Bauch der Hölle lag. Und er war sein Herrscher, der Großmächtige. Der König aller Dämonen. Doch heute war er nicht zufrieden mit seinen Untertanen. Nein, er war sogar überaus wütend auf sie.

Die Nachrichten, die er durch ein Netzwerk aus Spionen in der Menschenwelt erhalten hatte, waren beunruhigend. Und sie verlangten eine sofortige Antwort, eine, die seine Untertanen lehren würde, dass nicht mit ihm zu scherzen war. Schließlich hatten viele von ihnen vor nicht allzu langer Zeit miterlebt, wie er ihren vorherigen Herrscher in genau diesem Saal getötet und die Herrschaft über die Unterwelt an sich gerissen hatte.

„Wer ist dafür verantwortlich?“

Zoltan warf die Zeitung auf den Steinboden, wo zwei Dutzend seiner Dämonen in stoischem Schweigen dastanden und feige die Schultern einzogen. Niemand machte auch nur einen Mucks. Genau wie er es erwartet hatte. Keiner war mutig genug, die Verantwortung für den Unfall, der die Titelseite einnahm, zu übernehmen.

„Als ich sagte, ihr sollt Initiative ergreifen, meinte ich nicht das!“, knurrte er zähneknirschend und deutete auf die Zeitung auf dem Boden. „Ein Anschlag auf die Stadträtin? Was zum Teufel habt ihr euch gedacht, ihr dummen Penner!“

Offensichtlich hatten sie gar nicht mitgedacht, sonst hätten sie gewusst, welche Auswirkungen ihre Tat nach sich ziehen würde.

„Habt ihr irgendeine Ahnung, welchen Schaden ihr angerichtet habt?“ Er schnaubte wütend. „Natürlich nicht, denn ihr seid Schwachköpfe. Es ist ein Wunder, dass ihr eure Schwänze zum Pissen finden könnt. Eure Mütter hätten euch gleich nach der Geburt ertränken sollen!“

Einer der Dämonen verbeugte sich, bevor er vortrat und den Kopf hob. „Oh Großmächtiger, ich versichere Euch, wir hatten nichts damit zu tun.“

„Lügner!“

Er raste auf den Dämon zu. Sofort zuckte das Wiesel zurück und versuchte, sich in den Reihen seiner Brüder zu verstecken, doch Zoltan hatte genug von dem feigen Benehmen seiner Untertanen und packte den Dämon an der Kehle. Zoltan hielt ihn hoch in die Luft, drückte ihm die Luftröhre zu und blickte die anderen Dämonen finster an, damit sie es nicht wagten, dem Feigling zu Hilfe zu kommen.

„Indem ihr die Stadträtin angegriffen habt, habt ihr ihr bei ihrer Kampagne, Bürgermeisterin zu werden, geholfen. Seht ihr das nicht?“ Nein, sie waren zu dumm, diese Verbindung zu ziehen, die er so deutlich sehen konnte. Er musste es ihnen buchstabieren. „Jetzt bekommt sie die Mitgefühlsstimmen von allen, die noch unentschieden waren. Ihr verdammten Idioten!“

Der Dämon in seinem Griff zappelte weiter und versuchte wild, Zoltans Hand von seinem Hals zu hebeln. Ohne Erfolg. Zoltan war schon immer stärker als die anderen Dämonen gewesen, selbst bevor er die Führung als der neue Großmächtige übernommen hatte. Er hatte schon immer gespürt, dass er für mehr bestimmt war. Selbst als er noch jung war, hatte er erkannt, dass er schlauer als die anderen Dämonen war. Dass er ihnen überlegen war.

Zoltan sah den Dämon an, als er ihn würgte und die Haut sich von dem Blut, das sich darunter sammelte, grün färbte. Er spürte, wie sein Herz aufgeregt in seinem Brustkorb schlug und sich auf den Tod seines Untertanen freute. Was war schon ein toter Dämon, wenn er mit dieser Zurschaustellung seiner Überlegenheit seine Herrschaft zementierte? Schließlich waren sie alle zu ersetzen – alle waren gleichermaßen dumm.

„Muss ich euch selbst zeigen, wie es gemacht wird? Wie man Menschen manipuliert, um sie dazu zu bringen, das zu tun, was wir wollen? Braucht ihr noch eine Lektion?“

Er schaute seine Dämonen finster an. Kein einziger wagte es, seinen Blick zu erwidern. Aber er würde diesen Feiglingen zeigen, wie man die Welt regierte. „Seht mich an!“

Ihre Köpfe schossen hoch und sie kamen seinem Befehl nach, denn sie hatten Angst – Angst, die berechtigt war. Das war die einzige Art und Weise, wie er herrschen konnte. Durch Furcht und Einschüchterung. Und durch Exempel.

Er zog seinen Dolch aus der Scheide an seiner Hüfte, eine Waffe, die in der Dunklen Epoche geschmiedet worden war, und die einzige Waffe, die das Leben eines Dämons auslöschen konnte, und rammte sie in das Herz seines Opfers. Das gurgelnde Geräusch des Dämons wurde vom Ringen nach Luft der Versammelten begleitet. Mit Genugtuung darüber, dass seine Demonstration den erwünschten Effekt hatte, zog Zoltan den Dolch aus dem Toten und wischte das Blut an seinem langen Mantel ab. Dann warf er die leblose Hülle des Dämons in die Menge und sah zu, wie alle zurückwichen, um nicht von dem grünen Blut ihres Kameraden bespritzt zu werden. Als würde auch ihr Schicksal besiegelt werden, wenn sie damit in Kontakt kämen.

„Gut, dann verstehen wir uns“, knurrte Zoltan. „Und der erste Mann, der mir den Namen des Dummkopfs bringt, der den Angriff auf die Stadträtin ausgeführt hat, wird belohnt werden.“ Er blickte seine Untertanen mit zusammengekniffenen Augen an. „Der zweite wird sterben.“

Mit dieser Drohung drehte er sich um und marschierte aus dem großen Saal und in Richtung seiner Privaträume. Er trat ein und schlug die Tür hinter sich zu, sodass ein Echo durch das ganze Labyrinth aus Tunneln hallte, das die verschiedenen Höhlen verband. Alle mussten wissen, dass mit dem Großmächtigen nicht zu spaßen war.

Endlich alleine warf er seinen Mantel auf eine Bank und atmete aus. Dabei traf ihn eine Welle aus Schmerz und er presste seine Handflächen gegen seine Schläfen, um den Druck in seinem Kopf zu lindern. Er hasste diese Anfälle, das hatte er schon immer getan. Aber er hatte sie über die Jahrzehnte hinweg immer gut verborgen, da er wusste, dass es sein Untergang wäre, würde er Schwäche zeigen. Er wusste von keinem Dämon, der je diese Art Schmerz empfunden hatte, der mit dem einer menschlichen Migräne vergleichbar war. Möglicherweise war es jedoch weit verbreitet und er musste annehmen, dass auch andere Dämonen solche Episoden durchmachten und diese verheimlichten.

Mehrere Minuten war er wie gelähmt und völlig hilflos, denn der Schmerz war so schlimm, dass er nicht einmal die Augen offenhalten konnte. Bis jetzt hatte er noch immer gespürt, wenn diese Attacken nahten, was ihm genug Zeit gab, um einen ungestörten Ort zu finden, an dem niemand Zeuge seiner Schwäche werden konnte. Er konnte nur hoffen, dass es so bleiben würde.

Die Anfälle hatten sich gehäuft, seit er die Rolle des Großmächtigen übernommen hatte. Und sie waren auch schmerzhafter geworden, als würde etwas in ihm gegen den steigenden Druck rebellieren, der mit diesem Amt einherging. Doch er würde sich von diesem Handicap nicht stoppen lassen.

Als der Schmerz endlich nachließ, ging Zoltan ins Badezimmer. Der Boden, die Wände und die Decke waren aus Vulkangestein. In einer Ecke waren eine Dusche und eine Badewanne in den Stein gehauen, in der anderen stand die Toilette. Das Waschbecken war ähnlich gestaltet, doch war ein Gegenstand aus der Menschenwelt hinzugefügt worden: ein Spiegel. Er blickte sein Spiegelbild an. Keine äußerlichen Anzeichen seines geschwächten Zustands waren sichtbar. Er atmete tief ein. Es war an der Zeit, in Ordnung zu bringen, was seine Dämonen vermasselt hatten.

Obwohl er keine Skrupel hatte, Menschen zu töten – bei Weitem nicht – wusste er, dass es keine schlaue Idee war, Stadträtin Wallace zu töten. Das würde nur zu viel Verdacht erwecken und sie zu einer Märtyrerin machen. Und Märtyrer waren schwieriger auszuschalten als Menschen, die lediglich aus Fleisch und Knochen bestanden. Denn man konnte einen Märtyrer nicht töten; sie blieben in den Köpfen und Herzen der Leute lebendig. Es war besser, die liebenswerte Tessa Wallace in Misskredit zu bringen und so ihre Chancen auszulöschen, Bürgermeisterin zu werden. Denn wenn sich die Stadt durch sie von der Gewalt, dem Hass und der Wut abwandte, die in Baltimore köchelten, würden die Dämonen das Fundament verlieren, um das sie so lange und so hart gekämpft hatten. Denn endlich war es an der Zeit, die Stadt zu beanspruchen und sie in eine Festung der Dämonen zu verwandeln, damit ihre Politik andere Städte im Staat infizieren konnte, um sich dann weiter auszubreiten ...

Ja, das gefiel ihm. Und wenn seine Untertanen zu dumm waren, um herauszufinden, wie man das erreichte, musste er es selbst tun.

Zufrieden mit seinem Plan öffnete Zoltan einen großen Holzschrank und inspizierte den Inhalt. Perücken, Bärte und Schnauzer waren aufgereiht, sowie Abdrücke, die er über seine Zähne stecken konnte, um seine Mundpartie zu verändern. Er wählte seine Verkleidung weise, wie er es immer machte, wenn er in die Menschenwelt aufbrach, und obwohl er nicht immer alle Teile der Verkleidung benutzte, so war doch eine Sache essenziell:

Farbige Kontaktlinsen, um seine dämonischen Augen zu verbergen. Dämonen hatten schon immer versucht, ihre Augen mit gefärbten Linsen zu verbergen, doch hatten sie bisher nur wenig Erfolg gehabt. Das Grün ihrer Iris sonderte eine Chemikalie ab, die sich innerhalb weniger als einer Stunde durch jede Linse brannte und eine permanente Verkleidung unmöglich machte.

Doch kürzlich war Zoltan einem talentierten Optiker begegnet, der für Patienten, die auf gewöhnliche Kontaktlinsen allergische Reaktionen zeigten, mit verschiedenen Materialien experimentiert hatte. Zoltan hatte ihn beobachtet und selbst die verschiedenen Linsen getestet, die der Mann entwickelte, bis er eine gefunden hatte, die mehrere Stunden hielt, bevor sie sich auflöste und seine dämonischen Augen preisgab.

Er schmunzelte. Noch hatte er seine Entdeckung nicht mit seinen Untergebenen geteilt. Es war immer gut, allen einen Schritt voraus zu sein, selbst seinen eigenen Untertanen.

12

Tessa öffnete die Tür zum Vorzimmer ihres Büros und trat ein. Doch falls sie gehofft hatte, nach den Geschehnissen der letzten Nacht dort einen Zufluchtsort zu finden, hatte sie sich geirrt. Sie war bereits mehreren Reportern ausgewichen, als Hamish sie am Seiteneingang zum Rathaus abgesetzt hatte, nachdem sie den Van eines Nachrichtensenders vor dem Gebäude erspäht hatten. Anscheinend hatten es ein paar Journalisten am Sicherheitsdienst vorbeigeschafft.

Zwei ihr bekannte Reporter schossen von den Besucherstühlen hoch und fielen sie praktisch an.

Collette war von ihrem Schreibtisch aufgesprungen und hob kapitulierend die Arme. „Es tut mir leid, Tessa, aber ..."

Tessa seufzte. „Ist nicht deine Schuld, Collette."

Und auch nicht die des Sicherheitsdienstes. Schließlich mussten die Sicherheitsleute Besucher, die keine Waffen trugen und einen legitimen Grund vorbrachten – auch wenn dieser nur vorgegeben war –, ins Rathaus lassen. Und sobald sie drinnen waren, konnten sie praktisch in jedes Stockwerk und jedes Büro gelangen. So viel zu ihrem Zufluchtsort, den sie so dringend gebraucht hätte. Nicht wegen des Anschlags am gestrigen Abend, sondern wegen dem, was sich später in ihrer Wohnung abgespielt hatte.

Sie hatte sich Hamish wie ein hormongesteuerter Groupie an den Hals geworfen! Selbst jetzt färbte die Scham, die durch ihre Adern floss, noch ihre Wangen. Wie hatte das nur passieren können? In einem Moment hatte sie geweint und Angst und Schrecken hatten ihre Gedanken eingenommen und im nächsten war sie in seinen Armen gelegen und hatte sich in die tröstende Wärme sinken lassen, die diese geboten hatten. Alles war in den Hintergrund getreten und plötzlich hatte sie nur ihn wahrgenommen: seinen maskulinen Duft, seine starken Hände, seine sanften Worte. Und als sie ihm in die Augen gesehen hatte, war sie von eben diesen Augen hypnotisiert worden und hatte ihren Kopf ohne nachzudenken zu ihm bewegt und ihn geküsst.

Natürlich hatte er den Kuss erwidert. Schließlich war er ein Mann und sie kannte nicht viele Männer, die eine angemessen attraktive Frau, die sich ihnen an den Hals warf, zurückweisen würden. Doch Hamish war schnell wieder zu Sinnen gekommen. Wer wusste, was noch passiert wäre, wenn er die Sache nicht unterbunden hätte.

Ihn heute Morgen sehen zu müssen, war peinlich gewesen. Und die Stille zwischen ihnen, als er sie zur Arbeit gefahren hatte, hatte so schwer auf ihr gelegen, dass sie sie fast erdrückt hätte. Es war also nicht verwunderlich, dass sie sich einfach in ihrem Büro verstecken und unter Arbeit vergraben wollte.

Offensichtlich war ihr das nicht vergönnt. Die zwei Reporter, die sie mit Fragen bombardierten, machten ihr einen Strich durch die Rechnung.

„Miss Wallace, wie fühlen Sie sich heute Morgen?“, fragte Meredith von der Daily Republic.

„Haben Sie vor, das Drogenrehabilitationszentrum für diese leichtsinnige Gefährdung zu verklagen?“, unterbrach Thom, der Journalist, der für Online News Blast arbeitete.

„Es geht mir gut.“ Sie lächelte Meredith an und blickte dann zu Thom. „Und nein, ich habe nicht vor, irgendjemanden zu verklagen.“ Sie machte ein paar Schritte in Richtung ihres Büros, doch die beiden Reporter waren noch nicht fertig.

„Wer war der Held, der Sie vor dem herabfallenden Luftschacht gerettet hat?“, fuhr Thom fort. „Waren Sie zusammen bei der Veranstaltung?“

„Haben Sie einen Namen für uns?“, fügte Meredith hinzu. „Niemand konnte uns sagen, wer er ist.“

„Es tut mir leid, ich habe viel Arbeit zu erledigen“, wich Tessa den Fragen aus und versuchte, sich an den zwei beharrlichen Reportern vorbei in ihr Büro zu quetschen.

„Geben Sie uns irgendetwas", flehte Meredith. „Spekulationen machen schon die Runde."

Thom nickte zustimmend und hatte seinen Stift schon auf seinen Notizblock gesetzt. „Das ist die einzige Möglichkeit, uns loszuwerden."

Collette schob sich plötzlich zwischen Tessa und die zwei Journalisten. „Eine weitere Möglichkeit, Sie loszuwerden, ist, den Sicherheitsdienst zu rufen. Also gehen Sie."

Da der Weg zu ihrem Büro jetzt frei war, ging Tessa darauf zu und drehte den Türknauf.

„Wenn Sie uns seinen Namen nicht geben, müssen wir wohl unsere Spürhunde auf ihn hetzen, um herauszufinden, wer er ist", kündigte Thom an.

Tessa seufzte und drehte sich um. Sie konnte nicht riskieren, dass jemand herausfand, dass Hamish ihr Bodyguard war. Es war besser, ihnen etwas zu geben. „Sein Name ist Hamish MacGregor. Und er ist mein Freund."

„Wie lange sind Sie beide schon zusammen?", hakte Thom nach, während Meredith fragte: „Ist es ernst zwischen Ihnen? Haben Sie vor, nach der Bürgermeisterwahl zu heiraten?"

„Kein Kommentar", knurrte sie und bedauerte bereits, den Reportern seinen Namen gegeben zu haben. „Collette, kannst du bitte dafür sorgen, dass ich heute Vormittag nicht mehr gestört werde? Danke."

„Oh, Tessa, ich habe es fast vergessen, dein Vater –"

„Miss Wallace!", unterbrach Meredith, doch Tessa hatte bereits ihr Büro betreten und schloss die Tür hinter sich. Sie presste ihre Stirn gegen die geschlossene Tür.

Durch sie hindurch hörte sie Collettes beharrliche Stimme, die die Reporter zum Gehen aufforderte, andernfalls würde sie den Sicherheitsdienst rufen und sie aus dem Gebäude entfernen lassen. Ein paar Augenblicke später hörte sie das Öffnen und Schließen einer Tür und dann war Stille.

Endlich konnte sie wieder durchatmen.

„Tessa!"

Sie schrie auf und wirbelte herum. Sie griff sich an die Brust und rang nach Luft, als sie ihren Vater von der Holzbank in der Fensternische aufstehen sah. „Dad!“, würgte sie heraus und versuchte, ihre Atmung wieder zu beruhigen.

„Es tut mir leid, Schatz, ich wollte dich nicht erschrecken“, sagte er, als er auf sie zuging.

In seinem Anzug sah er auch mit Ende Sechzig immer noch wie der Geschäftsmann aus, der er war, auch wenn er sich schon vor Jahren hätte zur Ruhe setzen können. Sein Haar war an den Schläfen grau, doch überall sonst noch dunkelblond. Seine blauen Augen strahlten und seine Haut war von den vielen Stunden, die er an den Wochenenden auf dem Golfplatz verbrachte, gebräunt. In jüngeren Jahren war er ein wahnsinnig gut aussehender Mann gewesen, und selbst jetzt zog seine Attraktivität immer noch viele Blicke auf sich.

Bereitwillig nahm Tessa seine Umarmung an; gerade heute brauchte sie diese wirklich dringend. „Es ist schön, dich zu sehen, Dad. Was machst du so früh hier? Solltest du nicht im Büro sein?“

Er ließ sie los und erst jetzt bemerkte sie die tiefen Falten auf seiner Stirn. „Das wäre ich auch, wenn ich das hier nicht gelesen hätte.“ Er griff nach der Zeitung, die auf Tessas Schreibtisch lag und zeigte auf die Schlagzeile.

„Mysteriöser Mann rettet Stadträtin vor sicherem Tod“, las er vor und schüttelte scharf ausatmend den Kopf. „Um Gottes willen, Tessa! So muss ich das erfahren? Aus der Zeitung?“

„Dad, bitte, wie du sehen kannst, geht es mir gut.“

„Du hättest mich gestern Nacht noch anrufen sollen.“ Er fixierte sie mit seinen Augen. Als Kind hatte genau dieser Blick sie immer sofort all ihre Sünden gestehen lassen. „Deine Mutter und ich haben heute fast einen Herzanfall bekommen.“

„Mutter hat kein Herzleiden“, lenkte Tessa ab.

„Das heißt aber nicht, dass sie sich keine Sorgen um dich gemacht hat.“

Tessa zuckte mit den Schultern.

„Tja, wenn es dir egal ist, wie sich deine Mutter fühlt, wie wäre es dann mit mir? Bedeute ich dir so wenig, dass du es nicht für angebracht findest, mir mitzuteilen, dass es dir gut geht?“

„Natürlich nicht, Dad. Das wollte ich nicht“, sagte sie schnell, als sie erkannte, dass sie ihn verletzt hatte. Das war nicht ihre Absicht gewesen. „Es ist nur ... ich stand gestern unter Schock. Alles geschah so schnell und wäre Hamish nicht dagewesen, weiß ich nicht, was passiert wäre. Ich habe nicht daran gedacht –"

„Ist schon in Ordnung, Schatz", sagte er sanft. Dann zeigte er wieder auf die Schlagzeile. „Der Name des mysteriösen Mannes ist also Hamish? Wer ist er? Ich würde ihm gerne dafür danken, dass er meine Tochter vor einem schrecklichen Unfall gerettet hat."

Verdammt! Das war genau das, was sie hatte vermeiden wollen. Sie hasste es, ihren Vater anzulügen, doch wenn er herausfand, dass Hamish ihr Bodyguard war, würde eine Frage zur nächsten führen und er würde nicht aufhören, sie zu löchern, bis er herausfand, dass sie Todesdrohungen bekommen hatte. Vielleicht wäre das geringere Übel, ihm zu sagen, was Hamish und sie besprochen hatten.

„Wir gehen miteinander", sagte sie so locker wie möglich. „Es ist nichts Ernstes."

„Du hast einen Freund und hast mir nichts davon gesagt?" Er starrte sie an, als wäre das eine monumentale Nachricht „Warum hast du ihn geheim gehalten?"

„Wir sind erst seit Kurzem zusammen. Und es ist nichts Ernstes, ehrlich."

„Ich will ihn kennenlernen."

Tessas Schultern versteiften sich. „Ich glaube nicht, dass das in der aktuellen Phase angemessen ist. Du weißt doch, wie Männer reagieren, wenn man sie seinen Eltern vorstellen will. Ich will ihn wirklich nicht verschrecken."

„Ich dachte, du sagtest gerade, dass es nichts Ernstes sei."

„Ja, also gibt es noch weniger einen Grund für ein Treffen mit meinen Eltern."

„Aber er hat dein Leben gerettet. Der Kerl verdient eine Medaille."

Ihr Vater war wie ein Hund mit einem Knochen. Er würde nicht loslassen.

„Ich werde ihm sagen, dass du dankbar bist, wenn ich ihn das nächste Mal sehe, okay?"

„Du kannst mir nicht einfach so eine Abfuhr erteilen, Tessa. Das ist mein Ernst. Ich will dem Mann danken, der meine Tochter gerettet hat."

„Aber er ist ein wirklich beschäftigter Kerl."

„Was macht er, dass er so beschäftigt ist?", warf ihr Vater zurück.

„Ähm, er schreibt Gebrauchsanleitungen."

„Gebrauchsanleitungen?"

„Ja, Anleitungen für schwere Industriemaschinen."

Ihr Vater zog eine seiner buschigen Augenbrauen hoch. „Klingt, ähm, interessant. Tja, aber selbst er muss gelegentlich essen. Bring ihn heute Abend mit zu uns nach Hause. Ich werfe ein paar Steaks auf den Grill."

„Dad ..."

„Keine Diskussion. Heute Abend, sieben Uhr." Er wandte sich zur Tür. „Deine Mutter wird sich freuen, euch beide zu sehen."

Sie bezweifelte das, aber machte sich nicht die Mühe, ihre Meinung kundzutun. Wenn ihr Vater sich etwas in den Kopf gesetzt hatte, konnte man ihn nicht mehr davon abbringen.

„Gut, aber ich helfe nicht beim Salatmachen!", rief sie ihm nach, als er hinausging und die Tür hinter sich schloss und sie somit brodelnd zurückließ. Denn nun würde sie einen Abend heile Welt mit ihrer Mutter spielen müssen.

Und als wäre das noch nicht schlimm genug, musste sie auch noch so tun, als wäre sie mit Hamish zusammen. War das nicht ein toller Start in den Tag?

13

Hamish stellte sich unter die Dusche. Nachdem er Tessa am Rathaus abgesetzt und sichergestellt hatte, dass Enya dort war, um zu übernehmen, war er in den Komplex zurückgekehrt und hatte ein paar Stunden geschlafen. Er hätte nach dem Schlaf angemessen ausgeruht sein sollen, doch leider war ihm die wohlverdiente Ruhe versagt geblieben. Stattdessen hatten Visionen von Tessa seine Träume heimgesucht. Anfangs hatten sie den Vorfall im Drogenzentrum erneut abgespielt, doch dann waren sie zu etwas ganz anderem geworden: einer Wiederholung und Ausweitung dessen, was danach in Tessas Wohnung geschehen war.

Und apropos Ausweitung ... er wagte einen Blick hinunter zu seinem Schritt, wo sein Schwanz immer noch stramm stand. Er war in diesem Zustand aufgewacht, was nicht ungewöhnlich war, allerdings legte sich das meist wieder. Heute schien es jedoch so, als würde sein rasender Ständer nicht von alleine abklingen. Nicht, solange er Tessa nicht aus dem Kopf bekam. Oder ihren verlockenden Körper. Ach verdammt, er hatte von Anfang an gewusst, dass dieser Auftrag zum Scheitern verurteilt war. Er hätte sofort ablehnen sollen, als Cinead ihn gebeten hatte, Tessa öffentlich zu beschützen, und darauf bestehen sollen, sie unsichtbar aus dem Verborgenen zu bewachen. Dann wäre er zumindest nie in Versuchung geraten, sie zu küssen. Und falls doch, hätte er wenigstens keine Gelegenheit gehabt, dieser Versuchung nachzugeben.

Jetzt war der Schaden angerichtet.

Und um weiteren Schaden zu verhindern, würde er sich nun um sich selbst kümmern müssen. Doch in dem Moment, als er seinen Schwanz in seine rechte Hand nahm und begann, daran zu ziehen, wusste er, dass dies keine gewöhnliche Selbstbefriedigung werden würde, während der er von irgendeiner nicht existierenden Frau mit einem heißen Körper fantasieren würde. Nein, dies war nicht die Fantasie, nach der ihm war. Stattdessen wurde er von lavendelfarbigen Augen begrüßt, die ihn ansahen und beobachteten.

Ihre Hand übernahm für seine und packte seine Erektion fest. Auf und ab glitt sie an ihm, ihre Handfläche war feucht und warm. Er griff nach ihr und schob ihr den Bademantel von den Schultern, sodass er auf den nassen Boden der Dusche fiel. Ihr Negligé saugte sich mit dem Wasser voll, das aus dem Duschkopf spritzte, und machte es transparent. Ihre Nippel wurden hart und pressten einladend gegen den Stoff. Er griff nach einem und rollte ihn zwischen Daumen und Zeigefinger, während sie als Antwort darauf seinen Schwanz härter drückte.

„Genau so", murmelte er und massierte ihre Brust, bevor er seine Hand zwischen ihre Beine hinabgleiten ließ, um sie dort zu berühren. Sie war auch dort feucht, doch nicht von der Dusche, sondern von ihren eigenen Säften. Bereit für seine Berührung, seine Liebkosungen, bereit für ihn. Er spielte mit ihr, rieb ihre Klitoris, um sie noch heißer für ihn zu machen. Er streichelte und drückte ihre warmen Falten. Erforschte den Eingang zu ihrem Zentrum.

Er hörte ihr Stöhnen an den Wänden widerhallen und antwortete darauf, indem er einen Finger in sie gleiten ließ. Tief und fest. Genau so, wie er sie nehmen wollte. Genau hier an der Wand seiner Dusche, nur von seinen starken Armen angehoben und gehalten. Sie ließ seinen Schwanz los, doch das war ihm egal, denn er war bereit. Bereit, in sie zu stoßen. Wärme und Feuchtigkeit hießen ihn willkommen und ihre inneren Muskeln drückten ihn perfekt. Er fing an, in sie zu hämmern, härter und schneller, denn jede Sekunde brauchte er mehr.

„Härter!", rief er. „Verdammt, Tessa!"

Sie stoppte ihn nicht, beschwerte sich nicht über die grobe Behandlung. Sie akzeptierte, was er ihr gab. Keuchend spürte er, wie sich der Druck in seinen Eiern steigerte, bis er sich nicht mehr zurückhalten konnte. Sein Samen explodierte aus der Spitze seines Schwanzes und schoss nicht in Tessa, sondern ins Nichts. Seine Vision klarte auf und er fand sich alleine mit seiner Hand an seinem Schwanz wieder, während er sich mit der anderen an der gefliesten Wand abstützte und sein Samen in langen Schlieren die glatte Oberfläche hinabfloss.

Er legte seine Stirn an die Wand. Verdammt, er hatte noch nie eine Fantasie gehabt, die sich so echt angefühlt hatte. Und so heiß. So heiß sogar, dass sein Schwanz immer noch nicht genug hatte. Also pumpte er ihn weiter, bis er schließlich, nach einer langen Weile, befriedigt war und schlaff wurde.

Verdammt, wenn er das jeden Tag machen musste, damit er nicht noch einmal einen Annäherungsversuch auf Tessa starten würde, dann war er dankbar, dass die Wände des Komplexes aus Stein waren, sodass die anderen Hüter der Nacht nicht mitbekamen, wie er seinen niedersten Instinkten nachgab.

Er duschte zu Ende und zog sich schnell an, dann verließ er seine Gemächer und ging den Korridor entlang, der vom Wohnbereich des Komplexes wegführte. Es gab keine Schlüssel oder versperrten Türen im Gebäude – abgesehen von den Gefängniszellen im untersten Stockwerk – da jeder Hüter der Nacht die Fähigkeit hatte, durch Wände und Türen zu gehen. Trotzdem respektierten sie die Privatsphäre der anderen sehr. Niemand ging in die Räume eines anderen Hüters, ohne ausdrücklich eingeladen zu sein.

Das Gebäude bestand aus fünf Stockwerken, von denen zwei unterirdisch waren. Die Wände waren so dick wie die einer alten Burg. Antike Runen, die die Geschichte der Hüter der Nacht widerspiegelten, zierten die Wände und Böden. Zaubersprüche, die das Böse fernhielten, hingen über jeder Tür und jedem Fenster.

Viele Komplexe wie dieser existierten in der ganzen Welt. Jeder davon wurde von *Virta*, der kollektiven Macht der Hüter der Nacht, beschützt. Sie, zusammen mit einem alten Hypnosezauber, machte die Gebäude für Menschen und Dämonen unsichtbar.

Im Inneren waren keine Menschen erlaubt. Tja, diese Regel war jedoch bereits gebrochen worden, vor allem durch Aidens damaligen Schützling Leila. Er hatte sie gegen das Ermessen aller anderen in den Komplex gebracht. Und sie war immer noch hier – jetzt als Aidens Frau und Gefährtin. Und mit dem Segen des Rats der Neun.

Innerhalb der Wände konnten die Hüter der Nacht ihre Energie nach jeder Mission wieder aufladen. Unten, in den weitreichenden unterirdischen Bunkern, waren Waffen gelagert, Waffen, die selbst einen unsterblichen Hüter der Nacht töten konnten. Diese Waffen wurden sorgfältig bewacht, denn im Gegensatz zu menschlichen Waffen wie Pistolen oder Messer, die keinen Hüter der Nacht permanent verwunden konnten, hatten die alten Waffen, die während der Dunklen Epoche geschmiedet worden waren, die Macht, einen Hüter zu töten. Ebenso wie sie die Macht hatten, einen Dämon zu töten.

Außerdem befand sich im Bauch der Anlage, auf der untersten Ebene, das Portal, das ihnen erlaubte, von einem Komplex zum anderen zu reisen. Bis vor ein paar Monaten hatte man geglaubt, dass sich alle Portale in den Anlagen befanden, doch Hamish hatte andere Portale gefunden, die der Rat der Neun nun die verlorenen Portale nannte. Jeden Tag wurden weitere entdeckt und ein spezielles Team fing an, die Standorte der Portale zu kartografieren, sodass sie vor Entdeckung durch die Dämonen geschützt werden konnten.

Der Komplex besaß auch eine Bleizelle, aus der nicht einmal ein Hüter der Nacht entkommen konnte, da Blei sie vorübergehend ihrer Kräfte beraubte. Ein längerer Aufenthalt in einer Bleizelle konnte einem Hüter die Kräfte sogar für immer rauben und ihn so menschlich machen.

Hamish erreichte die Tür zur Zentrale und ging hinein. Wie erwartet saß Pearce an einer der Konsolen, die mit drei Bildschirmen ausgestattet war. Aiden stand neben ihm und schaute über Pearces Schulter.

Beide drehten sich um, als sie ihn hörten.

„Morgen, Hamish", sagte Pearce fröhlich. Er war ihr Techniker, der Kerl, zu dem man ging, wenn es irgendwie um Computer ging, obwohl er mit dem Dolch genauso talentiert umging wie mit der Tastatur.

„Hey, du bist endlich wach", begrüßte Aiden ihn. Sein ältester Freund sah ihm nicht unähnlich: dunkelbraune Haare, braune Augen mit einer kleinen Narbe über einer Augenbraue.

„Ich kann ja nicht den ganzen Tag schlafen. Die Arbeit wartet, stimmt's?"

Hamish zeigte auf die Bildschirme. „Habt ihr die Aufnahmen von gestern Nacht schon?"

„Das meiste von dem, was hochgeladen wurde, aber wir finden ständig etwas Neues", gestand Pearce. „Heutzutage hält sich jeder, der ein Smartphone besitzt, für einen Enthüllungsjournalisten."

Hamish trat näher heran. „Was sich als Vorteil für uns herausstellen könnte. Hast du Aufnahmen gefunden, die die Decke zeigen?"

Pearce schüttelte den Kopf. „Nein. Und das werden wir wahrscheinlich auch nicht. Die meisten Aufnahmen, die hochgeladen werden, zeigen, wie du Tessa aus dem Weg schubst. Niemand wird Videos hochladen, bei denen er es verkackt hat, die heißeste Story des Tages zu filmen."

Aiden zeigte mit dem Daumen auf Pearce. „Pearce hat recht. Wir werden nur die Aufnahmen sehen, die die Aktion einfangen, in der du den Held spielst. Sorry, Kumpel."

„Vermutlich war der Gedanke zu gut, um wahr zu sein." Trotzdem wollte er es sich selbst ansehen. „Hast du was dagegen, wenn ich einen Blick darauf werfe? Vielleicht sehe ich etwas, was euch entgangen ist. Schließlich habe ich ein paar der Leute, die auf der Bühne waren, persönlich getroffen. Vielleicht fällt mir etwas auf, was keinen Sinn ergibt."

Pearce schob seinen Stuhl zurück und stand auf. „Viel Spaß. Ich bin sowieso am Verhungern. Und ich habe gehört, dass Leila heute kocht."

„Schon wieder?", fragte Hamish und starrte seinen Freund Aiden an. „Du hast deiner Frau doch gesagt, dass sie uns nicht durchfüttern muss, nur weil sie jetzt bei uns im Komplex lebt. Wir haben einige Jahrzehnte überlebt, ohne bekocht zu werden."

Aiden grinste verschmitzt. „Ja, aber du musst zugeben, dass sie eine ziemlich gute Köchin ist. Und was soll sie sonst den ganzen Tag tun? Sie hat ihre Forschung nicht mehr."

„Hm." Hamish nickte. Es war eine Schande gewesen, dass Leila ihr Lebenswerk hatte aufgeben müssen – eine Heilung für Alzheimer zu finden –, denn das hätte ungewollt den Dämonen geholfen. „Aber ich dachte, dass sie hier in der Anlage gerade eine Krankenstation einrichtet, für den Fall, dass jemand von uns verletzt wird."

„Ja, und sie ist mit der neuesten Ausrüstung eingerichtet, aber wann wurde das letzte Mal jemand von uns verletzt und brauchte eine Ärztin?"

Hamish zuckte mit den Schultern. „Wir sind wohl einfach zu gut in unserem Job."

Pearce und Aiden lachten.

„Genau deshalb brauchen wir eine Krankenstation", ertönte Leilas Stimme plötzlich aus Richtung der Tür.

Alle drei drehten ihre Köpfe und sahen sie an.

„Weil ihr Jungs denkt, dass ihr unverwundbar seid", fuhr sie kopfschüttelnd fort. „Da passieren Fehler. Eines Tages werdet ihr froh sein, dass ihr eine Ärztin im Haus habt."

„Sag es ihnen nur, Baby", sagte Aiden und zog sie in seine Arme.

„Ich habe auch dich gemeint. Du bist nicht anders als deine Freunde."

„Nicht?" Er beugte sich näher zu ihr und flüsterte ihr etwas ins Ohr.

Leila wurde rot und Hamish verdrehte die Augen.

„Darf ich euch daran erinnern, dass ihr Privatgemächer habt?", sagte Hamish und zeigte zur Tür. „Ich schlage vor, dass ihr die benutzt."

„Später", sagte Aiden. „Wie wäre es zuerst mit Mittagessen?"

„Deshalb habe ich euch gesucht", sagte Leila. „Ihr solltet essen, bevor es kalt wird."

„Ich verhungere", gab Pearce zu und marschierte zur Tür.

Leila und Aiden hefteten sich an seine Fersen. An der Tür stoppten sie.

„Kommst du, Hamish?", fragte Aiden über seine Schulter.

„Lasst mir etwas übrig. Ich will mir zuerst die Aufnahmen ansehen." Dann erinnerte er sich noch an etwas anderes. „Und Aiden?"

„Ja?"

„Hat Manus schon seinen Bericht abgegeben, was er und Enya gestern Abend beim Zentrum gefunden haben? Ich hatte heute Morgen noch keine Gelegenheit, mit Enya zu reden."

„Ich glaube, er ist heute noch einmal dorthin, um das Team zu belauschen, das die stellvertretende Direktorin des Zentrums zusammengestellt hat, um den Vorfall zu untersuchen."

„Danke, dann rufe ich ihn später an."

Einen Augenblick später waren alle drei verschwunden. Hamish hörte, wie ihre Schritte verhallten. Alleine in dem großen, kühlen Raum setzte sich Hamish auf Pearces Stuhl und scrollte durch die Videodateien, die Pearce in einem Ordner gespeichert hatte.

Einige der Clips waren besser als andere, aber kein einziger zeigte wirklich, wie sich das Ganze zugetragen hatte, was wahrscheinlich gut war: Zumindest hatte so keiner ein zusammenhängendes Video von ihm, wie er mit einer Geschwindigkeit über die Bühne flog, mit der nicht einmal ein olympischer Sprinter hätte mithalten können.

Die Clips zeigten, wie Tessa am Rednerpult stand, während Ms. VanSant, Poppy, Gunn und Mantle weiter hinten an der Seite zu sehen waren. Dann kam Hamish ins Bild und stieß Tessa aus dem Weg, bevor das Belüftungsrohr auf die Bühne krachte. Die Kamera zitterte und neigte sich zur Seite. Das Rohr hatte das Rednerpult zertrümmert und dahinter, in der Nähe der Wand, standen die Direktoren VanSant und Mantle mit offenen Mündern. Poppy umklammerte VanSants Arm fest und hatte die Augen geschlossen. Gunn war nicht mehr an derselben Stelle wie zuvor. Er hatte sich während der Rettung wegbewegt. Aber wohin? Die Kamera hatte ihn nicht im Sucher. Wenn Hamish bedachte, was er von Gunn wusste, war dieser wahrscheinlich rücklings umgekippt, als das Rohr einschlug. Feiges Wiesel! Und das war der Mann, der in seinen Wahlwerbespots so dick auftrug.

Hamish rieb sich die Augen. Er würde hier die Antwort, die er suchte, nicht finden. Vielleicht hatte Manus etwas Hilfreicheres entdeckt. Und sobald er mit Manus gesprochen hatte, würde er mit Tessa reden und reinen Tisch machen müssen. Sie hatte heute Morgen kaum ein Wort gesprochen und es war ziemlich offensichtlich, dass sie sauer auf ihn war. Aber um ihrer Sicherheit willen durfte es kein böses Blut zwischen ihnen geben. Damit er sie beschützen konnte, musste sie ihm vertrauen – und durfte ihn nicht meiden.

14

Tessa hatte Poppy bereits vor ihrer Tür gehört, wo diese einige Worte mit Collette gewechselt hatte, bevor ihre Wahlkampfmanagerin nach einem kurzen Klopfen das Büro betrat.

„Hey, Poppy."

Poppy schloss die Tür hinter sich und ging zum Schreibtisch. „Wie fühlst du dich heute Morgen? Du bist so schnell verschwunden, dass ich mich gar nicht davon überzeugen konnte, dass du okay bist."

„Es geht mir gut."

Poppy seufzte. „Es war richtig, dir einen Bodyguard zu besorgen."

„Ich bin wirklich nicht in der Stimmung für eine *Ich-hab's-dir-doch-gesagt-*Rede."

„Und du bekommst auch keine. Ich bin nur froh, dass du lebst."

„Danke, Poppy."

„Also, was habe ich gerade von Collette gehört? Du und Hamish?"

Tessa schluckte. Wie konnte jemand wissen, was gestern Nacht zwischen ihr und Hamish passiert war? Das war unmöglich. Sie waren alleine gewesen. Und es war unmöglich, dass Hamish irgendjemandem etwas gesagt hätte. Nun, zumindest dachte sie das. Oder war er die Art Kerl, die damit angeben würde, dass er sie gestern Nacht hätte ins Bett bekommen können?

„Oh mein Gott, du wirst rot!", rief Poppy. „Also muss gestern Nacht wohl etwas zwischen euch passiert sein, wie? Collette sagte mir, dass er dein Freund ist. Du bist aber schnell! Respekt!“

Tessa seufzte erleichtert auf. Jetzt wusste sie, wovon Poppy sprach. Sie erinnerte sich, dass Poppy gegangen war, bevor Hamish erläutert hatte, dass er ihren Freund spielen würde. „So ist das nicht. Hamish gibt nur vor, mein Freund zu sein, damit die Leute nicht Wind davon bekommen, dass er in Wirklichkeit mein Bodyguard ist.“

„Hat er das vorgeschlagen oder du?“

„Er.“

Poppy grinste. „Ich frage mich, warum. Vielleicht fühlt er sich zu dir hingezogen und dachte, er schlägt gleich zwei Fliegen mit einer Klappe.“

„Poppy!“, knurrte Tessa. „Hamish fühlt sich nicht zu mir hingezogen und ich mich nicht zu ihm. Ende und aus. Das ist eine rein professionelle Abmachung.“

Poppy machte eine abweisende Geste. „Also, wie hat es sich angefühlt, als dieser Berg von Mann auf dir war?“

„Was?“ Panik durchfuhr sie.

„Naja, als er dich praktisch unter sich begraben hat, um dich vor dem herunterfallenden Lüftungsrohr zu retten.“ Sie fächelte sich zu. „Ehrlich gesagt hätte ich nichts dagegen, in Gefahr zu sein, wenn das bedeutet, dass mich so ein heißer Kerl mit seinem sexy Körper beschützt. Du kannst nicht so blind sein, das nicht zu sehen! Ich kenne deinen Typ. Früher im College hättest du dich an den Kerl rangeschmissen.“

Tessa seufzte. Frustration stieg in ihr auf, aber sie wusste, dass sie Poppy nur stoppen konnte, wenn sie ihr sagte, was sie hören wollte. „Gut. Ja, Hamish ist ein heißer Kerl mit einem sexy Körper. Zufrieden?“

„Ist jetzt gerade ein schlechter Zeitpunkt?“, erklang eine allzu bekannte männliche Stimme von der Tür.

Tessas Blick schoss an Poppy vorbei. Warum hatte sie nicht gehört, dass die Tür aufgegangen war? Scham schwappte über sie und sie spürte, wie ihre Wangen heiß wurden, als sie Hamish näherkommen sah. Seine Lippen formten sich zu einem Lächeln. Verdammt, hatte er ihre letzten Worte gehört? Worte, die sie nur zum Spaß gesagt hatte, um Poppy loszuwerden. Sie wollte in einem Loch versinken.

Poppy unterdrückte ein Kichern. „Oh, hey Hamish, ich wollte gerade gehen.“ Sie blickte wieder zu Tessa.

Tessa zischte leise. „Wehe du gehst jetzt, Verräterin.“

Doch Poppy verließ bereits das Büro. „Bis später.“

Die Tür fiel zu. Nervös schob Tessa Akten von einer Seite des Schreibtisches zur anderen. „Du bist zu früh dran“, sagte sie schnell und vermied es, Hamish anzusehen. „Ich bin noch nicht fertig.“

„Das dachte ich mir schon, aber ich wollte mit dir über etwas Wichtiges reden. Und das kann nicht warten.“

Sie sah hoch und bemerkte, wie er zum Fenstersitz starrte.

„Unter vier Augen, ohne dass uns jemand unabsichtlich zuhört.“

In der Stille, die folgte, hörte Tessa die Bodendielen knarzen, doch Hamish bewegte sich nicht. Er stand vor ihrem Schreibtisch, als ob er auf etwas wartete.

Schließlich hielt sie die Spannung nicht mehr aus und sagte: „Wenn es um gestern Nacht geht ...“

Hamish wartete, bis Enya das Zimmer verlassen hatte. Trotz der Tatsache, dass sie für Tessa unsichtbar gewesen war, hatte er sie sehen können, da ihre Rasse verschiedene Grade von Verhüllung hatte.

„Ja, darum geht es“, fing er an. Er hatte gehört, wie Tessa zu Poppy gesagt hatte, dass sie ihn sexy fand. Das änderte die Situation. Er warf seine vorbereitete Rede zum Fenster hinaus und ging die Sache etwas anders an.

„Ich will nicht, dass es irgendwelche Missverständnisse zwischen uns gibt. Das könnte deine Sicherheit aufs Spiel setzen. Und deine Sicherheit kommt vor allem anderen.“

„Ich glaube, wir beide wussten, dass dieses ... ähm ... Arrangement Probleme hervorrufen könnte.“

„Das ist meine Schuld“, gab er zu.

Als sie ihren Mund öffnete, um zu antworten, stoppte er sie, indem er die Hand hob. „Nein, bitte lass mich erklären. Ich mache das schon sehr lange: Leute beschützen. Und erst einmal habe ich mich mit einer meiner – ähm, Klientinnen eingelassen. Das hat sie das Leben gekostet.“ Und ihn fast auch.

Tessas Augen weiteten sich schockiert.

„Ich werde den gleichen Fehler nicht noch einmal machen, egal wie sehr ich mich zu dir hingezogen fühle. Das kann ich nicht riskieren. Verstehst du das?“

Sie nickte schweigend.

„Ich habe gehört, was du gerade zu Poppy gesagt hast. Ich nehme an, dass ich dir nicht ganz gleichgültig bin, andernfalls hättest du meinen Kuss nicht erwidert, als ich gestern Nacht deine Verletzlichkeit ausgenutzt habe.“

„Du hast mich nicht ausgenutzt“, sagte sie zu seiner Überraschung. „Ich wollte, dass du mich küsst.“

Ihr Zugeständnis machte das, was er als Nächstes sagen musste, nur noch schwieriger. „Und dich zu küssen habe ich mehr genossen, als ich sollte. Aber ich darf mir nicht erlauben, das noch einmal zu tun.“ Egal wie sehr er sich nach einer Wiederholung sehnte. „Mein Job ... ist kompliziert. Wir haben Regeln und ...“

„Du musst nichts mehr sagen. Es ist ja nicht wirklich etwas passiert. Wir sind beide Erwachsene, die sich in dem Augenblick verloren haben.“

So sehr das auch für Tessa wahr sein mochte, für ihn war das nicht der Fall, doch er widersprach ihr nicht. Aber er wollte, dass sie wusste, dass dies keinen Einfluss darauf hatte, wie ernst er ihre Sicherheit nahm.

„Ich verspreche dir, dass ich dich mit meinem Leben beschützen werde, wenn es darauf ankommt. Ich will, dass du mir vertraust. Du solltest nie meine Verpflichtung diesem Auftrag gegenüber in Frage stellen müssen. Und egal was du brauchst, damit du dich sicher und behaglich fühlst, sag es mir.“

Tessa stand langsam auf und nickte nachdenklich. Sie ging um den Schreibtisch herum und näherte sich dem Fenster. Dann schaute sie hinaus und sprach.

„Es ist seltsam zu hören, wie du das sagst. Zu hören, wie irgendjemand das sagt.“

Er machte einen Schritt auf sie zu. „Warum? Vertraust du mir nicht?“

„Das ist es nicht. Ich glaube dir. Und selbst das ist sonderbar. Ich meine, jemandem zu vertrauen, den man nicht einmal wirklich kennt. Einem Fremden zu vertrauen.“

„Aber du tust es.“

Sie nickte und starrte immer noch durchs Fenster hinaus. Vielleicht war es einfacher für sie, offen zu reden, wenn sie ihn nicht ansah. „Nach gestern Nacht zweifle ich nicht mehr daran." Sie seufzte. „Du hast so schnell reagiert. Ohne Zögern. Ich habe ein paar der Videoclips gesehen, die die Leute von dem Unfall gemacht haben."

Er bemerkte, dass sie zitterte, und wollte seine Hand auf ihre Schulter legen, um sie zu beruhigen. Doch er tat es nicht. Es war zu riskant, denn selbst das Masturbieren unter der Dusche hatte sein Verlangen nach ihr nicht gelindert. Im Gegenteil, es hatte ihm nur gezeigt, wie es zwischen ihnen sein könnte. Wie gut sie zusammen sein würden.

„Ich habe mir die Clips auch angesehen", sagte er stattdessen. „Doch es gab keine Aufnahmen von der Decke, also konnte ich nicht sehen, wie die Rohrleitung heruntergefallen ist."

„Gabriella hat mich vorhin angerufen. Sie sagte, dass die Polizei gestern Abend noch da war." Sie blickte über ihre Schulter. „Haben deine Kollegen mit ihnen gesprochen?"

„Ja, Enya ist mit ihnen in Kontakt getreten", log er. „Aber es gibt noch keine Hinweise." Was die Wahrheit war.

Er hatte zuvor mit Manus gesprochen. Der andere Hüter hatte Fotos gemacht und das Metall auf Rückstände von Chemikalien überprüft, die auf Sprengstoff hinweisen würden, doch die Resultate der Tests waren noch nicht zurück.

Ein Klopfen an der Tür brachte ihn dazu, sich umzudrehen.

Tessa sah an ihm vorbei. „Herein."

Die Tür öffnete sich und niemand anderer als Robert Gunn betrat den Raum. Als Gunn Hamish erblickte, erstarrte er einen Augenblick lang.

„Ich hoffe, ich störe nicht."

Tessa ging an Hamish vorbei und wandte sich an Gunn: „Nein, tust du nicht. Was kann ich für dich tun?"

„Ich wollte nur sehen, wie es dir nach gestern Abend geht." Er atmete aus. „Das war schrecklich."

„War es, aber es geht mir gut."

„Gut, gut." Gunn lächelte und blickte an ihr vorbei direkt zu Hamish. „Ich glaube, wir sind uns noch nicht vorgestellt worden."

Er streckte die Hand aus und Hamish hatte keine andere Wahl, als diese zu schütteln.

„Hamish MacGregor."

„Robert Gunn."

„Ich weiß, wer Sie sind."

Gunn verlagerte sein Gewicht, eine Geste, die Hamish nur als Nervosität interpretieren konnte. „Tja, ich will auch nicht länger stören." Er war bereits wieder an der Tür, als er sich nochmals umdrehte. „Oh, Tessa, bevor ich es vergesse, ich suche nach ein paar Akten, an denen Yardley vor seinem Tod gearbeitet hat."

Hamish kannte den Namen: John Yardley, der vorherige Bürgermeister, der vor zwei Monaten bei einem immer noch ungeklärten Unfall mit Fahrerflucht getötet worden war.

„Ja?", antwortete Tessa mit zusammengezogenen Augenbrauen.

„Mir wurde gesagt, dass du sie hättest, um dort weiterzumachen, wo er aufgehört hat."

„Ich habe mir nur die Akten genommen, die mit dem Drogenrehabilitationszentrum zu tun haben."

„Hm. Seltsam. Naja."

„Vielleicht versuchst du es bei seiner Witwe. Ich weiß, dass Johns Assistentin seine persönlichen Sachen zusammengepackt hat. Vielleicht wurden sie versehentlich dazugelegt."

„Ich dachte, die ganzen Sachen wären immer noch bei der Polizei."

Sie schüttelte den Kopf. „Nein, sie wurden an Amanda geschickt. Sie hat mich vor Kurzem angerufen, weil ein Buch in der Schachtel war, das ich ihm geliehen hatte, und sie wollte es zurückgeben. Sie hat die Schachtel also auf jeden Fall bekommen. Warum rufst du sie nicht an?"

„Mache ich. Danke!" Gunn lächelte. Er schloss die Tür im Gehen hinter sich.

Als sich Tessa wieder umwandte, bemerkte Hamish ihren traurigen Gesichtsausdruck. „Standen Bürgermeister Yardley und du euch nahe?"

„Er war ein Freund der Familie. Ich war ein Kind, als ich ihn das erste Mal getroffen habe. Er war wie ein Onkel für mich. Also könnte man sagen, dass ich ihn gut kannte. Er war ein guter Mann. Als ich von dem Unfall hörte, konnte ich es zuerst nicht glauben. Wir waren alle am Boden zerstört." Sie sah ihn direkt an. „Besonders mein Vater. John und mein Dad spielten oft

Golf miteinander und danach grillten wir immer bei uns zuhause." Sie erstarrte plötzlich.

„Was?"

„Das hätte ich fast vergessen. Mein Vater hat uns heute zum Grillen eingeladen."

„Uns?"

Sie verzog ihr Gesicht. „Ich musste ihm leider sagen, dass du mein Freund bist. Und jetzt will er dich kennenlernen. Das kann ich gerade gar nicht brauchen."

„Glaubst du, er wird nicht mit mir einverstanden sein?"

„Über dich oder ihn mache ich mir keine Sorgen."

„Worum dann?"

„Meine Mutter."

15

Hamish verringerte die Geschwindigkeit, als sie sich der Adresse näherten, die Tessa ihm gegeben hatte.

„Parken hier immer so viele Autos auf der Straße?"

Tessa sah sich um und schüttelte dann den Kopf. „In dieser Gegend hat jeder eine Doppelgarage sowie einen oder zwei Stellplätze für Besucher in der Einfahrt."

„Das dachte ich mir." Ihm gefiel die Sache nicht. Hier stimmte etwas nicht, und er war darauf trainiert, Dinge zu bemerken, die aus der Norm fielen.

„Vielleicht feiert einer der Nachbarn eine Party", sinnierte Tessa.

„Vielleicht."

Er fuhr bis zu Tessas Elternhaus, wo er in die Einfahrt biegen wollte, doch stattdessen anhalten musste. Auf den Besucherparkplätzen standen bereits zwei Autos. Er warf Tessa einen flüchtigen Blick zu und diese verdrehte die Augen.

„Dieses Mal werde ich sie wirklich umbringen", knurrte Tessa.

„Darf ich fragen, wer dein auserkorenes Opfer ist?"

Tessa schaute ihm in die Augen. „Meine Mutter. Warum macht sie das immer wieder?"

„Ich rate mal, dass das Grillen, zu dem wir eingeladen wurden, nicht ausschließlich eine Familienangelegenheit ist, oder?“

Sie schnaubte verärgert. „Anscheinend nicht.“

Hamish streckte die Hand aus, um ihre zu drücken, und zu seiner Überraschung legte sie ihre andere als Geste des Danks auf seine. „Du magst Partys nicht, wie?“

Sie seufzte. „Nicht besonders. Den ganzen Tag bei der Arbeit muss ich *eingeschaltet* sein; ich muss lächeln, nett zu Leuten sein, intelligente Unterhaltungen führen, aufmerksam zuhören. Weißt du, was ich meine?“

Hamish nickte. „Ein Leben in der Öffentlichkeit ist nicht leicht.“

„Und heute Abend hätte ich es vorgezogen, mich zu entspannen. Nicht mit einem Haufen Fremder darüber sprechen zu müssen, was gestern Abend im Zentrum geschehen ist.“ Sie atmete tief ein. „Es tut mir leid. Ich will nicht meckern, aber ich wollte einfach nur einen ruhigen Abend.“

„Du meckerst nicht. Und ich werde dafür sorgen, dass niemand dich mit dummen Fragen belästigt.“

Ihre Augen blitzten vor Hoffnung auf. „Wie willst du das anstellen?“

„Naja, ich könnte einfach jeden töten, der versucht, dich zu belästigen.“ Als sie ihn mit offenem Mund anstarrte, zwinkerte er ihr zu. „Und ich weiß, wie man eine Leiche verschwinden lässt. Das lernt man in meinem Job.“

Tessa fing an zu kichern und er lächelte sie an.

„Danke, Hamish. Das habe ich gebraucht.“

Verschmitzt grinsend sagte er: „Das ist mein Ernst!“ Dann ließ er ihre Hand los und stellte den Motor ab und blockierte somit die zwei Autos in der Einfahrt. „Jetzt lass uns reingehen und das hinter uns bringen. Wir müssen ja nicht lange bleiben. Ich kann mir eine Ausrede einfallen lassen, damit wir früher verschwinden können. Wie klingt das?“

Sie schenkte ihm ein echtes Lächeln, eines, das sein Herz aufgeregt schlagen ließ. „Das klingt wunderbar. Du bist der Beste.“

„Das hoffe ich doch“, scherzte er. „Schließlich sollte ich dein Geld auch wert sein.“

„Kann ich mir dich überhaupt leisten?“

„Nein, aber ich kann dir einen Rabatt geben.“

Er konnte nicht glauben, dass er wirklich mit Tessa flirtete und sie mitspielte. Es gefiel ihm. Tatsächlich gefiel es ihm sehr, weil sie endlich echt lächelte und lachte und sie dadurch noch schöner aussah. Oh Gott, er saß so in der Scheiße. Die Finger von Tessa zu lassen, würde während dieses Auftrags wirklich ein harter Kampf sein.

Als sie an den zwei in der Einfahrt geparkten Autos vorbeigingen, öffnete sich bereits die Haustür.

„Ich glaube, jemand hat uns kommen sehen“, murmelte Hamish zu Tessa, die neben ihm ging.

Sie winkte dem Mann zu, der jetzt in der Tür erschien. „Dad!“

Sie trafen sich auf halbem Wege und umarmten sich.

„Hey, Schatz, du hast es geschafft!“, sagte der ältere Mann.

„Du hast mir nicht gesagt, dass ihr eine große Party gebt.“

Tessas Vater zuckte mit den Schultern. „Wärst du gekommen, wenn ich es dir gesagt hätte?“

Als Tessa das Gesicht verzog, fügte er hinzu: „Siehst du, das ist genau, warum ich es nicht erwähnt habe. Außerdem scheinst du vergessen zu haben, was heute für ein Datum ist. Es überrascht mich, dass du nicht erraten konntest, was hier heute los sein würde.“

Etwas flackerte in Tessas Augen, anscheinend hatten die Worte ihres Vaters eine Erinnerung ausgelöst. „Oh.“

Ihr Vater wandte seinen Blick zu Hamish und streckte seine Hand aus. „Ich bin Philip Wallace.”

Hamish schüttelte ihm die Hand. „Hamish MacGregor. Es ist mir ein Vergnügen, Sie kennenzulernen, Sir.“

Wallace hatte einen überraschend festen Griff. Sein Körper sah fit und durchtrainiert aus, was erahnen ließ, dass er gesund lebte und wahrscheinlich regelmäßig trainierte. Sein dunkelblondes Haar war an den Schläfen ergraut, doch zeigte es keine kahlen Stellen. Seine strahlend blauen Augen verliehen ihm Autorität. Er war für sein Alter ein gut aussehender Mann, allerdings bemerkte Hamish, dass Tessa keine der Gesichtszüge ihres Vaters geerbt hatte.

„Ich wünschte, ich könnte sagen, dass meine Tochter mir viel über Sie erzählt hat, aber leider war sie etwas wortkarg, was Sie angeht.“

“Tja, wir sind noch nicht lange zusammen”, sagte Hamish schnell und griff nach Tessas Hand, um zu demonstrieren, dass sie tatsächlich zusammen waren.

„Hm. Ich habe erst von Ihnen erfahren, als ich hörte, dass Sie ihr gestern Abend das Leben gerettet haben."

Hamish lächelte. „Ich war zur richtigen Zeit am richtigen Ort."

„Das kann man wohl sagen. Sie sind ziemlich schnell, junger Mann! Ich glaube nicht, dass ich jemals jemanden gesehen habe, der so schnell reagierte."

Hamish zuckte mit den Schultern. Also hatte Wallace die Videoclips online gesehen, was keine Überraschung war. Doch es gab nicht genug Filmmaterial, um zusammenzusetzen, wie schnell sich Hamish wirklich bewegt hatte, also machte er sich keine Sorgen.

Stattdessen grinste er und brachte Tessas Hand an seine Lippen, um ihr einen keuschen Kuss auf ihre Fingerknöchel zu geben. „Ich konnte ihrer schönen Tochter doch nichts zustoßen lassen. Sie ist zu kostbar."

„Das höre ich gern. Danke, Hamish. Ich darf Sie doch Hamish nennen, oder?"

Wallace schenkte ihm ein wohlwollendes Nicken und lächelte. Genau die Reaktion, die er von einem besorgten Vater erwartet hatte. Es hatte nur zwei Minuten gedauert, sich seine gute Meinung zu sichern. Der Mann würde Hamishs Hingabe seiner Tochter gegenüber nicht in Frage stellen. Ein Punkt für Hamish, doch er brauchte noch ein paar mehr.

„Natürlich, Sir, nennen Sie mich Hamish."

„Gehen wir hinein, alle sind schon neugierig darauf, Sie kennenzulernen", sagte Wallace und wandte sich zur Haustür.

Hinter seinem Rücken tauschte Hamish einen schnellen Blick mit Tessa aus.

Sie neigte sich näher und flüsterte ihm zu: „Du bist gut."

Er grinste verschmitzt. „Ich weiß." Er blickte flüchtig nach unten auf ihre Hände, die immer noch miteinander verschlungen waren, während sie ihrem Vater ins Haus folgten.

Es war ein großes Haus im Kolonialstil mit einer weißen Treppe, die zum ersten Stock hinaufführte, sowie einer ausladenden Eingangshalle, die sich zu einem Wohnzimmer öffnete, das mit dem Esszimmer verbunden war. Wie immer, wenn Hamish einen Auftrag für Personenschutz hatte, machte er sich blitzschnell ein Bild von der Umgebung, um jegliche Sicherheitsrisiken zu identifizieren.

Dutzende von Leuten standen herum, alle in legerer Freizeit- oder Geschäftskleidung. Durch die großen Fenster im hinteren Teil des Hauses konnte Hamish den schönen Garten sehen, wo noch mehr Menschen mit Gläsern in ihren Händen sich unterhielten. Ein kleiner Pool mit einem Jacuzzi nahm ein Drittel des Gartens ein. Zu einer Seite davon stand ein kleiner Schuppen, der jedoch kein Gartenhaus zu sein schien. Vielleicht ein Home Office oder ein kleines Poolhaus. Auf der anderen Seite des Pools wuchs Gras und eine große hölzerne Veranda bot Platz für einen großen Grill sowie viele Sitzmöglichkeiten.

Professionelles Cateringpersonal wanderte mit Tabletts voller Essen und Getränken zwischen den Gästen umher. Dies war keine Party, die in letzter Minute geplant worden war, was ihn neugierig machte. Was genau feierten Tessas Eltern?

An Tessas Seite folgte Hamish ihrem Vater in die große offene Küche.

„Diane", rief Wallace einer Frau zu, die Anweisungen an das Cateringpersonal gab.

Ohne sich umzudrehen, antwortete sie unwirsch: „Kannst du nicht sehen, dass ich beschäftigt bin?"

Neben ihm versteifte sich Tessa. Wallace warf ihnen einen entschuldigenden Blick zu und sprach dann seine Frau nochmals an: „Tessa und ihr Freund sind hier."

Diane Wallace wirbelte herum. „Warum sagst du das nicht gleich?" Schnell setzte sie ein Lächeln auf und eilte mit ausgebreiteten Armen zu ihnen. „Tessa, Schätzchen, du bist endlich hier."

Mrs. Wallace warf ihre Arme um Tessa, doch Hamish bemerkte, dass Tessa die allzu überschwängliche Umarmung nicht erwiderte.

„Mutter", war alles, was Tessa herauspresste, bevor sie sich aus der Umarmung löste. „Ich sehe, dass du dich wieder mal übertroffen hast."

Mrs. Wallace gab darauf keinen Kommentar ab. Stattdessen starrte sie Hamish an. „Also, da uns niemand vorstellt, muss ich es wohl selbst tun." Sie streckte ihm die Hand entgegen. „Ich bin Diane, Tessas Mutter."

Hamish schüttelte ihr die Hand. "Hamish. Freut mich, Sie kennenzulernen, und vielen Dank für die Einladung. Ich bedauere, dass ich davon nicht früher erfahren habe, dann hätte ich meine Pläne ändern können und wir könnten länger bleiben." Das war natürlich eine Lüge, doch in Anbetracht der Tatsache, wie unbehaglich Tessa sich in der Anwesenheit ihrer Mutter zu fühlen schien, war es am besten, ihre Exitstrategie sofort anklingen zu lassen.

“Sie haben noch etwas anderes vor?”, fragte sie mit fast anklagend klingender Stimme.

Er versuchte es mit seinem charmantesten Lächeln und fügte hinzu: „Ja, es tut mir so leid, aber Tessa hat sich bereit erklärt, mich später zu einer Arbeitsveranstaltung zu begleiten.“

„Eine Arbeitsveranstaltung? Naja, wenn es sein muss.“

Sie wandte sich zurück zum Cateringpersonal in der Küche und er sah, dass Tessa und ihr Vater wissende Blicke wechselten. Er warf nochmal einen Blick zu Mrs. Wallace, die sich zum anderen Ende der lauten Küche bewegt hatte, und näherte sich Tessa und ihrem Vater.

„Du musst ihr verzeihen, Tessa“, murmelte Wallace.

„Muss ich das?“, fragte Tessa mit eisiger Stimme.

„Der Arzt hat ihr andere Medikamente gegeben und ich glaube nicht, dass wir die richtige Dosierung haben“, erklärte er und blickte dann zu Hamish. „Meine Frau ist bipolar, Hamish. Es ist schwer für sie, ihre Stimmungen zu kontrollieren.“ Er warf Tessa ein trauriges Lächeln zu. „Immerhin wissen wir jetzt, was es ist, und können es behandeln. Es wird ihr nie wieder so schlecht gehen wie früher.“

Tessas Lippen wurden zu einer dünnen Linie und sie sah weg. „Würdet ihr mich für einen Moment entschuldigen? Ich muss mir die Hände waschen, bevor ich etwas esse.“

Sie eilte aus dem Zimmer, ohne eine Antwort abzuwarten.

Wallace legte eine Hand auf Hamishs Schulter. „Wie wär’s mit einem Drink?“

So sehr Hamish nach diesem Familiendrama auch einen starken Drink gebrauchen konnte, hatte er etwas Wichtigeres zu tun. „Später gerne. Ich sollte mir auch zuerst mal meine Hände waschen.“

Wallace zeigte zum Gang, der zurück zur Haustür führte. „Die Tür unter der Treppe.“

„Danke.“

Hamish ging darauf zu und trat ein. Sobald er drinnen war und abgeschlossen hatte, machte er sich unsichtbar und dematerialisierte sich, damit er die Tür durchdringen, zum Gang zurückkehren und seine Nachforschung beginnen konnte.

Er folgte seiner üblichen Routine. Als Erstes ging er nach oben, um die Schlafzimmer und Badezimmer auf irgendetwas Ungewöhnliches zu überprüfen und ein Gefühl für die Familie zu bekommen. Fotos, Erinnerungsstücke und Medikamente lagen herum und erzählten ihm eine Geschichte. Er wusste bereits, dass Tessa ein Einzelkind war, doch die Akte, die er über sie bekommen hatte, hatte nicht viel über ihre Eltern enthalten. Diese Lücken füllte er jetzt aus.

Ihr Vater arbeitete von einem Home Office aus, und sogar auf seinem Nachtkästchen lagen Akten mit Verträgen und anderen Notizen. Zweifellos ein Workaholic. Der Wandschrank seiner Frau war mit Designerkleidung gefüllt. Schmuck lag achtlos auf ihrem Nachtkästchen verstreut, so als wären diese unbezahlbaren Stücke in jedem Neunundneunzig-Cent-Laden erhältlich. In den Schubladen fand er Pillen, die die Erklärung ihres Mannes bestätigten. Außerdem Miniatur-Schnapsfläschchen. Kippte sie etwa die Pillen mit dem Alkohol hinunter? Schlechte Kombination. Fühlte sie sich vernachlässigt und suchte Trost im Alkohol?

Er suchte weiter, wobei er systematisch alle Zimmer durchging. Ein einziges, ein Badezimmer, ließ er aus. Er wusste, wer drinnen war: Tessa. Nur ein Familienmitglied würde nach oben gehen, um das Badezimmer hier statt des Gästebads unten zu verwenden.

In dem Wissen, dass er nicht viel Zeit hatte, bevor andere Gäste es seltsam finden würden, dass das Gästebad noch besetzt war, eilte er nach unten und setzte seine schnelle Einschätzung fort. Doch ihm blieb keine Zeit für mehr. Eine ungeduldige Frau klopfte an die Badezimmertür.

„Jemand da drinnen?“

Ein Mann kam auf sie zu. „Vielleicht ist es leer und jemand hat es versehentlich verschlossen.“ Er legte seine Hand auf ihre Schulter. „Lassen Sie mich Ihnen helfen. Ich weiß, wie man diese Art Schloss von außen öffnet.“

Ach, Scheiße, so viel dazu, ungesehen herumzuschnüffeln.

Hamish raste zum Badezimmer, ging durch die angrenzende Wand, da das Paar die Tür blockierte, und machte sich wieder sichtbar. Dann schloss er die Tür auf und öffnete sie.

„Oh, es tut mir leid, warten Sie schon lange?“, fragte er mit einem Lächeln. „Jetzt gehört es ganz Ihnen.“

TESSA KAM DIE TREPPE HERUNTER, als Hamish aus dem Gästebad trat. Froh darüber, nicht alleine zum Tumult der Party zurückkehren zu müssen, rief sie ihm zu.

„Hamish!“

Er drehte sich lächelnd um und wartete, bis sie ihn erreichte.

Sie hakte ihren Arm unter seinen. “Lass uns zurück in die Höhle des Löwen gehen, ja?”, meinte sie.

Er führte sie zurück Richtung Wohnzimmer. Ein Kellner ging an ihnen vorbei und bot ihnen Champagner an und sie schnappte sich ein Glas vom Tablett. Hamish tat dasselbe.

Als sie das Wohnzimmer erreichten, bemerkte sie, dass ihr Vater in ihre Richtung blickte. Er hatte auf ihre Rückkehr gewartet. Er lächelte ihr zu und schlug dann sanft mit einer Gabel gegen sein Champagnerglas, um um Ruhe zu bitten.

„Danke, dass ihr alle gekommen seid“, fing ihr Vater an, während ihre Mutter neben ihm stand, „und uns helft, einen Meilenstein in unserem Leben zu feiern.“

Hamish neigte sich näher. „Hochzeitstag?“

Tessa schüttelte den Kopf.

„Heute vor fünfunddreißig Jahren wurden wir mit unserem kleinen Mädchen gesegnet.“ Philip Wallace hob sein Glas zu Tessa und zwang sie, es ihm gleichzutun. „Als wir sie schließlich mit uns nach Hause brachten und sie endlich unser Eigen nennen und ihr unseren Namen und unsere Fürsorge geben konnten, wurde unser Leben um so vieles reicher. Tessa, du hast uns im Laufe der Jahre so viel Glück geschenkt und uns gezeigt, dass, obwohl die Natur uns die Chance verweigerte, Eltern zu werden, das Schicksal es uns möglich machte.“ Er erhob sein Glas wieder. „Alles Gute zum Adoptionstag, Schatz!“

Mit Tränen in den Augen hob Tessa ihr Glas und schaute ihrem Vater in die Augen. Die Gäste wiederholten die Glückwünsche. Ihr Blick wanderte zu ihrer Mutter, doch diese hatte die Seite ihres Mannes bereits verlassen und war zur Küche geschlichen, wo einer der Kellner weitere Cocktails auf einem Tablett anordnete.

„Ich wusste nicht, dass du adoptiert bist“, sagte Hamish neben ihr.

Sie drehte ihren Kopf. „Das macht keinen Unterschied.“

„Ich hatte nicht vor anzudeuten, dass das etwas ausmacht. Doch ich denke, das erklärt, warum du deinem Vater und deiner Mutter überhaupt nicht ähnlich siehst.“

Sie zwang sich zu lächeln und nippte von ihrem Glas. Nein, sie war nicht im Geringsten wie ihre Mutter. Und darüber war sie froh.

„Dein Vater scheint dich zu vergöttern”, sagte Hamish. “Das war eine sehr bewegende Rede.“

„Er liebt mich.“ Vielleicht zu sehr. Vielleicht war das immer die Wurzel ihrer Probleme gewesen.

„Ich verlor meinen Vater vor langer Zeit”, sagte Hamish. “Du solltest seine Liebe schätzen, so lange du kannst.“

„Das tue ich auch“, gab sie zu. Trotz allem.

Hamish sagte: „Du kommst mit deiner Mutter nicht klar.“

Ohne ihn anzusehen, antwortete sie: „Es ist kompliziert.“

Sehr kompliziert.

Tessa leerte ihr Glas und ließ ihre Augen auf der Suche nach dem Kellner durch den Raum schweifen. Wenn sie diesen Abend überstehen wollte, würde sie noch einen weiteren Drink brauchen.

16

Der Vortex, die wirbelnde Masse aus dunklem Nebel und Wind, den er benutzt hatte, um in die menschliche Welt zu reisen, schloss sich hinter ihm und verschwand spurlos. Zoltan blickte sich um und versicherte sich, dass niemand Zeuge seines Auftauchens geworden war, doch die Sträucher und Bäume in diesem Wohnviertel hatten ihn gut verborgen.

Er hatte einen Bart, braune Kontaktlinsen und dunkelblondes Haar angelegt. Die Haare reichten über seine Ohren und kräuselten sich in seinem Nacken und seine Gesichtsbehaarung passte zu dem Stil, den junge Männer heutzutage anscheinend bevorzugten. Beim Männerdutt hatte er jedoch eine Grenze gesetzt. Wie ein Mann mit Selbstachtung solch eine entmannende Frisur tragen konnte, verstand er nicht und er würde sicher nicht so tief sinken.

Er musste nur zwei Blocks weit gehen, um das fragliche Haus zu erreichen. Die vielen Autos, die an beiden Seiten der Straße am Bordstein sowie in der Einfahrt abgestellt waren, deuteten darauf hin, dass die Hausbesitzer Gäste hatten. Viele sogar. Doch das würde ihn nicht davon abhalten, zu tun, wozu er gekommen war. Er war überzeugt, dass es einen Weg hinein gab, ohne bemerkt zu werden.

Ein Hauch von Zigarettenrauch wehte in seine Richtung. Er sah sich nach dem Ursprung um und sah einen jungen Mann rauchend neben einem Strauch stehen. Er trug das Outfit einer Cateringfirma, weißes Hemd, schwarze Hose und eine rote Fliege. Perfekt.

Zoltan marschierte lässig auf den jungen Mann zu, der nicht älter als fünfundzwanzig sein konnte.

„Abend", grüßte Zoltan ihn mit einem Grinsen, dann deutete er zum Haus hinter ihm. „Drinnen ist wohl Rauchen verboten, wie?"

Der Kerl machte Anstalten, seine Zigarette auszudrücken, doch Zoltan stoppte ihn. „Nein, wegen mir musst du sie nicht ausmachen. Eigentlich hatte ich gehofft, eine von dir schnorren zu können." Er deutete mit dem Daumen zum Haus. „Bevor ich mich auf die Party begebe."

Der junge Mann grinste und grub in seiner Tasche, um eine Packung herauszuziehen. Zoltan griff danach und nahm sich eine Zigarette. Doch er zündete sie nicht sofort an.

„Wie heißt du?"

„Kevin."

„Ich bin Harry, freut mich, dich kennenzulernen", log er. Das Lügen war seine zweite Natur. Ebenso wie der Gebrauch von Gewalt. „Muss schwierig sein, auf diesen Partys zu arbeiten. Hoffentlich seid ihr nicht knapp an Personal. Diese Leute können wie Piranhas sein und euch Jungs zwingen, sich die Finger wund zu schuften."

Kevin seufzte leidend. „Richtig. Naja, zumindest haben sie fünf von uns angestellt. Also ist es nicht zu schlimm."

Zoltan zündete seine Zigarette an und nahm einen Zug von dem widerlichen Ding. „Super. Als ich im Catering arbeitete, fand ich es eine großartige Gelegenheit, neue Leute kennenzulernen. Du weißt schon, wie? Jede Party war eine andere Mannschaft. Ich arbeitete selten mehr als einmal mit denselben Kollegen zusammen."

„Das ist bei mir genauso", stimmte Kevin zu. „Ich kenne die anderen vier nicht. Der Chef plant uns einfach irgendwie ein. Man kann sich nicht wirklich aussuchen, mit wem man zusammenarbeitet."

Zoltan nickte, als interessierte es ihn. „Ja, das stimmt. Also, für welche Firma arbeitest du?" Er blickte sich flüchtig um. „Ich sehe keinen Cateringtransporter."

Kevin deutete zum Haus. „Oh, wir haben in der Gasse hinter dem Grundstück geparkt. Wir wollten keine Parkplätze besetzen, die für die Gäste bestimmt waren."

„Ja, macht Sinn." Aber der Kerl hatte seine Frage noch nicht beantwortet. „Also welche Firma war das nochmal?"

„*A Class of its Own*-Catering."

„Das ist aber ein Zufall! Führt John immer noch den Laden?"

„John?" Kevin runzelte die Stirn. „Ich kenne keinen John im Management. Bruce macht die Terminplanung."

„Oh, Bruce, ja richtig", sagte Zoltan und schlug die Hand gegen seine Stirn, um vorzugeben, Bruce zu kennen. „John ist in der Buchhaltung. Natürlich kennst du ihn nicht."

Er nahm einen weiteren Zug von seiner Zigarette, warf sie dann zu Boden und trat sie mit dem Schuh aus. „Gut, dann auf zur Party."

„Viel Spaß."

Zoltan täuschte eine Bewegung in die entgegengesetzte Richtung an, dann wirbelte er herum und legte einen Arm um Kevins Hals. Er riss ihn zurück, bevor der Junge überhaupt begriff, was mit ihm geschah. Kevin fing an, sich zu wehren, doch Zoltan war viel stärker und schleppte ihn hinter die Sträucher.

„Jetzt sag mir, wie böse bist du denn, hm? Jemals irgendetwas gestohlen? Jemals jemanden zusammengeschlagen?", flüsterte Zoltan ins Ohr seines Gefangenen und hoffte, dass er sich in dem Kerl nicht getäuscht hatte. „Du bist doch kein Chorknabe, oder?"

Kevin wehrte sich und seine Angst wurde mit jeder Sekunde größer. Perfekt. Darunter lag noch etwas anderes. Kevin war nicht unschuldig. Er hatte Verbrechen begangen, unbedeutende Verbrechen, doch das würde reichen. Zoltan warf sein Opfer zu Boden und hielt ihn dort mit einer Hand um seine Kehle herum fest, sodass er nicht schreien konnte. Den Moment genießend beugte sich Zoltan näher und öffnete seinen Mund, wobei er einen tiefen Atemzug einsaugte, und dann noch einen. Ein leichter Nebel fing an, durch Kevins Nasenlöcher zu entkommen. Zoltan saugte fester und langsam löste er seinen Griff um den Hals seines Opfers. Mehr Nebel erhob sich und wurde dunkler, zuerst grau, dann schwarz.

Ja, genau das brauchte er. Das würde gute, reichhaltige Nahrung sein. Der junge Mann in seiner Gewalt hatte schlimme Dinge getan, und jetzt erntete Zoltan den Ertrag. Mit jedem Atemzug saugte er mehr Angst und Übel von seinem Opfer ein und spürte seine eigene Kraft wachsen. Seine Zellen erneuerten sich, füllten sich mit Macht. In den letzten paar Monaten hatte er viele solcher reichhaltigen Bankette gefunden. In der Welt gab es immer mehr Übel und es schmeckte gut.

Erneuert und gestärkt ließ Zoltan seinen Gefangenen los. Kevin war bewusstlos geworden.

„Vielen Dank für alles, Kevin."

Der glücklose Mensch hatte ihm alles gegeben, was er brauchte. Und jetzt verdiente Kevin etwas Ruhe. In ein paar Stunden würde er mit so starken Kopfschmerzen wie noch nie aufwachen. Zoltan könnte ihn natürlich töten. Einen kurzen Augenblick lang dachte er darüber nach. Aber das könnte in eine Sauerei ausarten und er wollte kein Blut auf Kevins Kleidung bekommen.

„Heute ist dein Glückstag."

Einige Momente später erhob sich Zoltan in Kevins weißem Hemd, seiner schwarzen Hose und dieser lächerlichen roten Fliege. Nicht einmal seine Mutter – wenn er eine hätte – würde ihn jetzt erkennen.

„Showtime."

Zoltan betrat das Grundstück über den Lieferanteneingang zur Seite der Garage. Kevin hatte das Tor offen gelassen, damit er nach seiner Raucherpause wieder hineingehen konnte. Zoltan schloss es jetzt hinter sich, ging zur Tür am Ende des Pfads und spähte hinein. Die Küche. Mehrere Mitarbeiter der Cateringfirma waren mit Getränken und Essen beschäftigt. Zeit, seine Deckung aufzubauen, damit er sich frei innerhalb des Hauses bewegen konnte.

Er ging hinein und sprach eine Frau an, die Champagnerflöten füllte. „Hey, sorry, ähm, Bruce hat mich geschickt."

Sie starrte ihn an. „Ja, warum?"

„Er sagte, dass die Kunden sechs Leute und nicht fünf angefordert hatten, also schickt er mich, um in letzter Minute einzuspringen, bevor die Hausbesitzer denken, dass sie zu wenig für ihr Geld bekommen."

Sie zuckte mit den Schultern. „Ist mir recht. Es ist hier momentan sowieso etwas verrückt." Sie drehte sich zu einem der anderen um, einem jungen Mann, der gerade ein Tablett mit Appetithäppchen aufnahm. „Hey,

Mike, hast du Kevin gesehen? Er sollte die Cocktails übernehmen." Sie deutete auf ein Tablett mit verschiedenen Getränken.

Der Kerl zuckte mit den Schultern. „Nein."

„Ich habe draußen jemanden rauchen sehen", bot Zoltan an. „Vielleicht war er das."

„Vermutlich", sagte die Frau. „Wie heißt du?"

„Greg". Der Name *Harry* hatte bereits seine Nützlichkeit überdauert.

„Ich bin Cathy. Kannst du die Cocktails nehmen?"

„Sicher. Kein Problem."

Das würde ihm einen guten Deckmantel verschaffen, um nicht nur das Haus selbst, sondern auch dessen Besitzer und die Gäste zu überprüfen. Niemand in diesen Kreisen beachtete jemals einen Bediensteten. Bis Kevin aufwachen und jemand begreifen würde, dass sich ein Fremder ungehindert innerhalb des Hauses hatte bewegen können, würde Zoltan schon lange wieder weg sein. Niemand würde in der Lage sein, eine genaue Beschreibung von ihm abzugeben. Und selbst wenn sie das täten, würde es nirgends hinführen. Denn in der menschlichen Welt gab es keine Akten über ihn.

Mit Leichtigkeit bewegte sich Zoltan durch die Reihen der Oberschicht der Stadt und bahnte sich seinen Weg zu der Person, die er sich näher ansehen wollte: Tessa Wallace, die Stadträtin. Sie war gerade zu einer Frau gegangen, die vage vertraut aussah, und umarmte sie. Die Frau war gut zwanzig bis fünfundzwanzig Jahre älter als Tessa.

Zoltan näherte sich.

„Amanda, ich freue mich so, dich zu sehen", zirpte Tessa. „Wie geht es dir?"

Ein trauriger Blick zog über das Gesicht der anderen Frau. Er hatte diesen Blick schon einmal gesehen. Ja, auf einer Beerdigung. Er liebte es, auf Begräbnisse zu gehen, liebte es, zu beobachten, wie Menschen ihre Geliebten betrauerten. Der Schmerz, der die Luft auf einer Beerdigung sättigte, war so stark, so dick, dass er ihn praktisch aus der Luft schnappen und hinunterschlucken konnte, um den Teil von sich zu nähren, der ihm seine dämonische Kraft gab. Nach einem Begräbnis fühlte er sich immer gestärkt, erneuert. Und diese Frau hatte gelitten: Amanda Yardley, die Witwe des ehemaligen Bürgermeisters. Sogar jetzt strahlte sie Schmerz aus und obwohl Schmerz nicht so stark wie Angst war, wurde er dennoch davon angezogen.

„Ich komme zurecht“, sagte Amanda als Antwort auf Tessas Frage. „Jeden Tag wird es ein klein wenig leichter.“

„Wir alle vermissen ihn schrecklich.“

„Danke. Übrigens, ich habe das Buch mitgebracht, das du ihm geliehen hattest. Ich habe es bei meiner Jacke gelassen.“ Sie deutete Richtung Foyer. „Erinnere mich daran, bevor ich gehe.“

„Ich habe heute zufällig darüber gesprochen. Gunn suchte nach ein paar Akten und es ist möglich, dass sie versehentlich zu Johns persönlichen Sachen gepackt wurden. Er ruft dich vielleicht an.“

Amanda warf ihr einen verwunderten Blick zu. „In der Schachtel, die sie mir geschickt haben, waren keine Akten. Nur einige Auszeichnungen, etwas Tand, persönliche Briefe und sein Terminkalender.“ Sie lächelte wehmütig. „Ich habe die Auszeichnungen an die Wand seines Arbeitszimmers gehängt.“

Ein Klaps auf die Schulter veranlasste Zoltan, sich umzudrehen.

„Ich nehme einen davon”, sagte der große Mann und zeigte auf ein Glas auf Zoltans Tablett.

„Natürlich, Sir“, antwortete Zoltan cool. Er war nicht leicht aus der Ruhe zu bringen, doch plötzlich einem Hüter der Nacht von Angesicht zu Angesicht gegenüberzustehen, war dennoch eine Überraschung. Nicht, dass es völlig unerwartet kam.

Obwohl etwas wirklich überraschend war: Der Mann, dessen einzigartige Aura ihn als einen Hüter der Nacht identifizierte, war kein Fremder für Zoltan. Tatsächlich hatten er und zwei seiner Dämonen ein paar Monate zuvor in einem alten Bauernhof in Kalifornien gegen zwei Hüter der Nacht gekämpft – und hatten mit leeren Händen wieder kehrtmachen müssen. Dieser Mann war einer der Hüter gewesen. Und noch eine andere Sache wurde ihm sofort klar. Er war derselbe Mann, den die Zeitungen und sozialen Medien als den Held der gestrigen Nacht identifiziert hatten. Ein Online-Artikel, den er an diesem Nachmittag gesehen hatte, hatte behauptet, dass Hamish MacGregor Tessas Freund war.

„Danke“, sagte Hamish und nahm sich ein Glas, bevor er sich an Zoltan vorbeidrängte, um sich zu Tessa zu gesellen.

Also hatten die Hüter der Nacht keine Zeit verloren, der Stadträtin einen

Beschützer zuzuteilen – einen Beschützer, der dann sofort ihr Leben gerettet hatte. Jedoch war eine Sache seltsam: Wusste der Schützling, dass sie beschützt wurde? Wusste sie, wer ihr Freund war? Hatten die Hüter der Nacht plötzlich ihre Strategie geändert und begonnen, in der Öffentlichkeit zu agieren?

Wie dem auch war, mit Hamish im Bild war momentan nicht der richtige Zeitpunkt zu handeln. Zoltan würde seine Pläne ändern müssen. Egal. Er war flexibel. Es gab noch jede Menge andere Wege, um an Tessa heranzukommen und sie zu zerstören.

Ohne Aufmerksamkeit auf sich zu lenken, zog er von seinem primären Ziel ab und begutachtete den Schauplatz. Es war nicht schwierig herauszufinden, wer die Gastgeber waren: Tessas Eltern, Philip und Diane Wallace. Philip Wallace schien ein willensstarkes Individuum zu sein, da seine Haltung und sein Auftreten Entschlossenheit andeuteten, wohingegen seine Frau ganz anders war. Ihre Körpersprache verriet ihre Unsicherheit, die sie versuchte, unter dem teuren Schmuck und der Designerkleidung zu verbergen.

Aber Zoltan fühlte noch etwas anderes. Diane Wallace gab einen Geruch von sich, der schwach, aber unbestreitbar war. Eine Alkoholikerin, da war er sich sicher. Drogen waren vermutlich auch nicht allzu weit hergeholt. Was auch immer sie verwendete, um den Tag und diese Party durchzustehen, machte sie zu einem leichten Ziel. Ach, wie er die Oberschicht mit ihren Unsicherheiten und ihrem Mangel an Selbstbeherrschung doch liebte! Das machte sie genauso leicht manipulierbar wie einen Drogensüchtigen an der Straßenecke.

Diane Wallace war der Schlüssel.

Er musste sie nur alleine erwischen.

17

Hamish ging um das Auto herum und half Tessa beim Aussteigen. Ihre Wangen waren gerötet und ihre lavendelfarbigen Augen funkelten wie zwei Sterne im Nachthimmel.

Als er die Autotür hinter ihr schloss, kicherte sie. „Ich kann nicht glauben, wie du Mrs. Cranston dazu gebracht hast, das Weite zu suchen, indem du immer weiter darüber erzählt hast, wie aufregend doch Bedienungsanleitungen sind."

Er grinste. „Geschieht ihr recht, warum musste sie dich auch mit Fragen über das gestrige Ereignis im Zentrum löchern."

„Vielen Dank, dass du mich gerettet hast. Sowohl vor Mrs. Cranston als auch vor dem herabfallenden Lüftungsrohr."

Tessa neigte sich ihm entgegen und die Versuchung, sie an sich zu ziehen, wurde stärker. Doch er wusste, dass er dieser nicht nachgeben durfte. Er hatte Tessa und sich selbst ein Versprechen gegeben. Und er würde es halten. Da konnte *Rasen* sich auf den Kopf stellen.

„Wie viele Gläser Champagner hast du gehabt?", fragte er verschmitzt grinsend.

„Willst du andeuten, dass ich betrunken bin?"

Hamish lachte leise. „Nicht betrunken, nur etwas beschwipst." Und es war irgendwie reizend, Tessa so sorgenfrei zu sehen.

„Nun, das wärst du auch, wenn du einen kompletten Abend auf heile Welt mit meiner Mutter machen müsstest."

„Ich dachte, sie war eher –"

Ein Geräusch hinter ihnen ließ ihn herumwirbeln.

„Verdammt!"

Zwei bedrohlich aussehende Männer stürmten auf ihn zu. Scharfe Klingen, die in ihren Händen schimmerten, machten ihre Absichten im Sekundenbruchteil deutlich; ihre grünen Augen, die in der Dunkelheit aufblitzten, bestätigten es.

Hamish machte Tessa durch Gedankenkraft unsichtbar und befahl ihr: „Lauf ins Haus, sofort!"

Er schob sie in Richtung der Haustür ihres Wohngebäudes, dann bückte er sich und zog seinen Dolch aus seinem Stiefel, wobei ihm die Autoschlüssel aus der Hand fielen. Einer der Dämonen sprang ihn an, während der andere durch Tessas Schreie geführt zur Haustür lief.

Hamish stürzte zu Boden, als sein dämonischer Angreifer auf ihm landete. Er trat ihn von sich weg, rollte zur Seite und machte sich im nächsten Augenblick unsichtbar. Doch der Dämon war gut. Er hatte die ausweichende Bewegung vorausgesehen und Hamishs Arm mit seinem Dolch erwischt. Hamish schrie auf, wobei er in dem Handgemenge wieder sichtbar wurde. Er trat mit dem Bein gegen seinen Angreifer. Der Dämon taumelte zurück, was Hamish eine Chance gab, auf die Beine zu kommen.

Er warf einen flüchtigen Blick zur Haustür. Tessa hatte diese jetzt erreicht, suchte jedoch panisch in ihrer Handtasche nach dem Schlüssel.

„Fuck!", fluchte Hamish und rammte den Angreifer, der auf ihn zukam, was diesen in die Luft katapultierte. Krachend landete der Dämon auf einem Auto.

Doch das Arschloch gab nicht auf. Er rappelte sich auf, zielte mit seinem Dolch auf Hamish und warf ihn mit einer schnellen lockeren Handbewegung. Hamish tauchte weg und machte sich wieder unsichtbar. Der Dolch landete wirkungslos auf dem Gehsteig. Der Dämon zog einen weiteren Dolch aus seinem Gürtel, doch Hamish stürzte sich bereits auf ihn, schlug ihn ihm aus der Hand und rammte seine eigene Klinge in die Seite des Dämons.

Dieser schrie auf und grünes Blut spritzte wie Konfetti im Karneval auf den Gehsteig. Hamish bekam auch etwas davon ab. Es klebte an seiner Kleidung und verriet dem Dämon seine Position.

„Hab dich!“, knurrte dieser triumphierend und raste mit einem weiteren Dolch in der Hand auf Hamish zu.

Scheiße! Wie viele Waffen hatte dieser Scheißkerl?

Ein Schrei von Tessa ließ Hamish seinen Kopf in ihre Richtung wirbeln. Verdammt! Der andere Dämon hatte sie gegen die Haustür gedrückt, obwohl sie noch für jeden außer Hamish unsichtbar war.

Hamish wirbelte herum und lief auf sie zu, der erste Dämon folgte ihm dicht auf den Fersen.

„Lass sie los!“, schrie Hamish.

Der Dämon, der Tessa gefangen hielt, blickte über seine Schulter. Ein böses Grinsen breitete sich auf seinem Gesicht aus. „Zu spät, Hüter.“

„Neiiiiin!“, schrie Hamish, doch dann spürte er, wie ihn starke Hände von hinten packten. Der verletzte Dämon riss ihn zurück und schleuderte ihn gegen die Wand des Wohnhauses. Hamishs Kopf knallte gegen die Mauer und Schmerz breitete sich in seinem ganzen Körper aus. Doch er würde sich von so einer Kleinigkeit nicht aufhalten lassen. Nicht jetzt, wo Tessa um sich schlagend gegen den Dämon kämpfte, der versuchte, sie wegzuzerren, während sie sich verzweifelt am Türgriff festhielt.

„Halte durch, Tessa!“, schaffte Hamish auszurufen, während er versuchte, seinen Arm zu drehen, damit er seinen Angreifer abwehren konnte. Vergeblich. Der Dämon hielt ihn an die Wand gepresst fest.

„Gute Nacht, Hüter”, knurrte der Dämon.

Hamish spürte die Klinge an seinem Hals und wusste, dass es nur noch einen Ausweg gab. Er dematerialisierte sich und durchdrang die Wand. In einem Wandschrank neben der Eingangshalle materialisierte er sich wieder. Mit seiner rechten Hand packte er fest seinen Dolch, wirbelte herum und durchdrang die Wand erneut, sodass er mit seinem Dolch auf die Brust des Dämons zielend wieder vor ihm auftauchte, gerade als dieser frustriert mit seiner Faust gegen die Wand schlug.

Bevor das Arschloch überhaupt begriff, was geschah, stieß Hamish seinen Dolch ins Herz des Dämons und tötete ihn mit einem schnellen Schnitt seiner Klinge. Doch Hamish hatte keine Zeit zu feiern. Er wirbelte herum und suchte nach Tessa. Der Dämon hatte es geschafft, sie von der Tür wegzuziehen, und schleppte sie tretend und schreiend davon.

Hamish sprang ihn von hinten an und riss ihn von Tessa weg. Der Dämon hatte keine Chance. Hamishs Dolch fand sein Ziel mit wütender Präzision. Voller Rage stach Hamish in das hilflose Wesen ein und sah mit Genugtuung zu, wie dessen Eingeweide sich auf die Straße ergossen und diese grün färbten. Und obwohl er wusste, dass die Lebenskraft des Dämons bereits ausgelöscht war, konnte er nicht aufhören. Mit einem letzten Schnitt trennte er den Kopf des Dämons von dessen Körper und sah zu, wie er einige Meter weit rollte, bis er von einem Kanalgitter aufgefangen wurde.

Erst dann drehte sich Hamish zu der Stelle um, wo Tessa auf dem Gehsteig gelandet war. Doch dort war sie nicht mehr. Sie lief in offensichtlicher Panik zum Mercedes und hatte ihn schon fast erreicht.

„Tessa! Stopp!"

Er stürmte ihr nach.

„Bleib weg von mir!" schrie sie, während sie sich umsah, als würde sie verzweifelt nach einem Fluchtweg suchen. Dann bückte sie sich plötzlich und hob etwas auf.

Scheiße! Seine Autoschlüssel!

Tessa stürmte ums Heck des Wagens und stieg ein. Der Motor startete, gerade als Hamish die Beifahrertür erreichte und nach der Tür griff. Zu spät. Die Türen waren verschlossen und Tessa raste davon.

Seine Hände auf die Knie abstützend, fluchte er: „Verdammt!"

Jetzt, wo Tessa in seinem Auto floh, war sie nicht mehr unsichtbar – sie war außerhalb seiner Reichweite und falls diese zwei Dämonen nicht die einzigen waren, die versuchten, sie heute Abend zu schnappen, würde sie entdeckt werden.

Rasch zog Hamish sein Handy aus der Tasche und wählte die Nummer der Kommandozentrale des Komplexes.

Logan hob ab. „Hey, Kumpel, was ist los?"

„Du musst mein Auto sofort remote abstellen und mir dessen Position geben."

„Okay, gib mir eine Sekunde." Er hörte, wie Logan auf seiner Tastatur tippte.

„Und ich brauche eine Reinigungsmannschaft vor Tessas Wohnung. Zwei tote Dämonen."

„Whoa!! Was zum Teufel ist passiert?"

„Ein Hinterhalt!"

„Und dein Schützling? Ist sie in Ordnung?", fragte Logan.

„Sie ist mit meinem Auto geflohen."

„Schlau, sie hat wohl versucht, den Dämonen zu entkommen, wie?"

„Sie ist vor mir geflohen. *Nachdem* ich die Dämonen bereits getötet hatte." Vielleicht war die Enthauptung des Kerls, der sie angegriffen hatte, ein bisschen zu viel für ihr empfindsames Wesen gewesen. Doch beim Anblick der Hände des Arschloches auf ihr hatte er rotgesehen.

„Warum zum Teufel?"

„Wenn ich das verdammt noch mal wüsste." Aber er hatte einen Verdacht: Was, wenn Tessa zu viel gesehen hatte? Schließlich hatte er seine übernatürlichen Fähigkeiten verwenden müssen, um sich aus dem Griff des Dämons zu befreien. Was, wenn sie genau in diesem Augenblick in seine Richtung geschaut hatte? Wenn das der Fall war, hatte er ein Problem. Doch zuerst musste er sie finden. „Hast du das Auto schon ausfindig gemacht?"

„Hm. Ich arbeite daran." Eine kurze Pause. „Ah, gerade gefunden. Ich stelle den Motor jetzt ab. Sie ist an der Ecke Elm und Siebenunddreißigste."

„Danke. Und schick die Reinigungsmannschaft sofort. Sag ihnen, sie sollen sicherstellen, dass sie keine Körperteile zurücklassen."

Logan knurrte. „Du hast ihn zerhäckselt, oder?"

Als hätte Logan in derselben Situation anders gehandelt.

„Er hat es verdient!" Weil er Tessa angefasst hatte. Hamish steckte das Telefon ein und fing an zu laufen. Tessa war noch nicht weit gekommen. Er sollte es schaffen, sie zu erwischen.

18

Der Motor des Autos begann plötzlich zu stottern. Tessa trat fester aufs Gaspedal des Mercedes, doch der Wagen wurde langsamer.

„Nein!", knurrte sie und warf einen Blick auf die Tankanzeige, doch zu ihrem Erstaunen war der Tank fast voll.

„Was zum ...?"

Das Motorgeräusch verstummte und das Lenkradschloss rastete ein. Das Auto war abgestorben.

„So viel zu deutscher Technik!", fluchte sie. Sie stellte ihren Fuß auf die Bremse und drückte den Anlassknopf. Nichts! Frustriert schlug sie ihre Fäuste gegen das Steuer. „Verdammt! Geh schon an!" Als sie den Anlassknopf erneut drückte, fielen ihre Augen auf den Schalthebel. Kein Wunder, dass der Motor nicht anging: Er war noch auf Drive. Sie stellte das Auto auf Parken und versuchte es erneut. Alles, was sie hörte, war ein Klicken.

„Bitte, bitte!", flehte sie, doch der Motor antwortete nicht. „Scheiße, Scheiße, Scheiße!"

Sie konnte hier doch nicht als leichtes Ziel sitzen bleiben. Sie musste weg. Oh Gott, was sie vor ihrer Wohnung gesehen hatte, hatte sie zu Tode erschreckt. Sie wollte nicht darüber nachdenken, nicht jetzt, sonst wäre sie vor Schreck gelähmt und unfähig, sich in Sicherheit zu bringen.

Sie griff nach dem Türgriff und zog daran. Die Tür wollte sich nicht öffnen. „Nein!“, schrie sie und zog erneut verzweifelt daran. Sie schlug beide Fäuste gegen die Tür, rammte sogar mit ihrer Schulter dagegen und bemerkte dann den Knopf für den Schließmechanismus. Sie kam sich plötzlich dumm vor und betete, dass er funktionieren würde, drückte ihn und versuchte erneut, die Tür zu öffnen. Als die Tür überraschend aufging, fiel sie beinahe aus dem Auto.

Kaum hatte sie ihre Füße von den Pedalen entwirrt und auf den Asphalt gesetzt, begann sie zu laufen.

Sie hatte ihre Handtasche im Kampf mit ihrem Angreifer verloren und deshalb kein Handy, um um Hilfe zu rufen. Doch sie wusste, dass es nur vier oder fünf Blocks von hier ein Polizeirevier gab. Bis dorthin musste sie es schaffen. Ihr Leben hing davon ab.

Während sie rannte, spielte sich der Angriff in ihren Gedanken erneut ab. Die Bilder, die auf sie einschlugen, konnten nicht echt sein. Diese Bilder hatten keine Grundlage in der Natur oder der Wissenschaft. Sie wusste, dass sie einige Gläser Champagner getrunken hatte und vielleicht sogar mehr als die gesetzliche Grenze, bei der man noch fahren durfte, doch sie war nicht betrunken und war sich sicher, dass sie nicht halluzinierte.

Zwei Männer hatten sie aus dem Nichts angegriffen und während Hamish einen von ihnen bekämpft hatte, hatte der andere sie gejagt. Und erwischt. Zuerst hatte er sich etwas ungeschickt angestellt, doch dann hatte er sie fest gepackt und sie war nicht in der Lage gewesen, ihm zu entkommen. Sie hatte versucht, sich an der Tür festzuhalten, damit er sie nicht wegschleppen konnte, und war gezwungen gewesen, mit Entsetzen zuzusehen, wie Hamish versuchte, den anderen Kriminellen zu bekämpfen.

Da hatte sie es gesehen: Hamish war vor ihren Augen plötzlich verschwunden, nur um an einer anderen Stelle wieder zu erscheinen. Wie ein Flaschengeist. Zuerst hatte sie geblinzelt, weil sie dachte, dass ihre Angst ihre Sicht verschwimmen ließ, doch mit ihrer Sehkraft war alles in Ordnung.

Hamish war mehrere Male verschwunden. Und dann wieder erschienen. Schockiert und gelähmt hatte ihre Kraft angefangen nachzulassen. Als Hamishs Angreifer ihn plötzlich gegen die Wand des Gebäudes geschleudert und ihn dort festgehalten hatte, hatte sie gedacht, dass es zu Ende wäre. Doch dann war Hamishs Körper *in* die Wand gesunken und völlig verschwunden, nur um eine Sekunde später zurückzukehren. Er war *durch* die Wand zurückgekommen und hatte sein Messer in den Angreifer gerammt.

An diesem Punkt hätte sie erleichtert sein sollen, doch als sie das grüne Blut gesehen hatte, das aus dem toten Angreifer floss, verließ sie das letzte Quäntchen ihrer Kraft, und ihr Angreifer hatte es geschafft, sie von der Tür wegzuziehen. Grünes Blut! Das war unmöglich. Doch sie hatte es gesehen.

Hamish hatte beim Anblick davon nicht einmal mit der Wimper gezuckt. Als hätte er das erwartet! Als hätte er es schon einmal gesehen! Dann hatte sie die grünen Flecken auf seiner Kleidung gesehen. War das Blut von seinem Angreifer oder war es Hamishs? War er womöglich genauso wie sie?

Als sie gesehen hatte, mit welcher Wut er den zweiten Angreifer niedermetzelte, war sie von Angst und Entsetzen ergriffen worden und sie hätte sich fast übergeben. Sie hatte solche Rage noch in niemandes Augen gesehen. Solchen Blutdurst. Sie hatte ein Ungeheuer in seinen Augen gesehen. Eine ungezähmte Bestie. Und alles, was sie hatte denken können, war: *Lauf! Bring dich in Sicherheit!* Denn soweit sie wusste, hatten jene zwei Kriminellen etwas so Böses, etwas so Unkontrollierbares in Hamish entfesselt, dass sie die Nächste sein könnte. Denn was auch immer in ihm war, war nicht menschlich.

Ihr Überlebensinstinkt hatte jeden vernünftigen Gedanken ausgelöscht. Ja, Hamish war ihr Bodyguard, doch was wusste sie schon wirklich über ihn? Sicher, er hatte ihr Leben nicht nur einmal, sondern zweimal gerettet, doch was, wenn das alles nur Teil eines größeren Plans gewesen war?

Nein, ihre beste Chance auf Überleben war, zur Polizei zu gehen. Die würden ihr helfen. Und sobald sie die zwei Leichen fanden, würden sie eine Fahndung nach Hamish herausgeben.

Sie bog um eine Ecke und dort, einen Block entfernt, sah sie die Lichter des Polizeireviers. Sie war fast da. Nur noch ein paar Schritte. Sie schnappte nach Luft und flehte ihre müden Beine an, sie jetzt nicht im Stich zu lassen.

„Fast da", murmelte sie atemlos, als sie die Treppe erreichte, die zum Eingang führte. Sie streckte ihren Arm zum Geländer aus. Doch es entglitt ihrer Hand, als sie plötzlich zurückgerissen wurde.

Ein Arm legte sich um ihre Taille und sie wurde von den Füßen gehoben, während ihr gleichzeitig eine Hand den Mund zuhielt, bevor sie einen Schrei von sich geben konnte.

Ihr Angreifer riss sie zurück, weg vom Revier, und schleppte sie um eine Ecke. Einen Block vom Revier entfernt bog er ab und trug sie in eine Seitengasse neben einer Autowerkstatt. Sie trat mit den Beinen nach ihm und schlug mit ihren Armen um sich. Vergebens. Er wurde nicht langsamer, bis er sie in den Hinterhof der Werkstatt gebracht hatte, wo er schließlich anhielt.

„Hör auf, mich zu treten, Tessa!"

Es war Hamish, doch instinktiv hatte sie das bereits gewusst.

„Beruhige dich. Ich werde meine Hand von deinem Mund nehmen, wenn du versprichst, nicht zu schreien."

Als ob!

„Nicke, wenn du bereit bist, zu kooperieren."

Sie nickte.

Hamish nahm seine Hand weg, und sie schrie so laut, wie ihre Lunge es erlaubte. Einen Sekundenbruchteil später war seine Hand wieder auf ihrem Mund.

„Nicht gut, Tessa. Ich hätte etwas Besseres von dir erwartet. Ich dachte, dass wir das bereits einmal durchgemacht und festgelegt hätten, dass du meine Befehle befolgst."

Sie knurrte und schlug mit dem Bein aus, um ihn gegen das Schienbein zu treten.

„Verdammt Tessa, hör mir bitte zu. Du bist jetzt in Sicherheit."

Sie schnaubte.

„Die zwei Kerle sind tot. Sie können dir nicht mehr wehtun. Dafür habe ich gesorgt."

Ja, aber wer würde sie vor Hamish beschützen? Sie schniefte. Was würde jetzt mit ihr geschehen?

„Hast du dich beruhigt?"

Sie nickte.

„Gut. Nicht mehr schreien oder ich werde andere Methoden verwenden müssen, um dich ruhig zu stellen. Stell also meine Geduld nicht auf die Probe."

Dieses Mal, als er seine Hand von ihrem Mund nahm, wirbelte sie zu ihm herum. Doch er ließ sie nicht los. Er sah sie von oben bis unten an.

„Hat er dich verletzt?"

Sie ignorierte seine Frage. „Wer bist du?"

„Du weißt, wer ich bin."

„Nein, tue ich nicht. Was ich gesehen habe ..." Sie deutete zur Straße. „Was du dort getan hast ..."

„Das ist Teil meines Jobs. Um dich zu beschützen. Selbst wenn das bedeutet, einen Angreifer zu töten. Ich weiß, dass es schwer zu akzeptieren ist. Aber ich hatte keine Wahl."

Tessa schüttelte den Kopf. „Ich habe dich gesehen! Du bist verschwunden!" Sie beobachtete seine Reaktion und bemerkte, dass er ein klein wenig zusammenzuckte. „Du bist mit der Wand verschmolzen. Ich habe es mit meinen eigenen Augen gesehen. Was bist du? Denn ein Mensch bist du ganz sicher nicht. Genauso wie die zwei Männer keine Menschen waren. Um Himmels willen, sie hatten grünes Blut. Grün! Und du, du bist einfach verschwunden und dann wieder erschienen und dann bist du durch diese Wand gegangen und herausgekommen, als wäre sie gar nicht da. Verdammt, sag mir die Wahrheit! Was bist du?"

Hamish atmete laut aus, während seine Augen ihre suchten.

„Die Wahrheit, verdammt noch mal. Ich will die Wahrheit! Die habe ich verdient." Sie trommelte mit ihren Fäusten gegen seine Brust.

Langsam, fast sanft, legte er seine Hände um ihre Handgelenke, um sie zu stoppen.

„Ich bin dein Hüter. Und diese zwei toten Wesen mit dem grünen Blut, die uns angegriffen haben, waren Dämonen."

Sie bewegte ihren Kopf von einer Seite zur anderen. „Nein, nein."

Aber Hamishs Gesichtsausdruck änderte sich nicht. „Es tut mir leid. Du hättest das nicht herausfinden dürfen. Aber wenn ich meine Fähigkeiten nicht verwendet und durch die Wand gegangen wäre, als dieser Dämon mich dagegen gedrückt hatte, hätte er mich getötet." Er machte eine Pause. „Und du wärst als Nächstes dran gewesen. Das konnte ich nicht zulassen, weil ich versprochen habe, dich zu beschützen."

Tessa rang nach Luft und versuchte, einen Sinn in seinen Worten zu finden. Sie versuchte, ihre Lunge zu füllen, versuchte Sauerstoff an ihr Gehirn zu senden, dennoch verstand sie nicht, was er sagte. Dämonen. Das Wort beschwor Schreckensbilder von grässlichen Wesen herauf, ein Mix aus

Mensch, Tier und ET. Doch die zwei Angreifer hatten völlig menschlich ausgesehen.

„Dämonen“, murmelte sie vor sich hin. Sie hob ihre Augen zu Hamish. „Aber sie sahen menschlich aus ... so wie du.“

Hamish nickte und sein Griff um ihre Handgelenke lockerte sich. „Darum sind sie so gefährlich.“

Sie musste ihm zustimmen. „Das grüne Blut. Wusstest du es deshalb?“

Er schüttelte den Kopf. „Ich habe sie an ihren grünen Augen erkannt. Das ist das einzige äußerliche Anzeichen.“

„Und du. Du sagtest, dass du ein Hüter bist. Was bedeutet das?“

Er drehte seinen Kopf zu der Gasse, aus der sie gekommen waren. „Jemand kommt.“

„Mehr Dämonen?“

„Jemand muss dich schreien gehört haben. Wir müssen von hier weg. Sofort.“

„Der einzige Ort, zu dem ich gehe, ist die Polizei. Die Wache ist gleich –“

Er zog sie an seine Brust, sodass ihre folgenden Worte von seinem Hemd gedämpft wurden. Dann brachte er seinen Mund an ihr Ohr und flüsterte: „Keinen Laut. Ich verhülle uns.“

Sie wollte protestieren und fragen, was er damit meinte. Sie hob den Kopf, um zu sprechen, doch er hatte offensichtlich ihre Bewegung vorausgesehen und drückte seine Lippen auf ihre. Überwältigt erstarrte sie.

Sie musste sich gegen ihn wehren, denn sie war völlig verängstigt und traute ihm nicht weiter, als sie ihn werfen konnte. Doch sie spürte, wie ihr Körper auf Hamish reagierte, als hätte sie nicht länger die Kontrolle darüber. Als wüsste ihr Körper etwas, das in ihrem Gehirn noch nicht angekommen war.

19

Der einzige Grund, warum er Tessa küsste, war, damit sie nicht wieder schrie.

Lügner!

Gut, er küsste sie, weil er immer noch high vom Adrenalin war, nachdem er die zwei Dämonen getötet hatte.

Ebenfalls nicht die Wahrheit.

Okay, die Tatsache, dass Tessa fast von den zwei Dämonen geschnappt und getötet worden wäre, hatte ihn zu Tode erschreckt.

Es wird wärmer.

Verdammt! Was war schon dabei, wenn er sie küsste, weil er es wollte? Er musste seine Handlungen nicht rechtfertigen. Er hatte ihr zweimal das Leben gerettet. Verdiente er dafür nicht verdammt noch mal eine Belohnung? Selbst wenn diese Belohnung nicht nur ein einfaches *Danke* von seinem Schützling war? Wer würde es schon wissen? Nur er und Tessa. Und die wehrte sich nicht wirklich. Sicher, anfangs hatte sie stocksteif dagestanden und ein paar Male mit ihren Fäusten auf ihn eingeschlagen. Aber jetzt erwiderte sie seinen Kuss und ihr Körper entspannte sich. Ihr Kopf neigte sich zur Seite und sie gewährte ihm somit freien Zugang zu ihrem Mund. Mit geöffneten Lippen akzeptierte sie seine Invasion und hieß ihn willkommen.

Es war nur ein kurzer Augenblick, den sie beide nach dem Überfall der Dämonen verdienten. Niemand würde jemals herausfinden müssen, dass er sein Gelübde gebrochen hatte, sich nie wieder mit einer menschlichen Frau einzulassen. Außerdem ließ er sich nicht mit ihr ein. Es würde nur ein Kuss sein, nicht mehr.

„Sieht aus, als hättest du sie gefunden."

Beim Ertönen von Enyas Stimme ließ Hamish Tessa los, als hätte er sich verbrannt. Und vielleicht hatte er das auch.

„Scheiße, Enya! Was machst du hier?"

„Als der Anruf kam, dass du und deine, ähm, Klientin, angegriffen wurdet, dachte ich mir, dass du möglicherweise Unterstützung brauchst."

Ihr Blick fiel auf Tessa, die nervös ihre Kleidung zurechtrückte. Hatte er ihre Bluse aus ihrem Rock gezogen oder war das während des Kampfes mit den Dämonen geschehen?

„Aber es sieht so aus, als hättest du alles unter Kontrolle."

Hamish seufzte und fuhr sich mit der Hand durch sein Haar. Unter Kontrolle? So würde er das nicht gerade nennen.

„Tessa, das ist Enya, meine Kollegin."

Tessa nickte. „Hallo."

„Hallo", antwortete Enya.

Tessa wetzte nervös herum. „Also, sind Sie auch ... ein Hüter?"

Enyas Kopf schnellte in Hamishs Richtung und sie stemmte ihre Hände in die Hüften. „Was zum Teufel, Hamish?"

„Sie weiß es." Er blickte zu Tessa. „Es ist okay, Tessa." Dann wandte er sich wieder an Enya: „Tessa hat gesehen, wie ich mit den Dämonen gekämpft habe. Ich musste meine ... meine übernatürlichen Fähigkeiten verwenden, um zu überleben. Ich hatte keine Wahl. Die Bastarde werden zu gut."

„Na das ist doch super."

„So ist die Sache eben." Er zuckte mit den Schultern. „Wie ist die aktuelle Lage? Wer kümmert sich ums Saubermachen?"

„Aiden und Pearce sind gerade dabei. Sie dürften schon fast fertig sein." Sie deutete auf sein Hemd und seine Hose, die mit Dämonenblut befleckt waren. „Du solltest dich auch reinigen."

Er nickte. „Sobald ich kann." Er zeigte auf die Flecken. „Das verdammte Dämonenblut kann nicht verhüllt werden. Deshalb –"

„Verhüllt“, unterbrach Tessa. “Das hast du vorhin schon gesagt. Was bedeutet das?“

Enya runzelte die Stirn und hob ihr Kinn in seine Richtung. „Du hast gerade gesagt, dass sie es weiß.“

„Ich wollte ihr gerade einige Dinge erklären, als du uns unterbrochen hast.“

„Hat nicht nach Erklären ausgesehen, aber vielleicht irre ich mich ja.“

Hamish packte sie am Oberarm und zog sie ein paar Meter weg. „Verdammt Enya“, sagte er mit leiser Stimme. „Musst du Tessa in diese peinliche Lage bringen?“

Sie lächelte verschmitzt. „Ich habe das Gefühl, dass es nicht ihr peinlich ist, sondern dir.“

Enya hatte recht, aber das würde er nicht zugeben. „Lass es gut sein! Was du gesehen hast, bedeutete nichts, okay? Überhaupt nichts.“

Sie zuckte mit den Schultern. „Wie du meinst.“ Dann warf sie einen Blick auf ihren Oberarm. „Und jetzt würde ich es schätzen, wenn du mich loslässt. Ich werde nicht gern misshandelt.“

Hamish ließ von ihr ab. „Solange wir einander verstehen. Das bleibt unter uns. Verstanden?“

„Keine Angst, ich tratsche nicht.“

Hamish nickte. Er glaubte ihr. Enya war ehrlich. Zumindest würden seine Kumpel im Komplex nicht herausfinden, dass er Zungenakrobatik mit einem Schützling trainiert hatte.

„Gut. Hast du ein Transportmittel?“

„Ja.“

„Kannst du mich und Tessa bei meinem Auto absetzen?“

„Sicher.“

Hamish kehrte zu Tessa zurück und bemerkte, wie sie ihn musterte. Etwas war anders an ihr. Sie wirkte ernst. Vielleicht sank die Realität dessen, was geschehen war, erst jetzt in ihr Bewusstsein.

Der vibrierende Ton eines Handys hallte plötzlich im dunklen Hinterhof wider.

„Meins“, gab Enya bekannt und zog es aus ihrer Tasche. „Logan, was ist los?“ Sie lauschte ein paar Sekunden. „Oh Scheiße! Ja, verstanden. Sicher. Ich werde es ihm sagen.“ Sie legte auf und steckte das Telefon ein.

Alarmiert blickte Hamish sie an. „Was?“

Doch Enya sah an ihm vorbei zu Tessa und näherte sich ihr. „Logan hat einen Notruf aufgeschnappt, der aus dem Haus deiner Eltern kam.“

Tessa schlug die Hand über ihren Mund. „Nein! Oh Gott nein! Ist es mein Vater? Sein Herz?“ Panik weitete ihre Pupillen.

„Wir wissen es nicht. Wir haben keinen Mitschnitt davon. Wir wissen nur, dass jemand in deinem Elternhaus den Notruf gewählt hat und ein Krankenwagen gesandt wurde. Er ist bereits wieder zurück zum Krankenhaus unterwegs”, antwortete Enya mit beschwichtigender Stimme. „Wir werden dich sofort dorthin bringen.“ Sie warf Hamish einen Blick zu. „Stimmt's, Hamish?“

Er nickte. „Wissen wir, welches?“

„St. Agnes.“

Hamish nahm Tessas Arm. „Lass uns gehen. Wir können später über alles sprechen.“

Mit Tessa an seiner Seite folgte er Enya.

„Er sah heute Abend so gut aus”, jammerte Tessa. „Verdammt, warum mussten sie diese Party schmeißen? Das war viel zu viel Stress für ihn. Er darf sich nicht aufregen. Aber er will nie hören. Er will einfach nicht hören.“

Hamish drückte beruhigend ihren Arm. „Wir wissen nicht, ob es das Herz deines Vaters ist. Geh bitte nicht vom Schlimmsten aus.“

Mit Tränen in den Augen sah sie zu ihm auf. „Was sollte es sonst sein?“

„Es muss nicht einmal er sein. Vielleicht ist einer der Gäste krank geworden. Oder hat zu viel getrunken und hat sich verletzt.“

Er hoffte, dass das der Fall war, da Tessa bereits genug um die Ohren hatte. Falls ihr Vater einen weiteren Herzanfall erlitten hatte, würde sie dem Druck nicht mehr standhalten und zusammenbrechen. Seine oberste Priorität war jetzt, sie zu bestärken.

„In einer halben Stunde werden wir mehr wissen.“

20

Tessa starrte wie in Trance durch die Scheibe hinaus, während Enya sie zu dem verlassenen Mercedes fuhr. Es gab zu viel zu verarbeiten und sie wusste nicht, wo sie beginnen sollte. Zu sagen, dass sie verwirrt war, war eine Untertreibung.

Dämonen. Hamish, der durch eine Wand verschwand. Grünes Blut. Enthauptete Monster. Dann war da noch ihre wilde Flucht und Hamish, der sie geschnappt und geküsst hatte und dann Enya gegenüber behauptet hatte, dass es nichts bedeutet hätte. Ja, sie hatte seine Worte gehört und sie hatten sich wie Messerstiche in den Rücken angefühlt.

Und jetzt das, das Schlimmste von allem: ihr Vater im Krankenhaus. Diese Nacht konnte unmöglich noch schlimmer werden. Sie hatte Millionen von Fragen und keine einzige Antwort, nur ein paar Dinge, die sie sich aus dem, was sie gehört und gesehen hatte, zusammengereimt hatte. Und jetzt wurde ihr Verstand auch noch von der Sorge um die Gesundheit ihres Vaters vernebelt.

„Benötigst du Unterstützung?", fragte Enya Hamish, der auf dem Beifahrersitz saß.

„Nicht nötig. Berichte dem Rat von dem Angriff der Dämonen. Und mach Manus Feuer unter dem Hintern. Ich muss wissen, was er über das Lüftungsrohr herausgefunden hat."

„Sicher.“ Sie stoppte das Auto neben dem Mercedes.

Hamish stieg aus und half Tessa aus dem Wagen. Als Enya schon wieder losfuhr, fiel Tessa plötzlich etwas ein.

„Oh nein! Hol sie zurück! Dein Auto funktioniert nicht. Wir brauchen ihres, um zum Krankenhaus zu kommen.“ Sie winkte den verschwindenden Rücklichtern hinterher, aber Enya stoppte nicht und bog am Ende des Blocks nach rechts ab und verschwand aus ihrem Blickfeld.

Da spürte sie plötzlich Hamishs Hand auf ihrer Schulter und drehte sich um.

„Das Auto funktioniert. Ich hatte es vorhin ferngesteuert lahmlegen lassen, damit ich dich einholen konnte.“

Bei seiner Aussage fiel ihr die Kinnlade herunter. „Du hast was gemacht?“

Hamish verlagerte sein Gewicht auf den anderen Fuß. „Ich musste sicherstellen, dass du nicht verschwindest. Ich wusste nicht, ob dir noch weitere Dämonen folgten. Ich musste dich zuerst erreichen.“

Als er die Beifahrertür für sie öffnete, stieg sie ohne Protest ein. Benommen, fassungslos. Wie auch immer man es nennen mochte. Hamish stieg auf der anderen Seite ein und drückte gegen eine Stelle auf dem Armaturenbrett. Ein Teil der Verkleidung fuhr zurück und enthüllte einen Nummernblock. Er tippte einige Zahlen ein, schloss die Verkleidung wieder und drückte den Anlassknopf. Der Motor brummte auf.

Tessa lehnte sich im Sitz zurück und versuchte, sich zu beruhigen. Vielleicht würde es sie von der Sorge um ihren Vater ablenken, wenn sie verstehen könnte, was heute Abend geschehen war, denn diese Sorgen schmerzten mehr als alles andere in ihrem Leben. Ihr Vater war ihr Fels. Sie durfte ihn nicht verlieren.

„Wir sind in zwanzig Minuten dort“, sagte Hamish mit einem flüchtigen Seitenblick.

Sie nickte. „Du hast vorhin meine Fragen nicht beantwortet.“

„Nein, hatte ich nicht, du hast recht.“

„Ich will jetzt Antworten.“ Und wenn sie sie bekam, würde sie sie ruhig aus jedem Blickwinkel evaluieren, alles logisch betrachten und entscheiden, was sie glauben konnte – und was sie akzeptieren musste.

„Warum reden wir nicht nach dem Krankenhausbesuch?“

„Warum reden wir nicht jetzt?“, konterte sie und starrte ihn finster an. „Oder brauchst du Zeit, um dir erst eine Geschichte einfallen zu lassen?“

„Es gibt keine Geschichte. Nur die Wahrheit.“

„Dann erzähl sie mir. Jetzt.“ Sie faltete die Hände in ihrem Schoss, um deren Zittern zu stoppen. „Erklär mir, was ich heute Abend gesehen habe.“

Hamish wandte seinen Blick wieder der Straße zu und für einen Moment fragte sie sich, ob er sie ignorieren würde, doch dann begann er zu reden. „Die zwei toten Männer, deren Blut auf meiner Kleidung ist, waren Dämonen. Um genau zu sein Dämonen der Angst. Ihre einzige Mission ist es, Gewalttätigkeit und Furcht in der Welt zu schüren. Sie ernähren sich davon und werden dadurch stärker. Und eines Tages, wenn sie die kritische Masse erreicht haben, werden sie sich erheben und versuchen, die Menschheit zu beherrschen.“

„Wie?“

„Das willst du nicht wissen.“

„Doch.“

„Sobald du davon Kenntnis hast, wirst du es nie wieder vergessen können. Bist du sicher, dass du das alles wissen möchtest?“

Sie nickte. Je mehr sie wusste, umso besser. „Ich habe mehr Angst vor den Dingen, die ich nicht weiß, als vor den Dingen, die ich weiß.“

„Okay.“ Er räusperte sich. „Sie werden die Menschheit manipulieren, jegliche unabhängigen Gedanken aus ihren Köpfen saugen und sie zu Sklaven machen. Es wird keinen freien Willen geben, keine freie Wahl, kein Glück. Menschen werden nur existieren, um ihren dämonischen Meistern zu dienen.“

Unwillkürlich bekam Tessa eine Gänsehaut. Bilder von apokalyptischen Filmen drangen in ihren Kopf, von fremden Planeten, wo Menschen sich tief unter der Erde in Minen abplagten. Die Vorstellung davon ließ sie nach Luft ringen.

„Es tut mir leid“, sagte Hamish. „Aber so böse sind sie einfach.“

„Und wo kommen du und deine Kollegen ins Spiel? Wer seid ihr?“

„Wir waren einst Menschen. Genauso wie die Dämonen. Aber wir haben uns weiterentwickelt. Die Natur gab uns gewisse Fähigkeiten, damit wir die Dämonen bekämpfen können.“

„Du meinst Fähigkeiten wie die, mit der Wand zu verschmelzen?“ Sie schüttelte den Kopf, weil sie noch immer nicht glauben konnte, was sie gesehen hatte.

„Ich bin nicht wirklich mit ihr verschmolzen; ich bin durch sie hindurchgedrungen. Wir sind in der Lage, unsere Moleküle zu zerlegen, um durch Festkörper zu schreiten. Das gibt uns Zugang zu jedem nur denkbaren Ort, an den wir gelangen müssen. Niemand kann uns irgendwo aussperren."

„So hast du es geschafft, den Dämon zu besiegen. Er hatte dich gegen die Wand genagelt."

„Ja. Ich hatte keine andere Weise, um zu entkommen."

„Aber was, wenn er dir einfach durch die Wand gefolgt wäre?"

„Das kann er nicht. Dämonen haben diese Fähigkeit nicht."

Sie hob sich diese Information für später auf. „Und vorher, als du gegen ihn kämpftest, bist du verschwunden und dann wieder an einer anderen Stelle erschienen. Was ist das? Teleportation?"

Zu ihrer Überraschung lachte er leise. „Ich schätze, dass es so ausgesehen haben muss. Aber das ist es nicht. Ich habe mich verhüllt."

„Verhüllt? Du sagst das immer wieder." Würde er nun endlich erklären, was das bedeutete?

„Ich machte mich unsichtbar. Und während ich unsichtbar war, habe ich meine Position verändert, um den Dämon zu verwirren und die Oberhand im Kampf zu gewinnen."

Sie runzelte die Stirn. „Das macht keinen Sinn. Wenn du dich unsichtbar machen kannst, warum kämpfst du dann nicht ständig unsichtbar?"

„Das würde ich schon, aber mich unsichtbar zu machen, kostet viel Energie und ich benötigte die Energie, um zu kämpfen. Dämonen sind unglaublich stark. Ich musste meine ganze Kraft aufbringen, um ihn zu überwältigen. Ich durfte keine Energie verschwenden."

„Aber er hat dich dennoch erwischt."

Hamish seufzte. „Weil ich etwas von meiner Energie verwendete, um *dich* vor ihnen zu verbergen."

Hatte sie richtig gehört? „Was?"

Er sah sie an. „Als die zwei Dämonen angriffen, habe ich dich unsichtbar gemacht, damit sie dich nicht sehen würden und du die Chance hättest, zu entkommen."

Ihr Herz schlug ihr jetzt bis zum Hals. „Aber dieser Dämon schnappte mich trotzdem." Sogar jetzt konnte sie seine Hände noch auf sich spüren.

„Dich unsichtbar zu machen, lässt dich nicht verschwinden. Die Dämonen konnten dich immer noch hören."

Sie schlug ihre Hand auf ihren Mund. „Oh mein Gott. Ich habe geschrien. Er erwischte mich, weil ich geschrien habe."

„Ich hatte keine Zeit, dir zu erklären, was du machen solltest. Es ist nicht deine Schuld."

Nein, es war nicht ihre Schuld, aber es war auch nicht Hamishs. „Du hast versucht, mich zu schützen, obwohl du wusstest, dass es dich schwächen würde?"

Seine Schultern versteiften sich. „Ich bin für deine Sicherheit verantwortlich."

Er sagte es, als würde das alles erklären. Doch es warf nur noch mehr Fragen auf. „Weil ich dich angestellt habe?"

„Du hast mich nicht angestellt. Ich wurde dir zugewiesen."

Sie drehte ihren Kopf ganz zu ihm und er blickte sie kurz an, bevor er seine Aufmerksamkeit wieder dem leichten nächtlichen Verkehr zuwandte. „Habe ich aber. Anton Faldo hat dich empfohlen. Und Poppy zwang mich praktisch, dich einzustellen. Und sie hat die Gewerkschaft davon überzeugt, dafür zu bezahlen."

„Faldo ist eine Verbindungsperson zwischen den Hütern der Nacht und der menschlichen Welt."

„Hüter der Nacht? Nennt man dich und Enya so?"

„Ja."

„Und Faldo, ist er einer von euch? Faldo ist ein Gangster."

Hamish seufzte. „Nicht alles ist schwarz oder weiß. Faldo ist ein Mensch. Und er war nicht immer ganz ehrlich. Seine Methoden waren zweifelsohne zwielichtig. Aber sagen wir einfach, dass er die Fehler in seinem früheren Handeln erkannt hat und als Buße nun für uns arbeitet. Er berichtet uns, wenn er etwas sieht, das nicht stimmt. Und sein Ruf hilft ihm sogar. Er sieht und hört Sachen, die anderen aufrechten Bürgern verborgen bleiben. Er informierte uns über die Todesdrohung gegen dich. Wir wussten sofort, dass wir dich schützen mussten. Also haben wir es in die Wege geleitet."

„Aber warum? Ich bin keine besonders wichtige Person. Man hätte mir einen Sicherheitsbeamten von irgendeiner Firma zuteilen können –“

„– der schlecht ausgerüstet gewesen wäre, um dich vor dem zu schützen, mit dem wir es zu tun haben. Und in Sachen *keine besonders wichtige Person*: Da liegst du falsch. Du bist sehr wertvoll. Für uns. Für diese Gesellschaft. Du trägst eine schwere Last auf deinen Schultern. Du musst Bürgermeisterin werden und diese Stadt auf den richtigen Pfad führen oder sie fällt in die Hände der Dämonen.“ Er sah ihr in die Augen.

Ihr Herz schlug wie eine Lokomotive. Sie fühlte sich, als hätte jemand einen Fünfzig-Pfund-Sack Kartoffeln auf ihren Brustkorb gelegt. „Aber was, wenn ich nicht gewinne?“

„Die einzige Art und Weise, auf die du verlieren kannst, ist, wenn die Dämonen dich zuerst töten. Und ich werde verdammt nochmal dafür sorgen, dass das nicht geschieht.“ Ein grimmiger Blick verzerrte sein Gesicht. Sie bemerkte, wie sein Kiefer sich verkrampfte und wie er das Lenkrad so fest packte, dass seine Fingerknöchel weiß hervortraten.

Eine seltsame Vorahnung überkam sie. „Sie werden es noch einmal versuchen, nicht wahr?“

Er antwortete nicht, doch das musste er auch nicht. Sie verstand jetzt. Sie war den Dämonen im Weg. Und die einzige Sache, die zwischen ihr und dem Tod durch deren Hände stand, war Hamish.

Als sie das Krankenhaus erreichten, hatte Tessa sich mit der neuen Situation, in der sie sich befand, abgefunden. Sie war in Gefahr, weil die Dämonen nicht zulassen wollten, dass sie Bürgermeisterin werden und Frieden und Wohlstand zurück nach Baltimore holen würde. Es unterschied sich nicht wirklich von der Situation, in der sie vorher gewesen war. Alles, was sie tun musste, war, das Wort *Dämonen* durch *politische Gegner* ersetzen, und sie würde im gleichen Schlamassel stecken. Doch wenn sie *Bodyguard* durch *übernatürlichen Hüter* ersetzte, bedeutete das zumindest, dass sie sich ein wenig sicherer fühlte. Kein Bodyguard hatte die Art von übermenschlichen Fähigkeiten, die sie hatte Hamish benutzen sehen.

Oh Gott, er war der unsichtbare Mann, der durch Wände gehen konnte! Wenn sie eine Chance auf Überleben hatte, dann nur, weil Hamish sie beschützte.

Hamish parkte nicht vor dem Haupteingang. Stattdessen fuhr er um die Ecke, obwohl es viele freie Plätze auf dem gut beleuchteten Parkplatz gab.

„Warum parkst du nicht hier?"

Er zeigte auf seine befleckte Kleidung. „Ich kann so nicht hineingehen." Er hielt den Mercedes neben einer Reihe von Müllcontainern an. Der Bereich war schlecht ausgeleuchtet und keine Fenster zeigten zu dieser Seite.

„Ich gehe ohne dich hinein."

Tessa öffnete die Autotür und stieg aus, doch er tat es ihr gleich und traf sie am Kofferraum, als sie das Auto umrundete.

„Oh nein, du gehst dort nicht alleine hinein. Nicht nach allem, was heute Abend geschehen ist."

„Aber du sagtest doch gerade, dass du so nicht hineingehen kannst. Ich muss meinen Vater sehen."

„Ich brauche nur eine Sekunde." Hamish öffnete den Kofferraum und fing an, sein Hemd auszuziehen.

Sie drehte sich schnell um, weil sie nicht erwischt werden wollte, wie sie ihn anstarrte. „Warum hast du nicht gleich gesagt, dass du Wechselkleidung im Auto hast?"

„Weil ich das nicht habe."

Ihr Herz trommelte heftig. „Was machst du dann? Du kannst doch nicht nackt hineingehen!"

„Kann ich und werde ich. Aber ich werde unsichtbar sein." Sie hörte, wie er etwas in den Kofferraum warf und ihn schloss. „Dreh dich um."

„Nein! Wenn das irgendeine kranke Art von –"

Mit seiner Hand auf ihrer Schulter drehte er sie zu sich um. Sie wollte ihre Augen von seiner Nacktheit abwenden, doch das musste sie nicht tun. Es gab nichts zu sehen. Obwohl sie seine Hand auf ihrer Schulter spürte, starrte sie ins Nichts.

Neugierig streckte sie ihre Hand aus, bis sie seine nackte Brust berührte. Sofort wich sie zurück und rang nach Luft. Es war wahr. Hamish war noch hier. Aber er war unsichtbar.

„Aber warum musstest du deine Kleidung ausziehen, um das zu tun? Als du gegen die Dämonen gekämpft hast, hast du das auch nicht tun müssen."

„Normalerweise würde ich mich nicht ausziehen müssen, weil alles, was ich trage, mit mir unsichtbar wird, aber das Dämonenblut auf meiner Kleidung trotzt meiner Kraft. Hast du jemals den Film *Der Unsichtbare* gesehen?"

Sie nickte.

„Dann erinnerst du dich vermutlich daran, dass das Essen, das er verzehrte, in seinem Körper sichtbar blieb. Mit Dämonenblut ist es dasselbe. Es kann nicht unsichtbar gemacht werden." Er nahm sie beim Ellbogen. „Lass uns jetzt hineingehen. Benimm dich einfach normal. Du musst mir keine Türen aufhalten oder dich fragen, wo ich bin. Ich werde dich nicht aus den Augen lassen. Okay?"

„Okay."

„Und noch etwas: Pass auf flackernde Lichter auf. Sie signalisieren die Anwesenheit von Dämonen."

„Wie?"

„Die Aura der Dämonen reagiert auf zwei Gase: Neon und Quecksilber. Beide sind in Leuchtstoffröhren enthalten. Wenn die Dämonen ihnen zu nahe kommen, beginnt das Licht zuerst zu flackern und brennt dann aus. Flackernde Lichter geben uns eine Warnung."

Sie schüttelte den Kopf, fassungslos darüber, was sie heute Abend erfahren hatte. „Also auf flackernde Lichter und alle mit grünen Augen achten."

„Nicht jeder mit grünen Augen ist ein Dämon; es ist ein ganz spezielles Grün. Du wirst es erkennen, wenn du es siehst."

Sie schluckte und nickte. „Noch etwas?"

„Viel, aber im Augenblick haben wir nicht genügend Zeit für mehr."

21

Erleichtert, dass Tessa sich beruhigt hatte und die Erklärungen, die er ihr gegeben hatte, scheinbar akzeptiert hatte, folgte Hamish ihr durch den Haupteingang in das Krankenhaus. Er trug nur seine Boxershorts und Socken – nicht gerade ein passender Look, doch er war unsichtbar, also würde niemand ihn so sehen müssen. Und unsichtbar zu sein, verschaffte ihm alle möglichen Vorteile. Falls nötig, würde er in der Lage sein, herumzuschnüffeln, ohne dass jemand es mitbekam. Aber seine oberste Priorität war selbstverständlich, bei Tessa zu bleiben und sicherzustellen, dass ihr nichts zustieß.

Im Foyer ging Tessa direkt zum Informationsschalter. Aus einem Fernseher im nahegelegenen Sitzbereich dröhnte ein Nachrichtensprecher: *„Vor nur wenigen Augenblicken kam es während einer Auseinandersetzung in Carroll Park zu einem Schusswechsel. Mehrere Zivilisten wurden angeblich angeschossen. Und es wurde bestätigt, dass ein Polizeibeamter tot ist.“*

Tessa wandte sich an die Person hinter dem Schalter: „Mein Vater wurde gerade eingeliefert. Wo kann ich ihn finden?“

Die Angestellte hob den Kopf. „Name?“

„Philip Wallace.“

Die Frau tippte etwas auf ihrer Tastatur ein und blickte einen Moment später mit einem bedauernden Lächeln auf den Lippen wieder hoch. „Sorry, Ma'am, aber ich kann diesen Namen nicht finden. Sind Sie sicher, dass er in dieses Krankenhaus eingeliefert wurde? Möglicherweise ist er im County –"

„Der Krankenwagen brachte ihn vor weniger als einer Stunde hierher", unterbrach Tessa und wurde jede Sekunde aufgeregter.

„Oh, warum haben Sie das nicht gleich gesagt? Dann ist er noch nicht im System." Sie lehnte sich über ihren Schreibtisch und wies zum Ende eines langen Ganges. „Gehen Sie dort entlang und folgen Sie den Schildern zur Notaufnahme. Dort würde er eingecheckt worden sein, wenn er mit dem Krankenwagen hergebracht wurde."

Mit einem hastigen *Danke* lief Tessa den Gang hinab und durch die Doppeltür am Ende, während Hamish ihr dicht auf den Fersen war.

Hinter der nächsten Ecke war etwas, was wie eine Krankenschwesterstation aussah. *Notaufnahme* stand auf dem Schild darüber. Tessa stoppte am Schreibtisch.

„Mein Vater, Philip Wallace, wurde vor weniger als einer Stunde hierhergebracht", sagte sie atemlos.

Der Krankenpfleger blickte auf ein Klemmbrett auf dem Schreibtisch und ging die Namensliste durch. Dann schüttelte er den Kopf. „Sorry, er wurde hier nicht aufgenommen."

„Oh nein!" Tessa klang, als wäre sie den Tränen nahe.

„Wie heißen Sie, Miss?"

„Tessa Wallace."

Der Krankenpfleger blickte erneut auf das Klemmbrett. „Ich habe eine Diane Wallace hier."

Tessa erstarrte. „Meine Mutter?"

„Abteil drei, aber Sie können dort momentan nicht hinein. Es gibt einen Warteraum vor –"

Aber Tessa drehte sich bereits um und raste den kurzen Gang hinunter, wo lange blaue Vorhänge, die von der Decke hingen, einen großen Raum in mehrere Behandlungsbereiche trennten.

Der Krankenpfleger eilte ihr nach. „Miss, Sie können dort nicht hineingehen!" Direkt vor dem abgetrennten Bereich, bei dem ein großes Schild mit einer Drei von der Decke hing, holte er sie ein. „Miss!"

„Bitte! Ich muss wissen, was los ist."

Er ergriff ihren Arm und Hamish verspürte den Drang, ihn zu schlagen, obwohl er wusste, dass er sich zurückhalten musste. Glücklicherweise rief in diesem Moment eine männliche Stimme von hinter dem Vorhang: „Tessa?"

„Dad!"

Der Vorhang wurde zurückgezogen und Tessas Vater erschien. Sie flog praktisch in seine Arme.

„Was machst du hier?", fragte er.

Der Krankenpfleger wiederholte: „Sie darf sich nicht hier drinnen aufhalten."

Hamish ging durch den Vorhang und betrat den Behandlungsbereich, während der Arzt, der Diane Wallace behandelte, herauskam und sagte: „Es ist schon in Ordnung. Lassen Sie sie herein."

Während Tessa und ihr Vater wieder eintraten, ging Hamish zur Rollbahre. Diane lag darauf und sah blass aus. Sie war an einen Monitor und eine Infusion angeschlossen. Sie schien keine äußerlichen Verletzungen zu haben. Hamish beugte sich näher zu ihr. Ihre Augen schienen nichts um sich herum zu registrieren. Als wäre sie durch die Medikamente völlig weggetreten.

„Was ist geschehen?", fragte Tessa ihren Vater.

„Ich hatte sie gesucht, damit wir unsere Gäste zusammen verabschieden könnten. Ich fand sie oben im Schlafzimmer; sie war zusammengebrochen. Sie schien bei Bewusstsein zu sein, aber sie war nicht ansprechbar. Also habe ich den Notarzt gerufen", sagte Tessas Vater.

„Sie ist in Ordnung", bestätigte der Arzt. Er betrachtete Tessa und nickte ihr zur Bestätigung noch einmal zu. „Höchstwahrscheinlich nur ein vorübergehender Schwächeanfall. Laut der medizinischen Akte Ihrer Mutter ist sie auf verschiedenen Medikamenten. Es ist vermutlich eine Nebenwirkung. Ihr Hausarzt sollte ihre Medikamente neu festsetzen. Sie ist etwas dehydriert, deshalb bekommt sie die Infusion." Er zeigte auf den Monitor. „Ihr Blutdruck und ihre Herzfrequenz sind jetzt stabil."

Hamish betrachtete den Monitor. Die Anzeige bestätigte, was der Arzt gesagt hatte.

„Dr. Hartnell!", kam eine Stimme von außerhalb des Vorhangs.

„Ja?“

„Wir haben zwei Schussopfer, die in dreißig Sekunden hereinkommen.“

Der Arzt rieb seinen Nasenrücken einen Augenblick lang. „Ich komme sofort. Alarmieren Sie Nellman und Booker.“

„Ja, Doktor.“

Dr. Hartnell nickte Wallace und Tessa zu und zog den Vorhang beiseite. „Der Krankenpfleger meldet sich in ungefähr einer halben Stunde wieder, sobald Ihre Frau die Flüssigkeit ganz aufgenommen hat. Ich komme dann noch einmal, um zu sehen, ob wir sie entlassen können oder ob sie die Nacht über hierbehalten werden muss.“ Dann eilte er hinaus in den Gang.

Tessa atmete erleichtert aus und blickte auf ihre Mutter. Diane Wallace murmelte etwas und Tessa fragte ihren Vater: „Was sagt sie?“

Er zuckte mit den Schultern und beide näherten sich der Rollbahre. Wallace nahm die Hand seiner Frau und hielt sie fest. „Sie plappert schon seit dem Krankenwagen so zusammenhangslos.“ Er streichelte ihre Hand. „Ich bin hier, Liebling.“

Hamish sah die Liebe, die Wallace für seine Frau empfand. Wahre, bedingungslose Liebe. Doch er sah die gleiche Liebe nicht in Tessa, als diese ihre Mutter betrachtete. Er hatte gespürt, wie ruhig sie geworden war, als sie festgestellt hatte, dass ihr Vater in Ordnung war. Ihre Sorge um die Gesundheit ihres Vaters hatte sie nicht auf ihre Mutter übertragen. Als wäre die Frau eine Fremde für sie. Hamish studierte Tessas Gesicht erneut. Nein, keine Fremde, sondern jemand, den sie hasste.

„Ich bin sicher, dass sie bald wieder in Ordnung ist, Dad.“ Die Worte, die offensichtlich ihren Vater beruhigen sollten, hatten einen hohlen Klang.

Philip Wallace drehte seinen Kopf zu seiner Tochter. „Du musst ihr verzeihen, Tessa. Du kannst nicht ewig an der Vergangenheit festhalten. Verzeih ihr, bevor es zu spät ist.“ In seinen flehenden Augen sammelten sich Tränen.

Ihr was verzeihen?

„Nicht heute, Dad.“ Tessa drehte sich weg.

Gerade in diesem Augenblick kamen mehr gemurmelte Worte über Dianes Lippen. Hamish beugte sich näher und hielt sein Ohr an ihren Mund.

„Das andere Kind … hätte sie auch nehmen sollen … gehören zusammen … hatte nicht die Kraft … konnte mich nicht um beide kümmern …“ Dann verstummte sie.

Hamish betrachtete ihr Gesicht. Ihre Augen waren jetzt geschlossen. Er drehte seinen Kopf zum Monitor, doch ihre Lebenszeichen waren stabil und der Herzmonitor piepte im gleichen Rhythmus wie zuvor. Diane Wallace schlief.

22

Tessa wachte erst am späten Morgen auf. Die Nacht war gelinde gesagt erschöpfend gewesen und sie war froh, dass es Samstag war und sie nicht ins Büro gehen musste. Dennoch hatte sie Verpflichtungen, die sie zwangen aufzustehen, wo sie sich doch einfach nur zusammenrollen und verstecken wollte.

Der Arzt hatte ihre Mutter über Nacht im Krankenhaus behalten und Tessa hatte ihrem Vater versprochen, dass sie ihm helfen würde, ihre Mutter am Nachmittag nach Hause zu bringen. Sie tat es aber nicht für sie, sondern für ihn. Er hatte schrecklich blass ausgesehen, als sie ihn im Krankenhaus angetroffen hatte, und sie sorgte sich, dass der Stress, sich um ihre Mutter zu kümmern, sich negativ auf seine Gesundheit auswirken würde. Und das war etwas, was sie auf jeden Fall vermeiden wollte.

Tessa schwang ihre Beine aus dem Bett und ging unter die Dusche. Es fühlte sich gut an, unter dem warmen Regen zu stehen und so zu tun, als wäre alles in Ordnung. Doch das war es nicht. Zu viel hatte sich gestern Abend geändert, eine neue Realität hatte ihr Leben eingenommen. Sie erinnerte sich an Hamishs Worte: *Sobald du davon Kenntnis hast, wirst du es nie wieder vergessen können.* Er hatte recht. Jetzt wo sie wusste, wie die Welt wirklich war, konnte sie nicht zu ihrem alten Leben zurückkehren. Sie musste versuchen, sich mit dieser neuen Welt zu arrangieren.

Nachdem sie sich angezogen hatte, atmete sie tief durch und ging ins Wohnzimmer. Sie sah sich um. Hamish war nicht da. War er gegangen, ohne ihr Bescheid zu geben? Doch in diesem Augenblick hörte sie, wie sich die Wohnungstür öffnete, und drehte ihren Kopf in deren Richtung. Hamish kam mit einer Schachtel Gebäck in den Händen herein.

Ihr Herzschlag beschleunigte sich. „Du hast mich alleine gelassen, um Gebäck zu holen?“ Sie war fassungslos.

Sofort schüttelte er den Kopf. „Ich habe es liefern lassen. Ich musste nur nach unten gehen, um es vom Lieferanten entgegenzunehmen.“

Erleichtert atmete sie aus.

„Ich würde dich nie ohne Schutz zurücklassen. Besonders nicht nach letzter Nacht“, versicherte er ihr.

„Danke. Es tut mir leid, dass ich überreagiert habe. Es ist nur ... ich bin immer noch ein wenig ...“

„Ich weiß.“ Hamish lächelte verständnisvoll und freundlich. „Setz dich, ich habe Kaffee gemacht.“ Er stellte die Schachtel mit Gebäck auf den Couchtisch, verschwand kurz in der Küche und kehrte einen Augenblick später mit zwei dampfenden Tassen Kaffee zurück, ihrer mit viel Sahne, seiner schwarz.

Tessa setzte sich in eine Ecke der Couch und nahm einen Schluck Kaffee, Hamish nahm in der anderen Ecke Platz.

„Nach der letzten Nacht müssen wir einige Dinge, die deine Sicherheit betreffen, durchgehen“, fing er an.

Tessa nickte. Sie hatte sich so etwas schon gedacht.

„Du hast Enya kennengelernt. Sie ist meine Stellvertreterin, meine Unterstützung. Aber was du nicht weißt, ist, dass sie dich die ganze Zeit beschützt hat, wo ich nicht bei dir war.“

„Enya? Sie war da?“ Sie erinnerte sich plötzlich an den Tag, an dem sie beim Verlassen des Büros gedacht hatte, sie hätte etwas gehört. „In meinem Büro?“

„Ja. Wir konnten dich während des Tages nicht ungeschützt lassen, auch wenn die Gefahr im Rathaus nicht so groß ist. Jeder Besucher muss die Metalldetektoren passieren und am Sicherheitsdienst vorbei. So wird der Zugang etwas beschränkt. Aber trotzdem haben wir dafür gesorgt, dass du nie allein warst.“

„Und jetzt?“ Sie griff nach der Schachtel auf dem Couchtisch und nahm sich ein Gebäckstück heraus.

„Enya und ich werden dich weiterhin beschützen. Wenn ich nicht bei dir sein kann, wird sie da sein. Aber jetzt wo du weißt, was wir sind, musst du mir versprechen, dass du dieses Wissen mit niemandem teilen wirst. Nicht mit deinem Vater. Nicht mit Poppy oder irgendjemand anderem. Wir arbeiten schon seit Jahrhunderten so und wir können nicht riskieren, entdeckt zu werden.“

Tessa nickte. „Enya, ist sie so gut wie du? Ich meine, wenn es zu einem Kampf mit Dämonen kommt.“

„Sie ist eine der Besten. Ich vertraue ihr mit meinem Leben, und du solltest das auch. Sie sieht vielleicht nicht so aus, aber sie ist stark. Und sie macht diesen Job schon seit Jahrzehnten.“

Tessa runzelte die Stirn. „Seit Jahrzehnten? Sie kann nicht älter sein als ich.“ Sie biss in ihre Teigtasche und kaute.

Sie bemerkte, dass Hamish plötzlich zögerte. Er fuhr sich mit der Hand durch sein dichtes Haar. „Ich glaube, ich habe vergessen, das gestern zu erwähnen.“

„Was zu erwähnen?“

„Die Hüter der Nacht sind unsterblich. Wir leben ewig, sofern ein Dämon uns nicht irgendwann tötet.“

Tessa erstickte fast an ihrem Gebäck und versuchte schnell, es mit einem Schluck Kaffee hinunterzuspülen. Sie räusperte sich.

„Unsterblich?“ Ungläubig musterte sie ihn von oben bis unten und suchte nach einem Anzeichen von Andersartigkeit. Aber anscheinend war Unsterblichkeit durch äußere Zeichen nicht erkennbar. „Wie alt ist sie?“

„Fast zweihundert.“ Er suchte ihren Blick. „Genauso alt wie ich.“

Ihre Augen weiteten sich. Unzählige Gedanken rasten plötzlich durch ihren Kopf. Hamish lebte schon seit zwei Jahrhunderten. Er hatte viel Lebenserfahrung und hatte Zeiten erlebt, die sie nur aus Geschichtsbüchern kannte. Und weiß Gott wie viele Frauen gehabt. Kein Wunder, dass die Küsse zwischen ihnen ihm nichts bedeutet hatten. Außerdem wusste er, dass eine Beziehung mit einem Menschen keine Chance haben würde. Sie würde alt werden und sterben, wohingegen er für immer lebte. Eine menschliche Frau würde nur ein vorübergehendes Spielzeug für ihn sein und in einem Wimpernschlag wieder verschwinden. Jetzt verstand sie.

„Unsterblich", wiederholte sie, um zu versuchen, es in ihren Kopf zu brennen. Also konnte es nie irgendetwas zwischen ihnen geben, egal wie heiß seine Küsse waren. Egal wie sehr sie sich zu ihm hingezogen fühlte.

„Ja, aber nicht unverwundbar."

Fragend zog sie die Augenbrauen hoch.

„Die Dolche, mit denen die Dämonen kämpften … sie wurden in der Dunklen Epoche geschmiedet, dem Zeitalter, in dem sowohl die Hüter der Nacht als auch die Dämonen geboren wurden. Nur Waffen von damals haben die Macht, uns zu töten."

„Was ist mit Pistolen?"

Er schüttelte den Kopf. „Es gab damals keine Pistolen. Moderne Pistolen können uns nur verletzen. Das schmerzt zwar höllisch, aber eine Kugel würde uns nicht töten."

„Du hast die Dämonen mit einem Messer getötet. War es –"

„Ja."

Er setzte seine Kaffeetasse ab, beugte sich vor und schob den Saum eines Hosenbeins nach oben, um etwas aus seinem Stiefel zu ziehen. Er präsentierte es ihr in seiner offenen Handfläche. Ein Dolch.

„Er ist schön." Die Klinge war glänzend und scharf. Der Griff schien aus einer Art Vulkangestein zu sein und war mit feinen goldenen Einlegearbeiten verziert.

„Und tödlich", murmelte er. „Es birgt eine gewisse Ironie, dass das, was einen Dämon töten kann, auch einen Hüter töten kann. Es zeigt, dass unsere Schicksale verbunden sind."

Sie blickte auf. „Wie viele Hüter haben die Dämonen schon getötet?"

„Die Zahl spielt keine Rolle, denn jeder, den wir verloren haben, war einer zu viel."

„Du sagtest gestern Abend, dass du deinen Vater verloren hast. Haben die Dämonen …"

Hamish steckte seinen Dolch weg, während er antwortete: „Er starb im Kampf. Er war der Grund, dass der Mensch, den er beschützte, überlebte und sein Schicksal erfüllen konnte. Ich bin sehr stolz auf ihn." Er stand auf und hob seine Tasse. „Mehr Kaffee?"

„Ich habe noch genug“, sagte sie, während Hamish zurück in die Küche ging. „Es tut mir leid wegen deines Vaters. Ich weiß nicht, was ich tun würde, wenn ich meinen verlieren würde. Er ist alles, was ich habe.“

„Und deine Mutter?“

„Wir stehen uns nicht besonders nahe, wie du vielleicht schon vermutet hast.“

„Das war ziemlich offensichtlich. Sorry, ich wollte nicht neugierig sein.“

Tessa nahm einen weiteren großen Schluck von ihrem Kaffee. „Vielleicht gibt es einen guten Grund, warum die Natur manchen Frauen verwehrt, Mutter zu werden.“

„Ich schließe daraus, dass sie nicht die Art Mutter war, die du dir gewünscht hättest“, sagte Hamish sanft und setzte sich wieder.

„Nein, war sie nicht.“ Sie nahm sich ein weiteres Gebäckstück. „Aber ich habe den Vater bekommen, den ich brauchte.“ Sie wollte gerade von dem Donut abbeißen, als sie ein Klopfen an der Tür hörte.

„Enya?“, rief Hamish und stand auf.

„Ja, ich bin’s.“

„Ich komme“, sagte er und marschierte zur Tür, doch bevor er sie erreichte, war Enya bereits hindurch gegangen und hatte die Wohnung betreten.

„Mach dir nicht die Mühe“, sagte Enya.

Tessas Puls begann wild zu schlagen: An die übernatürlichen Kräfte ihrer Bodyguards hatte sie sich noch immer nicht gewöhnt.

Enya nickte Hamish zu und schaute dann an ihm vorbei. „Morgen, Tessa. Du siehst heute besser aus.“

„Morgen, Enya“, sagte Tessa.

Enyas Blick fiel auf den Donut in Tessas Hand. „Sind die von Mario?“

„Du bist früh dran“, antwortete Hamish, ihre Frage ignorierend.

Enya zuckte mit den Schultern, ging zum Couchtisch und schnappte sich ein Gebäckstück. „Manus will dir etwas zeigen. Also dachte ich, dass ich dich früher ablöse.“

Sofort verschwand Hamishs entspannte Stimmung und er wirkte wieder völlig professionell. „Wo ist er?“

„Er sagte, du sollst ihn beim Zentrum treffen.“

Hamish stellte seine Kaffeetasse ab und wandte sich an Tessa. „Kommst du zurecht?“

„Ich werde später meine Eltern besuchen müssen.“

„Enya wird dich begleiten.“

„Aber wie soll ich erklären, wer sie ist?“

„Du wirst nichts erklären müssen. Enya wird unsichtbar sein.“

Tessa seufzte. Ob sie sich daran je gewöhnen würde?

„Geh. Obwohl ich nicht wirklich sehe, was es jetzt noch bringen soll herauszufinden, wie dieses Lüftungsrohr heruntergefallen ist. Es müssen die Dämonen gewesen sein. Und weil sie nicht erfolgreich waren, sind sie gestern Abend zurückgekommen und haben es noch einmal versucht.“

Hamish schüttelte den Kopf. „Es ist immer noch wichtig. Die Dämonen arbeiten nicht immer alleine. Wenn wir herausfinden, wer ihnen geholfen hat, werden wir eine bessere Chance haben, sie zu finden.“

„Was willst du damit sagen?“, fragte sie, obwohl sie anfing zu verstehen, worauf er mit seinem Argument hinauswollte.

„Tessa, die Dämonen benutzen Menschen, die ihre schmutzige Arbeit erledigen.“

Diese Enthüllung ließ ihr Herz bis zum Hals schlagen und raubte ihr den Atem. Irrationale Angst ergriff sie.

„Warum sollte irgendjemand diesen abscheulichen Wesen helfen?“

„Die Dämonen haben ihre Methoden: Sie verlocken die Menschen, erklären sich bereit, ihre größten Wünsche zu erfüllen. Sie manipulieren sie, sie erpressen sie; sie versuchen alles, was funktionieren könnte. Die meisten Menschen sind zu schwach, um zu widerstehen.“

Tessa schluckte schwer. Egal wie stark oder wie gut Enya war, bei Hamish fühlte sie sich am sichersten. „Kann ich mit dir kommen?“

Hamish und Enya wechselten einen Blick.

„Bitte“, flehte Tessa. „Warum gehen wir nicht zusammen? Und wenn du nicht fertig bist, bis es Zeit für die Verabredung mit meinen Eltern ist, können Enya und ich gehen und du kannst bei Manus bleiben.“ Sie schaute ihm in die Augen. „Bitte.“

Hamish seufzte, während Enya mit den Schultern zuckte.

„Mir egal“, sagte Enya.

Es dauerte ein paar Sekunden, bevor Hamish schließlich antwortete: „Gut. Wir gehen alle zusammen.“

23

„Noch mehr schlechte Nachrichten, oh Großmächtiger“, sagte Vintoq, einer von Zoltans dämonischen Leibwächtern, und spähte dabei den langen Gang hinab, um wie immer sicherzugehen, dass sie nicht belauscht wurden.

„Ich bin auf dem Weg nach oben. Was ist jetzt schon wieder?“, knurrte Zoltan und setzte seinen Weg fort zu einem der Punkte in dem riesigen unterirdischen Labyrinth, wo er einen Vortex erschaffen konnte, um die Menschenwelt zu betreten.

„Zwei eurer Untertanen sind gestern Abend verschwunden. Wir befürchten, dass sie getötet wurden.“

„Und?“ Das waren kaum Nachrichten. Ganz zu schweigen von schlechten Nachrichten. Wenn sie tatsächlich so dumm waren, sich töten zu lassen, dann verdienten sie nicht zu leben. Auf Nimmerwiedersehen!

„Ich habe Grund zu glauben, dass sie oben waren, um eure Pläne durcheinanderzubringen.“

Sie hatten einen Punkt erreicht, wo sich der Gang zu einer runden Höhle weitete. Yannick, einer seiner vertrauenswürdigsten Diener, stand Wache und neigte den Kopf. Zoltan grüßte ihn mit einem Nicken und warf seinem Leibwächter dann einen Seitenblick zu. Er hatte Vintoq gewählt, weil dieser klüger war als die anderen. Zoltan dachte einen Moment lang über dessen Worte nach und ließ dann seine Macht in sich aufsteigen, um einen Vortex aus Wind und Nebel in der Höhle zu öffnen. „Komm mit mir nach oben."

Sobald er innerhalb des Vortex war, fuhr Zoltan fort: „Was hast du gehört?"

„Jemand will euch scheitern sehen, damit er eure Stellung übernehmen kann."

„Lass es ihn nur versuchen!" Zoltan lachte. Keiner dieser Idioten war dazu fähig, sich einen Plan auszudenken, der ihn stürzen konnte. „Und wenn er es tut, bring mir seinen Kopf."

Er trat gefolgt von Vintoq aus dem Vortex und betrachtete die verlassene Gasse, zu der sie transportiert worden waren.

Vintoq blickte sich flüchtig um. „Was tun wir hier?"

„Du wirst schon sehen." Zoltan deutete ihm an, ihm zu folgen, als er zu einer Metalltür ging und ein heruntergekommenes Wohnhaus durch den Hintereingang betrat.

Zoltan marschierte eine Treppe hinauf, die offensichtlich monatelang nicht gereinigt worden war. Vintoqs Stiefel machten bei jedem Schritt ein metallisches Geräusch, wohingegen Zoltans Schritte praktisch lautlos waren. Glücklicherweise war Heimlichkeit heute nicht notwendig. Die Bewohner dieses Gebäudes waren zu betrunken, um irgendjemanden zu hören. Solch leichte Beute.

Im zweiten Stock angekommen öffnete Zoltan die Tür und ging im Flur an mehreren Wohnungen vorbei, bis er die Nummer fand, nach der er suchte. Die Glücksnummer sieben. Naja, Glück für ihn, nicht für den Bewohner.

Ohne große Mühe trat er die windige Tür ein.

Trotz der hellen Morgensonne draußen war es in der Wohnung dunkel. Vor den Fenstern hingen alte Bettlaken, um das Licht auszusperren. Die Einzimmerwohnung war ein heilloses Chaos, Alkoholflaschen lagen überall herum und auf dem Couchtisch war ein Drogenbesteck ausgelegt.

Im Bett schlief eine Frau. Besser gesagt lag sie in einem drogeninduzierten Koma auf der Daunendecke. So hübsch. So verwundbar.

Vintoq näherte sich und atmete tief ein. „Ist das –"

„Natürlich nicht." Zoltan grinste selbstzufrieden. „Aber sie wird genügen." Eigentlich war sie sogar perfekt. Niemand würde den Unterschied bemerken. Weil es keinen gab.

„Machen wir uns an die Arbeit."

HAMISH UNTERDRÜCKTE einen abscheulichen Fluch und den Drang, jemanden zu verprügeln. Er hätte nicht nachgeben sollen, als Tessa ihn gebeten hatte, ihn zu dem Treffen mit Manus begleiten zu dürfen. Doch ein flehender Blick ihrer lavendelfarbigen Augen, und er war nicht mehr im Stande gewesen, ihr irgendetwas auszuschlagen. Jetzt musste er zusehen, wie Manus Tessas Hand länger schüttelte, als es notwendig war, und mit ihr flirtete, als wäre es eine olympische Disziplin. Und Enya war auch keine Hilfe. Sie sah grinsend zu.

Manus war auf üblichem Weg ins Gebäude eingedrungen – durch die massive Tür – und hatte sie dann bei ihrer Ankunft von innen aufgeschlossen. Heute war niemand im Zentrum. Gemäß einer Nachricht an der Tür war die Eröffnung verzögert worden, da die Renovierungsarbeiten erneut abgesegnet werden mussten. Doch niemand von der Bauaufsicht würde am Wochenende hier sein. Die Polizei hatte in der Nacht des Ereignisses eine flüchtige Überprüfung durchgeführt, aber nichts weiter getan. Sie hatte alles an Ort und Stelle gelassen und die relevanten Bereiche abgesperrt.

„Also was hast du für mich?", unterbrach Hamish schroff.

Endlich ließ Manus Tessas Hand los und wandte sich zu ihm. „Schlechte Laune?"

Hamish antwortete nicht, sondern starrte den anderen Hüter finster an.

„Gut, dann lass mich dir die kurze Version geben", sagte Manus und zog einen Laserpointer aus seiner Tasche. Er zeigte damit nach oben und der rote Punkt tanzte an der Decke herum. „Voila!"

„Was soll das sein?", fragte Hamish.

„Die einzige Möglichkeit, an das Rohr heranzukommen, ist von unten. Nur ein kleines Kind wäre in der Lage gewesen, in dem Rohr herumzukriechen. Also, wer auch immer sich an diesem Schacht zu schaffen gemacht hatte, muss es von außen getan haben." Er machte eine entsprechende Bewegung mit dem Pointer. „Siehst du die geraden Ränder, wo ein Teil des Rohrs fehlt? Es ist der Teil, der während Tessas Rede herunterfiel. Und diese geraden Ränder beweisen, dass der Schacht nicht mit Hilfe von Sprengstoff von der Decke geblasen wurde, sonst wären die Ränder gezackt und uneben."

Hamish rieb sein Kinn. „Also, was willst du damit sagen? War es nur eine Materialschwäche?"

„Das ist, was ich mich selbst gefragt habe. Also habe ich das Rohr auf Rückstände getestet. Keine Hinweise auf Sprengstoff. Aber dann sah ich den Klebstoff."

„Welchen Klebstoff?", fragte Hamish.

Manus deutete auf das Rohr, das noch auf der Bühne lag und gab ihnen ein Zeichen, ihm zu folgen. Als er die Bühne erreichte, zeigte er an ein Ende des Rohrs.

„Panzertape. Aber so werden Rohre normalerweise nicht verbunden. Üblicherweise verwendet man ein Verbindungsstück, um zwei Teile zusammenzufügen."

Hamish beugte sich hinab und untersuchte das Ende des Rohrs. Stücke des zerrissenen silberfarbenen Tapes schienen ins Metall eingebrannt zu sein. Hamish blickte auf und sah Manus an. „Also sagen wir mal, dass jemand es so verbunden hatte, dass nur dieses Tape das Rohr zusammenhielt. Wie konnte diese Person sichergehen, dass es im richtigen Moment herunterfallen und die richtige Person treffen würde?"

Sofort, nachdem er es gesagt hatte, fiel sein Blick auf Tessa. Sie zitterte. Scheiße, so hatte er es nicht gemeint. Er hätte nicht die *richtige* Person sagen sollen.

Manus deutete auf das verbrannte Tape. „Der Klebstoff ist durch Hitzeeinwirkung geschmolzen und das Band fing an, sich abzuschälen. Es war nur eine Frage der Zeit. Sobald genug vom Band weg war, erledigte die Schwerkraft den Rest."

Hamish schüttelte den Kopf. „Aber weder die Klimaanlage noch die Heizung waren in der Nacht der Party eingeschaltet. Von der Luft, die hindurch blies, konnte das Rohr nicht heiß geworden sein."

"Du hast recht, außerdem hätte es zu lange gedauert, sich aufzuheizen." Manus schaltete seinen Laserpointer wieder ein und deutete damit auf einen

Punkt, was Hamishs Blick auf diesen zog. „Aber es gibt andere Dinge, die Hitze erzeugen."

Hamish zeigte auf den roten Punkt. „Ein Laserpointer? Das ist die verrückteste Idee, die du je gehabt hast."

„Kein gewöhnlicher Laserpointer." Manus schüttelte den Kopf. „Aber wenn du einen kleinen Industrielaser verwendest, der nicht größer ist als ein gewöhnlicher Kugelschreiber, und mit dem Strahl auf die Stelle zielst, an dem die Rohre verbunden sind, wirst du genügend Hitze erzeugen, um das Tape zu zerstören. Du musst nur nahe genug dran sein."

„Du willst mich wohl verarschen", sagte Hamish.

„Es ist nicht schwer, das zu tun. Suche einfach bei YouTube danach und du wirst viele Videos finden, die dir zeigen, wie das funktioniert. Aber du musst nahe genug dran sein. Angesichts der Stelle, wo der Schacht im Bezug zur Bühne und dem Publikum war, würde ich sagen, dass nur jemand auf der Bühne nahe genug dran gewesen sein könnte, um einen Laserstrahl mit ausreichender Genauigkeit auf das Rohr zu richten."

Manus zeigte auf die Lichter im Raum, dann auf die Discokugel, die über dem Bereich hing, der am Donnerstagabend eine Tanzfläche gewesen war. „Ich nehme an, dass das Ding in der Nacht der Party an war?"

Tessa nickte. „Ich habe es bemerkt, als wir tanzten. Und als ich meine Rede hielt, blendete es mich immer wieder."

Hamish stieß einen Atemzug aus. Verdammt, Manus konnte recht haben. „Das hätte es jedem auf der Bühne leicht gemacht, einen Laser zu verwenden. Mit all den anderen Lichtern, die in dem Raum herumtanzten, hätte ihn niemand bemerkt. Ich hatte nichts bemerkt. Ich hatte mich auf die Leute konzentriert, die Bilder und Videos machten. Es gab viele Blitze."

„Genau", sagte Manus.

„Was bedeutet, dass wir mehrere Verdächtige haben: VanSant, Mantel, Poppy und natürlich Gunn." Und Hamish wusste genau, auf wen er sein Geld setzen würde: auf die Person, die am meisten von Tessas Tod profitieren würde.

„Könnte es nicht ein Dämon gewesen sein?", fragte Tessa, wobei sie sich nervös umsah.

„Diese Möglichkeit besteht immer", gab Hamish zu, „aber da dieses Gebäude LED- und Halogenlichter verwendet, können wir nicht wissen, ob ein Dämon hier war. Ich sehe nirgends Neonleuchten." Er gab Manus ein Zeichen. „Du, Manus?"

Sein Kollege schüttelte den Kopf. „Keine einzige. Ich denke, dass wir am besten fahren, wenn wir die Leute überprüfen, die auf der Bühne waren."

„Ich nehme mir Gunn vor", sagte Hamish sofort.

Enya knurrte. „Lass uns auch was übrig, ja?"

„Ihr habt genug zu tun", antwortete er und zeigte auf Tessa. „Du kümmerst dich darum, dass niemand Tessa auch nur ein Haar krümmt, oder –"

Enya hob ihren Kopf. „Keine Drohungen erforderlich. Ich kenne meine Pflichten." Dann zog sie einen Mundwinkel hoch und blickte zu Tessa. „Männer denken, dass sie die Einzigen mit genügend Verstand sind, um einen Plan auszuführen."

Hamish ignorierte den Seitenhieb und sah Manus an. „Manus, warum rufst du nicht im Komplex an, damit sie jemanden damit beauftragen, die anderen Leute auf der Bühne zu überprüfen?"

Tessa warf einen Blick auf ihre Armbanduhr. „Ich glaube, es ist Zeit, meinem Dad zu helfen, meine Mutter nach Hause zu bringen."

„Dann lass uns gehen." Enya drehte sich bereits um und ging auf die Tür zu.

Tessa wollte ihr gerade folgen, blickte aber dann über ihre Schulter zu Hamish. „Gunn hat an dem Abend darauf bestanden, dass ich zuerst spreche. Und das sieht ihm gar nicht ähnlich. Ich habe ein schlechtes Gefühl bei ihm. Sei vorsichtig."

Hamish bemerkte, wie sich ein Lächeln auf seinen Mund schlich. Tessa machte sich um ihn Sorgen? Das war etwas völlig Unerwartetes und er musste zugeben, dass es ihm gefiel. Es gefiel ihm, dass es eine Frau gab, die ihn genug mochte, um sich Sorgen um ihn zu machen. Komischerweise hatte er dieses Gefühl mit Olivia nie gehabt. Sie hatte sich nie um ihn gesorgt. Vielleicht, weil er ihr nie wirklich etwas bedeutet hatte.

24

Hamish hatte Glück. Gerade als er Gunns Haus am Stadtrand erreichte, öffnete sich die Garage und ein dunkler SUV fuhr rückwärts heraus. Hamish wartete einen halben Block entfernt am Straßenrand, bis der Wagen ihn passierte. Gunn saß hinter dem Steuer. Perfekt. Hamish wendete sein Auto und folgte ihm in sicherer Entfernung.

Gunn fuhr mehrere Meilen, bevor er an einem Blumenstand vor einem kleinen Supermarkt anhielt. Er parkte in zweiter Reihe und sprang aus dem Auto. Innerhalb von Sekunden hatte er sich einen vorgefertigten Blumenstrauß geschnappt und winkte dem Kassierer. Der nahm sein Geld und wickelte die Blumen in durchsichtige Plastikfolie. Mit dem Strauß in der Hand kehrte Gunn zu seinem Auto zurück, warf ihn auf den Beifahrersitz und fuhr weiter.

„Was hast du vor?", murmelte Hamish vor sich hin.

Seines Wissens nach war Gunn verheiratet und es schien nicht, als würde er mit den Blumen nach Hause zurückkehren. Er fuhr definitiv in die entgegengesetzte Richtung. Besuchte er jemanden im Krankenhaus? Oder hatte Gunn eine Geliebte? Waren die Blumen für sie?

Neugierig setzte Hamish seine Verfolgung fort. Dichter Verkehr sorgte dafür, dass Gunn nicht bemerkte, dass ihm jemand folgte, doch als sie in ein Wohngebiet kamen, musste Hamish weiter zurückfallen.

Die sanfte Musik, die aus dem Autoradio kam, wurde plötzlich unterbrochen. „*Eilmeldung*“, sagte ein Sprecher. „*Im Anschluss an die Schießerei im Carroll Park am gestrigen Abend, bei der ein Polizist und ein Jugendlicher ums Leben kamen, sind Handyvideos aufgetaucht. Diese scheinen darauf hinzuweisen, dass die Schüsse auf mehrere betrunkene schwarze Teenager grundlos erfolgten. Die zwei überlebenden Polizisten, die an dem Schusswechsel beteiligt waren, wurden bereits suspendiert. Der stellvertretende Bürgermeister Gunn gab eine Erklärung ab, in der er betonte, dass die Polizei gut ausgebildet sei und die Polizisten das Recht hätten, sich zu verteidigen. Weiterhin stellte er die Glaubwürdigkeit des Videofilmmaterials infrage –*“

Hamish stellte das Radio ab. Er bemerkte, wie er gegenüber der Gewalt in dieser Stadt schon abgestumpft war. Es war an der Zeit, dass jemand etwas gegen die eskalierenden Spannungen in Baltimore unternahm. Gunn heizte die Unzufriedenheit und den Streit nur weiter an, was den Dämonen direkt in die Hände spielte.

Na endlich! Nach weiteren fünfzehn Minuten Fahrt hielt Gunn vor einem großen Vorstadthaus mit einem gepflegten Vorgarten und stieg mit den Blumen in der Hand aus seinem Wagen. Es gab nur wenige andere Autos auf der Straße, deshalb fuhr Hamish am Haus vorbei, drehte an der nächsten Kreuzung um und parkte dann neben einem Baum. Er blickte sich um und versicherte sich, dass niemand ihn sah, als er sich unsichtbar machte. Er verließ sein Auto, ohne die Tür zu öffnen. Etwaige Nachbarn wären sonst vielleicht misstrauisch geworden, wenn sie ein Auto sahen, bei dem sich die Tür von alleine öffnete und schloss.

Hamish eilte zu dem Haus, bei dem Gunn angehalten hatte. Dessen Auto war noch dort, aber Gunn selbst war nirgends zu sehen. Wahrscheinlich war er bereits hineingegangen.

„Also, dann wollen wir mal sehen, was du vorhast“, murmelte Hamish und näherte sich der Haustür.

Dahinter hörte er plötzlich einen Hund kläffen. Er fluchte leise. Hunde bedeuteten nichts Gutes. Mit ihrem scharfen Geruchssinn konnten sie gut dazu verwendet werden, unsichtbare Hüter der Nacht aufzuspüren. Dennoch musste er dort hineingelangen. Vielleicht würde der Hund zu beschäftigt mit Gunn sein, um Hamish Aufmerksamkeit zu schenken.

Er wartete noch ein paar Sekunden und lauschte. Das schrille Bellen des

Hundes entfernte sich weiter von der Tür. Hamish drückte seine Hand gegen die Tür und schritt dann hindurch. Er fand sich in einer geräumigen Eingangshalle mit einer Treppe zum ersten Stockwerk wieder. In der Mitte der Halle befand sich ein Gang und rechts führte ein offener Bogen in ein elegantes Wohnzimmer. Aus dem hinteren Teil des Hauses, wo der Hund noch immer ab und zu bellte, hörte er die Stimmen von Gunn und einer Frau.

Hamish schlich leise den Gang entlang, um nicht gehört zu werden.

Er erreichte die Küche, wo Gunn mit einem weißen Bichon – der Quelle des Kläffens – spielte.

„Er ist ja noch ein Welpe. Wann hast du ihn bekommen?“, fragte Gunn gerade und erhob sich. Der Hund bellte protestierend.

Die Frau, die die Blumen in einer Vase angeordnet hatte, wandte sich nun vom Spülbecken ab und stellte den Strauß auf die Kücheninsel. Hamish erkannte sie sofort. Er hatte sie auf der Party von Wallace getroffen: Amanda Yardley, die Witwe des ehemaligen Bürgermeisters.

Hatte Gunn eine Affäre mit ihr?

„Erst letzten Monat“, antwortete sie. „Weißt du, nach Johns Tod fühlte ich mich sehr einsam, also schlug meine Schwester vor, dass ich mir einen Hund anschaffen sollte.“

Der Hund verließ plötzlich Gunns Seite, lief um die Kücheninsel herum und bellte laut in Hamishs Richtung, wobei sein Bellen einen bösartigen knurrenden Ton annahm.

„Verdammt, Diggi! Hör auf zu bellen! Da ist nichts“, ermahnte Amanda den Hund, bevor sie sich wieder an Gunn wandte. „Aber er macht mich verrückt. Er ist noch nicht erzogen, weißt du. Und er bellt ständig. Ich meine, schau ihn dir an! Jetzt bellt er die Luft an.“

Gunn lachte amüsiert. „Du hättest dir einen größeren Hund anschaffen sollen. Die bellen nicht so viel und sie sind gute Wachhunde.“

„Ich kann ihn jetzt nicht zurückgeben.“ Sie warf dem kleinen Wesen einen liebevollen Blick zu. „Er ist einfach so süß.“ Dann lächelte sie Gunn an. „Es ist so nett von dir, mich zu besuchen. Vielen Dank für die Blumen. Das ist sehr lieb.“

„Jederzeit“, sagte Gunn fröhlich. „Ich wollte vorbeischauen und sehen, wie es dir geht.“

„Ich komme zurecht. Aber es ist hart, abzuschließen, weißt du?“ Sie seufzte.

„Weil sie den Fahrer immer noch nicht gefunden haben?“

Sie nickte. „Die Polizei sagte, dass der Fall immer noch offen sei, aber ich habe das Gefühl, dass sie alle Hände voll zu tun haben mit allem, was sonst noch in der Stadt vor sich geht. Was ist eine Unfallflucht, wenn es Aufruhr und Morde gibt?“

Gunn legte seine Hand auf ihre Schulter und drückte sie. „Gib nicht auf, Amanda. Ich werde mit dem Polizeichef reden und versuchen, ihm Feuer unter dem Hintern zu machen.“

Amanda lächelte dankbar. „Das wäre toll.“

„Nicht der Rede wert.“

Sie atmete tief durch und deutete auf die Kaffeemaschine. „Kann ich dir einen Kaffee anbieten?“

Gunn machte eine abweisende Handbewegung. „Nein, nein, ich muss los. Ich habe viel Arbeit. Aber da ich schon hier bin, wollte ich dich noch etwas fragen.“

Amanda zog eine Augenbraue hoch. „Ja?“

„Mir wurde gesagt, dass du eine Schachtel mit Johns persönlichen Sachen aus dem Büro erhalten hast.“

„Ja, erst letzte Woche.“

„Du hast nicht zufällig seinen Terminplaner da drinnen gesehen?“

Sie nickte. „Oh ja, er war dabei. Ich habe die Schachtel in sein Arbeitszimmer gestellt.“

„Hast du etwas dagegen, wenn ich ihn mitnehme?“ Er lächelte. „Es ist nur so, er hat vor seinem Tod noch einige Termine festgelegt, die ich jetzt übernehmen soll, und aus irgendeinem Grund kann ich nicht alle Details dazu finden. Und du weißt ja, dass er immer Notizen in seinem Terminplaner gemacht hat. Ich glaube, dass diese für mich hilfreich sein könnten, damit ich nicht unvorbereitet in diese Sitzungen gehen muss, weißt du?“

„Sicher doch. Du kannst ihn haben. Ich weiß nicht, warum sie ihn überhaupt mitgeschickt haben. Für mich hat er keine Bedeutung. Ich werde ihn holen.“

„Danke.“

Amanda verließ die Küche und Gunn wartete ungeduldig und tippte dabei mit seinem Schuh nervös auf den Fußboden. Anscheinend sah Diggi das als ein Zeichen zu spielen und lief erneut bellend zu ihm.

„Ruhe, du dummer Hund", zischte Gunn leise und starrte den Welpen an.

Aber der junge Hund neigte seinen Kopf zur Seite, stürzte sich dann auf Gunns Bein und grub seine Zähne in dessen Hose.

„Ich hasse Hunde!", knurrte Gunn und trat den Hund mit seinem anderen Fuß, sodass das arme Tier den glatten Fliesenboden in Richtung Hamish entlangschlitterte.

Diggi jaulte.

Verdammter Arsch!

Hamish beugte sich zu dem Welpen hinab und strich mit der Hand über seinen Rücken. Der arme Hund schrak zurück, doch Hamish legte seine andere Hand unter dessen Kopf und kraulte seinen Hals, um das arme Wesen zu besänftigen.

Kurz darauf erschien Amanda wieder in der Küche und reichte Gunn einen großen, abgegriffenen Terminplaner.

„Bitte sehr, Robert. Ich hoffe, dass du findest, wonach du suchst."

„Hoffe ich auch. Nochmal vielen Dank. Und nächstes Mal, wenn du in der Nähe des Rathauses bist, ruf mich an und wir gehen zusammen Mittagessen." Er lächelte und begab sich zur Tür.

„Mache ich."

Hamish folgte ihm hinaus. Als Gunn sein Auto erreichte und einstieg, lief Hamish eilig zu seinem eigenen Wagen, um ihn nicht zu verlieren. Er musste einen Blick in den Terminplaner werfen und herausfinden, wonach Gunn suchte.

Als er wieder in seinem Auto saß und Gunn zurück in die Stadt folgte, zog Hamish sein Handy heraus und wählte Tessas Nummer.

Sie hob nach dem zweiten Klingeln ab. „Hamish?"

„Kannst du sprechen?"

„Ja, wir haben Mutter gerade nach Hause gebracht. Dad macht Tee. Was gibt es?"

„Gibt es einen Grund, warum Gunn Yardleys alten Terminkalender in die Finger bekommen möchte?"

„Seinen Terminkalender?"

„Ja, er hat gerade Amanda Yardley besucht und hat sie darum gebeten. Sie gab ihn ihm. Er sagte etwas über einige Meetings, die Yardley vor seinem Tod geplant hatte und denen Gunn jetzt beiwohnen muss. Er behauptete, dass er irgendwelche Notizen sehen müsste, die Yardley gemacht hat."

„Das klingt suspekt", antwortete Tessa.

„Das dachte ich mir auch." Er machte eine Pause und dachte einen Moment nach. „Hör zu, ich werde ihn noch länger verfolgen, um zu sehen, was er vorhat. Wenn ich es nicht zurückschaffe, um Enya abzulösen, werde ich jemand anderen schicken, der heute Nacht bei dir bleibt, okay?"

„Du wirst nicht zurückkommen?" Panik und Enttäuschung waren in ihrer Stimme zu hören.

„Mach dir keine Sorgen, du wirst mich nicht so leicht los. Ich werde zurückkommen, aber ich könnte mich verspäten und ich werde dich nicht ungeschützt lassen. Wenn sich Enya ausruhen muss und ich nicht zurück bin, sag ihr, dass sie veranlassen soll, dass Aiden kommt und auf dich aufpasst."

„Nicht Manus?"

„Nein, keinesfalls Manus!", knurrte Hamish. Er wollte diesen Schürzenjäger nicht in Tessas Nähe haben. „Aiden ist mein bester Freund. Ich vertraue ihm mehr als irgendjemand anderem." Außerdem liebte Aiden seine Frau und würde nie eine andere Frau anrühren. „Aber ich werde versuchen, zurück zu sein, sobald ich etwas Konkretes bezüglich Gunn habe."

„Okay."

Es gab ein Klicken in der Leitung. Ja, er würde definitiv versuchen, rechtzeitig zurück zu sein.

25

Obwohl Hamish versprochen hatte, noch am Abend zurückzukehren und Enya abzulösen, tat er es nicht. Stattdessen tauchte Aiden in Tessas Wohnung auf. Bevor Enya ging, versicherte sie ihr, dass Aiden sie beschützen würde. Aiden erzählte, dass Hamish damit beschäftigt war, in Gunns Büro im Rathaus einzubrechen, um seine Sachen zu durchsuchen, und dass er später, sobald Gunn und seine Frau fest schliefen, das Gleiche in dessen Haus vorhatte.

Es war seltsam, wie schnell sie sich an Hamishs Anwesenheit gewöhnt hatte und wie allein sie sich fühlte, wenn er nicht bei ihr war. Sie sollte nicht so empfinden. Immerhin wusste sie, dass das alles nur vorübergehend war. Sobald die Gefahr beseitigt war, sobald die Dämonen besiegt waren, würde Hamish wieder verschwinden. Es war nichts zwischen ihnen, nur zwei Küsse, die beide in Momenten der Verzweiflung und der Angst geschehen waren. Küsse, die ihm – nach seinen eigenen Worten – nichts bedeuteten.

Sie versuchte, sich einzureden, dass sie ihr auch nichts bedeutet hatten, doch das war eine Lüge. Sie hatte jene kurzen Momente der Intimität genossen. Sie hatte von diesen Küssen geträumt, sie im Geiste immer wieder erlebt, obwohl sie wusste, dass es keine Wiederholung geben würde.

Seufzend schlüpfte Tessa in ihre Yogaklamotten. Eine Stunde im Studio könnte ihr helfen, sich zu entspannen und die Sorgen der letzten paar Tage zu vergessen. Sie ging ins Wohnzimmer, wo Aiden mit einer Tasse Kaffee auf der Couch saß.

„Morgen, Tessa, ich hoffe, du hast gut geschlafen", sagte er. „Möchtest du einen Kaffee?"

Sie schüttelte den Kopf. „Nicht vor meiner Yogastunde. Davor ist Kaffee keine gute Idee."

„Ich verstehe", sagte er und stellte seinen Becher beiseite. „Um wie viel Uhr fängt die Stunde an?"

„In fünfzehn Minuten."

„Dann sollten wir los oder du wirst dich verspäten."

„Es ist nur um die Ecke", sagte sie und schnappte sich ihre Yogamatte und ihre Handtasche. Sie zog ihr Handy heraus und warf einen Blick darauf. „Mist, der Akku ist leer. Ich sollte es laden." Sie schloss es an die Steckdose an und legte es auf den kleinen Beistelltisch.

„Ich nehme an, dass du nicht mit mir gesehen werden willst", sagte Aiden.

„Es ist nicht so, dass ich nicht mit einem gut aussehenden Kerl im Schlepptau ankommen will, aber ich hasse es, den anderen Frauen erklären zu müssen, wer du bist."

„Hey, nur eine Frage. Ich ziehe es sowieso vor, inkognito zu bleiben." Er zeigte zur Tür. „Geh voran. Ich folge dir."

Sie ging zur Tür und öffnete sie, dann schaute sie über ihre Schulter, doch Aiden hatte sich bereits unsichtbar gemacht. „Ich weiß wirklich nicht, wie du es schaffst, dass dir keine Türen ins Gesicht geschlagen werden, wenn du unsichtbar bist."

Er lachte leise, antwortete jedoch nicht.

Mit ihrer Yogamatte unter dem Arm eilte Tessa die Treppe hinab und verließ dann ihr Wohngebäude. Draußen war es sonnig und sie genoss den kurzen Spaziergang zum Yogastudio. Doch bevor sie dort ankam, fiel ihr auf, dass sie ihre Wasserflasche vergessen hatte.

„Ich muss für Wasser anhalten", murmelte sie, um es Aiden wissen zu lassen, und betrat einen kleinen Laden neben dem Studio. Sie ging nach hinten, wo die Kühlschränke standen, und nahm eine Flasche stilles Wasser heraus.

Als sie den Kassierer erreichte, stellte sie die Flasche auf den Tresen und grub in ihrer Handtasche nach Kleingeld.

„Wie viel?“, fragte sie, aber der Kerl starrte auf den Fernseher, auf dem die Morgennachrichten übertragen wurden. Tessas Augen wurden instinktiv zum Bildschirm gezogen. Ein roter Streifen mit dem Wort *Sondermeldung* lief am unteren Rand vorbei.

Oh nein, nicht noch eine Schießerei oder ein Aufruhr, flehte sie still. Sie hatte in den letzten paar Monaten schon zu viele dieser Sondermeldungen gesehen.

„Soeben hereingekommen: Die Bürgermeisterwahl hat gerade eine neue Wendung genommen“, begann der Nachrichtensprecher.

Sofort war sie ganz Ohr. Welche unerhörte Aussage hatte Gunn jetzt gemacht, dass die Medien eine so starke Reaktion abgaben?

„Bilder von Stadträtin Wallace tauchten heute Morgen auf verschiedenen Internetseiten auf“, fuhr der Reporter fort, während ein Foto neben ihm auf dem Bildschirm erschien. *„Sie scheinen Miss Wallace zu zeigen, wie sie sich Rauschgift injiziert. Die Stadträtin konnte für eine Stellungnahme nicht erreicht werden. Wir bleiben für Sie dran ...“*

Doch Tessa hatte genug gehört. Alles, was sie tun konnte, war, auf das Foto zu starren. Ein Foto, das sie in BH und Shorts zeigte. Eine Aderpresse war um ihren Oberarm gewickelt, und eine Injektionsnadel lag neben ihr. Ihre Augen waren zurückgerollt und sie sah ... stoned aus. Das konnte nicht sie sein. Das war unmöglich. Doch als sie weiter auf das Gesicht der Frau im Bild starrte, erkannte sie sich selbst.

„Nein“, würgte sie heraus. „Nein, nein.“

Der Kassierer drehte seinen Kopf zu ihr, doch Tessa machte bereits kehrt und eilte zur Tür hinaus.

„Hey, wollen Sie das Wasser jetzt oder nicht?“, rief er ihr nach.

Sie lief den Gehsteig entlang, als sie Aidens Stimme hinter sich hörte. „Zurück in deine Wohnung.“

Mit Tränen in den Augen lief sie zu ihrem Apartmenthaus zurück. An der Eingangstür suchte sie zitternd nach ihren Schlüsseln. Dann spürte sie Aidens unsichtbare Hand auf ihrer und hörte seine beruhigende Stimme in ihrem Ohr.

„Langsam, Tessa, du bist fast da.“

Die dreißig Sekunden, die es dauerte, von der Haustür bis in ihre

Wohnung zu gelangen, schienen sich ewig dahinzuziehen. Endlich war sie drinnen und lehnte sich erschöpft gegen die Wand. Aiden, jetzt wieder sichtbar, zog bereits sein Handy heraus.

„Wir haben ein Problem", sagte er der Person am anderen Ende der Leitung und ging leiser sprechend in die Küche.

Ein Schluchzen riss sich aus ihrer Brust, gerade als ihr Handy anfing zu klingeln und sie damit erschreckte. Sie starrte auf die Anzeige. Poppy, ihre Wahlkampfmanagerin. Aber sie konnte jetzt nicht rangehen. Was sollte sie nur sagen?

Dann fiel ihr Blick auf ihren Festnetzapparat. Zwei Nachrichten. Automatisch drückte sie den Knopf, um sie abzuspielen.

„Schatz, hier ist dein Dad. Du musst mich anrufen. Ich weiß, dass das nicht du auf dem Bild bist. Wir müssen reden. Bitte." Ein Signalton beendete die Nachricht ihres Vaters.

Sofort spielte die nächste Nachricht ab. *„Tessa, bist du da?"* Es war Poppy. *„Ich habe gerade die Nachrichten gesehen. Es ist überall im Internet. Wir müssen etwas unternehmen. Wir müssen an einem Statement arbeiten und eine Erklärung abgeben. Etwas Plausibles oder deine Kampagne wird scheitern. Verdammt Mädel, warum hast du mir das denn nicht erzählt? Ich hätte dir helfen können. Ruf mich sofort zurück. Wir müssen etwas tun, bevor das nicht mehr eingedämmt werden kann. Ich werde es auch auf deinem Handy versuchen."*

Ein weiterer Signalton. Doch das Telefon schwieg nicht. Sofort fing es an zu klingeln. Die Anruferkennung identifizierte die Nummer als die einer der Nachrichtenagenturen in der Stadt. Reporter riefen wegen einer Stellungnahme an. Aber sie hatte keine. Sie konnte nicht mit ihnen sprechen, weil sie nur eine Sache sagen konnte: „Das bin nicht ich. Das bin nicht ich auf diesem Foto."

Tränen strömten über ihr Gesicht. Nur verschwommen nahm sie Aiden wahr, als er ins Wohnzimmer zurückkam. Ohne ein Wort zu sagen, zog er den Stecker des Telefons aus dem Wandanschluss. Das Klingeln verstummte. Dann nahm er ihr Mobiltelefon und schaltete es aus.

Stille senkte sich über ihre Wohnung. Doch jetzt begann sich alles um sie herum zu drehen. Ihr Leben geriet außer Kontrolle. Alles, wofür sie gearbeitet hatte, ging gerade den Bach hinunter.

„Wer tut so etwas?", rief sie und starrte Aiden an.

„Wir werden es herausfinden.“

Doch sie meinte, einen Funken Zweifel in seinen Augen zu sehen. Glaubte er, dass die Frau auf dem Foto sie war? Plötzlich spürte sie das Adrenalin durch ihren Körper schießen und ihr Herz begann wild zu schlagen. Hamish! Hatte er das Foto schon gesehen? War das der Grund, warum er noch nicht zurückgekehrt war? Weil er dachte, dass sie eine Drogensüchtige war, die es nicht wert war, beschützt zu werden?

„Das bin nicht ich“, wiederholte sie zu sich selbst. „Das bin nicht ich.“

26

Hamish hatte beschlossen, sich ein paar Stunden auszuruhen, nachdem er in den frühen Morgenstunden von Gunns Haus zurückgekommen war. Tessa würde sowieso um diese Zeit schlafen. Als er jemanden laut gegen seine Tür klopfen hörte, schoss er, noch immer benommen, hoch.

„Hamish! Steh auf, du musst das sehen!“ Es war Pearce.

Hamish sprang nur in Boxershorts aus dem Bett. „Was? Komm rein!“

Pearce stürmte mit einem Laptop in den Händen ins Zimmer. „Das ist überall in den Nachrichten.“ Er drehte den Laptop Hamish entgegen.

Hamish blinzelte und blickte auf das Foto auf dem Bildschirm und dann wieder zurück zu Pearce. Adrenalin schoss durch seine Adern und sein Herz begann zu donnern. „Scheiße! In welchem Krankenhaus ist sie? Wo zum Teufel war Aiden? Ich werde ihn umbringen!“

„Stopp, Hamish!“ Pearce zeigte auf den Text unter dem Bild, das eine halbnackte Tessa zeigte, die sich scheinbar einen Schuss Heroin gesetzt hatte. „Tessa ist zuhause. Ich habe mit Aiden telefoniert. Sie ist in Ordnung. Ihr ist nichts zugestoßen.“

Sein Puls beruhigte sich ein wenig. „Was zum Teufel ist das dann?” Denn die Frau auf dem Foto war zweifelsohne Tessa.

„Die Nachrichten berichten, dass das Foto schon vor einiger Zeit aufgenommen worden sein kann. Aber ganz gleich wann es gemacht wurde, wird es ihre Kampagne zum Scheitern bringen. Niemand will einen Junkie als Bürgermeisterin."

Hamish packte Pearce am Kragen seines Hemdes. „Tessa ist kein Junkie, verdammt nochmal!" Nein, das konnte nicht wahr sein, auch wenn die Beweise erdrückend waren. „Es muss eine Erklärung dafür geben." Es musste eine geben. Hatte er sich in ihr geirrt? Genauso wie er sich in Olivia geirrt hatte? War er dazu verdammt, sich noch einmal in die falsche Frau zu verlieben?

Sich in sie zu verlieben? Fuck! Verliebte er sich in sie? Hatte er den Verstand verloren? Hatte er nicht hart genug versucht, ihr fernzubleiben und sie nicht in sein Herz zu lassen? Anscheinend war er wieder gescheitert. Und jetzt bezahlte er den Preis dafür. Sie hatte ihn getäuscht. Hatte etwas vor ihm verborgen.

„Ruf Aiden an. Sag ihm, er soll sie keinen Moment aus den Augen lassen, nicht einmal, um die Toilette zu benutzen. Ich bin auf dem Weg."

Hamish hatte sich noch nie in seinem Leben so schnell geduscht und angezogen. Noch hatte er je die Verkehrsregeln so offensichtlich ignoriert, wie er es nun tat. Bis er Tessas Wohngebäude erreichte, war er von zwei Verkehrskameras dabei aufgenommen worden, wie er rote Ampeln überfuhr. Aber er würde diese Strafzettel gerne bezahlen.

Er parkte um die Ecke und bemerkte, dass der Van einer Nachrichtenagentur bereits vor dem Gebäude vorgefahren war. Die Geier umkreisten ihre Beute. Unsichtbar sprang Hamish aus dem Auto, betrat das Haus durch einen Lieferanteneingang auf der Hinterseite des Gebäudes und rannte die Treppe zu Tessas Stockwerk hinauf. Vor der Tür holte er Luft. Ohne die Türklingel zu betätigen, marschierte er in die Wohnung und machte sich sichtbar.

Tessa schnellte mit tränenüberströmtem Gesicht von der Couch empor und schrie auf. Aiden, der auf und ab gewandert war, wirbelte herum und war sichtlich erleichtert, ihn zu sehen.

„Lass uns alleine", verlangte Hamish von dem anderen Hüter.

Aiden nickte und verließ die Wohnung auf dieselbe Weise, wie Hamish sie betreten hatte.

Einen Augenblick lang herrschte Schweigen zwischen ihnen. Seine

Augen wanderten von Tessas Gesicht zu ihren nackten Armen. Ihm wurde bewusst, dass dies das erste Mal war, dass er sie in einem kurzärmligen Top sah. Er musterte die Innenseite ihrer Ellbogen und suchte nach den verräterischen Blutergüssen, die Rauschgiftsüchtige vom Setzen der Nadeln hatten. Ihre Arme waren blass, doch makellos.

„Das war nicht ich auf diesem Foto", sagte Tessa mit rauer Stimme.

Er suchte ihre Augen. Sagte sie die Wahrheit oder belog sie ihn, genau wie Olivia ihn belogen hatte? Konnte er wirklich irgendetwas glauben, was ein Mensch sagte? Konnte er Tessa vertrauen?

"Ich will nicht, dass du mich anlügst. Wenn du das warst, werde ich dir helfen, das durchzustehen. Aber du musst ehrlich zu mir sein." Er wusste nicht einmal, warum er ihr seine Hilfe anbot. Um was zu tun? Sie clean zu bekommen? Wofür? Jetzt wo ihr Ruf in den Augen der Bürger Baltimores zerstört war, waren ihre Chancen, Bürgermeisterin zu werden, praktisch gleich Null. Seine Arbeit hier war getan. Die Dämonen würden sie nie wieder belästigen, jetzt wo sie ihre Karriere selbst zerstört hatte.

„Du musst mir glauben." Sie machte mit flehenden Augen einige Schritte auf ihn zu. „Bitte, Hamish. Ich habe noch nie Drogen genommen. Noch nie in meinem ganzen Leben."

Er senkte seine Augenlider, wich ihrem Blick aus und starrte stattdessen auf seine Stiefel. „Willst du sagen, dass wir alle blind sind und die Frau auf dem Foto nicht du bist?"

„Das Foto muss manipuliert worden sein. Das bin nicht ich! Es ist unmöglich!" Ihre Stimme wurde schrill.

„Gib es wenigstens zu", flehte er. „Damit ich dir helfen kann." Denn trotz allem, trotz ihres Betrugs, trotz des Rückschlags, den sie ihrem Wahlkampf gerade verpasst hatte, trotz des riesigen Vorteils, den sie gerade den Dämonen verschafft hatte, empfand er noch etwas für sie.

Noch mehr Tränen schimmerten in ihren Augen. Sie zeigte auf den Laptop, der offen auf dem Couchtisch lag. „Ihr Gesicht sieht vielleicht wie meines aus, aber ihr Körper nicht."

Tessa ergriff plötzlich den Saum ihres Yogatops, zog es über ihren Kopf und warf es dann auf den Fußboden.

„Tessa, was machst –"

Sie trug einen einfachen weißen Sport-BH darunter. Aber das war nicht der Grund, warum ihm seine Worte nun im Hals steckenblieben.

„Oh mein Gott“, würgte er heraus, war mit zwei Schritten bei ihr und griff nach ihr.

Ihr Bauch war mit Narben bedeckt. Kleine runde Narben. Er hatte genug solcher Verletzungen in seinem langen Leben gesehen, um zu wissen, wie diese entstanden waren: Es waren Verbrennungsnarben.

„Die Frau auf dem Bild hat makellose Haut“, fuhr Tessa unter Tränen fort, die jetzt ihr Gesicht hinabströmten. „Sie ist vollkommen. Ich nicht.“

Hamish berührte ihren Bauch, doch sie wich zurück.

„Nein, tu das nicht!“, rief sie schluchzend.

„Tessa, es tut mir so leid. Ich hätte nie an dir zweifeln sollen.“ Er griff nach ihr und zog sie in seine Arme, streichelte ihren Rücken und versuchte, sie zu besänftigen, doch ihr Schluchzen hörte nicht auf. „Verzeih mir bitte.“ Er drückte ihr einen Kuss auf den Kopf. „Bitte, Tessa, ich hätte mehr Vertrauen in dich haben sollen. Aber ...“ Er zögerte, doch er musste sie wissen lassen, wie er sich fühlte, und warum er so reagiert hatte. „Ich habe einst eine Frau geliebt. Ihr Name war Olivia und ich dachte, dass sie mich ebenfalls liebte. Aber das war nur eine Lüge ... Und dann traf ich dich und als wir uns küssten, fühlte ich etwas so Starkes ...“

Tessa hob den Kopf von seiner Brust und blickte zu ihm auf. „Du sagtest Enya, dass es dir nichts bedeutet hat.“

„Weil ich es Enya und mir nicht eingestehen wollte. Aber es bedeutete mir alles. Dieser Kuss weckte etwas in mir, von dem ich dachte, dass es für immer mit Olivia gestorben war. Ich hatte gedacht, sie würde mich lieben, doch sie hatte mich getäuscht. Die Dämonen benutzten sie, um an mich heranzukommen. Und ich habe es nicht gesehen, weil ich blind vor Liebe war.“

Sie schniefte. Keine Worte kamen über ihre Lippen, doch sie hörte aufmerksam zu.

„Die Dämonen hatten ihre Klauen so tief in ihr, dass es keine Möglichkeit gab, sie zurückzubringen. Sie war bereits verloren. Ich musste sie töten, Tessa, ich musste die Frau, die ich liebte, töten.“ Er spürte, wie Tränen in seinen Augen stachen. „Als ich das Foto sah, dachte ich, dass alles, was du mir über dich erzählt hast, nur eine Lüge war. Ich dachte, dass mein Herz ein zweites Mal gebrochen werden würde."

Er nahm ihr Gesicht in beide Hände. „Tessa, ich habe Ketten um mein Herz gelegt, damit niemand jemals wieder dort eindringen kann. Ich wollte wieder mein eigener Meister sein. Der Herrscher über mein eigenes Herz, meine eigenen Gefühle, mein eigenes Schicksal. Niemand sollte jemals wieder nah genug an mich herankommen. Aber dann berührte ich dich. Und als ich dich küsste, fingen die Ketten um mein Herz an, sich zu lockern. Aber als ich das Foto sah, dachte ich, dass auch du mich getäuscht hast." Er suchte in ihren Augen nach einem Zeichen, dass sie ihn verstand. „Bitte verzeih mir!"

27

Ihm verzeihen? Es gab so viel mehr, was sie tun wollte, und seine Worte gaben ihr endlich den Mut zu handeln. Einmal tapfer zu sein und einzufordern, was sie wollte.

„Dann küss mich bitte, Hamish." Tessa hob ihre Hand und legte sie auf seinen Nacken.

Es fühlte sich an wie ein Traum in Zeitlupe, als Hamish sein Gesicht zu ihrem senkte, tief in ihre Augen blickte und seine Lippen sich öffneten. Sein Atem wehte über ihr Gesicht und ließ sie vor Vorfreude zittern. Sie wusste, dass dieser Kuss nicht mit einer gestotterten Entschuldigung oder peinlichen Gefühlen enden würde. Sie sah es in seinen Augen: den Hunger, das Verlangen, die Sehnsucht. Und sie wusste, dass er in ihren Augen das Gleiche sehen konnte.

Seine Lippen waren fest und warm, und sie nahmen ihre mit einem Verlangen gefangen, das sie zuvor noch nie erlebt hatte. So küsste ein echter Mann. Ein Mann, der wusste, was er wollte; ein Mann, der sich nahm, was ihm so freizügig angeboten wurde. Sie kostete ihn, kostete den mächtigen Mann, den Krieger, der sie in den letzten Tagen beschützt hatte.

Sie begrüßte sein energisches Eindringen, seine starke Zunge, die sie erforschte, seine Lippen, die die ihren berührten, seine Arme, die sie festhielten und eine Flucht unmöglich machten. Sie wollte seinen harten, muskulösen Körper an ihre Kurven gepresst spüren. Wollte seine körperliche Überlegenheit, seine übernatürliche Macht fühlen. Das Gefühl, das er in ihr auslöste, zog sie an. Sie fühlte sich schwach, doch sicher und vor allem begehrt. Begehrt von einem Unsterblichen, einem Mann, der jede Frau haben konnte. Einem Mann, der viele vor ihr gehabt hatte. Aber das war jetzt egal, so lange er ihr gab, was sie brauchte. Eine Kostprobe von Lust, von Leidenschaft. Eine Chance, all die schrecklichen Dinge zu vergessen, die geschehen waren. Eine Chance, sich fallen zu lassen und zu wissen, dass er sie auffangen würde.

Sein leidenschaftlicher Kuss erhitzte ihr Inneres und ließ Flüssigkeit im Scheitelpunkt ihrer Schenkel zusammenlaufen. Instinktiv hob sie ihm ihre Hüften entgegen, um sich an ihn zu reiben und Erleichterung zu finden. Sie fand mehr als das: eine harte Beule, die sich gegen seinen Unterleib wölbte und seine Cargohose fast zum Platzen brachte. Unwillkürlich stöhnte sie auf. Als Antwort ließ Hamish seine Hände auf ihren Po gleiten und riss sie an sich, um seinen Schwanz noch härter gegen sie zu reiben.

Aber sie musste mehr fühlen. Sie brauchte ihn noch näher an sich, musste seine Haut, seine Hitze spüren. Sie zog sein Polohemd aus seiner Hose und schob es nach oben. Er half ihr und unterbrach den Kuss einen Moment lang, um das Shirt über seinen Kopf zu ziehen. Während er es auf den Fußboden warf, erhaschte sie einen Blick auf seine Brust. Ein leichter Flaum aus dunklen Haaren bedeckte seine trainierten Brustmuskeln. Weiter unten wurden sie dichter und bahnten sich einen Weg über seinen Bauch, bis sie in seiner Hose verschwanden. Als ob sie eine Richtungsbeschreibung brauchte.

Ihre Hände waren bereits an seiner Hose. Sie öffnete den Knopf, doch er stoppte sie, indem er eine Hand auf ihre legte.

„Es ist schon sehr lange her, seit ich das gemacht habe“, krächzte er, sodass sie zu ihm hochblickte.

„Es ist wie Radfahren“, murmelte sie mit einem Grinsen.

Er schmunzelte. „Glaub mir, ich weiß, wie es geht.“ Er ließ ihre Hand los und zog sie fest an sich, sodass seine Brust ihre Brüste flach drückte. „Aber wenn du so weitermachst, werde ich nicht lange durchhalten.“ Dann griff er nach dem Verschluss ihres BHs und öffnete ihn. „Warum fangen wir nicht mit dir an?“

Bevor sie protestieren konnte, hatte er sie von ihrem BH befreit und liebkoste ihre nackten Brüste. Sein Mund kehrte zurück zu ihrem und setzte seinen sinnlichen Angriff fort. Sie rang nach Luft und spürte, wie Hitze in ihr Zentrum schoss. Oh Gott, wie sie seine Berührung brauchte!

Plötzlich wurde ihr bewusst, wie er sie von den Füßen hob und sie sich bewegten, bis sie schließlich eine Wand an ihrem Rücken fühlte. Hamish drückte sie dagegen. Er riss seinen Mund von ihrem und tauchte seinen Kopf hinab, um einen ihrer Nippel mit seinen Lippen einzufangen und daran zu saugen.

Tessa stöhnte laut und rang nach Luft.

Hamishs Hände waren ebenfalls nicht untätig. Beide glitten jetzt in ihre Yogapants und schoben diese und ihr Höschen zur Mitte ihrer Schenkel hinab, bevor er sie noch weiter hinunter zog. Sie trat ihre Schuhe von sich und befreite sich völlig von den Kleidungsstücken.

Als er seine Hand zwischen ihre Beine gleiten ließ und schließlich ihre feuchten Falten berührte, verlor sie die Fähigkeit zu sprechen. Warme Finger spielten mit ihr, liebkosten sie, erforschten sie. Schauer des Vergnügens rasten durch sie und ließen sie unkontrolliert erbeben.

„Langsam, *Lass*“, murmelte er in ihr Ohr, bevor er fortfuhr, ihren Hals hinab zu küssen und eine Brust erneut mit seinem Mund zu erobern.

Doch wie konnte sie langsam machen, wenn er sie so berührte, wenn seine Finger und sein Mund sie vor Verlangen zum Wahnsinn trieben?

„Bitte!“, flehte sie.

Er verstand ihre Bitte, als hätte sie ihm gesagt, was sie brauchte, und drang mit einem Finger in sie ein.

„Fuck, Tessa, du bist so wunderbar eng.“ Er hob seinen Kopf von ihrer Brust und starrte sie an. „Ich werde keine zehn Sekunden in dir aushalten.“

Ihre Augenlider flatterten, als er begann, seinen Finger in sie zu stoßen, während sein Daumen über ihre Klitoris rieb.

Ihre Wangen standen in Flammen. Sie starrte in seine Augen, die jetzt wie dunkle geschmolzene Lava aussahen, schwarz mit kleinen Flecken aus Gold. „Ich komme gleich“, würgte sie atemlos heraus.

Einer seiner Mundwinkel hob sich. „Das ist der Plan, *Lass*.“

Sie liebte die Art, wie er dieses letzte Wort krächzte. Es war wie eine Liebkosung.

„Lass dich gehen“, forderte er sie auf und fixierte sie mit seinen Augen.

Ihre Lippen öffneten sich und die Luft rauschte aus ihrer Lunge. Sie spürte, wie die Erde sich um sie drehte, als würde sie schweben, als die erste Welle sie traf. Wie ein Tsunami stürzte sie über ihr herein und ertränkte sie in Vergnügen und Lust, sodass sie nach Luft ringen musste. Sie grub ihre Finger verzweifelt in Hamishs Schultern, während ihre Beine zitterten und ihre Knie nachgaben. Aber sie fiel nicht. Hamish war da, um sie aufzufangen.

Dann waren seine Lippen auf ihren und er küsste sie ohne Zurückhaltung. Intensiver als zuvor. Mit mehr Leidenschaft, mehr Entschlossenheit. Sie keuchte und trotz ihres Höhepunkts nur einige Sekunden vorher spürte sie noch mehr Verlangen in ihr aufsteigen. Aber dieses Mal war das Verlangen anders. Sie wollte, dass Hamish sich ihr hingab, so wie sie sich ihm hingegeben hatte.

Sie drückte ihn zurück, um genügend Raum zwischen ihren Körpern zu schaffen und an seinen Reißverschluss zu gelangen. Bevor er protestieren konnte, öffnete sie ihn und schob seine Hose nach unten. Seine grauen Boxershorts spannten sich über seiner Erektion und zeigten einen feuchten Punkt, wo bereits etwas Flüssigkeit aus seinem Schwanz getropft war.

Sie hakte ihre Hände in den Saum und schob seine Shorts nach unten. Sein Schaft sprang heraus.

„Fuck!“, zischte er und griff nach ihr, doch sie fiel bereits auf ihre Knie und zog seine Hose ganz nach unten.

Er half ihr und trat seine Stiefel weg. Ein Dolch fiel zu Boden, doch sie ignorierte ihn und brachte ihren Kopf auf gleiche Höhe wie seinen Unterleib. Seine Hände waren bereits an ihren Oberarmen, um sie hochzuziehen, doch sie protestierte: „Nein!“

Ein abgehakter Atemzug war seine Antwort. Sie hob ihre Augen, um ihn anzuschauen und sah, wie er sie ungläubig anstarrte. „*Lass* …“, knurrte er. Doch er ließ von ihr ab und wartete, wobei der Ausdruck in seinen Augen bestätigte, dass er das genauso sehr wollte wie sie.

Tessa ließ ihren Blick zu seinem Schwanz wandern und legte ihre Hand um die dicke Wurzel. Sie spürte, wie er in ihrer Handfläche pulsierte.

„Schön“, murmelte sie und näherte sich.

Der knollige Kopf war fast violett, so vollgepumpt mit Blut, dass es aussah, als würde er platzen. Es war Zeit, Gnade walten zu lassen. Also leckte sie mit ihrer Zunge darüber und kostete seine salzige Essenz, bevor sie ihre Lippen um die Spitze schloss und langsam an ihm heruntterglitt und ihn in den Mund nahm.

Er war gestorben und in den Himmel gekommen. Es gab keine andere Art und Weise, zu beschreiben, was er in diesem Augenblick empfand. Tessa war vor ihm auf ihren Knien und ihre Lippen waren eng um seinen begierigen Schwanz gelegt, während sie mit einer Hand seine Wurzel umschlungen hielt und seine Eier mit der anderen streichelte.

„Fuck!", knurrte Hamish und stützte sich an der Wand hinter ihr ab, da seine Knie anfingen zu schwanken.

Wie lange war es schon her, seit eine Frau das mit ihm getan hatte? Dass eine Frau ihm so einen geblasen hatte? Mit solcher Zärtlichkeit und solcher Leidenschaft zur gleichen Zeit. Und sie war nicht nur irgendeine Frau. Sie war Tessa, die Frau, die er von dem Moment an begehrt hatte, als er sie erblickt hatte. Und jetzt kniete sie vor ihm und verehrte ihn, als wäre er ihr Gebieter.

Er wusste, dass das, was er tat, falsch war. Doch er konnte sich nicht dazu bringen, sie zu stoppen, da sich alles richtig anfühlte: ihre Zunge, die an der Unterseite seines Schwanzes entlangglitt, während sie sich an ihm auf und ab bewegte, ihre Lippen, die ihn mit solchem Können bliesen, ihre Hände, die ihn mit solcher Zärtlichkeit liebkosten. Alles war vollkommen.

Er sah zu ihr hinab und beobachtete, wie sie mit geschlossenen Augen an ihm saugte und ihn leckte, wobei ihr leises Stöhnen und Seufzen gegen seine empfindliche Haut prallte. Er sah zu, wie sich seine Hüften hin und her bewegten, um mehr Reibung zu fordern, um sie zu bitten, fester an ihm zu saugen. Er sah zu, wie er ihren Mund auf die Weise fickte, wie er auch ihre Muschi ficken wollte, mit tiefen langen Stößen. Doch wenn er noch länger zulassen würde, dass sie ihn so blies, würde er nicht dazu kommen, sie so zu nehmen, wie er wollte, denn sie würde ihn aussaugen, bevor er die Chance dazu bekam.

Mit seinem letzten Quäntchen Willenskraft zog er sich aus ihrem Mund.

Tessa starrte ihn erstaunt an. „Habe ich etwas falsch gemacht?"

Er ergriff ihre Arme und zog sie hoch. „Du hast alles richtig gemacht." Zu richtig.

Er drehte sie herum, sodass sie Richtung Wand schaute und packte sie an den Hüften, wobei ihn selbst überraschte, wie schroff er sie behandelte. Doch seine Beherrschung entglitt ihm zu schnell und er musste jetzt einfach in ihr sein. Er würde es nicht bis zum Schlafzimmer schaffen.

Er drückte ihre Beine auseinander, zog ihren Po zu sich und beugte seine Knie, sodass er seinen Schwanz an ihren Eingang bringen konnte. Er spürte, wie die warmen Säfte ihres Geschlechts seine Schwanzspitze überzogen, und stieß nach vorne, um in sie einzudringen.

Tessa stöhnte und stützte sich an der Wand ab, während ihre Feuchtigkeit ihn überflutete.

„So ist es gut, *Lass*", ermutigte er sie und zog sich wieder zurück, nur um mit noch mehr Kraft wieder in sie zu stoßen. „Gefällt dir das?"

„Ja", stieß sie mit einem abgehakten Atemzug heraus, während ihm ihre Hüften bei seinem nächsten Stoß entgegenkamen. Sie drehte ihren Kopf zur Seite und sah ihn über ihre Schulter an. „Nimm mich."

Er brachte sein Gesicht zu ihrem, saugte ihr Ohrläppchen zwischen seine Lippen und biss sanft hinein. Er spürte, wie sie daraufhin zitterte und stieß härter in sie, während der Schweiß bereits seine Brust bedeckte.

„Ich liebe es, dich zu ficken, Tessa! Ich hätte das schon an dem Tag tun sollen, als ich dich in deinem Büro das erste Mal sah." Er hämmerte in sie und liebte es, wie ihre Muskeln ihn wie eine geballte Faust drückten. „Ich hätte dich auf den Schreibtisch werfen und dich nehmen sollen."

„Oh Gott", sagte sie mit rauer Stimme. „Dann mach es jetzt wieder gut. Weil du mich so lange hast warten lassen."

Ihre Worte waren wie ein beruhigender Balsam auf einer offenen Wunde und bestätigten ihm, dass sie ihn genauso sehr wollte wie er sie. Er strich ihr das Haar aus dem Gesicht und streichelte mit seinen Fingern ihre Wange. „Oh, *Lass* ..."

Weiter unten arbeiteten seine Hüften wild und sein Schwanz stieß unaufhaltsam in sie, während er versuchte, seinen kurz bevorstehenden Orgasmus mit seiner restlichen Kraft hinauszuzögern. Er brauchte mehr von ihr, musste länger in ihr sein, länger mit ihr verbunden sein.

„Fuck!", knurrte er, weil er wusste, dass er den Kampf gegen seinen

Körper verlor. Er gab seiner langen Abstinenz von Frauen die Schuld, obwohl er wusste, dass das nur teilweise stimmte. Es war auch Tessas Schuld, da ihr Körper ihn so sehr willkommen hieß, sie so leidenschaftlich auf ihn reagierte und sich ihm so vollkommen hingab.

Als er spürte, dass seine Eier sich verkrampften, wanderte seine Hand an Tessas Vorderseite und fand ihre Klitoris. Das kleine Organ war angeschwollen und er wusste genau, was sie jetzt brauchte. Er rieb mit seinem Finger schnell kreisend darüber, während sein Schwanz weiterhin in sie pumpte. Er konnte das Nahen seines Orgasmus jetzt nicht mehr verhindern. Sein Sperma schoss durch seinen Schwanz, spritzte aus der Spitze und füllte Tessas engen Kanal. Dann endlich spürte er, wie sie sich um ihn verkrampfte und gemeinsam mit ihm zum Höhepunkt kam.

Hamish atmete erschöpft aus und legte seinen Kopf gegen die Wand. Tessa atmete ebenso schwer wie er. Er schlang einen Arm um ihre Taille und drückte sie an sich. Plötzlich war er sich bewusst, wie er sie genommen hatte. Wie ein Wilder. Er hatte ihr nicht einmal die Bequemlichkeit eines Bettes gewährt. Aber er konnte diese Tatsache nicht einmal bedauern. Denn ihr Liebesspiel war perfekt gewesen.

28

Tessa verlor plötzlich den Boden unter den Füßen, da Hamish sie in seine Arme hob und ins Schlafzimmer trug, wo er sie aufs Bett legte. Lächelnd gesellte er sich zu ihr und zog sie auf sich. Er legte seine Arme um sie und fuhr mit einer Hand in ihr Haar und streichelte ihren Nacken.

„Ich wünschte, ich könnte sagen, dass es mir leid tut, wie schroff ich war und dass ich dich an der Wand genommen habe ...“ Er legte einen Finger unter ihr Kinn und hob ihr Gesicht an, sodass sie ihn anschauen musste. „Aber ich habe noch nie etwas Heißeres erlebt, als dich so zu nehmen.“

Seine Augen glühten wieder vor Lust, als wollte er sofort eine Wiederholung.

Ihr Herz raste. Sie hatte auch noch nichts Aufregenderes in ihrem Leben verspürt. „Ich bin froh, dass du getan hast, was du getan hast.“

„Obwohl ein erstes Mal ... zivilisierter sein sollte?“

Sie kicherte und ihre Wangen waren immer noch heiß und wahrscheinlich rot. Aber sie fühlte keine Scham wegen dem, was geschehen war, keine Scham wegen der Wildheit, die sie an den Tag gelegt hatte. „Ich kann mir nicht vorstellen, dass du *zivilisiert* sein kannst.“

Er bewegte sich und rollte sie beide herum, sodass er jetzt über ihr war.

„Willst du damit sagen, dass ich ein Biest bin?“ Mit seinem Knie drückte er sanft ihre Beine auseinander, um Platz für sich zu schaffen.

Als sich sein Schwanz zwischen ihren Beinen niederließ, summte sie genüsslich. „Ich liebe ein bisschen Biest in einem Mann.“

Er lächelte und strich ihr eine Haarsträhne aus dem Gesicht. „Wer hätte gedacht, dass die brave Stadträtin auf rau und wild steht?“

„Glaubst du etwa, dass nur Männer eine wilde Seite haben?“, forderte sie ihn heraus.

„Touché.“ Er grinste sie an. „Dann habe ich wohl ausgesprochen Glück.“ Er zog seine Hüften zurück, richtete seinen Schwanz aus und ließ ihn über sie gleiten, ohne in sie einzudringen.

Ihr Atem stockte und sie kippte ihm ihren Unterleib einladend entgegen, wobei sie sich wunderte, dass er immer noch hart war. Oder war er es schon wieder?

„Ich korrigiere mich … *sehr* viel Glück!“ Er küsste sie sanft. Doch zu ihrer Überraschung folgte er ihrer Einladung nicht. Stattdessen rollte er sich von ihr ab und drehte sie dann, sodass sie sich gegenüber lagen. „Tessa, ich habe vorhin nicht gefragt, aber es gibt da etwas, was ich wissen muss.“

Sie starrte ihn an, erschrocken über seinen plötzlich ernsten Gesichtsausdruck. Hatte er immer noch Zweifel an ihrer Unschuld? „Was denn?“

Er senkte seine Hand und legte sie auf ihren Bauch.

Sie schluckte schwer.

„Erzähl mir bitte, wie du die bekommen hast.“ Er strich mit seinen Fingern über ihre Narben. „Ich weiß, dass sie nicht neu sind. Was ist dir zugestoßen?“

Sie rollte sich auf den Rücken und starrte zur Decke, da sie ihn nicht ansehen wollte. „Sie sind hässlich, stimmt’s?“

Er stützte sich auf seinen Ellbogen. „Es gibt nichts Hässliches an dir, Tessa. Du bist perfekt.“

Sie stieß ein verbittertes Lachen aus, während die Wunden der Vergangenheit sich wieder öffneten. Sie wusste, dass das geschehen würde. Das tat es immer, wenn ein Mann sie zum ersten Mal nackt sah. Sie war der Frage immer ausgewichen und hatte sich eine Geschichte einfallen lassen, doch sie wusste, dass sie Hamish nicht belügen konnte. Das wollte sie auch nicht. Er war ehrlich zu ihr gewesen. Jetzt verdiente er ihre Ehrlichkeit.

„Ich war einmal perfekt. Ich war das perfekte kleine Mädchen. Und mein Vater liebte mich.“ Sie atmete ein und machte eine Pause. „Er liebte mich zu sehr.“

Sie spürte, wie Hamish sich verkrampfte. „Hat er –“

Sofort schüttelte sie ihren Kopf, da sie erkannte, dass er ihre Worte missverstanden hatte. „Mein Vater würde mir nie wehtun. Ich war sein kleiner Engel. Und ich liebte ihn. Aber meine Mutter, sie konnte die Tatsache nicht ertragen, dass er mich mit Aufmerksamkeit überschüttete. Sie war eifersüchtig. So eifersüchtig."

„Du warst ein Kind!“, sagte Hamish mit rauer Stimme.

„Ich war Konkurrenz für die Liebe ihres Mannes. Sie verstand nicht, dass seine Liebe zu mir anders war als seine Liebe zu ihr. Dass beide koexistieren konnten. Ich glaube nicht, dass sie das jemals verstehen wird. Also hat sie mich bestraft.“

Sie spürte plötzlich, wie Hamishs Hand ihren Bauch mit einer Zärtlichkeit liebkoste, zu der sie ihn nicht für fähig gehalten hätte.

„Indem sie dir wehtat?“

Tessa nickte und schloss die Augen. „Immer wenn sie trank und ihre Stimmungsschwankungen hatte, war sie grausam zu mir. Aber sie war auch klug. Sie sorgte dafür, dass mein Vater nicht zu Hause war, wenn sie mir wehtat.“

„Oh Gott.“

„Sie war damals Raucherin. Ich kann mich noch daran erinnern, wie es sich anfühlte, wenn ihre Zigarette meine Haut berührte. Bis heute bringt der Geruch von brennenden Haaren und Haut diese Erinnerungen zurück.“ Tränen stiegen in ihre Augen. „Sie warnte mich immer, dass mich mein Vater nicht mehr lieben würde, sollte er es je herausfinden. Ich würde nicht mehr seine perfekte kleine Tochter sein. Also sorgte ich dafür, dass er nie meine Narben sah.“ Eine Träne lief über ihre Wange. „Ich war ein Kind. Ich wusste es nicht besser. Ich glaubte ihr. Bis ich es nicht mehr aushalten konnte. Bis es so schlimm wurde, dass es mir egal war, ob ich seine Liebe verlieren würde.“ Ein Schluchzen riss sich aus ihrer Brust. „Ich zeigte ihm, was sie mir angetan hatte. Und ich wartete darauf, dass er mich abwies.“ Sie blickte in Hamishs Augen und sah die Wut, die sich in ihnen widerspiegelte. „Aber er nahm mich in seine Arme und sagte, er würde dafür sorgen, dass sie mich nie wieder anfassen würde.“ Sie schniefte. „Er hielt sein Wort.“

„Und er blieb bei ihr nach allem, was sie dir angetan hatte?“, knurrte Hamish. „Er ist nicht zur Polizei gegangen?“

„Er liebte sie. Genauso wie er mich liebte. Er konnte keine Wahl treffen. Also tat er das Nächstbeste. Er drohte ihr, dass er sich sofort scheiden lassen würde, wenn sie mir jemals wieder wehtat. Danach hielt sie sich von mir fern. Sie legte nie wieder Hand an mich.“ Tessa wischte ihre Tränen weg. „Sie ist krank. Damals wussten wir es nur nicht.“

„Ich wusste, dass etwas zwischen dir und ihr nicht stimmte, aber ich dachte nicht, dass ...“ Hamish blinzelte. „Ich kann mir nicht einmal vorstellen ...“

Sie berührte seine Wange und zog ihn näher zu sich. Sie bemerkte, wie die Muskelstränge in seinem Hals sich anspannten und er seinen Kiefer verkrampfte. „Ich kann mit diesen Narben leben, weil ich weiß, dass ich jetzt sicher bin.“

„Die Narben“, murmelte er und senkte seinen Blick zu ihren Bauch. Plötzlich setzte er sich auf. „Das ist es. So werden wir beweisen können, dass die Frau im Bild nicht du sein kannst.“

Tessa setzte sich auf. „Nein! Das können wir nicht tun!“

„Aber es wird dich völlig entlasten! Es wird deine Kampagne retten. Alles, was du tun musst, ist, einige angesehene Journalisten in einem Zimmer versammeln und ihnen deine Narben zeigen. Sie werden erkennen, dass wer auch immer dieses Foto in Umlauf gebracht hat, dein Gesicht auf den Körper von irgendjemand anderem kopiert hat.“ Hamishs Stimme wurde mit jeder Sekunde hitziger.

Tessa sprang auf, ging zu ihrem Wandschrank und riss ihn auf. „Ich kann das meinem Vater nicht antun.“

Sie hörte Hamish aus dem Bett steigen und sich ihr nähern. „Deinem Vater?“

„Sobald die Leute meine Narben sehen, werden sie erkennen, dass sie alt sind. Sie werden wissen, dass ich als Kind misshandelt wurde.“

Sie nahm ein T-Shirt aus dem Wandschrank, da spürte sie Hamishs Hände auf ihren Schultern. Er drehte sie zu sich um.

„Hast du noch nicht genug gelitten?“, sagte er mit eindringlichem Blick.

„Ich habe es ihm versprochen, Hamish. Er hat seine Seite der Vereinbarung eingehalten; ich muss mein Versprechen auch halten. Wenn jemals ans Licht kommt, was meine Mutter getan hat, würde mein Vater auch hineingezogen werden. Siehst du das nicht? Vielleicht ist es verjährt, aber das ist egal, weil die Leute ihn trotzdem immer noch dafür verurteilen würden, was unter seinem Dach geschehen ist. Ich liebe meinen Vater. Ich werde nicht zusehen, wie er zerstört wird."

Sie versuchte, sich wieder zum Wandschrank zu drehen, doch Hamish zog sie an seine Brust und strich mit seiner Hand über ihr Haar. „Solche Hingabe." Er drückte ihr einen Kuss auf die Stirn. „Es tut mir leid, dass ich das vorgeschlagen habe. Wir werden einfach einen anderen Weg finden müssen."

Überrascht von seinen Worten lächelte sie. „Vielen Dank, dass du es verstehst. Das bedeutet mir sehr viel."

Er zwinkerte ihr zu. „Wie viel?"

Ihre Kinnlade fiel herunter. „Du –"

Sein Gelächter stoppte sie. Seine Augen funkelten schelmisch. Sie schlang ihre Arme um ihn, dankbar, dass er sogar in der schrecklichsten Situation Humor fand, und küsste ihn. Dann bewegte er seinen Kopf zurück und nahm das T-Shirt, das sie immer noch in ihrer Hand hielt, und warf es auf einen nahe gelegenen Stuhl.

„Das wirst du nicht brauchen." Die Hitze in seinen Augen sagte ihr, warum. „Außer du willst dir etwas Erotisches anziehen, damit ich es dir herunterreißen –"

Die Türklingel unterbrach ihn. Als sie sich aus seiner Umarmung löste, hielt er sie auf.

„Lass mich nachsehen, wer es ist, gut möglich, dass es ein Reporter ist."

Sie beobachtete, wie er das Schlafzimmer verließ, wobei seine festen Pomuskeln sich bei jedem Schritt anspannten. Kurz darauf hörte sie ihn in die Gegensprechanlage sagen: „Ja?"

Es war ein Knistern zu hören, dann: „Hier ist Poppy. Wo ist Tessa? Ich muss mit ihr sprechen."

Tessa war bereits im Wohnzimmer. Hamish schaute über seine Schulter.

„Sie hat mir Nachrichten hinterlassen", sagte Tessa.

„Es ist dringend! Ich muss sie sehen“, wiederholte Poppy durch die Sprechanlage.

Tessa seufzte. „Gut. Lass sie rein.“

Bis Poppy die Wohnungstür erreicht hatte, waren sowohl Tessa als auch Hamish wieder völlig angekleidet. Hamish öffnete ihr die Tür und ließ sie eintreten.

„Verdammt Tessa, warum hast du mich nicht zurückgerufen? Ich habe dir mehrere Nachrichten hinterlassen“, sagte Poppy und stürmte ohne Begrüßung in die Wohnung. „Die Presse ist wegen der Sache schon ganz wild. Wir müssen etwas tun.“

„Campen die Reporter immer noch vor dem Gebäude?“, fragte Hamish.

Poppy nickte. „Es ist ein Spießrutenlauf.“

„Sie werden mich nicht in Ruhe lassen, oder?“, fragte Tessa.

Poppy legte eine Hand auf Tessas Unterarm und drückte ihn. „Sie wollen eine Stellungnahme. Und wir geben ihnen eine, okay? Eine Entschuldigung. Andere Politiker tun es die ganze Zeit. Wir werden sagen, dass das Foto vor ein paar Jahren aufgenommen wurde, als du persönliche Probleme hattest, und dass es dir sehr leid tut, aber dass du diese dunkle Periode deines Lebens überwunden hast, bla, bla, bla.“

„Nein!“, unterbrach Tessa. „Ich werde das nicht tun! Das bin nicht ich auf dem Foto! Ich habe nie Drogen genommen! Kennst du mich denn überhaupt nicht?“

Poppy zögerte. „Aber wir müssen etwas sagen! Wie willst du beweisen, dass die Frau auf dem Foto nicht du bist? Niemand wird dir glauben.“

„Photoshop! Ich weiß, dass es bearbeitet worden ist. Es muss so sein!“, beharrte Tessa, verärgert, dass Poppy auch nur für einen Moment geglaubt hatte, dass sie zu so etwas fähig sein könnte.

„Selbst wenn, wie willst du das beweisen?“ Poppy warf eine Strähne ihres roten Haares hinter ihre Schulter und seufzte. „Wir müssen eine Stellungnahme aufsetzen.“

„Ich habe eine Idee“, unterbrach Hamish plötzlich.

Tessa drehte den Kopf zu ihm und ein klein wenig Hoffnung blühte in ihrer Brust auf. „Ja?“

„Wenn ich das Originalfoto in die Finger bekommen könnte, könnte ich vermutlich recherchieren, wo es herkam. Und ich könnte es untersuchen lassen und herausfinden, ob es bearbeitet worden ist."

„Ja, aber woher wollen Sie wissen, wo das Original ist?", fragte Poppy mit einer großen Portion Zweifel in ihrer Stimme.

Hamish ging um den Kaffeetisch herum, wo der Laptop noch stand, und weckte den Bildschirm aus dem Ruhemodus. Tessa folgte ihm und schaute über seine Schulter.

„Hier!" Er deutete auf den Bildschirm.

„Meredith Durant", las Tessa vor. „Ich kenne sie. Sie ist von der Daily Republic." Sie drehte sich zu Poppy. „Hast du sie unten bei den anderen Reportern gesehen?"

Poppy schüttelte den Kopf. „Niemand von ihrem Nachrichtensender war dort. Vermutlich glauben sie, dass sie den Knüller bereits bekommen haben."

„Dann werde ich es in ihrem Büro versuchen", sagte Hamish.

„Es sind ungefähr fünfzehn Minuten Fahrtzeit", sagte Tessa.

„Sie wird Ihnen das Originalfoto nicht einfach geben oder ihre Quelle preisgeben", warf Poppy ein.

„Ich habe meine Methoden."

Tessa wechselte einen Blick mit Hamish. Sie wusste, was er dachte. Er würde seine Fähigkeit, sich unsichtbar zu machen, verwenden, um in Merediths Büro zu gelangen und herumzuschnüffeln.

„Geh!", ermutigte Tessa ihn.

„Ich muss Enya erst herkommen lassen, damit sie dich beschützen kann", protestierte er.

„Das ist nicht notwendig, Hamish. Ich glaube, wer auch immer mir diese Todesdrohungen geschickt hat, hat gerade seine Taktik geändert und sich dafür entschieden, stattdessen meine politische Karriere zu zerstören." Wegen Poppy sagte sie nicht *Dämonen*, obwohl sie wusste, dass sie es waren. „Sie werden keinen weiteren Versuch starten. Sie haben bereits ihr Ziel erreicht. Wenn ich nicht beweisen kann, dass das nicht ich auf dem Bild bin, bin ich am Ende."

Sie konnte sehen, dass Hamish sich dagegen sträubte zu gehen.

„Bitte, Hamish. Außerdem ist Poppy hier. Und unten sind so viele Reporter. Niemand wird sich an ihnen vorbeischleichen können, um hier hereinzugelangen."

Hamish atmete tief ein. „Gut. Aber du verlässt die Wohnung nicht, bis ich zurück bin. Verstanden?"

Sie nickte. „Glaub mir, ich habe nicht die Absicht, an den Reportern vorbeizugehen und mich mit Fragen bombardieren zu lassen."

Hamish warf Poppy einen ernsten Blick zu. Diese nickte.

„Ich werde auf sie aufpassen", sagte Poppy.

Schließlich nickte Hamish. „Ich bin in einer Stunde zurück, okay?"

Tessa lächelte, als Hamish sich plötzlich zu ihr beugte und sie auf die Lippen küsste. Dann machte er kehrt und verschwand.

Als sich die Tür hinter ihm schloss, spürte Tessa Poppys Augen auf ihr. „Was?"

„*Falscher-Freund*! Das sah für mich gar nicht wie gespielt aus." Sie seufzte. „Manche Frauen haben einfach immer Glück!"

29

Merediths Arbeitsplatz im Großraumbüro der Nachrichtenagentur zu finden, war kein Problem für Hamish, ebenso wenig, wie unbemerkt in das Gebäude einzudringen. Am Sicherheitspersonal vorbeizukommen, war ein Kinderspiel gewesen. Und er hatte Glück; Meredith war gerade nicht in ihrer Arbeitsnische. Immer noch unsichtbar machte sich Hamish an die Arbeit und blätterte die Akten auf dem Schreibtisch durch. Meredith hatte es ihm leicht gemacht. Sie war perfekt organisiert: Jede Akte trug gut sichtbar ein Etikett mit dem jeweiligen Thema wie zum Beispiel Polizeibrutalität oder mit einem Namen wie Yardley.

Neugierig nahm er Yardleys Akte und öffnete sie. Sie enthielt eine Kopie des Polizeiberichts der Unfallflucht sowie handschriftliche Notizen von Meredith. Er wollte die Akte gerade schließen, als er eine auf der letzten Seite gekritzelte Frage bemerkte. *Unfall oder Absicht?* Hatte Meredith den Verdacht, dass Yardleys Tod ein Mord war? Er zog eine Augenbraue hoch. Oder war sie nur eine Reporterin, die auf eine bessere, sensationellere Geschichte aus war?

Er legte die Akte zurück und ging die nächsten durch. Es gab mehrere über die andauernden Aufstände und Demonstrationen, dann eine über die Bürgermeisterwahl. Die musste es sein. Er öffnete die Mappe und studierte den Inhalt gründlich. Er bestand aus Umfragebögen, Kampagnenterminen (sowohl Gunns als auch Tessas) und Interviewnotizen. Er bemerkte sogar eine Notiz mit seinem eigenen Namen. Darunter hatte Meredith einige Fragen geschrieben, wie zum Beispiel, ob nach der Wahl eine Art Märchenhochzeit zu erwarten war.

Hamish schüttelte den Kopf. Reporter! Sie hatten herausgefunden, dass Tessa einen Freund hatte, und spekulierten schon auf einen Exklusivbericht über das neueste *In-Paar*. Als wäre er JFK und Tessa Jackie. Hauptsache eine gute Geschichte; Hauptsache Zeitungen verkaufen und Websitebesuche ergattern.

Was er in der Mappe nicht fand, waren Fotos, oder eher das Foto von Tessa, das Meredith in der heutigen Online-Ausgabe veröffentlicht hatte. Wo zum Teufel war es?

Er blätterte die Datei erneut durch und überprüfte dieses Mal jedes Blatt Papier, bis er zwischen den Umfragebögen eine Liste fand, die dort nicht hingehörte. Es war ein Protokoll. Ein handschriftliches E-Mail-Protokoll mit Daten und Namen von Absendern sowie den Betreffzeilen. Er fuhr mit seinem Finger die Liste entlang, bis er es sah: eine E-Mail von jemandem namens Zoel Monnadt – ein sonderbarer Name –, die Meredith spät in der vorhergehenden Nacht erhalten hatte. Die Betreffzeile lautete Foto. Das musste es sein.

Er legte die Akte zurück auf den Stapel und wandte sich Merediths Computer zu.

Scheiße! Er war gesperrt. Er würde Pearce bitten müssen, ihre E-Mails zu hacken, was Zeit kosten würde. Hamish wollte gerade frustriert Merediths Arbeitsplatz verlassen, als ihr Festnetztelefon zu klingeln begann.

„Das ist deines, Meredith!“, brüllte eine Frau in der benachbarten Arbeitsnische in die entgegengesetzte Richtung.

Hamish spähte über die Wände der Arbeitsnische und sah plötzlich Meredith zu ihrem Schreibtisch eilen.

„Verdammt!“, knurrte sie. „Das Telefon ist den ganzen Tag ruhig und dann verlasse ich meinen Schreibtisch für zwei Minuten und schon klingelt es. Wie timen diese Leute das nur?“ Sie raste in ihren Arbeitsbereich und fiel fast über ihre eigenen Füße, als sie nach dem Telefon griff.

„Meredith Durant“, antwortete sie atemlos. Eine kurze Pause, während sie sich in ihren Stuhl fallen ließ. „Oh, danke, ja. Gut, dass Sie mich erwischt haben. Ja, ich habe alles hier." Sie legte ihre Hände auf die Tastatur und entsperrte den Bildschirm. Dann navigierte sie schnell zu einem Ordner und öffnete einen Bericht. Sie scrollte ihn durch. „Ich habe es." Sie klopfte mit dem Finger an den Monitor. „Der Name des Polizeibeamten ist Schultz."

Sie hörte dem Anrufer zu und nickte dann. „Ja, machen wir das. Ich kann Sie dort treffen." Sie erhob sich bereits von ihrem Stuhl. „In zehn Minuten? Das ist nicht genug Zeit, um –" Ein vereitelter Seufzer. „Gut! Ich werde dort sein." Sie eilte aus ihrer Büronische und schnappte sich im Hinauslaufen ihre Handtasche – und vergaß in der Eile, ihren Computerbildschirm zu sperren.

Volltreffer!

Sobald Meredith weg war, machte Hamish sich an die Arbeit. Er navigierte zu Merediths E-Mail-Client und scrollte durch den Posteingang. Da – die E-Mail von Zoel Monnadt. Sie hatte einen Anhang. Er klickte darauf und der Monitor füllte sich mit dem Foto, das er zuvor online gesehen hatte. Meredith hatte es verkleinert und den unteren Teil von Tessas Beinen abgeschnitten, wahrscheinlich um die Größe des Fotos den Wünschen ihres Redakteurs anzupassen. Die Fotoeigenschaften sagten ihm, dass es mit einer normalen Kamera und nicht mit einem Handy aufgenommen worden war. Das war alles, was er im Moment herausfinden konnte. Auf den ersten Blick schien es nicht verändert worden zu sein, doch vielleicht würde Pearce in der Lage sein, mehr herauszufinden.

Er sah sich um und überzeugte sich, dass niemand sehen konnte, was in Merediths Arbeitsbereich vor sich ging, und zog einen USB-Stick aus einer seiner Taschen, steckte ihn ein und kopierte dann die komplette E-Mail einschließlich des Fotos darauf. Sobald alles gespeichert war, entfernte er den Stick und schloss das E-Mail-Programm. Er hätte Pearce gerne die E-Mail direkt von Merediths Computer geschickt, aber das hätte eine Spur hinterlassen, die zu ihm und seinen Kollegen hätte zurückverfolgt werden können. Das war etwas, das er nicht riskieren wollte.

Sobald er draußen war, lief er zurück zu seinem Auto, wo er einen kleinen Laptop aus einem Fach im Kofferraum zog und Pearce die Datei schickte. Während sie hochlud, wählte er Pearces Handynummer.

„Ja, was ist los?", begrüßte ihn Pearce.

„Ich habe dir gerade eine E-Mail mit einem Foto geschickt."

„Ich bin an meinem Computer. Sie kommt gerade rein."

„Gut. Untersuche das Foto und finde heraus, ob es verändert wurde. Kannst du das machen?"

„Sicher. Ist das alles?"

„Du musst auch versuchen, den Absender zu finden."

„Zoel Monnadt. Sonderbarer Name."

„Ja, wahrscheinlich erfunden", stimmte Hamish zu. „Schau, ob du irgendetwas über den Namen oder die E-Mail-Adresse herausbekommen kannst."

„Mach ich." Dann fügte er hinzu: „Wow, diese Frau ist Tessas Ebenbild."

„Du hast Tessa doch noch nie getroffen."

„Ich habe das Foto in ihrer Datei gesehen."

Hamish nickte vor sich hin. Es war ein Standardverfahren, dass alle Mitglieder des Komplexes mit den Schützlingen ihrer Kollegen vertraut waren. Er seufzte. „Aber dieses Foto in den Nachrichten ist nicht sie. Ich weiß es mit hundertprozentiger Sicherheit."

„Ich frage mich, wie sie es gemacht haben. Ich meine, sie könnte ihr Zwilling sein."

Scheiße.

Er erinnerte sich an Diane Wallaces gemurmelte Worte, die plötzlich einen Sinn ergaben.

Hamish stieß einen Fluch aus. „Verdammt!"

„Was?", fragte Pearce.

„Besorge mir Tessas Adoptionsunterlagen."

„Warum?"

„Ich habe da eine Vermutung." Und er hoffte, dass er recht hatte.

„Okay. Ich mach mich dran."

„Danke. Ich bin dann wieder bei Tessa."

Hamish sah auf seine Uhr. Fünfundvierzig Minuten, seit er sie verlassen hatte. Noch ein paar Minuten und er wäre wieder bei ihr, um ihr zu versichern, dass er und seine Kollegen alles tun würden, um ihren Namen reinzuwaschen –, und dass sie mit etwas Glück bereits eine Spur hatten.

30

Poppy stieß noch einen verärgerten Atemzug aus, nicht der erste, den Tessa im Laufe der letzten fünfzehn Minuten gehört hatte – es geschah jedes Mal, wenn Tessa einen von Poppys Vorschlägen zurückwies, was in die Stellungnahme hinein sollte.

„Verdammt Tessa, ich versuche doch nur zu helfen", sagte Poppy.

„Ich weiß, aber ich werde nichts zugeben, was eine Lüge ist."

„Aber wir müssen der Presse etwas geben, sonst werden sie sich nur selbst was einfallen lassen. Du weißt doch, wie die Presse ist. Sie sind wie Piranhas. Gib ihnen einfach etwas! Wir können das alles später noch dementieren, sobald du beweisen kannst, dass das nicht du auf dem Foto bist", flehte Poppy sie an. Der Kugelschreiber in ihrer Hand kreiste über ihrem Notizblock.

„Und warum sollten sie mir dann glauben, wenn ich jetzt lüge? Nein, Poppy! Ich dachte, dass du mich verstehst. Deshalb habe ich dich angestellt – weil du mich kennst." Sie warf ihrer alten Unifreundin einen flehenden Blick zu.

„Ich verstehe dich doch. Aber manchmal müssen wir Dinge tun, die wir nicht tun wollen, um zu überleben. Es gefällt uns vielleicht nicht, aber wir haben keine andere Wahl." Sie zeigte mit dem Finger auf Tessa. „*Dir* gefällt es vielleicht nicht, aber, Mädchen, welche Wahl hast du denn? Versuch wenigstens zu retten, was du retten kannst. Wenn du mit einer aufrichtigen Entschuldigung herauskommst, könnte das deiner Kampagne sogar helfen.“

Tessa schnaubte verärgert. „Wie kann es meiner Kampagne helfen, wenn ich behaupte, dass ich Drogen genommen habe?“

„Es wird dich menschlicher machen. Es zeigt, dass du mit denselben Problemen wie deine Wählerschaft kämpfst“, erklärte Poppy.

„Aber es ist nicht wahr. Ich bin keine Drogensüchtige und ich werde so etwas nicht zugeben.“

“Tessa, überdenk das einfach noch –“

Das Klingeln eines Handys unterbrach sie. Poppy griff in ihre Handtasche und nahm ihr Telefon heraus. Sie drückte einen Knopf. „Ja?“ Während sie zuhörte, änderte sich ihr Gesichtsausdruck. „Oh Gott, nein!“ Sie starrte Tessa an und ihre Augen weiteten sich plötzlich. „Nein, wo? Wie schlimm ist es? Wo haben sie sie hingebracht?“ Sie nickte. „Okay ich werde dort sein, sobald ich kann.“ Sie legte auf.

„Was ist los, Poppy?“, fragte Tessa sofort voller Sorge.

Poppy schnellte von der Couch empor. „Meine Mutter. Sie ist die Treppe runtergefallen.“

„Oh mein Gott! Wie schlimm ist sie verletzt?“

Poppy schüttelte den Kopf. „Ich weiß es nicht. Sie konnten es mir nicht sagen. Sie ist jetzt im Krankenhaus. Ich muss dorthin.“ Dann zögerte sie. „Aber Hamish ist noch nicht zurück. Ich habe ihm versprochen, ich würde –“

Tessa erhob sich, legte ihre Hand auf den Arm ihrer Freundin und stoppte sie. „Du musst gehen. Er wird bald zurück sein. Ich verspreche, dass ich in der Wohnung bleiben werde.“

„Bist du sicher?“

„Ja. Geh jetzt. Deine Mutter braucht dich.“ Sie zeigte zur Tür.

Poppy sammelte ihre Sachen zusammen und eilte zur Tür, wobei sie Tessa über die Schulter ansah. „Ich finde selbst hinaus. Geh und ruh dich aus, bis Hamish zurück ist. Ich werde dich anrufen, sobald ich mehr weiß.“

Eine Sekunde später war Poppy zur Tür hinaus und diese fiel hinter ihr zu. Tessa seufzte und hoffte, dass Poppys Mutter in Ordnung war. Poppy war ein Einzelkind und hatte nur noch ihre Mutter. Ihr Vater war ein paar Jahre zuvor an Krebs gestorben.

Tessa wandte sich in Richtung Küche. Vielleicht würde ihr eine Tasse Tee guttun. Ein wildes Klopfen an der Tür ließ sie herumwirbeln. Hatte Poppy in der Eile etwas vergessen? Sie eilte zur Tür und riss sie auf.

„Poppy, was –“ Die Worte blieben ihr im Hals stecken.

Hamish hatte behauptet, dass sie die Augen von Dämonen erkennen würde, wenn sie sie sah. Er hatte recht gehabt, denn in diesem Augenblick starrte sie in grüne Dämonenaugen. Sie gehörten einem großen Mann mit muskulösem Körperbau. Aber das war alles, was sie erkennen konnte, bevor ihr Überlebensinstinkt die Kontrolle übernahm und sie versuchte, ihm die Tür ins Gesicht zu schlagen. Sie schaffte es nicht.

Der Dämon hatte bereits ein Bein zwischen Tür und Türrahmen verkeilt und hielt sie davon ab, diese zu schließen. Sie stemmte sich mit ihrem ganzen Gewicht gegen die Tür, doch sie wusste sofort, dass es sinnlos war. Der Dämon trat gegen die Tür und katapultierte Tessa gegen die Wand. Der Aufprall betäubte sie einen kurzen Moment, lange genug, damit der Dämon eintreten und die Tür hinter sich schließen konnte. Tessa schrie. Vielleicht würde jemand sie hören; vielleicht war Poppy noch im Treppenhaus, obwohl sie, wenn sie den Aufzug genommen hatte, wahrscheinlich nichts hören würde. Oder schlimmer noch, vielleicht hatte der Dämon Poppy auf seinem Weg herein getötet.

Oh Gott, jemand musste sie hören. Irgendjemand, bitte!

Ihr Schrei wurde unterbrochen, als die Hand des Dämons sich um ihren Hals legte und zudrückte. Sie fing an zu röcheln und nach Luft zu schnappen. Würde sie so sterben? Sie versuchte, mit ihm zu kämpfen, mit den Beinen nach ihm zu treten, mit ihren Händen nach ihm zu schlagen, aber er ließ sie nicht aus seinem Würgegriff. Sie bemerkte, wie ihre Kraft sie verließ, doch plötzlich wurde sein Griff lockerer und ließ etwas Luft in ihre Lunge strömen.

„Nicht mehr schreien, dumme Schlampe“, knurrte er und zog etwas aus seiner Tasche. Einen Augenblick später klebte er ein breites Band über ihren Mund, das sie davon abhielt, noch irgendeinen Ton von sich zu geben. Schließlich ließ er ihren Hals los, doch sie wusste, dass ihre Qual nicht zu Ende war. Er packte sie, hob sie hoch und trug sie zum Schlafzimmer.

Oh Gott! Dieses Ungeheuer würde sie vergewaltigen. Tränen drangen in ihre Augen. Doch sie musste jetzt stark sein. Sie musste das durchstehen. Sie hatte in der Vergangenheit bereits eine andere Art der Folter durchgemacht und sie hatte überlebt. Sie würde auch dies überleben. Und wenn sie ihn lange genug aufhalten konnte, würde Hamish zurück sein. Und er würde sie retten. Sie klammerte sich an diese Hoffnung, als der Dämon sie auf das Bett warf.

„Hätte nicht gedacht, dass ich solch eine Gelegenheit bekommen würde", sagte er und zog etwas aus seiner Jacke.

Ihr Herz blieb fast stehen, als sie sah, was es war: eine Aderpresse und eine Injektionsnadel.

„Neiiin!", versuchte sie zu schreien, doch der Ton drang kaum durch das Klebeband. Sie rollte sich auf die andere Seite des Bettes, aber er hatte das vorausgesehen und war bereits dort. Sie bekämpfte ihn mit ihren Händen, trat unaufhörlich auf ihn ein, doch er packte einfach ihre Beine und drehte sie, sodass sie auf dem Bauch landete.

Er sprang auf ihren Rücken und hielt sie so nach unten gepresst. „Eine echte Wildkatze. Wer hätte gedacht, dass Stadträtin Wallace so viel Kampfeswillen in sich hätte? So anders als alle anderen."

Sie wusste nicht, von wem er sprach, und sie verschwendete keine Energie darauf zu versuchen, es herauszufinden, da der Dämon gerade die Aderpresse um ihren rechten Bizeps wickelte. Sie versuchte, ihren Arm wegzuziehen, doch er war zu stark. Stärker als jeder Mensch. Als die Aderpresse fest um ihren Oberarm verknotet war, hob der Dämon sich halb von ihr, aber nur, um sie umzudrehen, damit sie auf dem Rücken lag und ihn ansehen musste.

Er hielt ihre Arme mit seinen Knien fest und machte sie so unbeweglich. Seine grünen Dämonenaugen starrten auf sie hinab und ein böses Lachen rollte über seine Lippen.

„Du bist schwer zu töten. Zweimal bist du deinem Schicksal bereits entkommen." Er hob die Nadel in seiner Hand, um ihren Blick darauf zu ziehen. „Aber nicht heute." Er grinste. „Dein Tod wird meine Überlegenheit über den Großmächtigen beweisen. Er hätte nie Herrscher werden dürfen. *Ich* sollte das sein!"

Tessas Angst und Panik wurden immer größer. Er war nicht nur ein Dämon, er war auch noch verrückt.

„Aber genug geredet." Er beugte sich näher und drückte ihren Arm tiefer in die Matratze, während er die Nadel senkte. „Sie werden dich tot durch eine Überdosis finden und niemand wird sich wundern. Nicht nach diesem netten kleinen Bild in den Nachrichten."

Sie schrie gegen das Band über ihrem Mund. Dann fühlte sie den Stich der Injektionsnadel, als diese ihre Haut durchstach und in eine Ader eindrang.

„Sie werden denken, dass du dich umgebracht hast, weil du entlarvt wurdest ..."

Als die Droge in ihr Blut strömte, fühlte sie eine Leichtigkeit über sich hereinbrechen. Alles begann zu verschwimmen und die Stimme des Dämons klang weit weg.

„Ich bringe meine Taten zu Ende, nicht wie dieser Schwächling Zoltan ... er dachte, er könnte das Problem beheben, ohne dich zu töten ..."

Sie wollte nichts mehr hören. Sie wollte nur schlafen. Vergessen. Davontreiben. An einen Ort, wo sie sicher war.

Hamish ...

Dunkelheit überkam sie und all der Schmerz und die Angst verschwanden. Sie ergab sich. Es war kein Kampfeswillen mehr in ihr übrig. Es war Zeit für den Tod.

31

Bei seiner Ankunft an Tessas Wohnblock bemerkte Hamish, dass immer noch mehrere Reporter davor auf der Lauer lagen und hofften, Tessa zu erwischen und einen Kommentar zu ihrem angeblichen Drogenkonsum zu bekommen. Er ahnte, dass ihnen sein Gesicht seit dem Vorfall im Rehabilitationszentrum wahrscheinlich bekannt war, also fuhr er hinter das Haus und parkte in der Nähe des Notausgangs. Nachdem er sich versichert hatte, dass niemand ihn sah, machte er sich unsichtbar und stieg aus seinem Wagen.

Er betrat das Gebäude durch den Notausgang. Der Korridor dahinter war dunkel. Er ließ den Aufzug links liegen und rannte eilig die Treppe hinauf. Auf dem Treppenabsatz des ersten Stockwerks hielt er kurz an und schaute irritiert über seine Schulter. Es war auch hier dunkel. Eine Vorahnung ließ ihn einen Blick zur Decke werfen. Neonbeleuchtung. Er tastete nach dem Lichtschalter und betete, dass er falsch lag. Er legte den Schalter um – nichts!

Verdammt!

Hamish raste die restlichen Stufen hinauf und stürmte zu Tessas Wohnungstür. Sie war geschlossen. Auch hier war das Licht ausgebrannt. Immer noch unsichtbar schritt er durch die Tür in die Wohnung. Er verhielt sich still und rief nicht nach Tessa. Das Wohnzimmer und die Küche waren leer. Weder Poppy noch Tessa waren, wo er sie zurückgelassen hatte. Die Tür zum Schlafzimmer stand offen. Leise aber schnell näherte er sich und spähte hinein.

Sein Herz setzte aus. Tessa lag mit einer Aderpresse um ihren rechten Bizeps auf dem Bett. Eine Injektionsnadel lag neben ihrem Arm. Ihre Augen waren geschlossen. Sie bewegte sich nicht.

„Tessa! Oh Gott, nein!", rief er aus und lief zu ihr. Er fühlte ihren Puls und ließ dabei seinen Blick durch das Zimmer schweifen. Sie war allein. Kein Zeichen von Poppy oder dem Dämon, der irgendwie eingedrungen war. Denn dies musste die Arbeit von Dämonen gewesen sein. Tessa würde sich das nie antun.

Endlich, ein Puls, doch er war schwach. Er schüttelte Tessa. „Tessa, kannst du mich hören?" Er bekam keine Antwort. Panik raste durch ihn, aber er wusste, dass er sich nicht davon übermannen lassen durfte. Er musste ruhig bleiben, um Tessa zu retten. „Alles wird wieder gut, *Lass*, ich verspreche es dir." Denn er würde nicht zulassen, dass sie ihn verließ.

Er zog sein Telefon aus der Tasche und wählte Aidens Nummer. Während er darauf wartete, dass sein Freund abhob, nahm er Tessas Hand. Sie war feuchtkalt. Wie viel Zeit hatte sie noch?

Oh Gott, lass es nicht zu spät sein!

„Hamish? Was ist los?", erklang Aidens Stimme durch das Handy.

„Wo ist Leila?"

„Hier bei mir, warum?"

„Stell mich auf Lautsprecher."

„Erledigt."

Dann sagte Leila: „Hey, Hamish."

„Tessa ist bewusstlos. Jemand hat ihr Rauschgift gespritzt."

„Scheiße!", fluchte Aiden.

„Weißt du, welches Rauschgift?", fragte Leila in ihrer ruhigen Arztstimme.

„Nicht sicher. Ein Opiat, wahrscheinlich Heroin oder etwas ähnliches. Was muss ich tun?"

„Hat sie einen Puls?"

„Ja."

„Atmet sie?"

„Sehr schwach."

„Okay, hör genau zu. Sie hat nicht viel Zeit. Du wirst es nicht ins Krankenhaus schaffen – es dauert im Bestfall mindestens eine gute halbe Stunde von dort, wo du bist."

Hamish wollte schreien.

„Du musst sie in den Komplex bringen. Ich habe Naloxone hier. Das ist ein Morphium-Blocker; es wirkt bei jedem Opiat. Wenn ich es ihr innerhalb der nächsten fünfzehn Minuten spritzen kann, hat sie eine Chance", sagte Leila.

„Hamish", unterbrach Aiden, „es gibt ein Portal nur etwa fünf Minuten von Tessas Apartmenthaus entfernt. Ich habe es verwendet, als ich vorhin von ihr weg bin."

„Ich weiß, welches du meinst. Ich werde in zehn Minuten im Komplex sein. Bereitet alles vor."

Hamish legte auf und schob sein Telefon zurück in die Tasche. Die Injektionsnadel steckte er in eine andere Tasche, für den Fall, dass Leila überprüfen musste, was Tessa gespritzt worden war.

Dann hob er Tessa in seine Arme und trug sie aus der Wohnung, wobei er seine Verhüllungskraft auf sie ausweitete, sodass auch sie unsichtbar war.

„Halte durch Tessa, halte bitte durch." Nur noch ein paar Minuten.

Er raste die Treppe mit ihr hinab, den Korridor entlang zum Notausgang und stieß die Tür auf. Sobald er Tessa auf den Rücksitz seines Mercedes gelegt hatte, fuhr er zum Ort des Portals, das Aiden erwähnt hatte. Es lag im Keller eines alten Lagerhauses, das die Kinder in der Nachbarschaft jetzt fürs Skateboarden benutzten. Ein paar Jugendliche übten dort gerade ihre Tricks. Hinter einem Stapel alter Paletten stoppte er das Auto und stieg aus. Er hob Tessa in seine Arme, verhüllte sie beide und trug sie zum Eingang. Er fand die Treppe, die in den Keller führte, und stieg hinunter.

„Fast da, meine Liebste, fast da", murmelte er ihr zu, als er endlich das Portal erreichte.

Für einen Menschen sah es aus wie eine gewöhnliche Wand, doch Hamish erkannte die Gravur im Stein: ein Dolch. Er presste seine Hand dagegen und fühlte, wie die Stelle bei seiner Berührung warm wurde. Eine Sekunde später war die Wand verschwunden. Er stürmte in die dunkle Höhle, die sich geöffnet hatte. Mit seinem Geist schloss er das Portal und konzentrierte sich auf seinen Bestimmungsort. Er hielt Tessa nahe an seine Brust gepresst; alles schien sich um ihn herum zu drehen, doch er wusste, dass es nur ein Trugbild war. In Wirklichkeit bewegte er sich nicht. Ein paar Sekunden später war es vorbei. Sie waren angekommen. Das Portal öffnete sich und Hamish trat heraus.

Aiden und Leila warteten bereits mit einer Rollbahre auf ihn.

„Leg sie hier drauf", befahl Leila.

Vorsichtig legte er Tessa auf das Krankenbett. Leila überprüfte bereits ihren Puls. Hamish beobachtete ihr Gesicht. Als Leila nickte, stieß er den Atem aus, den er angehalten hatte. Leila zog eine Injektionsnadel aus ihrem Laborkittel und entfernte die Kappe. Während sie Tessas Arm ergriff und die Nadel in ihre Ader stach, sagte sie: „Naloxone wirkt sehr schnell. Wenn sie Opiate in ihrem Blut hat, werden sie davon blockiert." Sie drückte die Flüssigkeit aus der Nadel langsam in Tessas Arm und zog diese dann heraus. „Wir werden es innerhalb der nächsten fünfzehn Minuten wissen. Bringen wir sie in den Behandlungsraum. Ich muss sie an einen Monitor anschließen, um ihre Lebenszeichen im Auge zu behalten."

Hamish hielt Tessas Hand, während sie die Rollbahre den langen Gang hinunter und durch die Doppeltüren in das Zimmer schoben, das Leila in ein kleines medizinisches Zentrum verwandelt hatte. Mehrere Monitore, ein Notfallwagen und andere Ausrüstung, die Hamish nicht kannte, standen an einer Wand, die andere Seite des Zimmers wurde von einem Operationstisch und Stahlschränken eingenommen. Ein großes Waschbecken befand sich in einer Ecke und daneben gab es eine Dekontaminationsdusche. Das Uniklinikum war nicht besser ausgestattet als ihr Komplex.

Hoffnung machte sich in Hamishs Brust breit. Dank Leila hatte Tessa eine Chance. Hamish hob seine Augen und schaute Aidens Gefährtin an, die jetzt Sensoren auf Tessas Brust klebte und ein Sauerstoffmessgerät an ihrem Zeigefinger befestigte. Dann legte sie ihr eine Sauerstoffmaske über Mund und Nase.

„Ich weiß nicht, wie ich dir danken soll, Leila." Er fühlte, wie unvergossene Tränen in seine Augen drangen.

Leila lächelte. „Ich werde tun, was ich kann. Aber sie ist noch nicht über den Berg."

Hamish drückte Tessas Hand und blickte auf ihr blasses Gesicht hinab.

„Ich darf sie nicht verlieren." Dessen war er sich sicher. Sein Herz würde das nicht überleben. Sie bedeutete ihm zu viel.

Er spürte Aidens Hand auf seiner Schulter und drehte den Kopf zu seinem besten Freund. Sie wechselten einen wortlosen Blick und er begriff, dass Aiden verstand, was in ihm vorging.

Plötzlich schallte ein lautes, schrilles Geräusch, begleitet von blitzenden Lichtern, durch den Komplex. Durch Lautsprecher in der Decke gab eine Computerstimme bekannt: „Eindringlingsalarm. Portal durchbrochen. Eindringlingsalarm. Portal durchbrochen."

„Scheiße!", fluchte Hamish. War ihm ein Dämon gefolgt, weil er unbesonnen und nur darauf bedacht gewesen war, so schnell wie möglich mit Tessa in den Komplex zu gelangen?

„Dämonen!", knurrte Aiden. „Verdammt!"

„Sie müssen mir gefolgt sein." Er warf einen Blick zurück auf Tessa, hin- und hergerissen davon, bei ihr zu bleiben oder auf den Eindringlingsalarm zu reagieren, während Aiden bereits zur Tür lief.

„Los!", rief Leila. „Du kannst hier sowieso nichts tun."

Als Aiden die Doppeltür aufstieß, stürmte Hamish ihm nach und zog seinen Dolch.

„Schnappen wir uns diese Arschlöcher!", knurrte er und rannte schneller, um Aiden einzuholen.

32

Desorientiert spürte Wesley, wie seine Füße festen Boden berührten. Er atmete scharf aus und presste eine Hand auf sein Herz. Es schlug wie ein Presslufthammer. Er fühlte sich, als wäre er in einem Trockner herumgewirbelt worden. Zumindest bedeutete sein rasendes Herz jedoch, dass er noch lebte. Allerdings klingelte es in seinen Ohren, als würde er von einem Krankenwagen verfolgt.

Verdammt, wenn die Hüter der Nacht das jedes Mal durchmachten, wenn sie eines ihrer Portale benutzten, dann war er ihnen überhaupt nicht neidisch. Er würde einen Erste-Klasse-Flug einer kommerziellen Fluggesellschaft vorziehen. Oder einen mit Scanguards' Privatjet.

Plötzlich erleuchtete gedämpftes Licht den dunklen Raum, in dem er herumgeschleudert worden war, und er begriff, dass sich das Portal auf die gleiche Weise geöffnet hatte wie vorher bei seinem Eintreten. Einen Augenblick lang konnte er nichts sehen. Scheiße, hatte das verdammte Ding überhaupt funktioniert oder war er noch immer in den Wäldern von Sonoma? Würden seine Vampirfreunde bei Scanguards, der Sicherheitsfirma, für die er in San Francisco arbeitete, über ihn lachen dürfen, wenn er zurückkehrte, weil er zugeben müsste, dass er in seinem Vorhaben, die Hüter der Nacht aufzuspüren, gescheitert war?

Sein Chef, Samson, ein mehr als zweihundertfünfzig Jahre alter Vampir, war skeptisch gewesen, als Wesley ihm gesagt hatte, dass er Recherchen über diese übernatürlichen Wesen anstellen wollte, nachdem er einem von ihnen in den Wäldern von Nordkalifornien begegnet war. Doch Samson hatte schließlich nachgegeben, nachdem Wesley seine Argumente vorgebracht und behauptet hatte, dass es gut wäre, in dieser gefährlichen Welt Verbündete zu haben. Er wollte, dass die Hüter der Nacht und die Vampire von Scanguards zusammenarbeiteten, um das Böse in der Welt zu besiegen.

Und er hatte nicht die Absicht, Samson zu enttäuschen.

Wesley machte einen Schritt vorwärts und ließ seinen Blick schweifen. Grinsend stieß er seine Faust in die Luft. „Ja, ich hab's geschafft!"

Er war nicht mehr im Wald, sondern befand sich in einem Gebäude. Dicke Mauern, ein Steinfußboden, Wandleuchten, die Licht spendeten. Außerhalb des Portals wurden die Geräusche lauter und bezeugten ihm, dass er kein Ohrenklingeln hatte, sondern eine Art Alarm ertönte.

Wesley musste nicht darüber spekulieren, ob dieser dazu diente, den Bewohnern des Gebäudes seine Ankunft mitzuteilen, denn zwei Männer stürmten bereits den langen Gang entlang auf ihn zu.

Scheiße, *bewaffnete* Männer, denn wenn seine Sehkraft ihn nicht täuschte, hielten beide eine Art Dolch oder Machete in den Händen. Als die beiden ihn erblickten, schienen sie noch schneller zu laufen.

„Scheiße!", zischte Wesley leise.

Es sah nicht so aus, als hätte einer dieser Kerle die Absicht, ihm die Zeit zu geben, ihnen den Grund seines Erscheinens zu erklären. Sie sahen eher so aus, als würden sie zuerst zuschlagen und dann Fragen stellen. Kein gutes Szenario. Doch Scanguards hatte ihn gelehrt, mit jeder Situation zurechtzukommen, also machte er sich auf das nicht allzu freundliche Empfangskomitee gefasst.

Er sammelte seine Kräfte und rief die Luft zu sich, um einen Schutzschild zu erschaffen, doch nichts geschah. Er versuchte es noch einmal, aber die Luft rührte sich nicht, gehorchte seinem Befehl nicht.

„Planänderung", murmelte er.

Verzweifelt sah er sich nach einem Fluchtweg um und entdeckte dabei den Grund, warum seine Hexenkräfte nicht funktionierten: An den Wänden waren alte Runen in den Stein gehauen. Obwohl er sie nicht entziffern konnte, wusste er, dass sie dazu da waren, die Macht der Hexen zu unterbinden. Solange er sich innerhalb dieser Wände befand, war er in der Tat machtlos.

„Fuck!“, fluchte er, zu mehr blieb keine Zeit, denn einer der Männer, ein übernatürlicher, wie er aus dessen Aura schließen konnte, erreichte ihn und schleuderte ihn mit Hilfe seiner zweihundert Pfund Muskeln zu Boden.

„Verdammter Dämon!“, brüllte der Mann.

Ein Dolch kam auf Wesleys Hals zu, doch er schaffte es gerade noch, ihn mit seinem Arm abzuwenden. Sengender Schmerz durchfuhr ihn und er erkannte, dass die Klinge ihn erwischt hatte.

„Argh!”, rief er aus, doch der Dolch kam bereits wieder auf ihn zu.

„Stirb, du beschissener Dämon!“

„Verdammt! Ich bin kein Dämon!“

Doch sein Angreifer hörte ihm nicht zu. Sein Gesicht war eine Maske aus Wut und Hass. Er schwang seine Klinge erneut, doch bevor Wes ihn abwehren konnte, wurde sein Angreifer von dem zweiten Kerl weggerissen.

„Scheiße, Hamish, lass ihn los! Er ist ein Hexer!“

Wesley atmete schwer, starrte beide Männer an und nutzte die kurze Waffenruhe (oder was auch immer es war), um sich hastig aufzurappeln und aus der Reichweite der Klinge zu gelangen.

Der Mann, der ihn angegriffen hatte, derjenige, den der andere Hamish genannt hatte, starrte zurück. „Ein Hexer?“ Er ließ seine Augen über Wesley schweifen und fuhr dann mit einer Hand durch sein dunkles Haar. „Scheiße!“

Doch wenn Wes gedacht hatte, dass das bedeuten könnte, ihre Begegnung würde jetzt zivilisierter werden, irrte er sich. Hamish stürzte sich wieder auf ihn und drückte ihn gegen die Wand. „Und wie zum Teufel kommt ein *Hexer* in unseren Komplex?“

Wesley schaffte es, mit seinem Daumen nach links zu deuten. „Portal?“

„Ohne Scheiß!“, zischte Hamish, während noch mehr Schritte durch den Gang hallten.

„Aiden? Hast du sie?“, rief jemand.

Der Mann, der als Aiden bezeichnet worden war, blickte über seine Schulter zu den zwei Männern, die auf sie zukamen. „Wir haben einen Hexer erwischt.“

„Ja verdammt nochmal!“, antwortete einer der zwei Neuankömmlinge.

Plötzlich drängten sie sich alle um Wesley. Der, den sie Hamish nannten, hatte immer noch seinen Unterarm gegen Wesleys Hals gedrückt.

„Sag mir, wer du bist und wie zum Teufel du hier hereingelangt bist", verlangte er zu wissen.

„Wie ich schon sagte", wiederholte Wesley zähneknirschend, „ich habe dieses Portal benutzt. Kannst du das nicht in deinen Dickschädel hineinbekommen?"

Als Hamish die Zähne fletschte, legte einer der anderen Männer eine Hand auf seine Schulter. „Ganz ruhig. Wir tun Hexern nichts."

Diese Information hob Wesleys Stimmung ein bisschen, obwohl Hamish nicht zuzustimmen schien.

„Das erklärt trotzdem nicht, wie er im Stande war, das Portal zu benutzen und unsere Verteidigung zu durchbrechen", knurrte Hamish.

„Das finden wir schon noch raus", sagte Aiden ruhig. „Aber du hast bereits genügend Stress, Kumpel."

Was auch immer der Stress war, auf den sich Aiden bezog, es schien, als hätte dieser die Fähigkeit des Hüters der Nacht vernebelt, Wesleys Aura als die eines Hexers zu erkennen.

Einer der anderen sagte: „Ja, Mann, ich habe gerade von Tessa erfahren. Ich hoffe, dass sie durchkommt."

Schließlich ließ Hamish von ihm ab und Wesley atmete ein paar Mal tief durch. Zumindest versuchten sie nicht mehr, ihn zu töten. Das war ein Fortschritt.

„Also, Jungs", fing Wesley an, „ich nehme an, ihr wollt wissen, was ich hier mache, wie?"

„Macht euch auf was gefasst, Leute", sagte Aiden zu seinen Freunden, „sieht so aus, als hätten wir uns einen Klugscheißer geschnappt." Dann fixierte er Wes mit zusammengekniffenen Augen. „Du solltest schnell zum Punkt kommen. Wie du vielleicht bemerkt hast, sind einige von uns leicht reizbar."

Es war nicht schwer zu erraten, wen Aiden meinte.

"Ich bin Wesley Montgomery aus San Francisco. Und wenn meine Nachforschungen richtig sind, dann seid ihr alle Hüter der Nacht", sagte er, wobei er die vier Kerle genau beobachtete, ob sie irgendeine Reaktion zeigten. Aber sie alle hatten ihre Pokerfaces aufgesetzt. „Okay, und anscheinend ist keiner von euch besonders gesprächig."

Als mehrere der Männer missfallend knurrten, hob er kapitulierend die Arme „Keine Sorge, ich verstehe schon. Ihr seid etwas sauer, dass ich nicht geklingelt habe. Mein Fehler." Immer noch keine Reaktion. „Ich bin hier, weil ich hoffte, eine Allianz zwischen euch und Scanguards auszuhandeln."

„Was ist Scanguards?", knurrte Hamish.

„Eine Sicherheitsfirma mit Hauptquartier in San Francisco."

„Alles Hexen?", wollte Hamish wissen.

Wesley schüttelte den Kopf und machte sich bereit. "Ich bin der einzige Hexer in ihren Reihen. Die meisten anderen sind Vampire."

Wes hätte in der Stille, die folgte, eine Nadel fallen hören können. Gleichzeitig wurde ihm plötzlich auch bewusst, dass der Alarm gestoppt hatte, obwohl ihm nicht aufgefallen war, wann.

Aiden schüttelte genauso wie die anderen Männer den Kopf. „Behandle uns nicht wie Idioten. Wir wissen genauso gut wie alle anderen übernatürlichen Wesen, dass Hexen und Vampire Erzfeinde sind. Also, was willst du wirklich?"

„Mann, ich sage euch die Wahrheit. Ihr könnt es überprüfen –"

Ein Schrei vom Ende des Gangs unterbrach ihn. „Hamish!", rief ein Mann. „Du musst kommen. Tessa geht's schlecht."

„Oh Gott, nein!" Hamish wurde kreidebleich. Er wirbelte herum und rannte den Korridor hinunter, bis er aus dem Blickfeld verschwand.

„Also, was sollen wir mit ihm machen?", fragte einer der anderen und deutete auf Wes.

„Bleizelle fürs Erste", befahl Aiden.

„Hey, hört mir zu!", protestierte Wes. „Ich sage die Wahrheit!"

„Wir werden uns später mit dir befassen. Wir haben wichtigere Dinge, um die wir uns im Augenblick kümmern müssen", behauptete Aiden und packte ihn am Arm.

„Hey, pass auf!" Wes zeigte auf die Wunde an seinem Arm. „Kannst du nicht sehen, dass ich verletzt bin? Etwas professionelle Zuvorkommenheit wäre nett!"

„Gehen wir, Hexer! Ich habe eine nette kleine Zelle mit deinem Namen drauf."

33

Hamish trat die Doppeltür zum Behandlungszimmer auf und lief hinein. Die Monitore piepten. Sein Blick schoss zu dem Krankenbett, wo Tessa lag – doch nicht unbeweglich wie zuvor. Ihr ganzer Körper zuckte wild und Leila versuchte verzweifelt, sie nach unten zu drücken. Als er sich dem Bett näherte, fing er Leilas Blick auf.

„Sie hat einen Anfall", rief sie.

„Oh Gott! Nein!", sagte Hamish und Panik erfüllte jede einzelne seiner Zellen. „Warum geschieht das? Kannst du nichts tun?"

„Sie reagiert auf das Naloxone."

„Was?" Er nahm Tessas Kopf zwischen seine Hände, um zu verhindern, dass sie ihre Sauerstoffmaske davonschleuderte.

„Es ist eine Nebenwirkung des Opiatblockers. Das kann vorkommen."

„Fuck!", fluchte er. „Was jetzt? Verdammt Leila, was jetzt?"

Tränen schossen in Leilas Augen. „Ich weiß es nicht, Hamish! Ich weiß es nicht! Ich bin keine Unfallchirurgin." Sie schaute sich im Zimmer um und sah genauso panisch aus wie er. „Ich habe nichts anderes ..."

Die Worte klammerten sich um sein Herz und drückten schmerzhaft zu. „Ich darf sie nicht verlieren, Leila! Ich darf sie nicht verlieren." Er blickte in Tessas Gesicht. „Ich ertrage es nicht, sie leiden zu sehen."

Die Türen öffneten sich hinter ihm, doch er drehte sich nicht um oder schaute über seine Schulter.

„Sie ist nicht stark genug, Hamish!“ Leilas Worte wurden von einem Schluchzen begleitet. „Nicht stark genug ...“

„Dann mach sie stark!“

Pearce hatte diese Worte gesprochen. Er hatte sich dem Bett genähert. Hamish sah ihn fragend an. Und gerade als Pearce seinen Mund wieder öffnete um fortzufahren, verstand Hamish.

„*Virta*“, sagte Hamish.

Pearce nickte. „Es ist einen Versuch wert.“

Hamish wechselte einen Blick mit Leila. Ein hoffnungsvoller Ausdruck breitete sich auf ihrem Gesicht aus. „Es half, mich stark zu machen, als ich mit Zoltan in diesem Farmhaus kämpfte. Du erinnerst dich doch, Hamish, oder?“

Nur allzu gut. Leila war fast so stark gewesen wie ein Hüter der Nacht, obwohl die Umstände, unter denen sie *Virta* erhalten hatte, anders gewesen waren.

„Tu es!“, drängte Leila.

Hamish entfernte die Sauerstoffmaske von Tessas Gesicht. „Leila, Pearce, haltet sie fest, damit sie sich nicht verletzt.“ Denn er musste sich auf eine Sache konzentrieren und nur auf eine Sache: sein *Virta* – seine übernatürliche Macht – zu sammeln und in Tessa einzuflößen.

Er spürte, wie sein Körper hart wurde und seine Muskeln sich anspannten, als er seine Kräfte rief und ihnen befahl, sich zu erheben. Gleichzeitig wurde ihm klar, dass er sein *Virta* schon mit ihr hatte teilen wollen, seit er sie das erste Mal erblickt hatte, obwohl er nie gedacht hätte, dass es so geschehen würde.

Als er sich über sie beugte und sein Gesicht zu ihrem brachte, betete er, dass er sie retten konnte.

„Ich liebe dich, Tessa.“

Er senkte seine Lippen auf ihre und befahl seinem *Virta*, seinen Körper zu verlassen und in ihren überzugehen, wobei er ihr Gesicht mit seinen Händen hielt, damit sie sich nicht bewegen konnte, und Leila und Pearce ihre Arme und Beine unbeweglich machten. Er dachte nur noch an Tessa, daran, was sie ihm bedeutete, daran, was in ihrer Zukunft liegen könnte, wenn sie es nur überlebte. Er goss immer mehr seiner Lebenskraft in sie und drängte diese, in jede Zelle von Tessas Körper einzudringen und die Auswirkung der Droge zu bekämpfen. Er würde alles, sogar sein Leben geben, um Tessa zu heilen.

„Sie hat aufgehört zu krampfen." Leilas Stimme drang an seine Ohren, dennoch ließ Hamish Tessa nicht los. Er goss weiterhin seine Kraft, sein *Virta* in sie.

Er hörte das Piepen der Monitore, das wieder einen normalen Rhythmus annahm. Und er konnte es auch selbst fühlen: Ihr Herzschlag beruhigte sich, wurde gleichmäßig und ihr Körper wurde entspannt.

Er spürte Pearces Hand auf seiner Schulter. „Alles ist gut, Hamish."

Trotzdem konnte er nicht aufhören. Er musste weitermachen, musste wissen, dass er ihr alles gab, was er konnte, damit sie überleben würde.

„Ihre Lebenszeichen sind gut", sagte Leila von der anderen Seite des Krankenbetts. „Sie wird es schaffen."

Plötzlich fühlte er, wie sein Körper schwach wurde und seine Knie einknickten.

„Oh Scheiße!", hörte er Pearce fluchen.

Der andere Hüter riss ihn von Tessa weg. Hamish taumelte rückwärts und wäre gestürzt, hätte Pearce ihn nicht aufgefangen.

„Leila, einen Stuhl. Schnell!", befahl Pearce.

Einen Augenblick später hatte Leila einen Stuhl neben das Bett geschoben und Pearce setzte ihn vorsichtig darauf. Doch Hamish machte sich in diesem Augenblick keine Gedanken um sich selbst. Stattdessen hob er seine Augen und blickte auf Tessa. Ihre Haut schimmerte golden, eine Nachwirkung des *Virta*, das er mit ihr geteilt hatte. Sie war noch nie schöner gewesen.

„Scheiße, Hamish", sagte Pearce, „du hast dich fast an den Abgrund manövriert."

„Sie brauchte es", sagte Hamish, obwohl er jetzt ausgelaugt war und sein *Virta* ein gefährlich niedriges Niveau erreicht hatte. „Mir geht es bald wieder gut." Seine Macht würde in ein paar Stunden völlig regeneriert sein. Im Komplex bei seinen Kameraden zu sein, würde das sicherstellen. Er konnte von ihrem gesammelten *Virta* und der Macht, die innerhalb der Mauern des Gebäudes lag, zehren.

„Du musst dich ausruhen", verlangte Pearce. „Komm schon!"

Hamish schüttelte Pearces Hand ab. „Nein! Ich bleibe bei Tessa. Sie braucht mich."

„Es gibt nichts, was du gerade tun kannst", sagte Leila sanft. „Sie schläft."

Er griff nach Tessas Hand, doch Leila stoppte ihn. „Nein, Hamish. Du darfst sie jetzt nicht berühren. Sie muss sich ausruhen."

Er verstand sofort, worauf sich Leila bezog. Während Tessa golden schimmerte und sein *Virta* stark in ihr war, würde eine Berührung von ihm sie sofort aufwecken und sie zum Höhepunkt bringen. „Ich weiß. Aber ich muss hier sein, wenn sie aufwacht. Sie wird verängstigt sein." Er sah zu Leila auf. „Sie kennt dich nicht."

Leila nickte und ein weiches Lächeln lag auf ihrem Gesicht. „Dann bleib hier."

Er seufzte erleichtert und neben ihm tat Pearce dasselbe.

„Du hast das gut gemacht, Hamish", sagte Pearce.

Hamish sah ihn an. „Sie darf nicht sterben."

Der Blick, den sein Freund ihm schenkte, sagte ihm, dass Pearce verstand. „Das wird sie nicht. Und wir werden den Bastard kriegen, der ihr das angetan hat."

Hamish nickte zustimmend.

„Ich habe diese E-Mail überprüft, die du mir geschickt hast", sagte Pearce plötzlich.

Hamish warf ihm einen Blick zu und richtete seinen Oberkörper erwartungsvoll auf. „Ja?"

„Dieser Name, der so seltsam klang? Zoel Monnadt?"

„Was ist damit?"

„Es ist ein Anagramm. Wenn du die Buchstaben umordnest, heißt es Demon Zoltan."

„Dieser kranke Scheißkerl!", knurrte Hamish, während seine Hände sich automatisch zu Fäusten ballten.

„Er spielt gern Spiele. Ich habe auch das Foto untersucht und es ist nicht verändert worden. Das Foto ist echt. Es wurde nicht bearbeitet. Sorry."

Hamish nickte und verarbeitete die Information. Sie gab seinem Verdacht mehr Gewicht. „Hast du die Adoptionsakte bekommen, nach der ich dich gefragt habe? Ich glaube, dass ich weiß, wie Zoltan es angestellt hat. Ich brauche nur die Bestätigung."

„Ich habe mich in die Datenbank der Stadt eingehackt, aber vor fünfunddreißig Jahren waren alle Aufzeichnungen noch auf Papier. Sie sind noch nicht digitalisiert worden. Ich hatte vor, aufs Gericht zu gehen und mich hineinzulassen, um nach ihnen zu suchen, als ..." Er blickte auf Tessa, dann zurück zu Hamish. „Ich werde jetzt gehen."

„Danke, Pearce." Er zögerte. „Für alles."

Pearce lächelte. „Wofür sind Freunde da?" Dann drehte er sich um und marschierte aus dem Zimmer.

Hamish rückte seinen Stuhl näher an das Bett, da er sich körperlich noch schwach fühlte. Aber er würde das jeden Tag durchmachen, wenn es bedeutete, dass Tessa leben würde.

„Was jetzt?", fragte er und hob seine Augen zu Leila.

„Jetzt warten wir."

„Warum machst du keine Pause, Leila; geh zu Aiden. Ich werde dich rufen, wenn sich ihr Zustand ändert", sagte Hamish.

„Bist du sicher?"

Er nickte. „Und du könntest ein paar Verbände mitnehmen. Der Eindringling wurde verletzt."

Leilas Kinnlade klappte auf. „Ihr habt den Dämon, der eingedrungen ist, nicht getötet?"

„Es war kein Dämon."

„Wer hat dann unsere Verteidigung durchbrochen?"

„Ein Hexer."

„Aber ... wie ist das möglich?"

Hamish zuckte mit den Schultern. „Wir wissen es noch nicht. Wir werden es herausfinden." Er wandte sich wieder zu Tessa. „Später." Wenn er wieder klar denken konnte.

Leila schnappte sich eine Tasche mit Erste-Hilfe-Bedarf und ging zur Tür, schaute jedoch noch einmal über ihre Schulter. „Wenn sich irgendetwas ändert, wenn sie aufwacht, drück diesen Knopf." Sie deutete auf eine Stelle an der Wand. „Das wird einen stillen Alarm an die Kommandozentrale und an mein Handy senden."

Hamish nickte. Einen Augenblick später war er mit Tessa allein.

Ihr Gesicht sah jetzt friedlich aus. Es war nicht mehr die verzerrte Maske aus Schmerz und Qual, die es während ihres Anfalls gewesen war. Das goldene Glühen, das ihren ganzen Körper bedeckte, ließ sie wie einen Engel aussehen. Und für ihn war sie auch ein Engel.

„Ich liebe dich, Tessa", murmelte er. „Und falls du aufwachst, nein ... *sobald* du aufwachst, werde ich dir zeigen, wie sehr." Er schniefte. „Ich werde den Dämon töten, der dir das angetan hat. Ich werde Zoltan zerstören. Ich werde dafür sorgen, dass er sich wünscht, er wäre nie geboren worden."

34

Wesley fluchte. Sie hatten ihn seines Rucksacks beraubt und seine Taschen durchsucht und entleert, bevor sie ihn in eine dunkle mit Blei verkleidete Zelle geworfen hatten. Ohne irgendwelche Waffen, sein Handy oder seine Hexenkräfte gab es nicht viel, was er tun konnte. Er musste einfach darauf warten, dass seine widerwilligen Gastgeber zurückkehrten und ihn erklären ließen, warum er hier war und wie er in der Lage gewesen war, das Portal zu verwenden.

Er war nicht sicher, wie lange er in der schwach beleuchteten Zelle gewesen war, aber es konnte nicht viel Zeit vergangen sein, bis er Schritte hörte. Schritte von mehr als einer Person. Er sprang auf die Füße und starrte erwartungsvoll zur Tür, die aussah, als gehörte sie zu einer alten Burg. Ein Schlüssel drehte sich im Schloss und die Tür flog auf und ließ Licht in die Zelle strömen.

Im Gegenlicht konnte er die Silhouette eines Mannes erkennen. „Wir sind hier, um deine Wunde zu verarzten."

Er erkannte die Stimme. Es war Aiden. Er trat zur Seite und enthüllte eine kleinere Gestalt, eine Frau. Wes zog eine Augenbraue hoch und näherte sich der Tür, um sie sich genauer anzusehen. Zu seiner Überraschung war die Frau menschlich.

„Eine falsche Bewegung und du bist dran, Hexer", drohte Aiden.

Die Frau legte eine Hand auf Aidens Unterarm, um ihn zu beruhigen. Sie tauschten einen Blick aus.

„Er ist verletzt, Aiden, und ohne seine Kräfte glaube ich nicht, dass er irgendetwas versuchen wird." Sie richtete ihren Blick auf Wesley. „Richtig?"

Automatisch schüttelte Wes seinen Kopf. „Ich werde niemandem etwas antun."

Als die Frau in die Zelle schritt, bewegte sich Wes nicht, da er wusste, dass Aiden ihn wie ein Adler beobachtete. Hätte er raten müssen, hätte er gesagt, dass Aiden und diese Frau, angesichts des Beschützerinstinkts, den er an den Tag legte, ein Paar waren.

„Leila, sei vorsichtig."

Sie antwortete nicht und kam näher. Dann konzentrierte sie ihre Augen auf Wesleys verletzten Arm. „Es ist hier drinnen zu dunkel", sagte sie über ihre Schulter blickend. „Bringen wir ihn nach oben."

„Er bleibt hier!", knurrte Aiden.

Sie drehte sich langsam um. „Aiden, bitte sei vernünftig. Wir sollten ihn in die Küche bringen. Ich brauche warmes Wasser, um seine Wunde auszuspülen. Er wird nicht fliehen können, ganz gleich ob er in der Zelle ist oder oben."

Aiden murmelte etwas, bevor er schließlich sagte: „Na gut." Dann drohte er Wesley mit seinem Zeigefinger und fügte hinzu: „Eine falsche Bewegung und –"

„Ich habe es beim ersten Mal schon kapiert", unterbrach Wes. „Und mein Name ist Wesley. So wie du *Hexer* sagst, ist es beleidigend, als wäre es ein Schimpfwort."

Zu seiner Überraschung kicherte Leila. „Komm schon, Wesley, flicken wir dich zusammen." Sie ging zum Ausgang und gab ihm ein Zeichen, ihr zu folgen.

„Und habe ich Küche gehört? Ihr habt da nicht zufällig etwas zu essen? Ich bin am Verhungern", sagte Wes beim Verlassen der Zelle. Als Aiden ihn mit zusammengekniffenen Augen anstarrte, deutete er auf seinen verwundeten Arm, wo das Blut über dem Schnitt bereits verkrustet war. „Ein harter Drink wäre auch nicht schlecht. Ihr wisst schon, um den Schmerz zu betäuben."

Eine Seite von Aidens Mund zog sich ein bisschen nach oben. „Wir trinken hier Scotch."

„Ich liebe ein gutes Glas Scotch", behauptete Wes, um eine Verbindung zu seinem feindseligen Gastgeber aufzubauen.

Aiden und Leila führten ihn durch mehrere Gänge und über einige Treppen zu einem höher gelegenen Stockwerk. Die Wände dort waren denen im Keller ähnlich, doch die Fußböden hatten eine viel glattere Oberfläche und alles war gut ausgeleuchtet. Es roch sogar gemütlich. Nach dem, was er bisher sehen konnte, war dies ein riesiges Gebäude mit großzügigem Grundriss und mehreren Stockwerken. Sein eigenes Haus in San Francisco hätte mindestens fünfmal hier hereingepasst.

Schließlich öffnete Leila eine Tür und winkte ihn hinein. Aiden folgte ihm. Sie waren in einer riesigen offenen Wohnküche mit einer großen Kücheninsel mit Barhockern und einem Freizeitraum mit einem übergroßen Plasmabildschirm an der Wand und geräumigen Sofas davor.

„Nicht schlecht", murmelte Wesley leise und zeigte auf den Fernseher. „Ihr Jungs wisst, wie man lebt." Der Fernseher war auf seinen Lieblingskanal eingestellt. Von dem Basketballspiel angezogen bewegte er sich dorthin, wo die Golden State Warriors spielten. „Los Warriors!"

„Du bist also wirklich aus San Francisco", sagte Aiden neben ihm.

Wes sprang fast aus seiner Haut. Er hatte nicht gehört oder gesehen, dass Aiden sich ihm genähert hatte. „Scheiße! Tu das nicht!"

„Ich will dich nur auf Trab halten." Er machte eine Pause und fügte dann hinzu: „Wesley."

Hinter ihnen räusperte sich Leila, wodurch sie beide ihre Köpfe drehten. „Sobald ihr mit dem, was auch immer ihr macht, fertig seid, könnte ich dann vielleicht mit dem Verbinden der Wunde anfangen? Ich habe schließlich noch eine andere Patientin." Sie deutete auf einen Barhocker, während sie um die Insel ging und eine Schüssel aus einem Hängeschrank nahm.

Wesley hüpfte auf den Hocker und sah zu, wie sie die Schüssel mit warmem Wasser füllte.

„Also, Leila", fing er an, als sie zurückkehrte, die Schüssel auf der Insel abstellte und dann in dem schwarzen Ärztekoffer nach etwas suchte. „Du bist kein Hüter der Nacht."

Sie schaute kurz auf. „Nein, bin ich nicht." Sie zog weißen Verbandsmull aus der Tasche und tauchte ihn in das warme Wasser. „Aber ich bin mit einem verheiratet."

Bevor er darauf reagieren konnte, befahl sie: „Zieh dein Hemd aus, damit ich die Wunde reinigen kann."

Er gehorchte und sie machte sich an die Arbeit. Während sie sich auf die Reinigung des Schnitts konzentrierte, drehte Wes den Kopf, um zu Aiden zu schauen, der sie über seine vor der Brust verschränkten Arme hinweg beobachtete.

„Ihr zwei seid also zusammen. Das dachte ich mir schon." Als Aiden nur knurrte, musste Wes grinsen. „Ich glaube, du unterscheidest dich nicht besonders von meinen Vampirfreunden bei Scanguards. Die sind genauso besitzergreifend, was ihre Frauen angeht."

Aiden machte ein paar Schritte auf ihn zu und ließ seine Arme an den Seiten herunterfallen. „Ja, du sagst also immer noch, dass du mit Vampiren befreundet bist. Wie ist das denn passiert?"

Endlich hörte ihm jemand zu.

„Tja, komisch, dass du fragst."

Aiden neigte seinen Kopf zur Seite.

Wes hob entschuldigend eine Hand. „Okay, nicht komisch. Mein Bruder ist ein Vampir."

„Dein Bruder?" Aiden runzelte die Stirn. „Aber wenn er dein Bruder ist, wäre er auch ein Hexer gewesen. Warum würde ein Hexer –"

„Um uns alle zu retten. Schon mal von der Macht der Drei gehört?"

„Ja. Was ist damit?"

Wes spürte, wie sich seine Brust mit Stolz füllte. „Mein Bruder Haven, meine Schwester Katie und ich waren dazu bestimmt, die Macht der Drei zu werden. Aber wir wurden betrogen."

„Von wem?"

„Von unserer Mutter. Und später von einer anderen Hexe, Francine. Sie versuchte, die Macht an sich zu reißen, und die einzige Art und Weise, wie wir sie aufhalten konnten, war, dass einer von uns starb."

Aiden dachte über Wesleys Worte nach. „Die Macht einer Hexe kann nicht im Körper eines Vampirs wohnen."

Froh darüber, dass Aiden verstand, fuhr Wesley fort: „Mein Bruder wusste das. Deshalb opferte er sein menschliches Leben."

„Aber wie passen die Vampire in das Ganze?“

„Lange Geschichte.“

„Gib mir die Kurzfassung.“

„Unsere Mutter wurde von einem Vampir getötet – und unsere jüngste Schwester Katie entführt –, als wir noch Kinder waren. Damals wussten wir nicht, wer wir waren, oder dass unsere Mutter unsere Macht gestohlen hatte. Haven wurde Vampirjäger, um sie zu rächen. Er suchte mehr als zwanzig Jahre nach Katie und tötete jeden Vampir, dem er begegnete. Doch dann wurde er von einer anderen Hexe hintergangen.“ Er zuckte mit den Schultern. „Es war meine Schuld. Aber diese Hexe, sie hatte Katie gefunden, die damals Schauspielerin war. Die Hexe schaffte es, uns ebenfalls zu erwischen. Und so ist Scanguards ins Spiel gekommen, denn Yvette war Katie als Bodyguard zugeteilt worden. Letztendlich wurden wir alle von der Hexe eingesperrt. Wir mussten zusammenarbeiten.“ Er lächelte. „Und Haven, er hat sich in sie verliebt. In Yvette. So wurden wir alle eine Familie. Ich würde jedem einzelnen der Vampire von Scanguards mein Leben anvertrauen. Und ich würde meines für sie opfern, wenn ich es müsste. Sie sind meine Brüder und Schwestern.“

Er bemerkte plötzlich, dass Leila aufgehört hatte, sich um seine Wunde zu kümmern, und sah sie an. „Danke“. Er blickte auf seinen Arm. Er war ordentlich verbunden.

„Du bist wirklich mit Vampiren befreundet?“, fragte Aiden immer noch ungläubig, doch viel freundlicher als zuvor. „Also gibt es Hoffnung auf Frieden zwischen euren zwei Rassen.“

„Sie sind gute Leute. Sie schützen die Unschuldigen: Menschen, Hexen, Vampire. Ihnen ist egal, wie das Böse aussieht und wer in Gefahr ist; sie diskriminieren nicht. Sie schützen alle, die Schutz verdienen.“ Und Wes war stolz, zu ihnen zu gehören.

Leila wechselte einen Blick mit ihrem Mann. „Genauso wie wir.“

Aiden nickte langsam und blickte dann wieder zurück zu Wesley. „Wie hast du uns gefunden?“

„Das kann ich dir leider nicht sagen. Ich bin mir da selbst nicht wirklich sicher. Aber ich sah ein übernatürliches Wesen, einen Mann, der unsichtbar war. Er verschwand in einem Portal in den Wäldern von Sonoma und –“

„Eines der verlorenen Portale“, murmelte Aiden.

Obwohl Wes nicht wusste, was er damit meinte, fuhr er fort: „Ich fand das Symbol eines Dolches in Stein gehauen, wo ich den Fremden zuletzt gesehen hatte. Ich forschte ein wenig nach und hatte Glück. Ich fand heraus, was dieser Mann war: ein Hüter der Nacht. Also sprach ich mit meinem Chef bei Scanguards und bat ihn um die Erlaubnis, euch Jungs zu suchen."

„Wozu?"

„Damit wir einander helfen können; ihr wisst schon, indem wir zusammenarbeiten."

„Hm."

Wes hob seine Hände. „Ich weiß. Es war ein riskanter Versuch. Aber ich konnte Hexerei verwenden, um dem Portal vorzugaukeln, dass ich ein Hüter der Nacht wäre, sodass es sich für mich öffnen würde. Das tat es auch. Aber als ich drinnen war, wusste ich nicht wirklich, was ich machen sollte. Ich konnte keine Knöpfe oder irgendetwas anderes finden."

Leila kicherte.

„Weil es keine gibt", sagte Aiden und tippte mit dem Finger gegen seine Schläfe. „Du kannst es nur damit hier lenken."

„Mit deinen Gedanken?" Aufregung schoss durch Wes. „Das ist erstaunlich. Verdammt! Aber ..." Er runzelte die Stirn. „Wie bin ich dann hier gelandet? Ich wusste nicht, wie man das Portal steuert. Es fing einfach an, sich zu drehen und mich wie einen Pingpongball in einem Trockner herumzuwerfen."

„Ja, ich glaube, so würde es sich anfühlen. Für jeden außer einen Hüter der Nacht oder einen Dämon ist die Reise durch das Portal desorientierend", gab Aiden zu.

„Du meinst, für euch fühlt es sich nicht so an?"

Er sah, dass Aiden seine Augen über ihn schweifen ließ, und versuchte, ihn einzuschätzen. „Ich glaube, dass du bereits genug weißt." Dann zeigte er auf Wesleys Arm. „Und du bist bandagiert. Zeit, zu deiner Zelle zurückzugehen."

Wes sprang von seinem Barhocker. Er hatte keine Absicht, dorthin zurückzukehren. Er würde den Kerl noch etwas hinhalten müssen, bis er es schaffte, sein Vertrauen zu gewinnen. „Ich habe noch nichts gegessen."

Aiden zeigte zum Kühlschrank. „Erwarte nicht, dass ich es dir zubereite. Bediene dich."

Wes wartete nicht auf eine zweite Einladung, marschierte zu dem riesigen Kühlschrank und riss ihn auf. Er war gut bestückt. „Ausgezeichnet." Er machte sich an die Arbeit, einige Sachen herauszunehmen, bevor er über seine Schulter hinweg sagte: „Weißt du, Aiden, das Glas Scotch, das du mir versprochen hast, wäre jetzt nett."

Aiden knurrte: „Mach es dir nicht zu bequem. Du bleibst nicht hier."

Wes grinste. Ein paar Gläser Whiskey mit Aiden und der Kerl könnte eine andere Tonart einschlagen. Immerhin konnte Wes sogar Vampire betören. Wie schwer konnte es da sein, einen Hüter der Nacht auf seine Seite zu bringen?

35

Die Schwerelosigkeit war weg. Tessa war sich ihres Körpers wieder bewusst, sie war sich sogar jeder einzelnen Zelle davon bewusst. Sie fühlte sich stark und voller Energie. Irgendwo in der Nähe gab es einen piependen Ton sowie ein Summen, das wie eine Klimaanlage klang. Nur hatte sie keine Klimaanlage in ihrer Wohnung.

Sie öffnete ihre Augen. Das Licht um sie blendete und zwang sie zu blinzeln. Neonlichter über ihr und Stahlschränke an den glänzenden weißen Wänden. Ein Krankenhauszimmer. Sofort kehrten die Erinnerungen zurück: der Dämon, der sie angegriffen hatte, die Injektionsnadel, mit der er ihr die Droge gespritzt hatte. Hatte sie es geschafft? Hatte sie wider Erwarten überlebt?

Sie atmete scharf ein, als sie eine Bewegung neben sich spürte. Sie drehte ihren Kopf zur Seite. Hamish! Er hob seinen dunklen Haarschopf von der Kante des Krankenbetts, wo er ihn hatte ruhen lassen.

„Tessa." Seine Stimme klang rau. „Endlich."

„Hamish", murmelte sie. Ihr Hals war so trocken wie die Sahara.

Er neigte sich zur Seite und griff nach etwas. „Hier, trink", sagte er sanft und führte ein Glas Wasser mit einem Strohhalm zu ihren Lippen. Sie zog den Strohhalm in ihren Mund, hob ihren Kopf vom Kissen und schluckte die kühle Flüssigkeit gierig hinunter, bis das Glas leer war.

„Ich wusste, dass du kommen würdest“, flüsterte sie.

Er lächelte und erst jetzt bemerkte sie, dass seine Augen rot und angeschwollen waren ... als ob er Tränen vergossen hätte. Automatisch griff sie nach ihm, aber er wich zurück und stand auf.

„Tessa, so sehr ich dich auch in meinen Armen halten will, dürfen wir uns noch nicht berühren.“

Sie fühlte, wie sich bei seinen seltsamen Worten Verwirrung in ihr ausbreitete und suchte sein Gesicht für eine mögliche Erklärung. „W–“

„Ich habe dich fast verloren, *Lass*. Du wärst mir beinahe entglitten. Es gab nur eine Sache, die ich tun konnte, um dein Leben zu retten.“

Sie schluckte und die Angst packte sie erneut.

„Ich musste dir *Virta* geben.“

„*Virta*?“ Sie wusste nicht, was er damit meinte. Sie hatte dieses Wort noch nie gehört.

„Meine Lebenskraft. Die Kraft, die mir meine übernatürlichen Fähigkeiten gibt. Ich musste dich stark machen.“

Sie atmete aus und ihr Puls raste. „Ich bin jetzt ein Hüter der Nacht?“

Er lachte leise. „Nein, Liebling, aber du bist ein paar Stunden lang fast so stark wie einer. Schau auf deine Arme.“

Tessa hob diese und schrie auf, als sie die Farbe ihrer Haut sah. „Ich bin golden.“

„Es wird bald wieder weggehen.“ Sie bemerkte, wie er seine Augen über sie schweifen ließ, und sah, wie Verlangen und Zärtlichkeit in ihnen kollidierten. „Aber wenn ich dich berühre, solange du golden schimmerst, wirst du innerhalb von wenigen Augenblicken einen Orgasmus haben. Und so sehr ich dir dieses Vergnügen geben und spüren will, wie du bei meiner Berührung kommst, müssen wir zuerst reden.“

Ungläubig starrte sie weiter auf ihre Arme. „Oh mein Gott, ich kann es nicht glauben. Aber warum? Wie? Ich verstehe nicht.“ Sie hatte gedacht, dass sie alles über Hamish und seine Rasse wusste, aber es schien noch so viel mehr zu geben.

„Die Hüter der Nacht wollen sicherstellen, dass ihre Geliebten immer völlig befriedigt sind. Wir können unser *Virta* dazu bringen, während des Sex in den Körper unseres Partners überzugehen und –“

Schockiert setzte sie sich auf. „Du hattest Sex mit mir, während ich bewusstlos war?“

Sofort schüttelte Hamish den Kopf. „Nein!“

„Aber du sagtest doch gerade –“

„Als du auf den Opiatblocker, den dir Leila gespritzt hatte, reagiert hast und einen Anfall hattest, habe ich dich geküsst und meine Lebenskraft auf diesem Weg in dich fließen lassen. Das hat dir die Kraft gegeben, um dein Leben zu kämpfen. Ich konnte dich nicht sterben lassen, Tessa.“ Tränen sammelten sich in seinen Augen. „Du bedeutest mir zu viel.“

Ihr Kopf und ihr Herz drehten sich bei diesen Worten wie wild. Ohne nachzudenken griff sie nach ihm und streichelte über seine Wange. Ein kribbelndes Gefühl breitete sich in ihrem Körper aus und wanderte in ihr Zentrum. Eine Flamme des Verlangens heizte ihr Inneres an und schoss in ihr Geschlecht. Ihre Klitoris begann, unkontrollierbar zu pochen.

„Oh Gott!“, rief sie aus, doch es war zu spät, ihre Hand von Hamishs Gesicht zurückzuziehen. Eine Welle des Vergnügens schwappte über ihr herein, als sie so stark wie noch nie zum Höhepunkt kam. Die Wucht davon ließ sie zurück in das Krankenbett sinken, während ihre Zuckungen sie zu einer stöhnenden Frau voller Verlangen machten.

„Tessa“, knurrte Hamish, als er sich über sie beugte. „Verdammt, wenn du das tust, kann ich mich kaum zurückhalten und will dich gleich hier nehmen.“ Er blickte sich flüchtig um. „Aber das ist weder der richtige Ort noch der richtige Zeitpunkt.“ Er fuhr mit einer Hand durch sein Haar und wich wieder zurück.

„Es tut mir leid“, murmelte sie und spürte, wie ihre Wangen aufflammten.

„Muss es nicht“, sagte er. „Du hast mir gerade etwas gegeben, auf das ich mich freuen kann.“ In seinen Augen sah sie ein Versprechen und sie versprach sich, es später von ihm einzufordern.

„Ich mich auch.“

Er lächelte, dann zog er den Stuhl wieder nahe an das Krankenbett und setzte sich. „Erzähl mir, was geschehen ist“, sagte er sanft. „Alles, an was du dich erinnern kannst.“

„Er war ein Dämon. Seine grünen Augen … ich erkannte sie sofort. Ich werde diese Farbe nie wieder vergessen. Ich versuchte, ihm die Tür ins Gesicht zu schlagen, doch er war stärker ..."

„Du hast ihm die Tür geöffnet?"

Tessa spürte, wie ihr Herz bis in ihren Hals schlug, als sie die fürchterlichsten Momente ihres Lebens noch einmal durchlebte. „Ich dachte, dass Poppy etwas vergessen hätte."

„Poppy hat dich alleine gelassen, obwohl sie mir versprochen hatte, bei dir zu bleiben?", knurrte Hamish.

„Sei nicht sauer auf sie. Sie bekam einen Anruf. Ihre Mutter ist die Treppe hinuntergestürzt und sie musste ins Krankenhaus fahren. Sie wollte mich nicht alleine lassen, aber ich zwang sie zu gehen."

Hamish nickte. „Das erklärt, warum sie nicht in deiner Wohnung war. Zumindest geht es ihr gut."

„Das wissen wir nicht", sagte Tessa kopfschüttelnd. „Nicht einmal eine Minute, nachdem sie gegangen war, klopfte es an der Tür. Ich dachte, dass sie es wäre. Ich dachte, sie hätte vielleicht in ihrer Hektik etwas vergessen. Also öffnete ich die Tür, ohne durch den Spion zu schauen." Das war unbesonnen gewesen. „Was, wenn er sie auf seinem Weg herein erwischt hat? Und ihr wehtat?"

„Auf der Treppe gab es keine Hinweise auf einen Kampf. Wahrscheinlicher ist, dass der Dämon wartete, bis Poppy verschwunden war und sich dann ins Gebäude schlich – bevor die Haustür zuschnappen konnte."

„Ich mache mir Sorgen um sie. Wir müssen nach ihr suchen. Bitte." Sie warf ihm einen flehenden Blick zu.

Hamish seufzte und nickte dann. „Ich werde Enya in ihre Wohnung schicken." Er schaute auf seine Armbanduhr. „Es ist fast fünf Uhr morgens. Sie sollte zuhause sein, wenn ihr nichts zugestoßen ist."

„Danke."

"Ich weiß, dass das für dich hart ist, aber ich muss wissen, was noch geschehen ist. Gibt es irgendetwas, an das du dich bei dem Dämon erinnern kannst, wie er aussah, was er tat und sagte?"

„Er trat die Tür auf und schlug mich gegen die Wand. Als ich versuchte, um Hilfe zu rufen, würgte er mich, bis ich fast in Ohnmacht fiel." Sogar jetzt spürte sie noch, wie ihre Luftröhre eingeschnürt wurde und musste nach Atem ringen.

„Langsam, Liebling, er kann dir nichts mehr tun", murmelte Hamish.

Da war es wieder: Er nannte sie *Liebling*. Als wäre es das Natürlichste auf der Welt. Als meinte er es wirklich so.

Sie nickte und erinnerte sich wieder an die grauenvolle Situation. „Er knebelte mich mit Klebeband, damit ich nicht mehr schreien konnte. Dann warf er mich über seine Schulter und trug mich ins Schlafzimmer. Ich dachte, er wollte mich ... vergewaltigen." Sie hielt inne, sah dann an sich herab – und seufzte erleichtert. Sie trug noch immer dieselbe Kleidung wie zuvor. Der einzige Unterschied war, dass jemand Sensoren unter ihrem Top angebracht hatte. Ihre Augen schossen zu dem Monitor, von dem sie ein gleichmäßiges Piepen hörte. Dann blickte sie wieder zu Hamish.

„Leila, Aidens Frau, hat sich um dich gekümmert. Sie ist Ärztin, naja, Forscherin. Aber sie tat, was sie konnte. Ich brachte dich hierher ..."

„Wo sind wir?"

„In unserem Komplex. Alle Hüter der Nacht, die für Baltimore zuständig sind, leben hier."

„Wie in einer Kommune?"

Er lächelte. „So in der Art. Wir sind hier sicher."

„Und die Dämonen?"

„Niemand, kein Dämon, kein Mensch kann diesen Ort finden. Er ist für alle außer uns unsichtbar. Es ist hier sicher."

Sie stieß einen Atemzug aus und nickte. „Der Dämon ... als ich sah, was er aus seiner Tasche zog – eine Injektionsnadel – versuchte ich, ihn zu bekämpfen, doch er war so stark. So stark!"

„Kein Mensch ist jemals in der Lage gewesen, einen Dämon zu überwältigen. Dafür sind sie körperlich zu stark. Die einzige Möglichkeit, wie ein Mensch einen Dämon bekämpfen kann, ist ihn zu überlisten."

„Und die Hüter der Nacht? Seid ihr stärker als die Dämonen?"

„Wir sind so stark wie sie. Aber wie du weißt, haben wir einige Trümpfe im Ärmel."

Sie erinnerte sich sofort an den Kampf vor ihrem Wohngebäude. „Ja". Sie schluckte und fuhr fort: "Er hielt mich fest und begann, mir die Droge zu spritzen."

„Kannst du ihn beschreiben?"

Sie zuckte mit den Schultern. „Groß, dunkle Haare, angsteinflößend." Sie schüttelte den Kopf. „Ich weiß nicht. Alles, was ich sah, waren diese dämonischen Augen." Sie spürte wieder Tränen aufsteigen.

„Ist schon in Ordnung, Tessa." Er schenkte ihr ein beruhigendes Lächeln. „Hat er irgendetwas gesagt, bevor du ohnmächtig wurdest?"

Sie runzelte die Stirn. Plötzlich begannen Worte, ihren Kopf zu bombardieren. „Viele Sachen. Ich bin nicht sicher, ob sie Sinn machen."

„Versuche, dich daran zu erinnern, was er sagte."

Sie schloss ihre Augen einen Moment lang. „Er sagte, dass man mich tot durch eine Überdosis finden würde. Und dass niemand das hinterfragen würde. Alle würden denken, dass ich mir wegen des Skandals das Leben genommen hätte." Sie suchte Hamishs Augen. Er schien zu verstehen. „Er sagte, dass ich schwer zu töten wäre. Dass ich bereits zweimal davongekommen bin."

„Also ist er für die beiden Angriffe verantwortlich: das herabstürzende Rohr und die Dämonen, die uns in der Nacht nach der Party deiner Eltern angriffen."

„Ich glaube, dass er das meinte. Er sagte, dass ich dieses Mal nicht entkommen würde und mein Tod ihn endlich überlegen machen würde."

„Überlegen?" Hamishs Augenbrauen zogen sich zusammen. „Sagte er noch irgendetwas anderes?"

„Etwas über einen Großmächtigen", sagte sie, konnte sich jedoch nicht an die genauen Worte erinnern.

Hamish schlug mit seiner Faust auf das Krankenbett. „Zoltan selbst. Dieser verdammte Bastard!"

„Zoltan?" Warum klang dieser Name vertraut?

„Ja. Ich fand heraus, wer dieses Foto an die Presse geschickt hat. Es gab eine E-Mail von jemandem namens Zoel Monnadt. Allerdings stellte sich der Name als Anagramm heraus. Wenn man die Buchstaben umstellt, erhält man *Demon Zoltan*. Er schickte Meredith Durant das Foto, um dich zu diskreditieren und deine Kampagne zu zerstören."

Aufregung raste durch sie, als ihr etwas klar wurde. „Also kannst du beweisen, dass das Foto verändert wurde?"

Zu ihrer Überraschung schüttelte Hamish den Kopf. „Das Foto ist echt. Ich ließ es von Pearce überprüfen. Es wurde definitiv nicht verändert."

„Aber –"

Plötzlich öffneten sich die Türen zum Krankenzimmer und sie drehte ihren Kopf in deren Richtung. Ein Mann Mitte dreißig marschierte mit einer Akte in der Hand herein. Sie hatte ihn vorher noch nie gesehen und spannte sich automatisch an.

„Das ist Pearce. Er ist einer von uns", sagte Hamish schnell, um sie zu beruhigen.

„Hey, sie ist wach?", sagte Pearce, als er sich näherte. „Das sind großartige Neuigkeiten." Dann reichte er Hamish die Akte. „Aus dem Gericht."

„Danke", antwortete Hamish. „Und hat Manus Tessas Sachen geholt?"

„Meine Sachen?"

Pearce nickte. „Manus war in deiner Wohnung und hat etwas Kleidung und einige persönliche Dinge für dich eingepackt." Er blickte zu Hamish. „Wir haben es in dein Quartier gebracht. Wir dachten …" Er beendete seinen Satz nicht, sondern griff in seine Tasche und zog ein Handy heraus. „Wir haben auch dein Handy mitgenommen. Dein Vater hat mehrere Male angerufen. Er ist besorgt."

„Hast du mit ihm geredet?", fragte sie überrascht.

„Nein. Wir haben uns in deine Voicemail gehackt." Er zuckte mit den Schultern. „Sorry, aber wir mussten wissen, ob es irgendetwas gab, worum wir uns kümmern mussten, während du bewusstlos warst …"

Sie nickte langsam und griff nach dem Telefon. Dabei streifte sie Pearces Finger und zuckte zurück, weil sie nicht vor einem Fremden einen Orgasmus beschert bekommen wollte.

Ein Stirnrunzeln zog über Pearces Gesicht, dann schmunzelte er plötzlich. „Oh, ich verstehe. Du hast es ihr erklärt, wie?" Er warf Hamish einen flüchtigen Blick zu und lächelte dann Tessa an. „Nur damit du Bescheid weißt, diese ähm … Sache, die geschieht, wenn du golden schimmerst … geschieht nur, wenn die Person, die dich berührt, dieselbe ist, die dir das *Virta* gab."

Hitze schoss in ihre Wangen. Sie fühlte sich bloßgestellt, nackt. „Ähm …"

„Es ist okay, Tessa", sagte Hamish. „Es gibt nichts, dessen du dich schämen müsstest."

Sie mied seine Augen und schaute stattdessen auf das Handy in ihrer

Hand. “Ist es in Ordnung, wenn ich meinen Vater anrufe? Er wird sich Sorgen machen.“

„Nur zu“, sagte Hamish. „Erzähl ihm aber nichts von der Überdosis. Sag nur, dass du Zeit brauchtest, um nachzudenken.“

Tessa nickte und wählte.

36

„Dad?“

Während Tessa mit ihrem Vater sprach, winkte Hamish Pearce zu und sie entfernten sich ein paar Meter. Hamish öffnete die Akte. Mit gesenkter Stimme fragte er den anderen Hüter: „Hast du schon einen Blick hineingeworfen?“

Pearce schüttelte den Kopf. „Nein. Ich habe sie mir nur geschnappt und bin so schnell wie möglich zurückgekommen. Es hat lange genug gedauert – das Ablagesystem im Gerichtsgebäude ist geradezu antiquiert.“

„Hm.“

Hamish überflog bereits die Seiten: eine Bewerbung von Mr. und Mrs. Wallace, Verweise, Bilanzen, Tessas Geburtsurkunde. Er blätterte die Akte durch, bis er auf eine Notiz eines Sozialarbeiters stieß. Er deutete mit dem Finger darauf.

„Das ist es!“ Aufgeregt tauschte er einen Blick mit Pearce aus, der einen Atemzug ausstieß.

„Scheiße! Woher wusstest du das?“

„Ich hatte so eine Ahnung.“ Dann las er die wenigen Zeilen, die der Sozialarbeiter geschrieben hatte, erneut. „... lässt eineiige Zwillinge im Alter von dreizehn Monaten zurück. Nächste Verwandte sind unfähig, sich um die

Mädchen zu kümmern ... Nach dem anfänglichen Interesse, beide Mädchen zu adoptieren, entschieden sich Philip und Diane Wallace dafür, nur eines aufzunehmen. Die Schwester wird in der Pflegeunterkunft bleiben, bis passende Adoptiveltern gefunden werden können.“ Dann eine Kennziffer in andersfarbiger Tinte darunter – sie war später hinzugefügt worden.

„So haben die Dämonen es gemacht“, sagte Pearce.

Ein aufgeschreckter Atemzug von Tessa ließ Hamish zum Krankenbett eilen. Tessas Augen waren vor Schock geweitet. Sie hielt das Handy an ihr Ohr und Tränen sammelten sich in ihren Augen.

War etwas mit ihren Eltern geschehen?

„Tessa, was ist los?“, fragte Hamish.

Sie starrte ihn an und sagte dann ins Telefon: „Dad, ich muss ... ich muss das Ganze erst einsinken lassen.“ Nach einer kurzen Pause fügte sie hinzu: „Ja, ich liebe dich auch.“ Sie legte auf und ließ das Telefon in ihren Schoß fallen. Als sie ihre Augenlider hob und zu Hamish aufschaute, lag sowohl Hoffnung als auch Unglauben in ihren Augen. „Mein Dad. Er sagte mir, dass ich eine Schwester habe.“

Hamish nickte. „Ein eineiiger Zwilling.“ Er hob die Akte, die er immer noch in der Hand hielt. „Ich habe es gerade herausgefunden. So waren die Dämonen in der Lage, das Foto zu inszenieren und es aussehen zu lassen, als wärst du es.“

„Hamish, und wenn sie sie verletzt haben?“

„Wir werden sie finden. Ich verspreche es dir.“ Und sobald sie sie fanden, könnten sie Tessas Namen reinwaschen. Er marschierte zur Wand und drückte einen Knopf, um nach Leila zu rufen.

Als er sich umdrehte, hüpfte Tessa bereits aus ihrem Krankenbett und riss sich die Sensoren von der Brust.

„Was machst du?“, fragte Hamish, als er sich ihr näherte.

„Wir müssen nach ihr suchen. Ich muss mich vergewissern, dass es ihr gut geht.“

„Wir werden uns darum kümmern. Mach dir keine Sorgen. Sobald wir sie finden, werden wir beweisen können, dass das nicht du auf dem Bild warst.“

Tessa erstarrte. „Du denkst, dass ich sie deswegen finden will?“

„Naja, warum –“

Tessa schüttelte den Kopf. „Sie ist meine Schwester, mein Fleisch und Blut. Und wegen mir haben sie ihr das angetan. Ich bin dafür verantwortlich. Ich muss wissen, dass sie in Sicherheit ist."

Hamish starrte sie an. Cinead und sein *Emissarius* hatten recht gehabt. Tessa war durch und durch gut. Ihre erste Sorge galt nicht ihrer Kampagne und wie sie die Verleumdung richtigstellen könnte, sondern ihrer Schwester, einer Frau, die sie gar nicht kannte, aber mit der sie durch ihr Blut verbunden war.

In diesem Moment wünschte er sich nichts anderes, als Tessa in seine Arme nehmen zu können, da sich seine Liebe zu ihr gerade verdoppelt hatte, wenn das überhaupt möglich war. Doch obwohl der goldene Schimmer bereits verblasste, wäre ihre Reaktion auf seine Berührung immer noch sofortige Erregung und ein darauffolgender Orgasmus gewesen. Nichts, was er in Pearces Anwesenheit erleben wollte.

„Ich werde alles tun, was ich kann, um deine Schwester zu finden", versprach er. Er schaute ihr tief in die Augen. „Aber du musst auch etwas für mich tun."

Sie nickte ohne Zögern.

„Leila wird in Kürze hier sein. Sie wird dich untersuchen, um sicherzustellen, dass du hundertprozentig gesund bist. Sie wird dich in mein Quartier bringen. Fühl dich dort wie zuhause. Nimm eine Dusche, zieh dich um und ruhe dich aus. Ich komme zurück, sobald wir einen Plan geschmiedet haben."

„Aber ich muss helfen."

„Du hilfst mir, wenn ich weiß, dass du in Sicherheit bist und es dir gut geht. Bitte, ich bin wieder bei dir, sobald ich kann."

In diesem Augenblick wurden die Doppeltüren geöffnet und Leila kam herein.

„Das ist Leila. Du kannst ihr vertrauen." Dann winkte er Pearce zu. „Gehen wir."

Einige Minuten später waren sie alle in der Kommandozentrale versammelt: Manus, Logan, Pearce und Enya. Sean und Jay waren auf Missionen.

Aiden war der Letzte, der dazukam. „Sorry, Jungs, musste den Hexer wieder einsperren."

Hamish zog eine Augenbraue hoch. „Was meinst du mit wieder? Ist er entkommen?“

„Nein. Natürlich nicht. Leila hat ihn verbunden und dann hatten wir etwas gegessen und uns unterhalten. Interessanter Kerl. Ich glaube, dass er die Wahrheit sagt.“

„Wir werden später über ihn reden.“ Hamish schaute seine Kollegen an. „Immer eins nach dem anderen. Wir haben eine Spur und wir müssen schnell handeln.“

Mit so wenigen Worten wie möglich berichtete Hamish seinen Freunden, was er von Tessa und aus ihrer Adoptionsakte erfahren hatte.

„Warum haben wir das nicht gesehen?“, fragte Enya mit einem Kopfschütteln. „Jetzt erscheint es so offensichtlich.“

„Wir haben nicht danach gesucht“, sagte Hamish. „Aber das ist jetzt egal. Wichtiger ist, dass wir Tessas Zwilling finden – sowohl um sicherzustellen, dass sie nicht verletzt wurde, als auch um Tessas Namen reinzuwaschen und dafür zu sorgen, dass sie noch eine Chance hat, die Bürgermeisterwahl zu gewinnen.“

Logan knurrte. „Sie zerfetzen sie in den Zeitungen, weil sie noch keine Stellungnahme abgegeben hat. Sie muss etwas dazu sagen, um sie im Zaum zu halten.“

Hamish nickte. Das erinnerte ihn an etwas. „Wir werden ihre Wahlkampfmanagerin darauf ansetzen. Aber zuerst müssen wir sicherstellen, dass es ihr gut geht. Poppy hatte Tessas Wohnung verlassen, kurz bevor der Dämon sie betrat. Tessa macht sich Sorgen, dass er ihr wehgetan haben könnte. Enya, sieh nach Poppy. Versuch's zuerst bei ihr zuhause. Wenn sie nicht dort ist, überprüfe die Krankenhäuser, um zu sehen, wo ihre Mutter eingeliefert wurde, und finde sie so.“

„Warum rufen wir sie nicht einfach an?“, fragte Enya.

„Ich will zuerst sicherstellen, dass sie nicht von einem von Zoltans Dämonen gefangen gehalten wird. Sobald wir wissen, dass sie in Sicherheit ist, wird Tessa sie anrufen und bitten, eine Stellungnahme zu machen, um ihr etwas Zeit zu verschaffen.“

„Gut.“

Hamish neigte sein Kinn in Richtung Pearce. „Geh zum Gerichtsgebäude zurück und suche nach den Adoptionsdaten von Tessas Zwillingsschwester. In der Akte ist eine Kennziffer. Ich glaube, dass sie dich zu ihr führen kann. Sobald du das erledigt hast, werden wir wissen, wer sie adoptiert hat und wie sie heißt. Mit diesen Informationen können wir sie finden.“ Er deutete auf Manus. „Nimm Manus mit. Ihr könnt euch die Arbeit teilen.“

„Und der Rest von uns?“, fragte Logan und wies auf sich und Aiden.

„Ich muss Gunn beschatten“, sagte Hamish. „Auch wenn wir jetzt sicher wissen, dass die Dämonen hinter dem Lüftungsschacht steckten, der auf die Bühne gestürzt ist, müssen sie doch jemanden gehabt haben, der ihnen half. Ich wette auf Gunn. Er würde am meisten davon profitieren, wenn Tessa umkommt.“

„Ich stimme zu“, sagte Logan, “aber *ich* werde Gunn beobachten. Du bist noch nicht bereit, den Komplex zu verlassen und –“

„Ich bin mehr als bereit.“

Logan machte einen Schritt auf ihn zu. „Nach dem, was Pearce uns erzählt hat, hast du Tessa so viel *Virta* gegeben, dass du fast ohnmächtig wurdest. Das war vor weniger als zwölf Stunden. Deine Kräfte sind noch nicht völlig wiederhergestellt.“

„Bullshit“, protestierte Hamish.

„Wenn du hinausgehst und einem Dämon begegnest, wird er dich an den Eiern haben“, entgegnete Logan. „Und was sollen wir dann Tessa erzählen, hm? Willst du, dass sie um dich trauert?“

Hamish holte tief Luft. „Scheiße!“ Sein Kollege hatte recht. Er brauchte noch ein paar Stunden im Komplex, um sein *Virta* wiederherzustellen und so stark zu werden wie zuvor. Er seufzte. „Gut, du übernimmst Gunn. Aiden, du wirst als Unterstützung in der Kommandozentrale bleiben. Wenn einer der anderen Hilfe braucht, springst du ein. Pass inzwischen gut auf den Hexer auf.“

Alle nickten zustimmend, sich ihrer Aufgaben bewusst. Nachdem alle außer Aiden die Kommandozentrale verlassen hatten, rieb Hamish seinen Nacken. Plötzlich fühlte er die Wirkung des Stresses der letzten paar Stunden. Er war ausgelaugt. Als er in Aidens Richtung schaute, bemerkte er die Augen seines Freundes auf sich.

„Warum siehst du nicht nach, ob Tessa irgendetwas braucht? Ich bin überzeugt davon, dass sie gerade nicht alleine sein will.“

„Bist du sicher, dass du mich nicht brauchst?“, fragte Hamish, obwohl auch er nichts mehr wollte, als bei Tessa zu sein.

Aiden deutete zur Tür. „Geh! Ich brauche keinen Babysitter. Tessa braucht dich mehr. Ich werde dich rufen, sobald sich jemand mit Neuigkeiten meldet, okay?“

„Danke, Bro.“

37

Tessa lehnte sich in der großen Badewanne zurück und genoss es, wie das warme Wasser sie beruhigte. Wider Erwarten war sie am Leben. Und in diesem unsichtbaren Gebäude vor jeglicher Gefahr geschützt. Und doch gingen ihr zu viele Dinge durch den Kopf. Sie hatte eine Schwester. Eine Zwillingsschwester. Warum hatten ihre Eltern das vor ihr geheim gehalten? Und warum hatten sie sie nicht beide adoptiert? Sie hätten die Mittel gehabt. Sie hätte eine Schwester gehabt, mit der sie hätte aufwachsen können, eine beste Freundin, mit der sie all ihre Geheimnisse, gute und schlechte, hätte teilen können.

Doch sie durfte nicht länger in dem schwelgen, was hätte sein können, sondern musste in die Zukunft schauen. Hamish hatte ihr versprochen, ihre Zwillingsschwester zu finden. Und sie vertraute darauf, dass er sein Versprechen halten würde.

Sie hörte Schritte und setzte sich in der Badewanne auf. Sie hatte nicht gehört, dass sich eine Tür geöffnet hatte. „Wer ist da?", rief sie und bemerkte, wie nervös sie noch klang.

Hamish kam ins Badezimmer. „Ich hatte nicht vor, dich zu erschrecken. Es tut mir leid. Ich bin es nicht gewohnt, an die Tür zu klopfen, wenn ich mein Quartier betrete."

Sie legte sich wieder entspannt zurück in den Schaum. „Du solltest dich nicht entschuldigen müssen. Ich bin einfach nervös. Ich habe dich nicht so schnell zurück erwartet."

„Der Grund dafür ist, dass ich gar nicht gegangen bin."

„Aber ich dachte –"

„Das Team hat mir für die nächsten paar Stunden Hausarrest gegeben, sozusagen."

„Warum?"

„Wegen der Menge an *Virta*, die ich dir gegeben habe."

Sie begriff plötzlich, was er zu sagen versuchte. „Es hat dich geschwächt, stimmt's?"

Er nickte. „Ich werde noch ein paar Stunden brauchen, bis ich völlig genesen bin. Nichts, worum du dir Sorgen machen musst. Inzwischen beginnen die anderen mit der Suche nach deiner Schwester. Und Enya sieht nach Poppy. Wir sollten in ein paar Stunden eine Spur zu deiner Schwester haben; und ob Poppy in Ordnung ist, könnten wir schon viel früher wissen. Hoffentlich ist sie zuhause."

Erleichtert nickte Tessa. „Danke. Für alles ... du tust so viel. Und ich habe das Gefühl, dass ich nichts tue." Leila hatte ihr nahegelegt, sich einfach auszuruhen.

Hamish lächelte. „Es gibt da etwas, was du für mich tun kannst, wenn du willst."

„Ja?", fragte sie begierig.

„Mach Platz in der Badewanne und lass mich mit rein."

Instinktiv musterte sie ihre Haut. Der goldene Schimmer war fast völlig verflogen. Nur ein schwacher Rückstand war noch sichtbar.

Sie hörte Hamish leise lachen und bemerkte, dass er sie anstarrte.

„Ich werde mich einfach etwas mehr anstrengen müssen, um dir einen Höhepunkt zu verschaffen, jetzt wo das Glühen fast weg ist." Er grinste. „Das heißt, falls du das willst ... Wir hatten noch keine Gelegenheit zu reden, nachdem wir miteinander geschlafen haben."

Die Erinnerung daran, wie wild er sie genommen hatte, entzündete ihr Inneres wie einen Schmelzofen. „Nein, wir wurden unterbrochen ..."

„Vielleicht sollten wir jetzt reden."

Als sie nickte, begann Hamish sich zu entkleiden. Keinerlei Eile lag in seinen Bewegungen; er war vollkommen selbstsicher. Er wusste, dass sie ihn nicht ablehnen würde. Das konnte sie in seinen Augen sehen, die tief in ihre schauten, während er seine Kleidung ablegte. Ja, sie wollte ihn jetzt noch mehr als zuvor. Ob es nun sein *Virta* war, das sie zu ihm zog, oder die Tatsache, dass sie gerade dem sicheren Tod entkommen war, sie wollte nichts anderes, als sich dem unsterblichen Krieger hinzugeben, der jetzt nackt und selbstbewusst auf sie zuging.

Tessa rutschte in der großen Wanne nach vorne, um Platz für ihn zu machen, und er glitt hinter ihr ins Wasser. Seine Beine streckte er dabei zu beiden Seiten von ihr aus. Als sie schließlich seine Arme spürte, die sich um sie legten und sie an seine Brust zogen, seufzte sie genüsslich.

Sein Atem blies wie eine Liebkosung gegen ihr Ohr. „Es gibt etwas, was ich dir erzählen muss."

Ihr Herzschlag beschleunigte sich. Wann auch immer jemand so eine Konversation anfing, waren es selten gute Nachrichten. Sie spürte, wie sich ihre Brust verengte. „Ja?", würgte sie heraus.

Hamish drückte ihr einen Kuss an die Schläfe. Versuchte er, die schlechten Nachrichten, die er hatte, zu versüßen?

„Alles ist so schnell zwischen dir und mir geschehen und es ist alles so neu, aber ich will, dass du mich anhörst."

Noch immer nicht wissend, in welche Richtung diese Unterhaltung führen würde, schluckte sie hart und schaffte es zu nicken.

„Ich habe dir gesagt, dass ich unsterblich bin, aber was ich dir nicht gesagt habe, ist, dass ich in einem Alter bin, in dem Mitglieder unserer Rasse eine bestimmte Stufe in ihrem Leben erreichen. Wir nennen es *Rasen*. Paarungszeit. Das ist die Zeit, in der wir einen Partner fürs Leben finden. Für die Ewigkeit. Nachdem Olivia mich verraten hatte, gelobte ich, mich nie wieder emotional mit einer menschlichen Frau einzulassen."

Sie schloss ihre Augen. Das war also der Moment, wo er ihr sagen würde, dass, weil sie menschlich war, die Sache zwischen ihnen nur ein Abenteuer war. Einfach nur Sex. Nichts anderes.

„Ich weiß, dass *für immer* ein schwieriges Konzept für jemanden ist. Viele Ehen in der Menschenwelt enden mit Scheidung. Scheidung gibt es bei unserer Rasse nicht. Wenn wir uns binden, dann für die Ewigkeit. Die Art von Liebe, die länger dauert als das Leben selbst, kommt nicht sehr häufig vor. Deshalb müssen wir sie mit beiden Händen ergreifen, wenn wir ihr begegnen. Ich fühlte das einmal. Und ich wurde hintergangen. Das hat mich vorsichtig gemacht ..."

Sie spürte, wie Tränen in ihre Augen stiegen. „Du musst nichts mehr sagen. Ich verstehe", sagte sie sanft.

„Wirklich?"

Sie nickte und versuchte, tapfer zu sein. „Du willst nichts Ernstes, weil du Frauen nicht mehr vertrauen kannst."

„Tessa ..."

„Das ist schon okay. Ich glaube, dass ich von dem Augenblick an, als du mich das erste Mal geküsst hast, wusste, dass dies nur vorübergehend sein würde." Sie schniefte. „Du musst dich nicht schlecht fühlen. Ich habe gerne mit dir geschlafen und ich habe nichts dagegen, wenn es nur das ist."

„Lügnerin", murmelte er in ihr Ohr.

„Du musst dich nicht über mich lustig machen. Es ist doch egal, ob ich mich zu dir hingezogen fühle."

„Nur hingezogen?"

Sie spürte, dass er sie näher an sich zog und seine Arme fast zu einem Schraubstock wurden. Sie zuckte mit den Schultern. „Und dankbar, dass du mein Leben gerettet hast."

„Also verliebst du dich nicht gerade in mich?"

„Keine Sorge, ich werde nicht eine dieser nervigen Eroberungen sein, die du nicht loswirst, wenn es zu Ende ist."

Er bewegte sich hinter ihr und drehte sie ein bisschen, damit sie ihn ansehen musste. „Du meinst also, dass keine Hoffnung besteht, dass du eines Tages meine Gefühle erwidern könntest?"

Sie schnellte empor, sodass Wasser über die Seiten der Badewanne schwappte. „Was?"

Hamish griff nach ihr und ließ seine Hand an ihren Nacken gleiten. „Tessa, verstehst du nicht, was ich dir zu erklären versuche? Ich will kein Abenteuer. Ich will nicht nur Sex. Ich liebe dich. Ich weiß, dass das alles schnell geht, aber so ist unsere Rasse. Wir wissen einfach, wenn es uns erwischt."

Ihr Mund klappte auf. Sie halluzinierte vermutlich. Alles begann, sich um sie herum zu drehen. Vielleicht war sie in der Badewanne eingeschlafen. Vielleicht war Hamish gar nicht hier.

„Ich weiß, dass das viel für dich sein muss, besonders nach allem, was du durchgemacht hast", fuhr Hamish fort. „Aber ich will, dass du weißt, was ich empfinde. Ich erwarte jetzt keine Antwort von dir. Ich werde darauf warten, so lange es dauert." Er sah ihr tief in die Augen. „Sag mir nur, dass ich eine Chance habe, dein Herz zu erobern."

Ihr Hals fühlte sich so trocken wie Schmirgelpapier an. War das echt? Hatte er wirklich gesagt, dass er sie liebte? Dass dieser unsterbliche Mann sie wollte?

„Oh, Hamish ..."

Die Versuchung, ihm zu gestehen, wie sie sich fühlte, war gewaltig, doch sie musste realistisch bleiben. Selbst wenn er sie liebte und selbst wenn sie ihn ebenfalls liebte, wie könnten sie jemals eine glückliche Zukunft haben, wenn sie alt werden und verwelken würde, während er weiterlebte? Sie schloss die Augen, doch konnte die Tränen nicht zurückhalten.

Hamish nahm ihren Kopf in beide Hände. „Tessa, was habe ich falsch gemacht? Bitte, was auch immer ich getan oder gesagt habe, sag mir, wie ich es wiedergutmachen kann."

Sie hob ihre Augenlider und blickte ihn durch ihre Tränen an. „Egal was wir für einander empfinden, wie können wir jemals zusammen sein? Hast du vergessen, dass ich nicht wie du bin? Ich bin nicht unsterblich, Hamish. Ich habe keine Ewigkeit. Nicht so wie du."

Ein Schluchzen löste sich aus ihrer Brust, doch es bekam keine Gelegenheit zu entkommen, weil Hamishs Lippen plötzlich auf ihren waren und sie zart küssten. Allzu schnell ließ er sie los und presste seine Stirn gegen ihre.

„Ich bin ein Idiot, *Lass*", murmelte er. „Verzeih mir. Ich hätte es dir erklären sollen. Ich dachte, du hättest es verstanden, als ich dir von Olivia erzählte. Und du hast Leila getroffen. Ich dachte, dass du es wüsstest."

Sie zog ihren Kopf zurück. „Was wüsste? Und was hat Leila damit zu tun?"

Er strich ihr eine nasse Haarsträhne von der Wange. „Leila ist Aidens Gefährtin. Sie ist ein Mensch."

Ihre Augenbrauen zogen sich zusammen. „Aber wenn sie menschlich ist, wie ... ich meine, wie kann er glücklich sein, wenn er weiß, dass sie sterben wird ..."

Hamish strich mit seinem Daumen unter ihrem Auge entlang und wischte eine Träne weg. „Weil sie das nicht wird. Indem er sich mit ihr verbindet, teilt er seine Unsterblichkeit mit ihr. Es ist sein Geschenk im Austausch für ihre Liebe.“

Dieses Mal konnte sie das Schluchzen nicht aufhalten, das sich aus ihrer Brust riss. Sie warf ihre Arme um ihn.

„Bedeutet das, dass du uns eine Chance gibst?“, fragte er sanft.

Unfähig zu sprechen, nickte sie nur.

HAMISHS HERZ SCHLUG AUFGEREGT gegen seine Brust, als er Tessas Lippen für einen Kuss einfing. Er war sich bewusst, dass sie ihm nicht gesagt hatte, dass sie ihn liebte, aber er konnte so früh nicht so viel erwarten. Das Wissen, dass Tessa ihn wollte und an die Zukunft dachte, war genug fürs Erste. Die Zeit würde zeigen, ob sie wirklich füreinander bestimmt waren – er für seinen Teil wusste, dass sie die Eine für ihn war.

Ihre Lippen schmeckten nach dem Salz ihrer Tränen und er versprach sich hier und jetzt, dass sie nie wieder würde weinen müssen.

„Ich möchte mit dir Liebe machen“, flüsterte er an ihren Lippen.

„Ja.“

Er stand auf, hob sie aus der Badewanne und stellte sie auf der Matte davor auf die Füße. Er schnappte sich ein Handtuch. Während er Tessa und dann sich selbst abtrocknete, nahm er seine Augen nicht von ihr. Sie war wunderschön. Das letzte Mal, als sie sich geliebt hatten, hatte er sich keine Zeit gelassen, weil er so ungeduldig gewesen war, doch jetzt labte er seine Augen an ihr, um jeden Quadratzentimeter ihres Körpers in sein Gedächtnis zu brennen.

Er ging vor ihr auf die Knie, als er ihre Beine abtrocknete und ließ dann das Handtuch fallen. Er war auf Augenhöhe mit ihrem Bauch, doch die Narben schreckten ihn nicht ab. Sie waren ein Teil von Tessa, ein Teil dessen, was sie gezwungen hatte, stark zu werden. Er drückte seine Lippen darauf und küsste sie dort, um ihr zu zeigen, dass sie für ihn überall schön war. Sie wich nicht zurück, verbarg nichts vor ihm. Als er aufblickte, sah sie voller Zärtlichkeit auf ihn hinab.

Wortlos zog er sie zu sich hinunter und legte sie auf den weißen Vorleger.

Dort ließ er sich zwischen ihren Beinen nieder.

„Ich hätte das letztes Mal schon tun sollen", sagte er, „doch als du mich so wundervoll mit deinem Mund befriedigt hast, hast du mir die Selbstbeherrschung geraubt."

Ihre Lippen bogen sich zu einem Lächeln. „Du hast dich gut angefühlt in meinem Mund."

„Dann wollen wir mal sehen, wie gut sich das hier anfühlt." Er senkte sein Gesicht zu ihrem Geschlecht und atmete ihr Aroma ein. „Hm." Als er das winzige Haardreieck am Scheitelpunkt ihrer Schenkel küsste, spürte er, wie sie unter ihm erzitterte. Er legte seine Hände auf ihre Schenkel, schob sie weiter auseinander und hob sie dann an, sodass ihre Beine auf seinen Schultern zu liegen kamen. Rosarotes Fleisch, schön wie eine Blume, begrüßte ihn. Obwohl er sie abgetrocknet hatte, war sie dort feucht und ihre Schamlippen waren von ihrer Erregung getränkt.

Gierig leckte er mit seiner Zunge über ihren Spalt, sammelte ihre Säfte auf und kostete sie. Ein Blitz aus purem Verlangen schoss durch ihn. Sie war alles, was er sich jemals erträumt hatte und mehr. Und Tessa zu lecken würde ihm genauso viel Vergnügen bereiten wie ihr. Eifrig erforschte er sie, leckte und saugte an dem weichen Fleisch, das sie ihm so offen anbot. Ihr Seufzen und Stöhnen prallte von den gefliesten Wänden seines Badezimmers ab und hallte in dem großen Raum wider.

Tessa fuhr mit ihren Händen durch sein Haar. Der Kontakt sandte ihm ein Kribbeln die Wirbelsäule hinab. Automatisch begannen seine Hüften sich zu bewegen, und er spürte, wie sein völlig erigierter Schwanz gegen den Fliesenboden rieb und Erleichterung suchte. Dank der Kühle der Fliesen explodierte er nicht sofort, sondern war in der Lage, seine Beherrschung zu behalten. Denn was für ihn in diesem Augenblick am wichtigsten war, war, die Frau in seinen Armen zu befriedigen. Das Grauen zu vertreiben, das sie erlebt hatte.

Und er liebte es, das zu tun. Liebte es, ihr Geschlecht zu lecken, mit ihrem empfänglichen Fleisch zu spielen und zu spüren, wie sie sich unter ihm wand. Denn es bedeutete, dass sie am Leben war. Genauso wie er.

Er wanderte weiter nach oben und spreizte sie mit seinen Fingern, um ihre Klitoris zu offenbaren. Das winzige Organ war angeschwollen – und glänzte golden. Es war der letzte Punkt ihres Körpers, der noch einen Beweis für sein *Virta* zeigte. Unfähig zu widerstehen, leckte er mit seiner Zunge darüber.

„Oh Gott! Hamish!", rief Tessa. „Du musst aufhören! Es ist zu ... oh Gott, es ist zu viel ..."

Ihr Körper verkrampfte und wand sich, doch er hielt sie an sich gepresst und leckte erneut mit seiner Zunge über ihr Lustzentrum. Schon kam sie auch. Er hielt seinen Mund auf ihre Klitoris gepresst und erlaubte den Wellen ihres Orgasmus, über seine Lippen zu reisen.

Ein Zittern durchfuhr ihn. „Fuck!", knurrte er. Lange Sekunden vergingen, bis Tessa schließlich ruhig wurde, sich entspannte und ein letztes Stöhnen über ihre Lippen kommen ließ.

„Hamish", murmelte sie und streichelte seine Kopfhaut.

Er hob den Kopf von ihr und setzte sich auf. Als er in ihr Gesicht blickte, begegnete sie ihm mit ihren Augen.

„Denkst du, ich bin gierig, wenn ich dich jetzt in mir haben will?", fragte sie.

Er zog sie in seine Arme und erhob sich, um sie ins angrenzende Schlafzimmer zu tragen. „Du kannst bei Weitem nicht so gierig sein wie ich." Er legte sie auf das Bett und kam über sie. Während er tief in ihre Augen schaute, richtete er sich auf ihr Zentrum aus und stieß mit einer einzigen Bewegung in sie hinein. „So gierig", wiederholte er, „dass ich nicht einmal den Anstand habe, dir nach allem, was du durchgemacht hast, Ruhe zu gönnen."

Doch ihre Augen sagten ihm, dass sie sich nicht ausruhen wollte. Dass sie stattdessen ihn wollte. Dieses Wissen füllte sein Herz mit Wärme und seinen Schwanz mit noch mehr Blut.

„Ich befolge die Anordnungen meiner Ärztin", murmelte sie.

„Wie das?"

„Leila sagte, dass ich mich hinlegen sollte." Tessa klopfte neben sich auf die Bettdecke. „Ich liege, oder etwa nicht?"

„Also, wenn du es so betrachtest, sollten wir definitiv weiter den Anordnungen deiner Ärztin folgen." Er zog sich fast völlig aus ihrer einladenden Scheide, um dann wieder in sie zu stoßen.

Tessa presste ihren Kopf in das Kissen und ihr Rücken wölbte sich. „Ja!"

Als Antwort auf ihr begeistertes Lob knurrte er: „Ja? So?" Er fing an, heftiger in sie zu stoßen und seine Hüften jetzt schneller zu bewegen, da sein Schwanz verlangte, dass er sie härter nahm und sie sich zu eigen machte. Er kämpfte nicht dagegen an, da er wusste, dass er in Tessas Armen machtlos war. Entblößt. Nur ihr ergeben.

Das Gefühl ihrer Hände auf ihm, das Gefühl, wie sie ihn liebkoste und erforschte, ließ seine Brust vor Stolz anschwellen. Und als sie ihre Beine um seinen Po schloss, um ihn tiefer zu zwingen, wollte er brüllen wie ein Löwe, der aus seinem Käfig befreit worden war. Denn Tessa hatte ihn von seinem befreit. Die Glieder der Kette, die sein Herz umgab, gaben mit jeder Liebkosung und jedem Kuss, den sie ihm schenkte, nach.

Es war nicht nur Sex. Vielleicht hatten sie an jenem Tag in Tessas Wohnung Sex gehabt, aber das hier in seinem Bett war ein Liebesspiel. Jedes Mal, wenn ihre Körper zusammenkamen, trafen sich ihre Blicke und sie verbanden sich auf eine Weise, die noch intimer war als nur die Vereinigung ihrer Körper.

Als Tessas Augenlider anfingen zu flattern, wusste er, dass sie wieder kurz davor war.

„Ich bin bei dir, Liebste“, murmelte er und nahm ihre Lippen gefangen, um sie mit der Liebe zu küssen, die er in seinem Herzen fühlte.

Sie antwortete ihm mit derselben Leidenschaft und demselben Verlangen und ihre Hüften hoben sich, um ihm entgegenzukommen, als er immer wieder in ihr nasses Geschlecht stieß. Unfähig, noch eine weitere Sekunde dieser süßen Folter zu widerstehen, ließ er sich gehen. Sein Samen schoss durch seinen Schwanz und explodierte aus dessen Spitze.

Er stöhnte in ihren Mund und schlug gierig gegen ihre Zunge, da er nicht wollte, dass dies endete, bis er endlich spürte, wie ihre inneren Muskeln ihn drückten und seinen Samen aus ihm wrangen, als sie zusammen mit ihm kam.

Erst als ihr Zucken nachließ, erlaubte er sich zusammenzubrechen. Er stützte sich auf seine Ellbogen und blickte in ihr Gesicht. Ein Film aus Schweiß bedeckte ihre Haut und machte ihr Antlitz noch leuchtender als zuvor.

Er öffnete seinen Mund, um etwas zu sagen, um ihr zu sagen, was er empfand, doch keine Worte kamen über seine Lippen. Zum ersten Mal seit langer Zeit war er glücklich.

38

„Hamish?“

Es war nicht Tessas Stimme, die zu ihm drang. Hamish rührte sich und öffnete die Augen. Er musste mit Tessa an ihn geschmiegt eingenickt sein. Einen Augenblick lang fühlte er sich benebelt, doch dann hörte er das Knistern der Gegensprechanlage neben seinem Bett und streckte sich, um den Sprechknopf zu drücken.

„Aiden?“

„Ja. Enya rief gerade an. Sie hat nach Poppy gesehen.“

Tessa schnellte plötzlich empor.

„Sie fand sie friedlich schlafend vor. Keine Anzeichen von Dämonen.“

Tessa seufzte erleichtert. „Gott sei Dank!“

„Danke, Aiden“, fügte Hamish hinzu.

„Kein Problem. Sie ist noch unterwegs und wird sich mit Pearce und Manus treffen, um ihnen zu helfen.“

„Klingt gut. Danke.“ Er ließ vom Sprechknopf ab und zog Tessa wieder an seine Brust.

Sie drehte ihr Gesicht zu ihm. „Ich bin so froh, dass es ihr gut geht.“

Hamish strich ihr eine Locke aus der Stirn und drückte einen Kuss darauf. „Siehst du, Zoltan hat sie doch nicht erwischt.“

„Zoltan ... ich habe diesen Namen schon einmal gehört.“

„Natürlich hast du das. Ich erwähnte ihn vorhin im Krankenzimmer. Erinnerst du dich nicht?“

Sie schüttelte ihren Kopf. „Nein, ich habe seinen Namen schon davor gehört.“

„Du meinst, als er dich angegriffen hat, sagte er dir, wer er war?“ Sogar für Zoltan schien das etwas unorthodox, obwohl er wusste, dass der neue Anführer der Dämonen gerissen war. Hinter jeder seiner Handlungen lag ein guter Grund.

„Nein, hat er nicht. Er erwähnte Zoltan.“

Hamish starrte Tessa an. „Er erwähnte ihn ... wie?“

„Der Dämon sagte, dass Zoltan ein Schwächling wäre, weil er mich am Leben ließ.“

„Bist du sicher, dass du ihn richtig verstanden hast? Du warst verängstigt.“

„Ich bin mir sicher, Hamish. Glaub mir bitte. Er sagte, dass *er* der Großirgendwas sein sollte.“

„Der Großmächtige?“, half Hamish.

Sie nickte energisch. „Ja, der Großmächtige. Was bedeutet das?“

„Das ist der Titel des Anführers der Dämonen. Aber Zoltan ist ihr neuer Anführer“, führte Hamish aus.

„Der Dämon, der mich angriff, sagte, dass *er* der Anführer sein sollte. Nicht Zoltan. Und dass er, indem er mich tötet, beweisen würde, dass er stärker ist als Zoltan ... nein“, korrigierte sie sich, „nicht stärker, sondern Zoltan *überlegen*.“

Hamish dachte über die Worte nach. „Wenn das wahr ist, herrscht zwischen den Dämonen ein interner Krieg. Und du steckst mittendrin.“

„Das ist schlecht, nicht wahr?“

„Hm ... ich bin noch nicht sicher, was das auf lange Sicht bedeutet. Im Moment sollten wir aber noch wachsamer sein. Wenn Zoltan wirklich nur deine politische Zukunft zerstören wollte, aber sein Rivale die Zügel ergreifen will, indem er dich tötet, dann müssen wir an zwei Fronten kämpfen.“

„Machen wir das nicht bereits?“

Langsam nickte er. „Unbewusst, ja.“

„Dann sind wir jetzt, wo wir es wissen, doch besser vorbereitet, oder?“, meinte Tessa.

Hamish lächelte und drückte ihr einen Kuss auf die Lippen. „Ja, dank dir, Liebste.“ Er schwang seine Beine aus dem Bett. „Komm, lass uns mit Aiden sprechen. Hast du Hunger?“

Sie neigte ihren Kopf zur Seite, bevor sie antwortete: „Ich bin am Verhungern.“

Ein paar Minuten später waren sie angekleidet und wanderten Hand in Hand durch die Gänge. An der Tür zur Küche hielt Hamish inne und blickte Tessa an. „Wenn es dir unbehaglich ist, dass meine Kollegen wissen, was zwischen uns ist, werde ich nichts sagen.“ Obwohl dieser Zug bereits abgefahren war, wenn er bedachte, was er vor seinen Freunden getan und gesagt hatte, als Tessa um ihr Leben gekämpft hatte. Aber er schämte sich der Tränen nicht, die er vergossen hatte, während ihr Leben auf Messers Schneide getanzt hatte.

Tessa grinste verschmitzt. „Ich glaube, dass sie es bereits wissen.“ Sie stellte sich auf die Zehenspitzen. „Und es ist mir nicht unbehaglich.“

Er küsste sie, bevor er die Tür zur Küche öffnete. Der Duft von Pfannkuchen wehte zu ihm und er bemerkte erst jetzt, wie hungrig er war.

„Leila, ich hoffe, dass du genug für uns alle gemacht hast“, sagte Hamish, als er mit Tessa an seiner Seite eintrat. Doch es war nicht Leila, die am Herd stand und Pancakes wendete. Leila saß an der Kücheninsel, Aiden neben ihr.

„Was zum Teufel macht der Hexer außerhalb seiner Zelle?“, knurrte Hamish.

Der Hexer drehte sich mit einem Pfannenwender in der Hand um. „Meine berühmten Kokosnussbananenpfannkuchen zubereiten. Willst du ein paar?“ Er grinste. „Und nochmal, mein Name ist Wesley. Ich wünschte, dass sich die Leute das merken würden. So schwer ist das doch nicht. Ich habe mir bereits all eure Namen eingeprägt.“

Hamish starrte den unverschämten Mann finster an.

„Hamish, lass den Kerl in Ruhe“, sagte Aiden ruhig, während er Essen in seinen Mund schaufelte.

„Setz dich“, fügte Leila hinzu, „und iss etwas. Er ist wirklich ein guter Koch.“

„Und das gibt ihm das Recht, nach Belieben rumzulaufen?“

Aiden sprang von seinem Barhocker auf. „Sprich nicht so mit meiner Frau!"

„Verdammt Aiden", knurrte Hamish. „Das ist gegen all unsere Regeln! Du kannst nicht einfach Gefangene frei herumlaufen lassen."

Sein Freund stemmte die Hände in seine Hüften. „Als hättest du in letzter Zeit keine Regeln gebrochen." Sein Blick wanderte zu Tessa.

Ach Scheiße! Er hatte jede Menge Regeln gebrochen, aber zumindest würden die Regeln, die er gebrochen hatte, den Komplex nicht in Gefahr bringen. Er zeigte auf Wesley, während er weiterhin Aiden anblickte. „Wir wissen nicht, ob wir ihm vertrauen können. Er war in der Lage, unser Portal zu durchbrechen. Wer weiß, was er plant?"

„In diesem Augenblick plane ich, noch mehr Pfannkuchen zu machen", unterbrach Wesley. „Wer möchte welche?"

Als Antwort darauf knurrte Hamishs Magen. Verräter!

„Ah", sagte Wesley triumphierend. Er hob zwei Pfannkuchen auf einen Teller und ließ ihn über die Kücheninsel gleiten. „Sirup ist auf dem Tresen." Dann blickte er zu Tessa. „Und deine Freundin?"

„Ich hätte nichts gegen einen oder zwei", antwortete Tessa.

„Zwei Pfannkuchen, kommen sofort", sagte Wesley und wandte sich dem Herd zu.

„Setz dich, Hamish", sagte Aiden und hüpfte zurück auf seinen Barhocker.

Da er wusste, dass er diese Runde verloren hatte, half Hamish Tessa auf den Barhocker neben Leila und setzte sich dann auf den Platz neben ihr. „Hast du ihn die ganze Zeit beobachtet, während er das Essen zubereitet hat?", fragte er Aiden.

„Ja, warum?"

„Ich will nur sicher sein, dass er uns nicht vergiftet."

Wesley schnaubte empört.

„Das Essen ist nicht giftig", sagte Leila und verdrehte die Augen. „Und es ist außerdem lecker. Danke, Wesley."

Wesley warf einen Blick über seine Schulter. „Ich weiß das zu schätzen."

Hamish griff nach dem Teller und schob ihn zu Tessa. „Hier, Tessa, nimm meine, ich kann warten. Du musst hungrig sein."

Sie lächelte ihm dankbar zu, nahm dann ihren ersten Bissen und kaute zufrieden. „Hm. Die sind gut." Nach einem weiteren Bissen sagte sie beiläufig: „Ich wusste nicht, dass ihr Hexer gefangen haltet. Naja, ich wusste auch nicht, dass Hexen überhaupt existieren."

Aiden lachte leise und warf Hamish einen flüchtigen Blick von der Seite zu. „Ich werde dich das erklären lassen."

Hamish seufzte. „Normalerweise tun wir das nicht. Hexen sind unsere Verbündeten. Aber wenn einer hier einbricht, passt uns das nicht."

Bei den letzten Worten blickte Wesley über seine Schulter. „Ich würde es nicht Einbrechen nennen. Es ist nicht so, als hättet ihr eine Türklingel, die ich hätte benutzen können. Ich habe das alles schon Aiden erklärt."

Hamish wechselte einen Blick mit seinem Freund. „Willst du mich auf den neuesten Stand bringen?"

Aiden nickte. „Ich bin ziemlich sicher, dass er die Wahrheit sagt. Er meinte, dass er einem Hüter der Nacht irgendwo in den Wäldern von Sonoma in Kalifornien gefolgt wäre und so eines der Portale fand. Anscheinend befahl ihm die Person, der er folgte, die Drogen zu zerstören, die ein paar Vampire produziert hatten. Auf jeden Fall habe ich eine Anfrage an alle Komplexe geschickt, um zu sehen, ob irgendeiner unserer Brüder in Sonoma unterwegs war. Wenn ein Hüter der Nacht seine Geschichte bestätigen kann, dann bin ich bereit, sie zu akzeptieren. Ich warte aber noch auf Antwort."

„Ist das alles, was du hast?"

„Nein. Es gibt noch mehr. Anscheinend ist Wesley mit einer Gruppe von Vampiren befreundet."

„Du willst mich wohl verarschen."

„Nicht wirklich. Und rate mal, was diese Vampire beruflich machen?"

„Leute aussaugen?", knurrte Hamish.

„Sie haben eine Bodyguard-Firma. Sie beschützen Menschen und andere Unschuldige. Vor Übernatürlichen. Ähnlich wie wir, hm?"

Hamish warf Wesley einen Blick zu, während dieser gerade mehr Pfannkuchen auf einen Teller legte. „Du verarschst mich."

„Ich habe es noch nicht überprüft, da wir momentan etwas unterbesetzt sind, doch sobald ich jemanden verfügbar habe, werde ich einen Hüter nach San Francisco senden, um Nachforschungen anzustellen."

Wesley stellte einen Teller vor Hamish, dann einen zweiten ihm gegenüber und hüpfte auf einen Barhocker. „Ihr solltet mich einfach Scanguards anrufen lassen und sie werden mit euch sprechen."

„Scanguards?", fragte Hamish.

„Das ist die Firma, für die er behauptet zu arbeiten", führte Aiden aus. Dann schaute er zu Wesley. „Und wir haben das bereits besprochen. Keine Anrufe für dich, bis wir dich gründlich untersucht und bestätigt haben, dass weder du noch Scanguards eine Bedrohung für uns darstellen."

Wesley machte sich an seinen Stapel Pfannkuchen und schob sich eine Gabel voll davon in den Mund. Hamishs Magen knurrte wieder und er nahm seine Gabel und tat es ihm gleich. Einen Moment lang schwiegen alle, und in der Küche konnte man nur das Klirren des Bestecks hören.

Hamish fing an, sich etwas zu entspannen. Er musste zugeben, dass Wesley im Moment keine Gefahr darstellte. Seine Hexenkräfte würden im Komplex nicht wirken und ohne eine Möglichkeit zu entkommen, war er ihrer Gnade ausgeliefert. Denn ohne Hexenkräfte war ein Hexer nur so stark wie ein Mensch. Und Wesley wusste das.

Hamish deutete zu Aiden. „Irgendwelche Nachrichten von den Jungs?"

„Pearce rief vorhin an. Sie haben einen Namen. Tiffany Jacoby."

Neben ihm hob Tessa ihren Kopf. „Meine Zwillingsschwester ..." Mit einem hoffnungsvollen Glanz in ihren lavendelfarbigen Augen blickte sie zu Aiden. „Haben sie sie gefunden?"

„Noch nicht. Ich ließ ihren Namen durch die Datenbanken laufen. Die Kraftfahrzeugbehörde hatte eine Adresse. Pearce und Manus überprüfen sie gerade. Aber es gab noch eine andere Adresse, die ich in der Datenbank der Polizei bezüglich einer Festnahme fand. Ich habe Enya dorthin geschickt, um sie zu überprüfen."

„Festnahme?" Tessas Hand zitterte und Hamish nahm sie, um sie zu beruhigen.

„Wegen Drogenbesitzes. Sieht so aus, als wäre sie ein paar Mal mit dem Gesetz in Konflikt geraten."

„Oh Gott, wir müssen ihr helfen."

Der flehende Ton in Tessas Stimme ließ Hamishs Herz schmerzen. „Werden wir. Sobald wir sie finden."

Sie hob ihren Blick zu ihm. „Ich mache mir solche Sorgen um sie. Sie ist ganz alleine. Wer weiß, was die Dämonen ihr angetan haben."

Das erinnerte ihn an etwas. Er wandte sich wieder an Aiden. „Bezüglich der Dämonen. Es war nicht Zoltan, der Tessa angegriffen und unter Drogen gesetzt hat."

Aiden runzelte die Stirn. „Was? Aber –"

„Tessa erinnert sich daran, was der Dämon sagte. Und nach dem, was wir uns zusammengereimt haben, scheint es, als hätte Zoltan einen internen Krieg an der Backe. Anscheinend plante der *Großmächtige* Tessas Ermordung nicht, obwohl ich denke, dass er wahrscheinlich dafür verantwortlich war, dass dieses Bild in die Zeitung gestellt wurde, um Tessas politische Karriere zu zerstören."

Aiden nickte. „Pearce sagte mir, dass die E-Mail von Zoel Monnadt kam und dass es ein Anagramm für *Demon Zoltan* ist."

„Richtig. Aber die Angriffe auf Tessas Leben wurden von einem anderen Dämon ausgeführt. Jemand, der Zoltan von seinem Thron stoßen will." Davon war er jetzt überzeugt. Es ergab Sinn.

„Ich frage mich, ob wir diese Informationen verwenden könnten, um Ärger in der Dämonenwelt zu schüren", sinnierte Aiden. „Wenn sie gegeneinander kämpfen, würde uns das eine Zeit lang etwas Ruhe verschaffen."

„Das ist möglich", sagte Hamish. „Besprechen wir es mit den anderen, wenn sie –"

Das Klingeln von Aidens Handy unterbrach ihn. Aiden nahm es vom Tresen und ging ran. „Hey, Logan."

Hamish zeigte auf das Telefon. „Stell ihn auf Lautsprecher."

Aiden gehorchte. „Du bist auf Lautsprecher. Hamish ist auch hier. Irgendwelche Neuigkeiten?"

„Ich bin bei Gunn. Der Kerl ist gerade völlig außer sich, er kann sich kaum beherrschen. Er feiert bereits seinen Sieg."

„Bastard!", zischte Hamish.

„Oh ja", stimmte Logan zu. „Aber er scheint wirklich etwas überrascht zu sein, dass Tessa noch keine Erklärung abgegeben hat. Er wartet darauf, dass sie offiziell ihre Kandidatur zurückzieht. Er hat den ganzen Morgen Anrufe getätigt und versucht herauszufinden, wo sie ist. Wenn er wirklich der Kerl ist, der Zoltan hilft, würde er dann nicht wissen, dass Zoltan versucht hat, Tessa zu töten?"

„Er könnte sich ein Alibi schaffen", sagte Aiden. „Und übrigens haben wir gerade herausgefunden, dass der Dämon, der versuchte, Tessa zu töten, nicht Zoltan, sondern ein Rivale von ihm war. Wahrscheinlich hat Zoltan die Drogengeschichte inszeniert, um ihre Kampagne zu untergraben, doch sein Rivale ging einen Schritt weiter. Also arbeitet Gunn wahrscheinlich für den Rivalen, der die ganze Zeit versucht hat, Tessa zu töten."

„Was soll ich unternehmen?", fragte Logan.

„Bleib an Gunn dran", befahl Hamish. „Sobald die anderen zurück sind, werde ich Manus schicken, um dich abzulösen. Wenn irgendjemand uns zu den Dämonen, die dahinterstecken, führen kann, ist es Gunn. Früher oder später wird er mit ihnen in Kontakt treten."

„Nicht wenn sie denken, dass sie erfolgreich waren und ihre Arbeit getan ist", sagte Logan. „Denn nach ihrem Wissen ist Tessa tot."

Hamish drehte seinen Kopf zu Tessa und sah ihr in die Augen. „Dann werden wir dafür sorgen müssen, dass die richtigen Leute erfahren, dass sie am Leben ist."

39

Hamish warf ihr einen ermutigenden Blick zu, doch Tessa war nicht begierig darauf, den Anruf zu tätigen.

„Muss ich wirklich mit ihm sprechen? Kann ich nicht einfach eine Nachricht bei seiner Assistentin hinterlassen?"

„Gunn muss deine Stimme hören", sagte Hamish. „Er muss wissen, dass du lebst. Das wird ihn dazu veranlassen, die Dämonen zu kontaktieren und dann kleben wir uns an sie."

Sie waren immer noch um die Kücheninsel versammelt. Der Hexer, der wirklich ein ziemlich lässiger Kerl war, packte die Teller in die Spülmaschine, während alle anderen ihre Augen auf Tessa gerichtet hielten.

„Okay." Sie atmete tief ein und wählte Gunns Nummer.

„Ja?", schallte Gunns Stimme durch die Leitung.

„Robert, hier ist Tessa."

Erstaunt blies Gunn einen Atemzug aus. „Tessa." Dann schien er sich wieder zu fangen. „Rufst du an, um aufzugeben?"

„Aufgeben? Träum weiter."

Er lachte leise. „Komm schon, Tessa, du weißt doch selbst, dass du jetzt keine Chance mehr hast. Die Presse zieht dich durch den Dreck und deine feinen Wähler verlassen dich zu Tausenden."

„Sie werden zurückkommen, sobald sie die Wahrheit hören."

„Die Wahrheit? Tessa, wach auf! Du wurdest erwischt." Er lachte. „Wer hätte gedacht, dass unter diesem braven Äußeren eine dunkle Seite schlummert? Nicht einmal ich hätte mir das ausdenken können. Ach Gott, Tessa, Drogen? Du? Du hast uns alle zum Narren gehalten. Aber danke trotzdem. Die Wahl gehört jetzt mir. Und nicht einmal deine hinterlistige kleine Wahlkampfmanagerin kann das jetzt noch hinbiegen, so wie sie alles andere immer hinbiegt."

„Ich weiß, was du tust! Du kannst es nicht viel länger verheimlichen."

Am anderen Ende der Leitung konnte man hören, wie Gunn scharf einatmete. „Pass auf, Tessa. Du übernimmst dich."

„Du kleiner Scheißkerl!", fluchte sie, doch Gunn hatte bereits aufgelegt. „Argh! Dieser Arsch! Er macht sich über mich lustig!"

Sie spürte Hamishs Hand an ihrem Arm. „Vergiss es, *Lass*, er wird bekommen, was er verdient. Ich verspreche es dir."

Sie schniefte. „Danke."

Er drückte ihr einen Kuss auf die Stirn. „Gut gemacht. Du solltest mit Poppy sprechen und sie einen Entwurf für deine Stellungnahme ausarbeiten lassen. Wir können nicht zulassen, dass du noch mehr Wähler verlierst."

Sie wusste das. „Was soll ich ihr erzählen?"

„Lass sie eine Entschuldigung aufsetzen, die deinen Wählern versichert, dass du eine vollständige Erklärung abgeben wirst, sobald du einige Dinge geklärt hast", schlug er vor.

„Eine Entschuldigung?" Sie schüttelte heftig den Kopf.

Hamish ergriff ihre Schultern. „Ich weiß, dass es sich falsch anfühlt, aber bis wir Tiffany gefunden haben, ist das das Beste, was wir machen können. Lass es sie so vage wie möglich aufsetzen, sodass du eigentlich gar nichts zugibst, okay?"

Tessa seufzte. „Bist du sicher?"

„Vertrau mir."

Das tat sie. „Okay. Ich werde –"

Die Tür ging auf und unterbrach sie. Manus marschierte gefolgt von Enya und Pearce herein.

„Hi Leute", grüßte Manus, bevor seine Augen auf den Hexer fielen. „Was zum –"

„Wir haben das geklärt", sagte Aiden. „Der Hexer ist keine Bedrohung."

„Warum riecht es hier nach Pfannkuchen?", fragte Enya.

„Ich werde dir ein paar machen", bot Wesley sofort an. „Noch jemand?"

Pearce zuckte mit den Schultern. „Sicher."

Manus nickte. „Wenn du schon dabei bist."

Ungeduldig unterbrach Tessa: „Habt ihr Tiffany gefunden? Wo ist sie? Ist sie in Sicherheit?"

Ein bedauerndes Lächeln zog über Manus' Gesicht. „Sorry, sie war bei keiner der beiden Adressen, die wir überprüft haben. Und in Sachen Arbeitsstelle konnten wir auch nichts finden." Er wechselte einen Blick mit Pearce. „Pearce wird nach ihren Sozialversicherungsaufzeichnungen suchen, um zu sehen, wo sie zuletzt gearbeitet hat. Vielleicht können wir so eine Spur finden."

Pearce nickte. „Wir werden auch die Nachbarschaft gründlich überprüfen. Es sieht so aus, als wäre die Adresse, die Enya ausgekundschaftet hat, ihre letzte gewesen. Wir werden dort anfangen. Vielleicht hat jemand etwas gesehen."

Tessa spürte, wie sich ein Schluchzen einen Weg ihren Hals hoch bahnte. Sie schloss ihre Augen und presste die Lippen zusammen, um nicht zu weinen. „Er hat sie getötet, nicht wahr? Zoltan hat sie getötet."

Hamish zog sie in seine Arme. „Wenn Zoltan nicht versucht hat, dich zu töten, hat er auch keinen Grund, deine Schwester zu töten." Er strich mit der Hand über ihr Haar. „Wir werden nicht aufgeben."

„Braucht ihr etwas Hilfe?", fragte Wesley plötzlich.

Alle Köpfe drehten sich in seine Richtung.

„Ich meine, ihr wisst doch, dass Hexen Leute auspendeln können, oder?"

„Auspendeln?" Noch etwas, was sie nicht verstand.

„Ja, es ist wie GPS."

Tessa blickte Hamish an. „Weißt du, wovon er spricht?"

Zu ihrer Überraschung nickte Hamish. „Hexen haben die Macht, Leute zu finden, solange sie etwas haben, das sie führt. Es ist wie der Geruchssinn eines Spürhundes."

„Ich brauche ein bisschen mehr als nur einen Geruch", korrigierte ihn Wesley und wandte sich an Tessa. „Ich habe gehört, dass du vorhin sagtest, dass es deine Zwillingsschwester ist, nach der ihr sucht?"

Tessa nickte.

„Eineiig?“

„Ja, warum?“

„Eineiige Zwillinge haben identische DNS. Alles, was ich brauche, sind nur ein paar Tropfen deines Blutes. Dann werde ich deine Schwester auspendeln können.“

Hoffnung blühte in Tessas Herz auf. War das wirklich möglich?

„Hast du nicht etwas vergessen?“, fragte Aiden plötzlich und zog Wesleys Blick auf sich. „Solange du hier bist, verfügst du nicht über deine Hexenkräfte.“

„Ah, darauf wollte ich gerade kommen.“ Er schnitt eine Grimasse. „Es würde natürlich bedeuten, dass ihr mich aus diesen vier Wänden hinauslassen müsstet, damit ich auf meine Kräfte zugreifen kann.“

„Den Teufel werden wir machen“, zischte Hamish.

Tessa ergriff seinen Bizeps. „Bitte, Hamish, wenn wir sie so finden können, müssen wir es tun.“

„Tessa, sobald er draußen ist, kann er Hexerei gegen uns einsetzen.“

Sie schüttelte den Kopf. „Aber wenn wir warten, könnte es zu spät sein. Und wenn sie verletzt ist? Was, wenn sie stirbt? Ich könnte mir nie verzeihen, nicht alles versucht zu haben, um ihr zu helfen. Bitte, Hamish.“ Sie spürte, wie Tränen in ihre Augen schossen, und dieses Mal war sie unfähig, sie zurückzuhalten. „Wenn du mich liebst, tu das bitte für mich.“

Sie fühlte, wie sich Hamishs Brust hob. Er stieß einen schweren Seufzer aus und blickte dann an ihr vorbei. „Eine falsche Bewegung, Hexer, und du wirst meinen Dolch in deinem Herzen spüren.“

„Schon verstanden, *Hüter der Nacht*, und mein Name ist immer noch Wesley. Vielleicht ist es langsam an der Zeit, dass du ihn benutzt.“ Ein verschmitztes Grinsen begleitete Wesleys Antwort. „Die Pfannkuchen werden warten müssen.“

Niemand beklagte sich.

40

„Ich hoffe, das funktioniert auch“, murmelte Hamish skeptisch.

Er, Enya, Aiden und Wesley standen in einem verlassenen Lagerhaus. Manus war ausgesandt worden, um sich Logan bei dessen Überwachung von Gunn anzuschließen, während Pearce im Komplex bei Leila und Tessa zurückgeblieben war.

Tessa hatte protestiert, und sonderbarerweise war es Wesley gewesen, der sie hatte überzeugen können, im Komplex zu bleiben. „Wenn du bei uns bist, wird der Kristall nur auf dich und nicht auf deine Schwester reagieren. Und dann werde ich sie nicht lokalisieren können.“

„Er hat recht, Tessa“, hatte Hamish bestätigt. „Du wirst im Komplex bleiben müssen, wo du verhüllt bist.“

Er behielt Wesley im Auge, als der Hexer nun alles vorbereitete.

„Die Karte?“, bat Wesley.

Aiden reichte sie ihm und Wesley breitete sie auf dem staubigen Fußboden aus, während er sich daneben hinkniete. Er blickte hoch. „Baltimore, wie?“ Dann wickelte er den Verbandsmull, mit dem er einige Tropfen von Tessas Blut aufgefangen hatte, um den Kristall, den er zuvor aus seinem Rucksack geholt hatte.

Hamish hatte dafür gesorgt, dass er nichts anderes aus seinem Trickbeutel nahm, nur für den Fall, dass der Hexer plante, sie übers Ohr zu hauen.

„Es dürfte nicht lange dauern. Wenn sie am Leben ist und irgendwo auf dieser Karte, wird der Kristall ihre Position anzeigen." An einer Schnur hängend hielt er den Kristall über die Mitte der Karte und schloss die Augen. Eine Sekunde später hallte ein weiches Summen durch den leeren Raum.

Hamish wechselte einen Blick mit seinen zwei Kollegen. Sie waren beide ebenso wie er in Alarmbereitschaft. Sollte Wesley einen Zauber gegen sie sprechen, würden sie bereit sein; irgendwie jedoch fing Hamish an zu glauben, dass der Hexer nicht vorhatte, ihnen zu schaden. Hexen waren schon immer auf der Seite der Hüter der Nacht gewesen. Ihre Mission war dieselbe wie die seiner Rasse: die Dämonen zu zerstören. Ebenso wie die Menschen konnten Hexen jedoch unter den Einfluss von Dämonen geraten und die Tatsache, dass Wesley es geschafft hatte, eines ihrer Portale zu verwenden, war deshalb ein wenig besorgniserregend.

Mit immer noch geschlossenen Augen summte Wesley weiter; der Kristall am Ende der Schnur fing an, sich zu bewegen, als zöge eine unsichtbare Kraft daran. Plötzlich fiel der Kristall auf einen Punkt auf der Karte.

Hamish neigte sich vor. „Bist du dir sicher?"

Wesley öffnete seine Augen und nickte. „Warum?"

„Weil der Kristall auf das Wasser zeigt."

Wesley schaute auf die Karte. „Neben einem Anlegesteg", berichtigte er. „Was bedeutet, dass sie wahrscheinlich auf einem Boot ist."

„Ich hoffe, dass du recht hast."

„Also, machen wir uns auf den Weg und überprüfen es", schlug Wesley vor.

Hamish warf Aiden einen Blick zu. „Was denkst du?"

„Wir sollten vorbereitet sein, für den Fall, dass es eine Falle ist."

Wesley sprang mit den Händen an den Hüften auf, seine Frustration war nun deutlich spürbar. „Was muss ich noch tun, um euch Jungs zu beweisen, dass ich euch nichts Böses will?"

„Ich meinte eine Falle der Dämonen", erklärte Aiden. „Wenn sie Tiffany dazu benutzt haben, das Drogenfoto zu inszenieren, könnten sie sie noch beobachten, für den Fall, dass sie sie erneut brauchen. Wir wollen nicht direkt in ihre Arme laufen."

„Oh, ja, richtig, macht Sinn", sagte Wesley.

Hamish nickte. „Okay, zurück zum Komplex. Lasst uns die Überwachungskameras der Gegend anzapfen und Sean und Jay von ihren Aufträgen zurückrufen, damit sie uns unterstützen können."

Enya fragte: „Was ist mit Manus und Logan?"

„Sie müssen an Gunn dranbleiben. Wir können uns nicht leisten zu verpassen, wenn er die Dämonen kontaktiert", sagte Hamish.

Dank eines nahe gelegenen Portals waren sie zehn Minuten später zurück im Komplex. Tessa wartete bereits aufgeregt in der Kommandozentrale, wo Pearce auf die Überwachungskameras in der Gegend zugriff.

„Habt ihr ihre Position?", fragte Tessa begierig.

Hamish drückte ihre Hand. „Ja, wir müssen nur sicherstellen, dass wir nicht in einen Hinterhalt geraten, wenn wir dort hingehen und sie rausholen."

„Oh Gott, ich hoffe, dass sie in Ordnung ist. Ich wollte schon immer eine Schwester. Ich will sie nicht verlieren, bevor ich die Chance habe, sie kennenzulernen."

Er sah ihr in die Augen. „Ich werde alles tun, um das zu verhindern."

Das Klingeln von Tessas Handy hallte in der Kommandozentrale wider. Sie zog es aus ihrer Tasche und blickte auf die Anzeige. „Es ist Poppy."

„Hast du noch nicht mit ihr gesprochen?"

„Sie ging nicht an ihr Telefon, als ich vorhin anrief. Also hinterließ ich ihr eine Nachricht."

„Geh ran und stell sie auf Lautsprecher." Er wandte sich Pearce zu und gab ihm ein Zeichen, still zu bleiben.

Tessa drückte auf Annehmen. „Poppy, ich habe versucht, dich zu erreichen."

„Tessa." Ein mit einem Seufzer verwandter Ton drang durch das Telefon. „Sorry, aber ich war in der Dusche, als du anriefst. Ist alles in Ordnung?"

Tessa warf Hamish einen flüchtigen Blick zu. Er nickte.

„Ja, es geht mir gut", antwortete sie. „Aber ich wollte mit dir über die Ausarbeitung einer Stellungnahme sprechen."

„Oh, okay. Das ist super. Ich freue mich, dass du dich endlich dazu entschlossen hast. Ich werde zu deiner Wohnung kommen und wir werden etwas ausarbeiten –"

„Ich bin nicht zuhause. Erledigen wir es einfach übers Telefon –“

„Wo bist du denn?“

„Ich bin in Hamishs Wohnung.“

„Gib mir die Adresse und ich treffe dich dort.“

Hamish schüttelte sofort seinen Kopf, doch Tessa hatte seine Reaktion bereits vorausgesehen und sagte: „Das wird nicht notwendig sein. Schreib einfach etwas in der Art, dass mir leidtut, was ans Licht gekommen ist, und dass alles nicht so ist, wie es aussieht. Und dass ich in den nächsten vierundzwanzig Stunden mit einer vollständigen Erklärung an die Öffentlichkeit treten werde. Kannst du das bitte tun?“

Poppy zögerte kurz. „Ja, aber was werden wir dann tun? Was wirst du ihnen in vierundzwanzig Stunden erzählen?“

„Daran arbeite ich gerade. Vertrau mir einfach. Bitte. Um der alten Zeiten willen.“

Poppy seufzte. „Gut. Aber ich denke wirklich, dass es besser ist, wenn wir uns treffen und das alles durchgehen. Das ist eine ernste Angelegenheit. Hast du die letzten Pressemeldungen gesehen? Sie präsentieren alle Arten von Theorien, die ein wirklich schlechtes Licht auf dich werfen.“

„Dagegen kann ich nichts tun. Aber das ist alles, was ich in diesem Augenblick habe. Bitte gib einfach die Erklärung hinaus und dann sehen wir weiter.“

„Okay, wenn du meinst. Ich werde mich darum kümmern.“

„Danke, Poppy.“ Tessa legte auf. „Puh!“

„Gute Arbeit. Das wird dir Zeit verschaffen“, sagte Hamish. Dann wandte er sich Pearce zu. „Irgendetwas?“

Pearce zeigte auf den Monitor vor sich. „Es ist ein Jachthafen. Nicht viele Kameras in dieser Gegend. Es gibt eine am Eingang, aber nicht viel mehr. Alles sieht ziemlich normal aus; ein paar Menschen, die an ihren Booten arbeiten. Nicht viel, mit dem wir etwas anfangen können. Der von Weselys Kristall angezeigte Punkt scheint auf eines der letzten Boote an diesem Dock hier zu deuten. Das F-Dock. Ich würde sagen, überprüfen wir die letzten drei Boote.“

„Okay. Schon irgendwelche Nachrichten von Sean und Jay?“

Pearce schaltete auf den zweiten Monitor um und tippte etwas auf seiner

Tastatur. Ein Nachrichtenfenster poppte auf. „Sie haben sich gerade gemeldet. Sie werden euch am Jachthafen treffen."

„Gut. Du bleibst hier und beschützt die Frauen und beobachtest Wesley. Benachrichtige mich sofort, wenn Logan oder Manus sich mit Neuigkeiten über Gunn melden."

„Ich komme mit", sagte Tessa neben ihm.

„Nein, es ist sicherer für dich, im Komplex zu bleiben. Wenn wir auf Dämonen stoßen –"

„Tiffany wird verängstigt sein. Glaubst du wirklich, dass sie dir vertrauen wird? Für sie wirst du nicht anders aussehen als die Dämonen. Ich muss dabei sein. Wenn sie mich sieht, wird sie mir vertrauen."

„Verdammt Tessa, du wirst dich in Gefahr begeben."

Sie schüttelte den Kopf. „Ihr geht unsichtbar hinein, oder? Also wirst du mich auch verhüllen. Selbst wenn es Dämonen gibt, werden sie mich nicht sehen. Und ich verspreche, dass ich dieses Mal keinen Piepser von mir geben werde. Sie werden mich nicht erwischen."

Hamish atmete scharf aus. Er wusste, dass ihr Gedankengang richtig war. Das bedeutete jedoch nicht, dass ihm die Sache gefiel. Aber er konnte kein gutes Argument vorbringen, weswegen sie im Komplex bleiben musste, insbesondere weil es einfacher wäre, Tiffany zu überzeugen, mit ihnen zu kommen, wenn ihre Zwillingsschwester dabei wäre.

„Gut. Aber du tust genau, was ich sage. Eine Gehorsamsverweigerung und ich werde deinen süßen Hintern zurück in den Komplex zerren. Verstehen wir uns?"

Ihre Augen leuchteten auf. „Du wirst nicht einmal merken, dass ich dabei bin."

„Ganz sicher!" Er erinnerte sich, das Gleiche gesagt zu haben, als Tessa sich beklagt hatte, dass *er* sie überallhin begleiten würde. Und es gefiel ihm ebenso wenig, wie es ihr gefallen hatte.

41

Es war früher Nachmittag, als sie den Jachthafen erreichten. Während der Fahrt war Nervosität in Tessas Zellen gekrochen. Was, wenn etwas schiefging? Was, wenn die Dämonen noch dort waren und Tiffany als Geisel hielten? Was, wenn sie nur darauf warteten, dass die Hüter der Nacht einen Rettungsversuch starteten?

„Bist du sicher, dass sie uns nicht wahrnehmen können?“ Sie suchte Hamishs Augen. Sie saßen noch in dem dunklen Van, den Aiden mit Enya auf dem Beifahrersitz gefahren hatte.

„Sobald wir unsichtbar sind, haben sie keine Möglichkeit mehr, uns zu entdecken, außer wir machen Geräusche.“

„Oder wenn sie Hunde haben“, fügte Enya mit einem Blick über ihre Schulter hinzu.

„Hunde?“ Tessa schluckte. „Warum Hunde?“

„Weil die uns riechen würden.“

Hamish legte seine Hand auf ihre. „Mach dir keine Sorgen, Tessa. Pearce beobachtet uns über die Kamera am Eingang. Wenn er Hunde in der Nähe sieht, wird er uns alarmieren.“

Sie nickte und beruhigte sich etwas. „Und die Menschen, sie werden uns auch nicht sehen, oder?“

„Richtig. Aber *du* wirst uns immer noch sehen können.“

„Aber ich bin ein Mensch. Wie kann ich dich sehen, wenn wir alle verhüllt sind?“

„Es gibt verschiedene Stufen dieser Unsichtbarkeit. Wir können wählen, wer uns sieht und wer nicht.“

„Okay.“

Hamish warf einen Blick zu den Vordersitzen. „Bereit?“

Beide seiner Kollegen nickten. Dann berührte er sein Ohrstück. „Sean, Jay, seid ihr in Position?“

Tessa konnte die Antwort nicht hören, nur Hamishs Erwiderung kurz darauf. „Gut, bleibt dort. Wenn ihr irgendetwas Verdächtiges seht, alarmiert uns und setzt euch in Bewegung.“

Sobald sie ausgestiegen waren, sah Tessa sich um. Der Jachthafen war von mittlerer Größe. Es gab fünf Anlegestege, oder Docks, mit vielleicht dreihundert angebundenen Booten. Sie sah mehrere Leute auf ihren Booten sitzen und die Nachmittagssonne genießen. Andere reinigten die Decks oder nahmen Reparaturen vor. Mehrere Boote machten sich gerade bereit abzulegen, während einige andere vom Wasser hereinkamen. Sie war früher schon in einigen Jachthäfen gewesen, wenn sie von Freunden eingeladen worden war, und erkannte in dem bunten Treiben nichts Ungewöhnliches. Nichts und niemand schien fehl am Platz. Sie hoffte nur, dass sie sich nicht irrte.

Hamish machte Handzeichen und signalisierte allen, ihm zu folgen. Darauf vertrauend, dass sie alle verhüllt und somit unsichtbar waren, folgte sie ihm schweigend. Sie trugen alle Tennisschuhe, um kein Geräusch auf den Planken zu machen. Tessa hatte sich vor dem Verlassen des Komplexes ein Paar von Leila geliehen.

Als sie das Ende des Docks erreichten, hielt Hamish an und hob seine Hand, um anzuzeigen, dass sie dort bleiben sollte, wo sie gerade stand. Er wechselte einen Blick mit Enya und nickte, dann zeigte er auf Aiden und dann Tessa. Als Aiden nickte, betraten Hamish und Enya das Deck eines kleinen Segelbootes mit dem Namen *Jenny's Folly*.

Tessa beobachtete, wie sie durch die Bullaugen spähten und dann das Schloss untersuchten. Ein schweres Vorhängeschloss hing vor der Tür zur Kabine. Doch das war kein Hindernis für Hamish. Er bewegte sich nach vorne und Tessa sah seinen Oberkörper im Holz verschwinden. Ein paar

Sekunden später tauchten sein Rumpf und Kopf wieder auf. Er sah über seine Schulter und schüttelte den Kopf.

Kein Anzeichen von Tiffany.

Er und Enya gingen zum nächsten Boot, Tessa und Aiden folgten ihnen. Wieder blieb Tessa auf dem Dock und sah nervös zu, wie Hamish das Gleiche wie auf dem ersten Boot machte. Verdammt, hatte Wesley sich geirrt? Oder hatte er sie doch angelogen?

Als sich Hamish wieder umdrehte und er und Enya vom Boot stiegen, fühlte Tessa, wie ihre Hoffnung ein kleines bisschen verblasste. Was, wenn Tiffany hier gewesen, aber jetzt weg war? Schließlich hatte Wesley sie vor mehr als einer Stunde ausgependelt. Sie konnte inzwischen verschwunden sein, oder die Dämonen könnten sie sonst wohin gebracht haben.

Leise betete sie. *Lass mich meine Schwester finden.*

Instinktiv folgte sie Hamish und Enya zu der Kunststofftreppe, die auf dem Steg stand, um Leuten zu erlauben, aufs Boot zu steigen. Sie spürte Aidens Hand auf ihrem Arm, die sie zurückhielt, und blickte über ihre Schulter. Sie nickte. Sie verstand, dass sie ihnen nicht folgen durfte. Das machte das Warten jedoch nicht einfacher. Sie spähte an Hamish vorbei zum Eingang der Kabine und bemerkte sofort etwas. Es gab kein Vorhängeschloss, doch als Hamish versuchte, die Tür zu öffnen, bewegte sie sich nicht.

Von innen verschlossen!

Ihr Herzschlag beschleunigte sich. Das könnte es sein. Wieder tauchte Hamish seinen Oberkörper durch die Tür, aber dieses Mal verschwand er ganz drinnen. Enya folgte ihm einen Augenblick später. Etwas knarzte und Tessa bemerkte, dass das Boot ein klein wenig von einer Seite zur anderen schaukelte. Vermutlich weil Hamish und Enya sich im Inneren bewegten. Mehrere Minuten schienen zu vergehen.

Dann ein weiterer Laut; das Knarzen von Scharnieren. Tessas Kopf schoss in Richtung des Geräusches. Eine Luke öffnete sich auf dem Teil des Decks, das zum Wasser zeigte. Eine Hand kam heraus. Enyas? Tessas Beine bewegten sich bereits auf dem Steg vorwärts, um besser sehen zu können, als jemand plötzlich keuchte und die Hand wieder im Boot verschwand.

Tessa warf einen Blick über ihre Schulter. Aiden war bereits auf das Deck gelaufen und verschwand durch die Tür wie seine Kollegen vor ihm. Das

Boot schaukelte wieder von einer Seite zur anderen und es gab gedämpfte Geräusche.

Oh Gott, nein. Was passierte da gerade?

Die Tür öffnete sich schließlich und Aiden winkte ihr, sich zu nähern. Sie raste praktisch über die Treppe aufs Deck hinauf. Aiden half ihr in die Kabine. Fast wäre sie gestolpert, als sie das dunkle Innere betrat. Kleine Vorhänge waren vor die Bullaugen gezogen worden. Doch ihre Augen passten sich an und schließlich sah sie, was vor sich ging.

Enya hielt eine um sich schlagende Frau auf der Bank fest, die zu einem Bett ausgezogen worden war. Tessa näherte sich einige Schritte.

„Tiffany?", murmelte sie und wechselte einen Blick mit Hamish, der nickte.

Tessa legte eine Hand auf Enyas Schulter. „Lass sie los, Enya. Sie hat Angst."

Nach kurzem Zögern ließ Enya die Frau los, die sofort in die Ecke des Bettes zurückrutschte und ihre Beine an die Brust zog und mit ihren Armen umklammerte. Verängstigte Augen schauten zu ihr auf. Es bestand kein Zweifel, wen Tessa da ansah: Diese Frau war ihre Zwillingsschwester. Und sie war zu Tode verängstigt, zitterte und wimmerte.

„Entzugserscheinungen", murmelte Hamish.

„Kann sie uns sehen?", flüsterte Tessa.

Hamish nickte.

„Tretet zurück, ihr alle. Ich werde mich um sie kümmern", sagte Tessa. Zu ihrer Erleichterung kamen die drei Hüter der Nacht ihrer Bitte nach und zogen sich zu der hölzernen Leiter zurück, die hinausführte.

Tiffanys erschrockener Blick schoss zu Tessa. Tessa näherte sich ihr, ließ ihr Knie aufs Bett gleiten und kroch zu ihrer Schwester aufs Bett.

„Hab keine Angst, Tiffany. Ich bin hier, um dir zu helfen."

Ihre Zwillingsschwester stieß ein Schluchzen aus und kaute an ihren Fingernägeln, während ihr Blick nervös durch die Kabine und dann zurück zu Tessa huschte. Ihre Augen schienen sich zu konzentrieren und es wirkte so, als würde Tiffany sie jetzt zum ersten Mal wirklich sehen. Ein Keuchen entkam ihrer Schwester.

„Nein, nein ...", jammerte sie. „Nein, ich bin nicht verrückt. Nicht mehr." Sie schluchzte. „Oh Gott, ich werde nie wieder ... nein, nein, bitte ..."

Tessa kroch noch näher. „Tiffany, ich bin Tessa. Ich bin deine Schwester. Deine Zwillingsschwester. Ich bin hier, um dir zu helfen."

„Schwester …", murmelte sie, als verstünde sie nicht.

„Ja, deine Zwillingsschwester. Siehst du, wir beide sehen gleich aus. Ich werde jetzt auf dich aufpassen. Ab jetzt bist du in Sicherheit."

Tiffanys Augen klebten an Tessas Gesicht. Sie schüttelte den Kopf, doch dann streckte sie ihre Hand aus. „Meine Zwillingsschwester … meine Schwester?"

Tessa nahm Tiffanys Hand und führte sie zu ihrer eigenen Wange. „Ja, ich bin deine Schwester und du musst nie wieder Angst haben."

Ein Schluchzen riss sich aus Tiffanys Brust und sie warf plötzlich ihre Arme um Tessa. „Ich habe solche Angst. Hilf mir. Ich will aufhören. Bitte. Ich will leben."

Tessa erstickte ihre eigenen Tränen und strich mit ihrer Hand über Tiffanys Haar. „Ich bin für dich da. Alles wird gut. Niemand wird dir jetzt noch wehtun."

Als sie spürte, wie Tiffany gegen sie sackte, schaute sie über ihre Schulter und in Hamishs Augen. „Wir müssen sie in ein Krankenhaus bringen."

Hamish schüttelte den Kopf. „In einer Rehabilitationsanstalt ist sie besser aufgehoben. Dort wird man sie clean bekommen, wenn sie das will."

Tessa nickte zustimmend. „Ich kenne jemanden, der uns dabei helfen kann."

EINE STUNDE später fuhr der Van vor einer Klinik vor. Hamish saß am Steuer. Enya und Aiden waren zum Komplex zurückgekehrt und Sean und Jay zu ihren jeweiligen Aufträgen, nachdem sie sichergestellt hatten, dass keine Dämonen in der Nähe waren.

„Wir sind da", murmelte Tessa Tiffany zu, die sich auf der Rückbank an ihr festhielt und immer noch wegen der Entzugserscheinungen zitterte. Und sehr wahrscheinlich auch aus Angst.

Tiffany hatte nicht viel gesagt. Alles, was Tessa aus ihr herausgebracht hatte, war, dass sie ins Boot eingebrochen war, um Unterschlupf zu finden, nachdem sie in einer Gasse aufgewacht war und nicht wusste, wie sie dorthin gekommen war.

Hamish zeigte jetzt auf eine Person, die auf dem Gehsteig vor dem Gebäude wartete. „Da ist Gabriella.“ Er blickte über seine Schulter. „Bist du dir dabei sicher?“

Tessa nickte. „Sie hat ihre Hilfe angeboten. Ihr eigenes Reha-Zentrum ist wegen des Vorfalls noch nicht geöffnet, aber sie sitzt auch im Vorstand von diesem hier. Wir brauchen sie. Es ist fast unmöglich, in dieser Stadt einen Platz in einer guten Rehabilitationsanstalt zu bekommen. Die Wartelisten sind zu lang. Wir dürfen keine Zeit verschwenden. Tiffany braucht jetzt sofort Hilfe.“

Hamish nickte. „Okay, wenn du ihr vertraust.“

Tessa lächelte. „Du sagtest selbst, dass deine Kollegen nicht glauben, dass sie an dem Vorfall im Zentrum beteiligt war.“

Er seufzte und schaltete dann den Motor aus. „Ich werde dir mit Tiffany helfen.“ Er stieg aus dem Auto und winkte Gabriella, die sich sofort näherte.

Hamish schob die Seitentür des Vans auf und streckte seine Hand aus. Tiffany wich sofort zurück. „Es ist okay, Tiffany, wir sind jetzt an einem sicheren Ort.“ Er trat beiseite, damit sie Gabriella sehen konnte. „Diese nette Dame wird uns helfen, dich in ein behagliches, helles Zimmer zu bringen. Und deine Schwester wird bei dir bleiben, bis du bereit bist, dich ein bisschen auszuruhen, okay?“

Gabriella lächelte freundlich. „Komm Herzchen, es ist fast Essenszeit. Ich habe gehört, dass es heute Abend einen wunderbaren Braten gibt. Und Kirschkuchen zum Nachtisch.” Ihre Stimme ähnelte der einer guten Fee.

Tessa schenkte ihr ein dankbares Lächeln. „Das klingt köstlich, denkst du nicht auch, Tiffany? Ich bekomme schon Hunger. Wollen wir reingehen?“

Tiffany warf ihr einen zögernden Blick zu. Dann nickte sie langsam. Mit Gabriellas und Hamishs Hilfe holte sie sie aus dem Auto und brachte sie ins Gebäude.

Gabriella führte sie einen langen Gang hinunter. Sie ging neben Tessa her und neigte sich zu ihr. „Ich habe den Pressemeldungen nie geglaubt. Ich wusste, dass es eine Erklärung geben musste. Ich bin so froh, dass du mich angerufen hast.“

Tessa lächelte. „Ich bin so dankbar, dass du so kurzfristig diesen Platz für uns organisieren konntest."

Sie machte eine abweisende Handbewegung. „Du hast dem Zentrum so viel geholfen. Das ist das Mindeste, was ich tun kann."

Tessa drückte Gabriellas Arm. „Ich weiß nicht, wie ich dir danken soll."

Gabriella schüttelte den Kopf. „Ich bin einfach so überrascht. Ich meine, ich wusste nicht, dass du eine Schwester hast, geschweige denn eine eineiige Zwillingsschwester."

„Niemand wusste das." Naja, niemand außer ihren Eltern, der Adoptionsagentur und anscheinend der Dämonen. „Ich habe es gerade erst selbst herausgefunden. Aber jetzt, wo ich es weiß, will ich sicherstellen, dass sie all die Fürsorge bekommt, die sie braucht."

„Deine Schwester wird hier von den besten Fachleuten versorgt, das verspreche ich dir. In ein paar Monaten wird sie eine ausgeglichene junge Frau sein, so wie du."

Sie erreichten die Station, wo sie Halt machten. Gabriella näherte sich dem Schalter.

„Oh, Miss VanSant, wir haben Ihren Anruf erhalten. Ich habe alles vorbereitet. Der Arzt wird in ungefähr fünf Minuten bei Ihnen sein, um die Patientin zu untersuchen", sagte die Krankenschwester hinter dem Schreibtisch mit einem Lächeln.

„Untersuchen?", wiederholte Tiffany und hielt sich schutzsuchend an Tessa fest.

Gabriella wandte sich ihr mit einem Lächeln zu. „Nur damit wir sicherstellen können, dass du okay bist. Du könntest etwas dehydriert und fiebrig sein. Es wird nicht lange dauern. Und dann kannst du dich ausruhen und etwas essen."

„Alles ist gut, Tiffany, ich werde bei dir bleiben", sagte Tessa.

Die Krankenschwester hinter dem Schalter zeigte zu einem Sitzbereich. „Setzen Sie sich bitte. Ich werde Sie gleich rufen." Dann griff sie nach einem Klemmbrett. „Und die Person, die für die Patientin verantwortlich ist, muss einige Formulare ausfüllen."

Tessa nahm das Klemmbrett. „Ich erledige das."

Als sie sich alle gesetzt hatten, spürte Tessa plötzlich Hamishs Hand auf ihrem Arm. Sie sah ihm fragend in die Augen und er zeigte zu einem Fernseher, der an der Wand hing. Er war stummgeschaltet, aber der Untertitel war eingeblendet.

Poppy stand in einem modischen Hosenanzug und mit einer großen Sonnenbrille auf der Nase vor der Treppe des Rathauses und las eine Erklärung von einem Stück Papier ab. Tessa verfolgte die Untertitel.

„... dass diese Behauptungen bald aus der Welt geschafft werden. Miss Wallace bittet Sie, geduldig zu sein, während sie diese Missverständnisse klärt. Wir werden innerhalb der nächsten vierundzwanzig Stunden eine Erklärung abgeben, die all Ihre Fragen beantworten wird. Danke."

Poppy drehte sich um und ignorierte die Mikrofone, die ihr vors Gesicht gehalten wurden, um ihr weitere Details zu entlocken. Stattdessen marschierte sie zurück ins Gebäude.

Tessa seufzte und wechselte einen Blick mit Hamish.

„Alles wird jetzt gut werden", sagte er.

„Ich weiß nicht, wie ich dir für alles danken soll, was du getan hast."

Seine Augen funkelten und er beugte sich näher, damit nur sie ihn hören konnte. „Ich schon."

Sie spürte, wie sie errötete.

Hamish grinste. „Aber zuerst kümmern wir uns um deine Schwester."

42

Es war fast Mitternacht, als Hamish mit Tessa zum Komplex zurückkehrte. Er legte seinen Arm um ihre Taille, als sie zu seinem Quartier gingen und ihm klar wurde, wie erschöpft sie nach den letzten paar Stunden in der Reha-Klinik sein musste.

„Du warst sehr geduldig mit deiner Schwester", lobte er sie.

Ihr Lächeln war müde, aber echt. „Sie braucht eine Familie. Ich werde mit meinen Eltern sprechen und sie fragen, ob sie bei ihnen wohnen kann, sobald sie aus der Klinik entlassen wird. Nur bis sie wieder auf eigenen Füßen steht. Vielleicht kann ich einen Job oder eine Ausbildung für sie finden, ich weiß nicht. Irgendetwas. Ich will, dass sie eine Chance auf ein gutes Leben hat."

„Eins nach dem anderen, *Lass*. Es wird ein paar Monate dauern, bis sie aus der Klinik entlassen werden kann. Den Informationen zufolge, die der Arzt aus ihr herausbekommen konnte, nimmt sie schon lange Drogen. So eine Abhängigkeit ist nicht leicht loszuwerden. Wir müssen geduldig sein." Aber er war stolz auf Tessa, weil sie ihrer Schwester zur Seite stand und sie unterstützte. „Du warst toll heute. Wenn Tiffany dich ansieht, sehe ich Hoffnung in ihren Augen. Wir werden das schaffen."

„Wir?"

Er öffnete die Tür zu seinem Quartier und sie gingen hinein. „Ja, wir. Ich werde dir zur Seite stehen."

„Obwohl du nicht verpflichtet bist, das zu tun?"

Er ließ die Tür zufallen, legte seine Hand unter ihr Kinn und hob es an. Er sah tief in ihre lavendelfarbigen Augen, in die er sich verliebt hatte und noch mehr verlieben würde. „Du bist auch nicht verpflichtet, dich um deine Schwester zu kümmern, doch du hast nicht eine Sekunde gezögert, als du erkannt hattest, dass sie dich braucht. Ich bin sehr stolz auf dich."

„Sie ist mein Fleisch und Blut. Endlich fühle ich mich, als wäre mir etwas zurückgegeben worden, das ich vermisst habe. Sie ist ein Teil von mir, auch wenn ich mich nicht an sie erinnere. Ich werde sie wieder kennenlernen müssen."

Hamish fuhr mit seiner Hand durch ihr Haar. „Ich weiß, dass das vielleicht nicht der richtige Zeitpunkt ist, mit dir darüber zu sprechen, aber du wirst dich in Bezug auf sie an die Öffentlichkeit wenden müssen. Und das bald. Morgen. Oder du schenkst Gunn die Wahl."

Tessa seufzte. „Sie ist so verletzlich. Ich will sie vor der Presse nicht zur Schau stellen. Sie braucht jetzt etwas Privatsphäre. Damit sie genesen kann. Wer weiß, welche Erinnerungen sie an die Dämonen hat, die sie aufgesucht haben."

„Wahrscheinlich nicht viel. Und das ist gut so. Sie darf niemals von den Dämonen erfahren." Er holte Luft. „Und ich wünschte, ich könnte euch beiden die Zeit geben, die ihr braucht, aber die Wahrheit muss ans Licht kommen, solange sie noch einen Unterschied machen kann. Die Wahl ist in drei Tagen. Wir müssen handeln, bevor es zu spät ist."

„Ich wünschte, ich könnte einfach bei meiner Schwester sitzen, bis die Wahl zu Ende ist, und für sie da sein, anstatt eine Erklärung an die Presse abgeben zu müssen."

„Hm." Er dachte über ihre Worte nach. „Vielleicht musst du keine Erklärung abgeben."

Sie sah ihn verwirrt an. „Aber ich dachte, dass du gerade sagtest, dass die Wahrheit ans Licht kommen muss, bevor es zu spät ist."

„Habe ich auch. Aber ich habe eine Idee."

„Was für eine Idee?"

„Erinnerst du dich an Meredith Durant?"

„Die Journalistin, die das Bild als Erste veröffentlichte?“

Hamish nickte. „Wir werden ihr eine anonyme Nachricht senden und ihr mitteilen, dass sie sich morgen um elf Uhr zur Rehabilitationsklinik in Bolton Hill begeben soll, wenn sie einen wirklichen Exklusivbericht über Tessa Wallace möchte. Sie wird annehmen, dich dort als Patientin vorzufinden. Stattdessen wirst du deine Schwester besuchen. Ich werde dafür sorgen, dass das Personal wegschaut, damit sie sich reinschleichen kann. Du und deine Zwillingsschwester werdet euch in einem Bereich aufhalten, wo Meredith Durant Fotos machen kann, ohne bemerkt zu werden. Sie wird nicht anders können, als so eine riesige Story zu veröffentlichen. Denk an den Karriereboost, den sie bekommen wird, wenn sie die Reporterin ist, die die Wahrheit über Stadträtin Wallace herausfand. Deine Schwester wird sich keinen Fragen stellen müssen. Und du wirst keine Erklärungen abgeben müssen. Du wirst die Frau sein, die nur ihre Zwillingsschwester beschützt hat.“

„Bist du sicher, dass das funktionieren wird?“

„Vertrau mir. Ich bin schon genug Journalisten begegnet, um zu wissen, worauf sie aus sind: auf einen Exklusivbericht. Sie wird sich auf diese Gelegenheit stürzen. Morgen am frühen Abend wird Miss Durant die Geschichte online veröffentlicht haben und am darauffolgenden Morgen wird sie an jedem Zeitungsstand zu bekommen sein. Das wird den Wählern bis zu den Wahlen in drei Tagen genügend Zeit geben zu begreifen, dass du doch die beste Wahl für das Bürgermeisteramt bist.”

„Und was mache *ich* inzwischen?“

„Du passt auf deine Schwester auf. Halte dich aus dem Rampenlicht. Enya und ich werden immer bei dir sein, wenn du den Komplex verlässt, um deine Schwester zu besuchen. Und am Wahltag wird es für Gunn und die Dämonen zu spät sein, um noch irgendetwas zu unternehmen.“

Und sobald sie begriffen, dass sie verloren hatten, würden die Dämonen ihre Aufmerksamkeit auf ein leichteres Ziel richten. Die Gefahr würde nie wirklich vollständig erlöschen, aber Hamish würde immer an Tessas Seite bleiben. Zoltan würde das begreifen müssen und sich letztendlich leichter erreichbaren Zielen widmen.

Schließlich nickte Tessa. „Okay, wir machen es auf deine Weise. Morgen.“

Er küsste sie und wusste, dass das die beste Lösung war.

Alles war genauso verlaufen, wie Hamish es geplant hatte.

Er und Tessa waren nach einem langen Besuch bei Tiffany, die noch unter Entzugserscheinungen litt, zum Komplex zurückgekehrt. Tiffany hatte sich über starke Krämpfe und Brechreiz beklagt und sich sogar übergeben, und Tessa hatte ihr beigestanden. Hamish hatte von Weitem zugesehen, wie Tiffanys geschmeidiger Körper durch Fieber und Schüttelfrost in Mitleidenschaft gezogen wurde, wie Muskelzuckungen ihre Bewegungen unvorhersehbar machten. Doch er wurde auch Zeuge von Tessas Mitgefühl. Sie ließ ihren Worten Taten folgen. Wenn sie ihre Wähler genauso wie ihre Schwester behandelte, würde diese Stadt in guten Händen sein, sobald sie Bürgermeisterin war.

Und so wie es aussah, stand ihr jetzt nichts mehr im Weg.

Mit Tessa an seiner Seite betrat Hamish die Küche des Komplexes. Leila kochte gerade mit Wesleys Hilfe. Der Rest der Gang, alle außer Logan, faulenzte vor dem Fernseher.

Hamish näherte sich dem Hexer und bot ihm seine Hand an. „Ich hatte noch keine Chance, mich für deine Hilfe zu bedanken."

Wesley grinste und schüttelte ihm die Hand. „War mir ein Vergnügen. Ich freue mich, dass ihr Tessas Schwester gefunden habt. Ich hoffe, dass es ihr bald besser geht."

„Sie ist in guten Händen", bestätigte Hamish. „Es tut mir leid, dass ich dir gegenüber anfangs misstrauisch war."

Wesley zuckte mit den Schultern. „Schnee von gestern. Ich hoffe, dass das bedeutet, dass wir über ein Bündnis zwischen Scanguards und den Hütern der Nacht reden können."

„Ich werde eine Nachricht an den Rat senden, sobald sich die Dinge etwas beruhigt haben", versprach Hamish. Das Mindeste, was Wesley verdiente, war eine Anhörung beim Rat der Neun.

Als sich Manus zu ihnen gesellte, fragte Hamish: „Hey, irgendetwas Neues über Gunn?"

Manus grinste. „Als vor etwa einer Stunde die Nachrichten über Tessas Zwillingsschwester berichteten, war er stinksauer! Ich sag's dir, der Mann hat ein Aggressionsproblem. Er brüllte herum. Ich musste aus dem Weg gehen, damit ich nicht von der Vase getroffen wurde, die er gegen die Wand warf. Ich war wirklich froh, als Logan mich ablöste.“ Er griff nach der Whiskeyflasche auf dem Tresen und goss sich ein Glas voll ein.

„Hattest du den Eindruck, dass er noch irgendetwas anderes vor der Wahl versuchen wird?“, fragte Hamish, wobei er kurz an ihm vorbei zu Tessa blickte, die an der Wand lehnte und auf ihr klingelndes Handy starrte, als dachte sie schwer darüber nach, ob sie rangehen sollte oder nicht.

„Er wird es müssen oder er ist am Ende. Ich meine, es ist noch früh – die TV-Sender greifen die Geschichte gerade erst auf, aber es ist bereits überall im Internet. Warte nur, bis jeder Wahlberechtigte in Baltimore darüber liest …“, meinte Manus schmunzelnd. „Diese Reporterin hat Tessa praktisch in eine Heilige verwandelt. Ich meine, ich sage nicht, dass sie das nicht ist, aber ich glaube nicht, dass ich seit der Zeit vor dem Tod des alten Bürgermeisters so eine positive Nachricht gelesen habe.“

Hamish nickte. Er hatte Meredith Durant richtig eingeschätzt. Sie hatte ihn nicht enttäuscht.

Sein Blick schweifte zurück zu Tessa. Sofort war er in Alarmbereitschaft. Sie sprach in ihr Handy und schien sehr aufgeregt zu sein. Ohne Zögern ging er zu ihr.

„Nein, ich gebe keine Erklärung ab.“

Hamish formte mit den Lippen: *„Wer?“*

Tessa legte eine Hand über das Mundstück des Telefons. „Poppy“, flüsterte sie.

„Lass mich das regeln.“

Tessa zog ihre Schultern hoch, schien jedoch erleichtert, ihm das Telefon geben zu können.

„Hey Poppy, hier ist Hamish.“

„Hamish? Können Sie Tessa zur Vernunft bringen? Ich bin ihre Wahlkampfmanagerin. Ich sollte nicht über das Internet davon erfahren müssen!“ Poppy war offensichtlich verärgert. „Und jetzt will sie nicht an die Öffentlichkeit gehen und sich zu dem Zeitungsartikel äußern.“

Hamish seufzte. „Es tut mir leid, Poppy. Ich verstehe Ihre Frustration wirklich. Aber Tessa hat um Privatsphäre für sich und ihre Schwester gebeten. Es ist eine schwierige Zeit für die beiden.“

„Schwierige Zeit? Machen Sie Witze? Die Wahl ist in zwei Tagen! Wenn sie nicht an die Öffentlichkeit geht und mit den Wählern spricht, wird sie die Wahl verlieren."

„Ich bin in dieser Sache auf Tessas Seite." Er fing Tessas Blick auf und sie schenkte ihm ein dankbares Lächeln. „Sie wird bis zur Wahl nicht an die Öffentlichkeit gehen. Wir haben alles getan, was wir können. Jetzt liegt es in den Händen der Wähler."

„Bringen Sie sie wenigstens dazu, sich mit mir zu treffen. Wir müssen ein paar Sachen durchgehen. Wir müssen Pläne schmieden", beharrte Poppy, wobei ihre Stimme mit jeder Sekunde schriller klang.

„Wir werden Sie in der Wahlnacht am Rathaus treffen. Gute Nacht, Poppy." Er legte auf und stellte das Telefon auf lautlos.

Tessa seufzte. „Vielen Dank, dass du das getan hast. Es ist wirklich schwierig, nein zu Poppy zu sagen. Sie ist immer so hartnäckig. Aber ich will im Moment der Presse einfach nicht gegenübertreten. Ich bin erschöpft und ich brauche meine Energie für Tiffany."

Hamish zog sie in seine Arme. „Ich bin für dich da." Er küsste sie, bis er die Rufe seiner Kollegen hörte.

„Nehmt euch ein Zimmer!", forderte Aiden.

Hamish ließ von Tessas Lippen ab und grinste verschmitzt, als er ihre roten Wangen bemerkte. „Normalerweise nehme ich nicht gern Befehle von Aiden entgegen, aber ich bin heute in einer nachgiebigen Stimmung ..."

43

Es war Zeit.

Im Rathaus ging es zu wie in einem Bienenstock. Mehr Polizisten als üblich waren vor Ort, um sich um die große Besucherzahl zu kümmern, die gekommen war, um die beiden Kandidaten in der Wahlnacht sprechen zu hören. Jeder Besucher musste zuerst, wie es die üblichen Sicherheitsvorkehrungen verlangten, einen Metalldetektor passieren. Danach führten Angestellte des Rathauses die Leute zu den Bereichen, wo sie Erfrischungen angeboten bekamen und sich setzen konnten.

Nur geladene Gäste waren heute Abend zugelassen. Das bedeutete jedoch nicht, so hatte Tessa erklärt, dass nur die offiziellen Gäste, die vom stellvertretenden Bürgermeister und dem Stadtrat ausgewählt worden waren, eingelassen wurden. Jeder Stadtangestellte hatte zudem zwei Pässe erhalten, die er an Freunde und Verwandte verteilen durfte.

Dieses Ereignis konnte Tessa nicht ausfallen lassen. Heute Abend musste sie anwesend sein. Vorläufige Wahlumfragen zeigten, dass sie gut im Rennen lag, und wenn alles so weiterging, würde sie am Ende der Nacht diejenige auf der Bühne sein, die eine Antrittsrede hielt. Hamish spürte, wie sich sein Herz mit Stolz füllte. Er wusste, dass Tessa richtig für diese Stadt war. Aber er wusste auch, dass dies bedeutete, dass eine gemeinsame Zukunft, falls Tessa diese wollte, kompliziert werden würde.

In seinem Kopf ging Hamish die Sicherheitsvorbereitungen durch, die er für Tessa getroffen hatte, um dafür zu sorgen, dass sie in der heutigen Menschenmenge nicht in Gefahr sein würde. Sean stand am Haupteingang Wache, Jay am Seiteneingang, der von den Angestellten und vom Cateringpersonal benutzt wurde. Beide waren verhüllt, bewaffnet und mit Funkgeräten ausgestattet, sodass sie den Rest der Mannschaft alarmieren konnten, sollten sie einen Dämon eintreten sehen. Aiden wanderte unverhüllt durch die Säle, um nach irgendetwas Verdächtigem Ausschau zu halten. Manus, Enya und Logan beschatteten Gunn verhüllt. Nur Pearce war mit Leila und Wesley im Komplex geblieben.

Obwohl sich Wesley bereit erklärt hatte zu helfen, hatten Hamish und seine Kollegen dagegen gestimmt. Sie hatten bereits genügend Regeln gebrochen, indem sie ihn nicht mehr einsperrten und den Rat der Neun immer noch nicht über seine Anwesenheit benachrichtigt hatten. Hamish plante, sich nach der Wahl mit diesem Problem zu befassen, wenn sich alles beruhigt hatte.

Er wandte sich Tessa zu, die heute Abend umwerfend aussah. Sie trug ein elegantes rotes Kleid mit einem tiefen, runden Ausschnitt. Sie waren allein in ihrem Büro im zweiten Stock des Rathauses, wo sie darauf warteten, dass sich seine Leute meldeten und bestätigten, dass jeder an seinem Posten war.

„Bereit, dich unter die Leute zu mischen?“

Tessa atmete tief ein, wobei sich ihre Brüste hoben und seinen Blick dorthin zogen.

„Vielleicht hättest du etwas weniger Freizügiges anziehen sollen“, sinnierte er, weil er die Vorstellung hasste, dass jeder anwesende Mann sie heute Abend anzüglich anglotzen würde.

Tessa kicherte sanft, legte ihre Hand auf seine Brust und schob ihre Finger unter das Revers seiner Jacke. „Ich trage das für dich.“

Er verdrehte die Augen. „Für mich solltest du nichts außer einem knappen BH und einem winzigen Höschen tragen.“

Ihre Augenlider flatterten auf eine überaus verführerische Art und Weise. „Das trage ich darunter.“

Er zog sie an sich, sodass ihr Busen gegen seine Brust drückte und ihre Hüften auf seine ausgerichtet waren. „Du weißt wirklich, wie du mich ganz heiß machen kannst.“

„Ich lerne schnell", murmelte sie und streifte mit ihren Lippen gegen seine. „Ich dachte, dass dir das gefällt."

„Ich liebe es."

„Dann zeig mir später wie sehr", schlug sie vor und befreite sich aus seiner Umarmung.

Sie ging zur Tür und er folgte ihr mit seinen Augen.

„Kommst du?"

„Fast", sagte er und richtete seinen sich aufstellenden Schwanz, während er betete, dass sich dieser wieder beruhigte. Hier war weder die richtige Zeit noch der richtige Ort. „Gehen wir, bevor ich meine Manieren ganz vergesse."

MIT HAMISH an ihrer Seite betrat Tessa die Galerie, von der aus man die große Rotunde in der Mitte des Rathauses überblickte. Unter ihnen waren Stühle und eine Bühne für die Reden später am Abend aufgestellt worden: eine Rede zur Wahlniederlage und eine Antrittsrede. Sie und Gunn würden auf der Bühne sein, doch wer welche Rede halten würde, war noch nicht entschieden. Die Wahllokale hatten vor einer Stunde geschlossen, doch hatten noch nicht alle Bezirke ihre Ergebnisse eingereicht.

„Ich bin nervös", gab sie zu.

Hamish ließ seinen Arm um ihre Taille gleiten. „Das verstehe ich. Aber alles sieht gut aus. Die Umfragewerte sprechen für dich. Und Gunn wäre dumm, heute Abend mit so vielen Zeugen noch etwas zu versuchen. Aber wenn er verrückt genug ist zu handeln, werden unsere Jungs ihn ausschalten, bevor er dir etwas antun kann."

Sie lächelte, dankbar für alles, was Hamish und seine Kollegen für sie taten. Doch sie dachte auch an die Zukunft. „Und wenn ich wirklich gewinne? Was dann?"

„Dann wirst du Recht und Ordnung nach Baltimore zurückbringen."

„Und die Dämonen? Werden sie aufgeben?"

Keinerlei Zögern lag in Hamishs Stimme, als er aufrichtig antwortete: „Niemals. Sie werden immer nach einer Gelegenheit suchen, aber sogar sie wissen, wann sie auf verlorenem Posten kämpfen. Zoltan wird sehr schnell herausfinden, dass ich dich nicht ungeschützt lassen werde, auch nicht nach der Wahl."

„Aber wie wird das ablaufen?"

Er zog sie näher an seine Seite und brachte seine Lippen zu ihrem Ohr. „Ich hatte vor, später nach der Wahl mit dir darüber zu sprechen. Aber da du es ansprichst ..."

Sie wandte ihr Gesicht, um ihn anzusehen. „Du meinst, dass ich immer einen Leibwächter-Schrägstich-gespielten-Freund brauchen werde?"

„Ich hoffte, dass ich mehr sein könnte als nur das." Seine schokoladenbraunen Augen schienen zu funkeln. „Und wenn ich dabei ein Mitspracherecht habe, wird es kein *gespielt* geben."

Ihr Herz machte einen Salto. „Bist du ..." Sie schluckte hart. „Meinst du ..."

„Ich –"

„Tessa!", unterbrach Gunns kratzende Stimme und ließ sie herumwirbeln.

In seinem dunkelgrauen Anzug machte Gunn eine beeindruckende Figur. Er war allein, obwohl sie wusste, dass Enya, Manus und Logan in der Nähe sein mussten. Aber sie hatten sich so verhüllt, dass selbst Tessa sie nicht sehen konnte.

„Robert, guten Abend", sagte sie so ruhig wie möglich, obwohl seine Anwesenheit sie verunsicherte.

Gunn nickte kurz Hamish zu und sah dann mit fast teilnahmsloser Miene wieder zu ihr. Was für ein guter Schauspieler er doch war.

„Interessante kleine Scharade, die du diese Woche abgezogen hast", fing er an.

„Es war keine Scharade."

„War es das nicht? Etwas seltsam, dass zuerst Durant und ihr voreingenommenes Schundblatt schreiben, dass du ein Junkie bist, und dann drei Tage später alles zurücknehmen und eine so herzzerreißende Geschichte darüber herausbringen, was für ein guter Mensch du doch bist, weil du dich um deine drogensüchtige Schwester kümmerst, die du gerade aus einem Hut gezaubert hast. Gut gespielt." Doch die letzten zwei Worte waren nicht als Kompliment gemeint; sie klangen eher wie ein Fluch.

„Mir gefällt deine Anspielung nicht, dass ich das inszeniert haben soll.

Wir beide wissen, wer diese falsche Geschichte darüber, dass ich Drogen nehme, in die Welt gesetzt hat, um seine eigene Kampagne zu fördern", erwiderte sie.

Gunn kniff seine Augen zusammen. „Du beschuldigst mich, damit etwas zu tun zu haben?"

Erzürnt über seine Lügen machte Tessa einen Schritt auf ihn zu. „Wer sonst hätte einen Vorteil davon, wenn ich auf die Schnauze falle?"

„So gern ich mich mit diesem hervorragenden Schachzug schmücken würde, bin ich doch nicht so dumm, dir eine Gelegenheit zu verschaffen, dich in Mutter Theresa zu verwandeln." Er schnaubte. „Ich bin davon überzeugt, dass deine Wahlkampfmanagerin Miss Oberschlau all das für dich ausgekocht hat. Vielleicht hätte lieber *ich* sie anstellen sollen."

„Als würde Poppy für jemanden wie dich arbeiten."

Sie spürte Hamishs Hand auf ihrem Arm und begriff erst jetzt, dass sie ihre Stimme erhoben hatte.

„Ja, Mr. MacGregor, Sie sollten sie zurückhalten oder sie könnte sich verletzen. Und das wollen wir doch nicht, stimmt's? Es wäre eine Schande, alle ihre Wähler zu enttäuschen." Gunn machte kehrt, ging den Gang hinab und verschwand.

Tessa schluckte einen Fluch hinunter. „Dieser abscheuliche, nichtsnutzige –"

„Tu das nicht Tessa, er will dich nur wütend machen. Er weiß, dass er verloren hat." Hamish nahm ihre Hand und führte sie zur Treppe.

Als sie in die Rotunde hinunterstiegen, blickte sie ihn flüchtig an. „Glaubst du, was er sagte? Dass er es nicht war?"

„Er ist ein sehr überzeugender Lügner und er ist verzweifelt. Er ist zu allem fähig."

Sie nickte. „Das Gefühl habe ich auch."

Als sie das Erdgeschoss erreichten, wo es vor Besuchern nur so wimmelte, ließ Tessa ihre Augen umherschweifen. Ihre Assistentin Collette kam gerade lächelnd auf sie zu.

„Da bist du ja", begrüßte Collette sie.

„Hey, Collette", antwortete Tessa. „Du siehst heute Abend sehr hübsch aus." Ihr gelbes Kleid stand ihr sehr gut.

„Danke, du auch. Und noch einmal vielen Dank, dass du mir deine übrigen Karten gegeben hast. Ich habe meinen Sohn und meine Eltern mitgebracht.“ Sie zeigte in die Menschenmenge. „Sie sind so aufgeregt, weil ich bald für die neue Bürgermeisterin arbeiten könnte.“

„Die Ergebnisse sind nicht endgültig“, warnte Tessa.

Collette lächelte. „Aber es sieht sehr gut aus. Wir drücken dir die Daumen.“

„Danke! Das ist so lieb. Übrigens, hast du Poppy gesehen?“

Collette drehte ihren Kopf zur Seite. „Ich habe gerade hallo zu ihr gesagt. Sie ging vor einer Sekunde auf die Toilette.“ Sie deutete zu dem Gang neben der Treppe, wo sich ein Schild über dem Torbogen befand, das auf die Damentoiletten hinwies. „Dorthin.“

„Danke!“

„Wir sehen uns später“, sagte Collette und ging weg.

„Hast du etwas dagegen, wenn ich schnell zu Poppy gehe? Sie ist wahrscheinlich noch auf mich sauer, weil ich sie nicht zurückgerufen habe.“

Hamish zögerte. Dann drückte er seinen Finger zum Mikro in seinem Ohr. „Wo ist Gunn gerade?“ Es gab eine kurze Pause, dann nickte er. „Okay, du kannst auf die Toilette gehen, aber nur dorthin. Ich werde von hier aus den Eingang beobachten.“

„Ich bin gleich wieder zurück.“

Tessa wandte sich um und ging durch den Torbogen und dann den Gang entlang. Am Ende machte er eine Biegung nach rechts und führte zu mehreren Türen: der Damentoilette, einem Lagerraum des Hausmeisters und einigen Wandschränken. Sie stieß die Tür zum Damen-WC auf und ging hinein.

44

Hamish stand nur ein paar Meter entfernt von dem Gang, der zur Damentoilette führte, und blickte sich um. Immer mehr Besucher strömten herein. Er sah kurz Sean, der in der Nähe vom Haupteingang stand und mit kritischem Auge jede Person überprüfte, die durch die Metalldetektoren kam. Hamish sah nach oben zur Galerie. Mehrere Leute schlenderten dort umher, einige davon hielten Getränke in ihren Händen. Er bemerkte Gunn, der jemandem die Hand schüttelte. Gut, er war weit von Tessa entfernt.

„Entschuldigung, junger Mann", sagte plötzlich eine Frau.

Hamish drehte seinen Kopf und sah die Dame an. Sie war etwa Mitte Sechzig. „Ja, Ma'am? Kann ich Ihnen helfen?"

Sie zeigte auf die Karte in ihrer Hand. „Sie sehen aus, als würden Sie sich hier auskennen. Meine Tochter gab mir diese Karte und sagte, dass sie mich am Eingang treffen und mir zeigen würde, wo ich sitzen könnte, aber ich sehe sie nicht."

Hamish warf einen Blick auf die Karte. „Es gibt keine festen Plätze. Wissen Sie, wer zuerst kommt, mahlt zuerst."

„Oh, das erwähnte Poppy nicht." Sie gab einen langen Leidensseufzer von sich.

„Poppy Connor?"

Die Frau kam einen Schritt näher. „Ja. Sie ist die Wahlkampfmanagerin für die Stadträtin Tessa Wallace. Ich hoffe, dass sie gewinnt. Ich mag Gunn einfach nicht.“ Schnell legte sie ihre Hand vor ihren Mund. „Oh, Sie haben doch nicht für ihn gestimmt, oder?“

Hamish schüttelte den Kopf und lächelte. „Ich bin da ganz Ihrer Meinung. Sie sind also Poppys Mutter.“

Sie nickte stolz. „Kennen Sie sie? Sie ist so klug. Aber ich sehe sie kaum, seit sie an Tessas Kampagne arbeitet. Sie ist immer so beschäftigt.“

Hamish lächelte und blickte kurz zurück zum Gang. „Ja, das stimmt.“ Dann zeigte er auf den Bereich, wo Reihen von Stühlen vor einer Bühne aufgebaut worden waren. „Sie sollten sich vielleicht einen guten Sitzplatz schnappen, bevor alles belegt ist, Mrs. Connor.“

„Sie haben recht, ich sollte gehen.“

„Und ich hoffe, dass es Ihnen nach Ihrem Sturz wieder besser geht“, fügte er automatisch hinzu.

Sie hatte sich bereits abgewandt, hielt aber inne und drehte ihren Kopf wieder zurück zu ihm. „Meinem Sturz?“

Er nickte. „Ja, vor ein paar Tagen. Waren Sie nicht im Krankenhaus?“

Mrs. Connor runzelte die Stirn. „Ich bin vor zwei Tagen erst von Aruba zurückgekommen. Und ich kann Ihnen versichern, ich bin nicht gestürzt. So alt bin ich noch nicht.“ Ein scharfer Ton lag in ihrer Stimme. Schnaubend drehte sie sich um und marschierte zu den Stühlen.

Nichts an ihrem Gang deutete darauf hin, dass sie kürzlich gestürzt wäre und Zeit im Krankenhaus hätte verbringen müssen. Warum hatte Poppy dann Tessa in ihrer Wohnung alleine gelassen, um zum Krankenhaus zu fahren und sich um ihre Mutter zu kümmern?

Poppy hatte gelogen.

„Oh Scheiße!“, fluchte er.

Er wirbelte herum und begann schon zu laufen, wobei er gleichzeitig einen Finger an sein Mikro presste. „Es ist nicht Gunn, es ist Poppy.“

Tessa trat aus der Kabine, ging zum Waschbecken und wollte gerade das Wasser aufdrehen, als sie bemerkte, dass Glassplitter einer zerbrochenen

Champagnerflöte im Waschbecken lagen. Verärgert über die Achtlosigkeit mancher Leute ging sie zum zweiten Becken und fing an, sich die Hände zu waschen.

„Ich weiß, dass du noch böse auf mich bist, Poppy", sagte sie. „Aber ich habe ein paar Tage für mich selbst gebraucht."

Die Kabinentür hinter Tessa öffnete sich und Poppy trat heraus. Tessa sah das Spiegelbild ihrer Freundin, als diese zu den Waschbecken kam.

„Wieso trägst du eine Sonnenbrille?", fragte sie.

Poppy seufzte. „Bindehautentzündung, ist das zu glauben? Hervorragendes Timing!"

„Schade, das ist wirklich doof."

Ihre Freundin zuckte mit den Schultern. „Leider kann ich jetzt gerade nichts dagegen tun." Sie trat an das zweite Becken und betätigte den Wasserhahn, während sie fortfuhr: „Ich bin sicher, dass es bald wieder weg sein wird."

„Pass auf, da sind Glassplitter!", sagte Tessa und wandte ihren Kopf, doch es war bereits zu spät.

Poppy hatte schon ins Waschbecken gegriffen. „Autsch!"

„Verdammt, lass mich dir helfen", sagte Tessa schnell und langte zum Handtuchautomaten, als ihr etwas ins Auge fiel. Sie warf einen Blick zurück in das weiße Becken. Grüne Spritzer, die sich mit Wasser vermischten und in den Ausguss flossen – grünes Blut tropfte von Poppys Hand.

Tessa stieß einen Schrei aus. Poppys Augen schossen zu ihr. Für den Bruchteil einer Sekunde standen sie beide wie angewurzelt da.

„Jetzt kann ich es wohl nicht mehr verstecken", sagte Poppy mit einer Stimme, die plötzlich so kalt wie Eis war.

Einen Augenblick später stürmte Poppy auf sie zu und schleuderte sie gegen die geflieste Wand.

„Nein!", rief Tessa, während die Angst das Blut in ihren Adern gefrieren ließ. „Oh mein Gott, Poppy, du bist ein Dämon!"

Poppy hielt sie mit übermenschlicher Kraft fest, sodass eine Flucht unmöglich war, und brachte ihr Gesicht ganz nahe an Tessas heran. „Tja, Überraschung, Überraschung."

Tessa rang nach Luft, da Poppys schraubstockartiger Griff ihr die Luftröhre abschnitt. Sie konnte nichts tun, außer an den letzten Rest Menschheit in ihr zu appellieren. „Bitte, Poppy, ich bin doch deine Freundin."

„Freundin?", spottete Poppy. „Die Freundin, die immer alles bekam, was sie wollte! Während ich nur ein Anhängsel war. Die, die nicht so hübsch ist. Die, die nicht so begehrenswert ist."

„Das ist nicht wahr, Poppy!"

„Ist es das nicht?", zischte Poppy, riss die Sonnenbrille von ihrem Gesicht und warf sie beiseite. Grüne Dämonenaugen leuchteten sie grell an. „Sag mir, bin ich jetzt hübscher, hm? Denkst du, dass ich jetzt den richtigen Kerl bekommen werde?" Poppy drückte sie fester gegen die Wand.

Schmerz strahlte von Tessas Brustkorb aus. „Poppy, du musst das nicht tun."

„Muss ich aber! Siehst du das nicht? Sie haben mich dazu erpresst. Diese Dämonen, sie haben mich gesehen. Sie haben gesehen, was ich tat. Und sie verwendeten es, damit ich tat, was sie mir befahlen." Sie warf ihren Kopf zurück und knurrte zur Decke.

„Was? Lass mich dir bitte helfen!"

„Du kannst mir nicht helfen! Verstehst du das nicht?" Sie klang jetzt wie von Schmerz geplagt. „Ich war diejenige, die Yardley angefahren hatte. Ich saß hinter dem Steuer, obwohl ich in jener Nacht nicht hätte fahren sollen. Ich sah nicht klar und er überquerte gerade die Straße." Sie schüttelte wütend den Kopf. „Es war seine Schuld! Yardley kam aus dem Nichts. Er rannte einfach in mein Auto."

„Es war ein Unfall. Du hättest einfach den Notruf wählen können."

„Verdammt Tessa, kapierst du es immer noch nicht? Ich war in der Nacht betrunken. Weit über der erlaubten Grenze. Und sie sahen es. Die Dämonen. Ich begriff zuerst nicht, was sie waren. Ich machte mit, damit sie stillschweigen würden. Ich hätte alles verloren, was ich mir aufgebaut hatte."

Tessa schüttelte den Kopf, während Tränen ihre Augen füllten. „Also hast du ihnen geholfen."

"Sie trugen mir auf, diese Nachrichten zu schreiben. Damit du von der Wahl zurücktrittst und Gunn gewinnt. Sie wollen, dass er diese Stadt führt, nicht du."

Tessa schluckte, weil Poppy alles bestätigte, was Hamish und seine

Kollegen bereits angenommen hatten. Nur dass es nicht Gunn gewesen war, der den Dämonen geholfen hatte, sondern Poppy.

„Du hast das Rohr abstürzen lassen ...“

„Ich hatte keine Wahl.“

„Man hat immer eine Wahl.“

Poppy blickte sie finster an. „Du hättest die Warnungen beachten sollen, die ich dir geschickt habe und einfach aus dem Wahlkampf zurücktreten sollen. Aber nein, du musstest weitermachen; du musstest die Zähe spielen. Also musste ich handeln.“

Vielleicht könnte sie Poppy lange genug hinhalten, bis Hamish kam, um nach ihr zu suchen. „Warum hast du mir dann einen Leibwächter besorgt?“

„Weil ich sicherstellen musste, dass niemand, am allerwenigsten du, mich verdächtigt ... Ich brauchte ein Alibi.“

„Warum bist du ausgerechnet zu Faldo gegangen?“ Das machte keinen Sinn. Oder wusste Poppy nicht, dass Faldo für die Hüter der Nacht arbeitete?

„In Anbetracht von Faldos krimineller Vorgeschichte dachte ich, ich könnte einfach ihn verantwortlich machen, wenn irgendetwas schiefging.“

„Aber Hamish hat mich gerettet.“

„Ja, das war Pech. Und ich hatte alles peinlichst genau geplant. Ich trug sogar diese schreckliche Bluse mit den Silberpailletten, auf denen sich das Licht spiegelte, um dafür zu sorgen, dass niemand bemerkte, wie ich das Lüftungsrohr mit dem Laser zum Herabstürzen brachte.“

Das bestätigte, was Manus vermutet hatte. „Wie konntest du das tun? Warum bist du nicht zu mir gekommen? Ich hätte dir helfen können.“

„Mir helfen?“ Poppy schüttelte den Kopf und stieß ein bitteres Lachen aus. „Es war bereits zu spät. Ich war schon in ihren Fängen und sie zogen mich immer tiefer hinein. Ich musste tun, was sie wollten. Es hieß, ich oder du.“

Doch ein sonderbarer Schimmer lag in ihren Augen und Tessa wusste, dass nicht alles, was Poppy getan hatte, gegen ihren Willen geschehen war.

„Am Anfang vielleicht“, wagte Tessa zu sagen. Sie erinnerte sich daran, was Hamish ihr einmal gesagt hatte, dass Menschen selbst zu Dämonen wurden, wenn sie sich den Dämonen ergaben und ihr Schicksal akzeptierten. „Du bist jetzt ein Dämon. Du hast nicht dagegen angekämpft.“

„Ich habe aufgehört zu kämpfen. Ich meine, warum nicht? Die ganze

Zeit, die ich in deinem Schatten stehen und die Krümel aufsammeln musste, die du mir übrig gelassen hast, deine abgelegten Freunde, die zweitrangigen Jobs ... wir waren uns nie ebenbürtig.“ Ein böses Grinsen breitete sich auf ihrem Gesicht aus. „Aber jetzt bin ich besser als du. Stärker.“

Um das zu beweisen, packte Poppy sie und schleuderte sie gegen eine der Kabinen. Die Tür gab nach und Tessa stolperte hinein, wobei sie mit ihren Knien gegen die Toilette schlug, ohne jedoch ihren Fall damit abzufangen. Sie versuchte aufzustehen und sich umzudrehen, und gerade als sie es schaffte, blockierte Poppy mit einer Pistole in der Hand die Tür.

„Zeit, auf Wiedersehen zu sagen, Tessa“, sagte Poppy.

„Nein!“, schrie Tessa und stürmte auf sie zu.

Doch sie erwischte sie nicht. Poppy wurde zurückgerissen. Ein Schuss löste sich. Stuck regnete von der Decke auf sie hinab.

Überrascht über ihre physische Stärke schlug Hamish Poppy gegen das Waschbecken. Als er ihr Gesicht, oder genauer gesagt, ihre Augen sah, wusste er warum. Sie hatte sich bereits den Dämonen ergeben. Sie war jetzt selbst ein Dämon. Sie war nicht mehr zu retten.

„Fuck!“, fluchte er.

Poppy blickte ihn finster an und stieß sich vom Waschbecken weg. Eine ihrer Hände blutete grün, die andere hielt eine Pistole, mit der sie auf ihn zielte. Sie wusste offensichtlich noch nicht, dass Kugeln ihn nicht töten konnten. Es schien, als hätte ihr Dämonenmeister noch nicht die Gelegenheit gehabt, sie mit den richtigen Waffen auszustatten.

Dennoch musste er sie entwaffnen, damit sie Tessa, die gerade aus der Kabine kam, nicht verletzen konnte.

„Duck dich, Tessa!“, befahl er.

Poppy wechselte ihr Ziel und richtete die Pistole jetzt auf Tessa.

„Schlechte Wahl“, zischte Hamish und sprang vor die Mündung der Pistole.

Die Waffe ging los. Er spürte, wie die Kugel seinen Arm streifte. Sie hatte die falsche Waffe gegen ihn und war auch noch eine schlechte Schützin, das war seine Glücksnacht. Er sprang auf Poppy zu und schleuderte sie zu

Boden, wobei er ihr die Pistole aus der Hand riss. Sie schlug nach ihm, aber sie war gut fünfzig Pfund leichter als er und hatte keine Kampfausbildung.

„Wer hat dich geschickt? Zoltan?“, knurrte er.

Sie katapultierte ihren Kopf vorwärts, um diesen wie eine Bowlingkugel zu verwenden, doch er war schneller und wich zurück, sodass er in seinen Stiefel greifen konnte. Da er sein Gewicht auf eine Seite verlagerte, war Poppy in der Lage, ihn zu treten, doch er hatte es bereits geschafft, seinen Dolch aus dem Stiefel zu ziehen.

Sie versuchte, nach der Pistole, die am Boden lag, zu greifen, indem sie zur Seite hechtete, aber Hamish machte einen Satz und brachte sie erneut zu Boden, dieses Mal mit ihrem Gesicht nach unten. Er zog ihren Kopf an den Haaren zurück, wodurch sie einen schrillen Schrei ausstieß. Er setzte ihr die Spitze des Dolchs an die Kehle.

„Welcher Dämon hat dich geschickt? Sag mir seinen Namen!“

Sie trat unter ihm aus, doch sogar Poppy musste wissen, dass sie besiegt war.

„Wie heißt er?“

„Ich weiß es nicht“, knurrte sie schließlich.

„Dann nützt du mir nichts.“

Er lockerte seinen Griff in ihrem Haar und neigte sich zurück. Als sie ihren Kopf hob, tat er die einzige Sache, die er mit einem Dämon tun konnte: Er schlitzte Poppys Kehle auf.

Grünes Dämonenblut spritzte auf den Linoleumfußboden, als Poppy zu Boden sackte.

Als er ein Geräusch hinter sich hörte, drehte sich Hamish um.

Tessa stand in der Tür zu einer der Kabinen und hatte die Hände über ihren Mund und ihre tränenden Augen geschlagen.

Hamish sprang auf. „Bist du verletzt?“

Wortlos schüttelte sie ihren Kopf, wobei ihr Blick auf Poppys leblosen Körper gerichtet war.

„Ich musste sie töten“, erklärte er. „Sie hatte sich ihnen bereits unterworfen. Davon gibt es kein Zurück mehr.“

Tessa nickte, doch Tränen strömten weiterhin ihr Gesicht hinab. Er zog sie in seine Arme und hielt sie fest, um das Zittern ihres Körpers zu stoppen.

„Sie sagte, dass die Dämonen sie erpresst haben“, würgte Tessa zwischen

Schluchzern heraus. Sie hob den Kopf. „Sie war die Fahrerin bei der Unfallflucht, in der Yardley getötet wurde. Sie war betrunken."

„Oh Gott. So haben sie sie erwischt."

Tessa nickte. „Was machen wir jetzt?"

Hamish hörte Schritte auf der anderen Seite der Tür. „Ruhe." Er machte sich und Tessa unsichtbar.

Die Tür wurde aufgestoßen und Enya stürmte herein.

„Hamish?"

Er enthüllte sich und Tessa. „Gott sei Dank bist du hier. Wir müssen die Leiche loswerden."

„Hilfe ist hier", hörte er Logan von der Tür sagen, als er und Manus hereinrannten.

Enya zeigte zur Tür. „Wir werden es nicht schaffen, die Leiche an all den Leuten dort draußen vorbeizubringen. Sie schwimmt in Dämonenblut. Das können wir nicht verhüllen."

„Enya hat recht", stimmte Logan zu. „Wir müssen dafür sorgen, dass niemand hier hineinkommt." Er wandte sich Manus zu. „Es sollte irgendwo ein Schild geben, das wir an die Tür hängen können. *Reinigung im Gange* sollte darauf stehen. Such danach!"

Manus stürmte hinaus.

„Wie hast du herausbekommen, dass es Poppy war?", fragte Enya.

„Ich traf ihre Mutter durch Zufall", sagte Hamish. „Ich fand heraus, dass sie überhaupt nicht gestürzt war, wie Poppy behauptet hatte, sondern erst vor zwei Tagen aus dem Urlaub zurückkam." Er sah Tessa an, um die er immer noch seine Arme geschlungen hatte. „Sie hatte keinen Grund, dich in deiner Wohnung allein zu lassen, außer um sicherzustellen, dass dich der Dämon erwischte. Sie ließ ihn wahrscheinlich auf dem Weg nach draußen durch den Notausgang herein."

„Da war sie noch kein Dämon. Ihre Augen, sie waren noch –"

„Es dauert eine Weile, bis sich ein Mensch völlig zur dunklen Seite wandelt. Aber dieser letzte Akt, den Dämon einzulassen, damit er dich töten konnte, war wahrscheinlich der ausschlaggebende Faktor." Er erinnerte sich jetzt an etwas. „Als sie die Erklärung in deinem Namen verlas, erinnerst du dich? Wir haben es in der Klinik im Fernsehen gesehen. Sie trug eine

Sonnenbrille. Zu diesem Zeitpunkt war sie wahrscheinlich bereits ein Dämon."

„Ich dachte, sie wäre meine Freundin." Tessas Stimme war voller Tränen. „Wir kannten uns bereits seit dem College."

Manus betrat die Damentoilette wieder, ohne die Tür zu öffnen. „Seht, was ich im Lagerraum des Hausmeisters gefunden habe." Er hob seine Hand, in der er eine graue Plastikplane hielt. „Wenn wir sie darin einwickeln und sicherstellen, dass das ganze Dämonenblut abgedeckt ist, können wir den Körper und uns verhüllen und sie hier raus tragen."

„Hervorragende Idee", sagte Hamish.

„Es sind auch Reinigungsmittel in demselben Lagerraum", sagte Manus mit einem Blick auf Enya.

Sie schnaubte. „Das ist ja einfach toll! Du darfst ihren Leichnam entsorgen und ich muss Putzfrau spielen."

„Ich werde dir helfen", sagte Hamish. „Schließlich war ich derjenige, der diese Sauerei verursacht hat."

45

„Glückwünsche zur gewonnenen Bürgermeisterwahl“, begrüßte Leila Tessa, als sie, gefolgt von Hamish, die Küche des Komplexes betrat.

Alle anderen waren bereits versammelt. Nachdem sie Poppys Leiche entsorgt hatten, waren Enya, Manus und Logan zum Komplex zurückgekehrt, während Sean, Jay und Aiden geblieben waren, bis Tessa zur Bürgermeisterin ernannt worden war. Nach ihrer Antrittsrede hatte Tessa mit Hamish an ihrer Seite das Rathaus verlassen. Sie hatten in ihrer Wohnung Halt gemacht, um noch einige ihrer Sachen zu holen.

Tessa hatte Hamish alles erzählt, was Poppy in ihren letzten Momenten gestanden hatte. Ihr Verrat war dennoch ein Schock gewesen und Tessa trauerte, weil sie ihre Freundin verloren hatte. Wie hatte sie nicht sehen können, was in Poppy vor sich gegangen war? Warum hatte sie die Zeichen nicht erkannt?

„Bist du okay?“, murmelte Hamish neben ihr.

Sie blickte zu ihm hinauf. „Ich werde schon wieder.“

„Tessa hat es geschafft“, sagte Aiden und legte einen Arm um seine Frau. „Wir sollten feiern.“

Tessa wollte gerade ablehnen, da sie wegen des Mordversuchs immer noch zu aufgewühlt war, als eine weibliche Stimme an der Tür sie unterbrach.

„Was feiern? Die Tatsache, dass dieser Komplex ständig unsere Regeln ignoriert? Oder vielleicht, dass eure Sicherheitsprotokolle so locker sind, dass ein Hexer in der Lage war, eure Verteidigung zu durchbrechen? Oder vielleicht die Tatsache, dass es euch scheißegal ist, dass hier keine menschlichen Schützlinge erlaubt sind? Klärt mich auf!"

Die Frau, die in der Tür stand, trug eine schwarze Lederhose, ein schwarzes T-Shirt und eine schwarze Lederjacke. Ihre hohen Stiefel reichten bis zu ihren Knien und glänzten, als hätte jemand sie stundenlang poliert. An ihrer Hüfte saß ein alter Dolch. Langes rotes Haar fiel in weichen Wellen über ihre Schultern.

Instinktiv griff Tessa nach Hamishs Hand.

„Und wer bist du?", fragte Hamish.

„Virginia Robson, neuestes Mitglied des Rats der Neun."

Einige gemurmelte Flüche waren hinter Tessa zu hören.

„Oh Scheiße", hörte sie Manus herauswürgen.

„Womit haben wir deinen Besuch verdient?", fragte Hamish diplomatisch.

Virginia kniff ihre Augen zusammen. „Du musst Hamish sein. Ich hätte mehr von dir erwartet, als einen menschlichen Schützling in den Komplex zu bringen." Ihr Kiefer verkrampfte sich. „Ganz zu schweigen davon, einen Hexer hier frei herumlaufen zu lassen." Ihr Blick schoss zur Couch, wo Wesley wie angewurzelt dastand. „Aber all das wird sich bald ändern. Ich bin hier, um aufzuräumen."

Tessa spürte, wie ein Schauer ihre Wirbelsäule hinablief und Hamishs Arm um ihre Taille glitt, um sie an sich zu ziehen.

„Fangen wir mit der Sterblichen an", fuhr Virginia fort. „Sie hat kein Recht, hier zu sein. Du hast die Sicherheit dieses Komplexes kompromittiert, indem du sie hierher gebracht hast. Wir werden diesen Ort aufgeben und alle umsiedeln müssen." Sie näherte sich Hamish. „Du wirst dich dafür vor dem Rat der Neun verantworten müssen."

„Er hat nichts Falsches gemacht!" Die Worte waren heraus, bevor Tessa begriff, dass sie genug Mut hatte, sich der einschüchternden Frau entgegenzustellen.

„Was sagtest du?“, zischte Virginia.

„Ich habe dasselbe Recht, hier zu sein, wie Leila, Aidens Frau.“

Virginia neigte ihren Kopf zur Seite und betrachtete sie argwöhnisch. „Willst du mir damit sagen, dass du Hamishs Gefährtin bist?“

Tessa schluckte. Um Hamish vor Schwierigkeiten zu bewahren, hätte sie alles gesagt, was dafür nötig wäre. „Ja.“

Virginia blickte Hamish mit zusammengekniffenen Augen an. „Und warum wurde der Rat darüber nicht informiert?“

Tessa bemerkte, wie Hamish ihr einen flüchtigen Blick zuwarf. Er schien einen Moment lang zu zögern. „Es ist gerade erst geschehen. Ich hatte vor, den Rat zu informieren, aber wir mussten uns stattdessen um einen Angriff der Dämonen kümmern. Ich entschuldige mich für die Verzögerung.“

Virginia presste ihre Lippen zusammen, sichtlich verärgert darüber, dass ihre Anschuldigung ungerechtfertigt war.

„Na gut. Ich nehme an, dass Glückwünsche angebracht sind.“ Doch ihre Stimme klang nicht begeistert.

„Danke“, sagte Hamish in eisigem Ton. „Wenn du also nichts dagegen hast, würden meine Gefährtin und ich uns gerne zurückziehen. Es war eine lange Nacht.“

„Nicht so schnell!“, biss Virginia heraus und deutete auf Wesley. „Da ist noch die Sache mit dem Hexer.“

„Mein Name ist Wesley“, stellte sich Wesley mit einem charmanten Lächeln auf den Lippen vor, während er sich näherte.

„Bleib, wo du bist!“

ALS VIRGINIAS HAND zu ihrem Dolch schnellte, blieb Wes stehen. Vorerst. Er hatte nichts gegen starke Frauen und wenn ihm diese hübsche Rothaarige ein paar Befehle geben und ihm sagen wollte, was er tun sollte, war er überhaupt nicht abgeneigt. Was ihn betraf, könnte sie ihm gerne die Kleider vom Leib reißen, ihn fesseln und ihn bis zur Vergessenheit reiten. Und er würde nicht protestieren. Nein, er würde sie ermutigen, sie anspornen.

„Was auch immer du willst“, sagte er und ließ seine Augen über sie schweifen. „Egal was, wirklich.“

Was für ein Körper! Lange Beine, die stark und durchtrainiert aussahen. Eine schlanke Taille, ausladende Hüften, feste Brüste. Einfach überall die richtigen Kurven. Und dann dieses Haar. Brennendes Rot. Genau, worauf er stand. Er hatte rotes Haar schon immer mit Leidenschaft und Lust in Verbindung gebracht und fühlte sich instinktiv zu Frauen hingezogen, deren Haar wie die lodernde Glut eines Feuers schimmerte.

Er ließ seinen Blick auf ihr Gesicht wandern. Haselnussbraune Augen mit grünen Flecken blickten ihm finster entgegen und ihre köstlichen, üppigen Lippen waren aus offensichtlicher Geringschätzung zusammengepresst.

„Du wirst verhört werden. Und in der Zwischenzeit wirst du eingesperrt."

Hamish räusperte sich. „Wesley half uns bei unserer Mission. Ohne ihn hätten wir es nie geschafft, den Plan der Dämonen zu vereiteln, Tessas politische Zukunft zu zerstören. Er stellt keine Gefahr dar."

Virginia warf Hamish einen abweisenden Blick zu. „Das bleibt abzuwarten. Jeder, der unsere Verteidigung durchbricht, ist eine Gefahr. Und du und deine Leute hätten den Rat der Neun sofort benachrichtigen sollen, als das geschah. Wir mussten es von einem Hüter aus einem anderen Komplex erfahren." Sie wandte sich an alle Hüter der Nacht im Raum. „Das ist nicht unbemerkt geblieben. Zusammen mit den vorherigen Regelverstößen eurer bunten Mannschaft habt ihr die Geduld des Rats erschöpft."

„Oh", murmelte Wesley. Wegen ihm steckten die Hüter der Nacht nun tief in der Scheiße. Er seufzte. „Hör zu, Virginia, ich –"

„Für dich bin ich Ms. Robson!", biss sie heraus.

„Dann also Ms. Robson." Er zuckte mit den Schultern. „Hören Sie, es ist wirklich nicht deren Schuld. Bestrafen Sie sie nicht für etwas, was ich getan habe."

Innerhalb eines Sekundenbruchteils war ihr Gesicht nur Zentimeter von seinem entfernt. „Hexer, du hörst mir jetzt zu. Ich bin diejenige, die hier die Befehle gibt. Wenn du denkst, dass du mich um deinen kleinen Finger wickeln kannst, wie du das offensichtlich mit diesen Dummköpfen gemacht hast, irrst du dich. Ich bin dein schlimmster Alptraum."

Alptraum? Eher ein feuchter Traum. Aber vielleicht war es besser, diese Art von Antwort im Moment für sich zu behalten.

Stattdessen grinste er. Virginia würde nicht leicht zu erobern sein, das stand fest. Sie würde eine Herausforderung sein, aber dagegen hatte er nichts. Sie war es wert. Sie war die zusätzliche Anstrengung wert, die es ihn kosten würde, sie in sein Bett zu bekommen.

Und es war ihm egal, wie lange es dauerte, bis sie unter ihm liegen und vor Verzückung keuchen würde, denn eines war sicher: Er begehrte sie!

46

Hamish schloss die Tür zu seinem Quartier hinter Tessa, lehnte sich dagegen und sah zu, wie sie ihre Handtasche auf den Couchtisch im Wohnbereich legte.

„Puh, diese Frau ist aber ein harter Brocken“, sagte sie und wandte sich ihm zu.

Er zeigte mit dem Daumen über seine Schulter. „Was ist da gerade passiert?“

Sie zog ihre Augenbrauen hoch. „Naja, du hast es ja gesehen. Sie hat dich wegen allem Möglichen angeklagt.“

Der Beschützerinstinkt, den sie für ihn an den Tag legte, war einfach reizend.

„Also dachtest du, dass du mir einen Antrag machst, hm?“

Tessa fiel die Kinnlade hinunter. „Antrag?“

„Ja. Du konntest es einfach nicht mir überlassen, wie? Nein, du musstest die Zügel in die Hand nehmen, Frau Bürgermeisterin, oder? Wird das jetzt immer so zwischen uns sein? Dass du mich herumkommandierst, bis du bekommst, was du willst?“

„Aber ich wollte nicht, dass sie dich bestraft. Ich meine …“

Sie hielt inne, weil Hamish sein ernstes Gesicht nicht länger aufrechterhalten konnte. Ein Grinsen breitete sich auf seinen Lippen aus.

„Du, du –“

„Hast du das ernst gemeint? Dass du meine Frau sein willst?“, unterbrach er sie, bevor sie ihm eine Beleidigung an den Kopf schleudern konnte.

Ihre Wangen röteten sich und ihre Brust hob sich, wodurch ihm nur allzu bewusst wurde, wie erotisch sie in dem roten Kleid aussah.

„Ich ... ich, ähm ... vorhin im Rathaus sagtest du etwas ...“

Er hatte sie noch nie so nervös gesehen. „Wir wurden unterbrochen.“

Sie nickte langsam und würgte, als würde sie versuchen, einen Kloß hinunterzuschlucken.

„Das ist eine einfache Frage, Tessa. Verdiene ich keine Antwort? Hast du es ernst gemeint?”

„Ja.“ Das Wort war so leise, dass er es fast nicht hörte.

„Bedeutet das, dass du mich liebst? Mich aufrichtig liebst?“

„Ja.“

„Dann sag es mir.“

Sie hob ihre Augenlider und sah ihn direkt an. „Ich liebe dich. Ich weiß nicht, wie das passiert ist.“

„Das *wie* ist egal, *Lass*. Nur das *wie viel* ist wichtig.“ Er näherte sich ihr ein paar Schritte, berührte sie jedoch nicht. Noch nicht. „Es gibt da etwas, das du wissen musst. Wenn ein Hüter der Nacht sich mit einem Menschen bindet, ist das nicht ohne Risiken.“

„Risiken?“, wiederholte sie.

„Nur ein Bund aus wahrer und reiner Liebe wird andauern. Wenn die Liebe nicht wahr und rein ist, wird der Bund uns töten. Uns beide. Nicht sofort, aber innerhalb von ein paar Monaten. Wir würden einander zusehen müssen, wie wir verwelken, und unsere Entscheidung jeden Tag bedauern. Deshalb geht kein Hüter der Nacht leichtsinnig einen Bund ein.“

„Ist es das, was du vorhin versucht hast, mir zu sagen?“

„Das, und mehr. Ich liebe dich, Tessa. Und ich will einen Bund. Ich will dich in meinem Leben. Aber wenn du nicht hundertprozentig sicher bist, dass deine Liebe echt ist, sondern nur eine kurze Vernarrtheit, dann musst du mich abweisen.“

„Ist das ein Antrag?“

„Ich glaube, das ist es.“ Obwohl er es sehr zwanglos sagte, spannte sich sein ganzer Körper an.

Sie ging zu ihm und legte eine Hand an der Stelle auf seine Brust, wo sein Herz aufgeregt schlug. Sie stellte sich auf ihre Zehenspitzen und brachte ihre Lippen zu seinen. „Dann ist die Antwort ja."

Sein Puls raste. „Hast du keine Angst davor, was geschehen könnte?"

„Wenn ich bei dir bin, habe ich nie Angst." Sie schmunzelte. „Also, hast du jetzt vor, mich endlich zu küssen? Oder muss ich dich verführen?"

Er räusperte sich, während weiter unten sein Schwanz hart wurde. „Du hast vorhin erwähnt, dass du etwas für mich trägst ..."

„Ich habe gelogen."

Sie griff hinter ihren Rücken und öffnete den Reißverschluss. Als sie das Kleid über ihre Schultern streifte, über ihre Hüften nach unten schob und es dann zu Boden fallen ließ, entdeckte er das Ausmaß ihrer Lüge. Tessa trug keinen einzigen Hauch von Stoff unter ihrem roten Kleid.

„Fuck!", murmelte er leise, und sein Schwanz formte ein Zelt aus seiner Hose.

„Wie wäre es, wenn du den Anzug ausziehst", murmelte sie und drehte sich um.

Er beobachtete, wie sie zum Bett ging, und fing unterdessen an, sich zu entkleiden. Seine Schuhe verschwanden zuerst, dann seine Jacke, sein Hemd und seine Krawatte. Als er den Reißverschluss seiner Hose öffnete, lag Tessa bereits auf dem Bett, zog ein Knie hoch und streckte einen Arm über ihren Kopf. Sie sah aus wie ein Pin-Up-Girl. Pure Verführung.

Ungeduldig befreite er sich von seiner Hose, seinen Boxershorts und seinen Socken und näherte sich dem Bett, wobei ihm sein eifriger Schwanz den Weg wies. Er starrte auf Tessa hinab und saugte ihre Schönheit mit seinen Augen auf. Sie war auf jede Weise vollkommen. Vollkommen für ihn.

Er ließ sich aufs Bett hinab und zog sie in seine Arme. Sanft strich er mit den Fingern über ihre Lippen und dann über ihr Kinn. „Der Sex heute Abend wird anders sein als die Male zuvor."

„Wie?"

„Erinnerst du dich, als du mein *Virta* in dir hattest? Heute Abend werde ich es in dich gießen, während wir uns lieben. Und du wirst es mir zurückgeben, indem du deine Hand über mein Herz legst. Das wird einen Kreis schaffen, der uns für immer aneinander bindet."

„Werde ich wieder golden glühen?"

Er lächelte. „Ja. Also plane nicht, heute Nacht viel zu schlafen, weil ich nicht die Absicht habe, dir eine Pause zu gönnen, sobald deine Haut von meinem *Virta* schimmert. Ich bin da sehr unersättlich."

Sie fuhr mit ihren Fingern sein Kinn entlang zu seinem Hals. „Denkst du nicht, dass diese Warnung etwas spät kommt?"

„Das ist keine Warnung, das ist ein Versprechen", antwortete er, nahm ihre Lippen gefangen und goss seine ganze Liebe für sie in diesen Kuss.

HAMISHS KUSS WAR LEIDENSCHAFTLICHER als in den vorherigen Nächten, in denen sie sich geliebt hatten. Sie fühlte seine Macht, seine Kraft fast sofort. Und sie spürte noch etwas anderes.

Um sie herum schien das Zimmer in einer Wolke aus Nebel und Luft zu verschwinden. Es wirbelte um sie herum, als ob sie in einem Sturm gefangen wären. Sie fühlte sich schwerelos, als schwebte sie im Weltraum, doch gleichzeitig war sie eingesponnen in einem Bett aus Watte.

Sie spürte Hamishs Hände, die sie liebkosten, seinen Mund auf ihrem, seine Zunge, die sie erforschte. Starke Schenkel drückten ihre Beine auseinander und machten Platz für den Mann, der ihr Herz besaß. Als er sich an ihrem Zentrum niederließ, zog sie ihn näher, eine Hand auf seinem Nacken, eine an seiner Taille. Sie brauchte ihn, musste fühlen, was er ihr geben konnte: seine Liebe und seine Stärke.

In ihrem ganzen Leben war sie sich noch nie etwas so sicher gewesen wie der Liebe, die jetzt wie Elektrizität zwischen ihnen knisterte. Kleine Funken entzündeten die Luft wie Blitze, die den Nachthimmel erhellten. Sie wusste instinktiv, dass es ihre Leidenschaft, ihr Verlangen nach einander war, das den Sturm um sie herum an Stärke gewinnen ließ.

Dann spürte sie Hamishs Schwanz am Scheitelpunkt ihrer Schenkel, den knolligen Kopf, der nach vorne stieß und ihre Schamlippen teilte. Bei dem intensiven Gefühl stöhnte sie laut auf. Als er tief in sie sank, strömte der Atem aus ihrer Lunge und sie verschränkte ihre Füße hinter seinem Po, um sich an ihm festzuklammern.

Hamish ließ von ihren Lippen ab und schaute tief in ihre Augen. Sein Atem kam stoßweise. „Ich liebe dich, Tessa. Mehr als mein Leben."

Sie spürte, dass Tränen in ihre Augen schossen und ihr Herz sich mit Freude und der Erkenntnis füllten, dass sie eine gemeinsame Zukunft hatten. „Mein Liebster", murmelte sie.

Als er begann, in sie zu stoßen und mit jeder Sekunde sein Tempo erhöhte, konnte sie es bereits fühlen: sein *Virta*. Es fing an dem Punkt an, wo sie verbunden waren und begann, von dort auszustrahlen, bis all ihre Zellen gesättigt waren. Sie spürte, dass ihr ganzer Körper sich allem um sie herum immer bewusster wurde, als hätten sich ihre Sinne geschärft. Und sie spürte eine Energie durch ihren Körper strömen, die sie mit einer Macht füllte, die sie nie zuvor erfahren hatte.

„Es ist Zeit", hörte sie ihn plötzlich sagen.

Einen Augenblick später hatte er sie umgedreht und Tessa fand sich auf ihm wieder. In dieser Position war sein Schwanz noch tiefer in ihr.

„Reite mich. Verbinde dich mit mir", forderte er, nahm ihre Hand und legte sie auf sein Herz.

Ihre Hüften begannen, sich an seinem Schwanz auf und ab zu bewegen, als sie ein prickelndes Gefühl von ihrem Kern zu ihrem Arm hinunterwandern spürte.

Hamish sah sie an, seine Augen voller Verlangen und der Liebe, die sie jetzt physisch spüren konnte. „Ja, Tessa, ja."

Das Kribbeln erreichte ihre Finger und winzige Funken explodierten aus deren Spitzen. Als sie mit Hamishs Haut in Berührung kamen, zuckte sein Körper und sein Rücken hob sich von der Matratze.

„Oh Gott", schrie er auf, gerade als sie spürte, wie sein Schwanz in ihr explodierte und sie mit seinem Samen füllte und so ihren eigenen Orgasmus entzündete.

Ihr Stöhnen verschmolz mit der Luft und dem Nebel um sie herum, während die Funken ein schöneres Bild malten als jedes Feuerwerk. Leidenschaft und Verlangen vermischten sich mit grenzenloser Liebe, während ihre Herzen eins wurden.

„Für immer", murmelte Hamish und zog sie für einen Kuss zu sich.

„Für immer, mein Liebster."

Und für immer konnte nicht früh genug beginnen.

47

Zoltan wanderte in seinem Arbeitszimmer, einer Höhle zwischen seinen privaten Gemächern und dem großen Saal, wo sich seine Dämonen versammelten, um seine Befehle zu erhalten, auf und ab. Das Arbeitszimmer war für Unterhaltungen vorgesehen, die nicht für die Öffentlichkeit bestimmt waren.

Viele Dinge plagten ihn.

Tessa Wallace hatte die Wahl gewonnen und seinen Plan vereitelt, Gunn die Stadt regieren zu lassen und mit Hilfe seiner spaltenden Politik noch mehr Unruhe zu stiften. Doch das war etwas, was er jetzt erst einmal verschieben musste. Wichtigere Dinge forderten seine Aufmerksamkeit.

Jemand war auf seinen Thron aus. Nachdem Vintoq ihn über die Gerüchte, die die Runde machten, alarmiert hatte, war Zoltan in die Menschenwelt gegangen und hatte im Rathaus auf Tessa und ihren Hüter der Nacht gewartet.

Er hatte sich auf seine übliche Weise verkleidet, nicht einmal seine eigenen Dämonen hätten ihn erkannt. Indem er seine speziellen Kontaktlinsen getragen hatte, hatte er verhindert, dass die Hüter der Nacht auf ihn aufmerksam wurden. Er hatte die beiden Hüter, mit denen er einst auf einer Farm in Sonoma gekämpft hatte, gesehen, war allerdings davon überzeugt gewesen, dass sie nicht alleine waren und ihre Kameraden sich sehr wahrscheinlich unsichtbar in der Menge herumtrieben. In dem Wissen, dass er in der Unterzahl war, hatte er sich auf die Beobachtung beschränkt. Wäre einer seiner Dämonen dort gewesen, um Tessa Wallace zu töten, die in den Umfragen vorne lag, hätte Zoltan ihn gefunden. Und dann hätte er sich diesen Verräter geschnappt.

Beim Umherwandern hatte er Tessas Wahlkampfmanagerin entdeckt – die innerhalb des Gebäudes eine Sonnenbrille getragen hatte. Das hatte einen Alarm in seinem Kopf ausgelöst. Doch bevor er in der Lage gewesen war, weiter nachzuforschen, war sie in der Damentoilette verschwunden und Tessa war ihr gefolgt, während ihr Hüter der Nacht den Zugang zu dem Bereich blockiert hatte.

Zoltan hatte geduldig an einem Glas Champagner nippend gewartet und beobachtet, wie der Hüter einige Minuten später in Richtung Toilette gerast war. Gut zwanzig Minuten später war er mit einer leicht verstört wirkenden Tessa zurückgekommen. Als die beiden an ihm vorbeikamen, hatte Zoltan gewohnheitsmäßig seine Augen abgewendet und zu Boden geschaut. Dabei hatte er zufällig die grünen Spritzer auf den Schuhen des Hüters der Nacht entdeckt. Dämonenblut!

Er musste kein Genie sein, um eins und eins zusammenzuzählen. Die Wahlkampfmanagerin war ein Dämon gewesen, dem er noch nie zuvor begegnet war. Ein Jüngling, der noch dem Dämon verpflichtet war, dem er als Mensch gedient hatte. Dem Dämon, der seinen Thron wollte.

Ein Klopfen an der Tür unterbrach sein Grübeln. „Herein."

Die Tür öffnete sich und Yannick, einer der Dämonen, die dafür verantwortlich waren, die Kreise zu schützen, auf denen Vortexe erschaffen werden konnten, trat herein. „Ihr habt nach mir verlangt, Großmächtiger."

„Du musst etwas für mich tun."

Er beugte seinen Kopf.

„In Zukunft will ich über jedermanns Bewegungen informiert werden. Immer, wenn sich einer meiner Untertanen in die Menschenwelt begibt, will ich es erfahren. Führe eine Liste. Zeig sie mir täglich."

Yannick warf ihm einen fragenden Blick zu. „Aber, Großmächtiger, wie ..."

„Finde einen Weg!", biss er heraus. „Oder möchtest du lieber deinen Kopf verlieren?"

Der Dämon zuckte zurück. „Ich werde tun, was ihr wünscht, oh Großmächtiger", antwortete er schnell.

„Und nicht ein Wort zu irgendjemandem! Verschwinde!"

Yannick stürmte aus dem Arbeitszimmer. Als die Tür mit einem lauten Knall zufiel, fluchte Zoltan leise. „Wer auch immer du bist, ich werde dich finden. Und dann wird es dir leidtun, dass du mich hintergangen hast."

In der Zwischenzeit jedoch gab es eine Menge Arbeit zu erledigen. Schließlich waren die Hüter der Nacht auch nie untätig. Es war an der Zeit, seinen Schlachtplan anzupassen, damit er ihnen einen Schritt voraus war, wenn es zum nächsten Kampf kam.

Lesereihenfolge der Scanguards Vampire & Hüter der Nacht

Scanguards Vampire

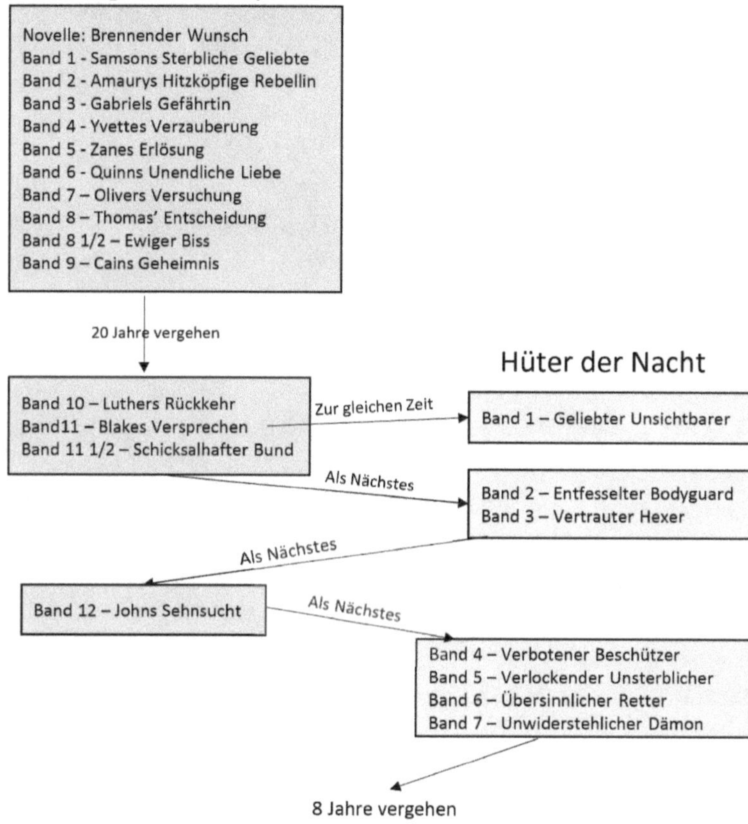

Scanguards Hybriden

Die Bände in der Scanguards Hybriden Serie werden zusätzlich auch in der Scanguards Vampir Serie nummeriert. (SV Band 13 = SH Band 1)

Band 1 (SV 13) – Ryders Rhapsodie
Band 2 (SV 14) – Damians Eroberung
Band 3 (SV 15) – Graysons Herausforderung
Band 4 (SV 16) – Isabelles Verbotene Liebe

ÜBER DIE AUTORIN

Tina Folsom ist gebürtige Deutsche und lebt schon seit über 25 Jahren im englischsprachigen Ausland, seit 2001 in Kalifornien, wo sie mit einem Amerikaner verheiratet ist.

Im Herbst 2008 schrieb sie ihren ersten Liebesroman.

Vampire haben es ihr schon immer angetan. Mittlerweile hat sie 50 Bücher in Englisch sowie Dutzende in anderen Sprachen (Französisch, Spanisch und Deutsch) herausgegeben.

Webseite: https://tinawritesromance.com/deutscheleser/
Sie können ihr auch eine Email schicken: tina@tinawritesromance.com

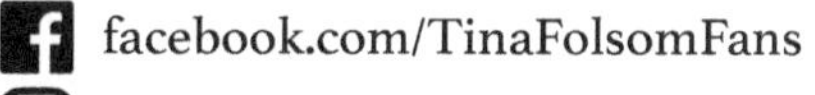

facebook.com/TinaFolsomFans
instagram.com/authortinafolsom
youtube.com/TinaFolsomAuthor

Zeitfracht Medien GmbH
Ferdinand-Jühlke-Straße 7
99095 Erfurt, Deutschland
produktsicherheit@kolibri360.de